发现『社会』

郑振铎文学翻译与
社会思潮的演进

黄若泽 著

本书是教育部人文社会科学研究青年基金项目「社会话语重构视阈下郑振铎文学翻译研究」（21YJC740019）结项成果获得中央高校基本科研业务费项目「郑振铎文学翻译活动与思想研究」（2072020201009）出版资助，特此鸣谢

厦门大学出版社
XIAMEN UNIVERSITY PRESS

国家一级出版社
全国百佳图书出版单位

图书在版编目（CIP）数据

发现"社会"：郑振铎文学翻译与社会思潮的演进 /
黄若泽著. -- 厦门：厦门大学出版社，2022.6
　　ISBN 978-7-5615-8645-7

　　Ⅰ．①发… Ⅱ．①黄… Ⅲ．①郑振铎（1898－1958）
－文学翻译－研究 Ⅳ．①I046

中国版本图书馆CIP数据核字(2022)第102595号

出 版 人	郑文礼
责任编辑	高奕欢
出版发行	厦门大学出版社
社　　址	厦门市软件园二期望海路 39 号
邮政编码	361008
总　　机	0592-2181111　0592-2181406(传真)
营销中心	0592-2184458　0592-2181365
网　　址	http://www.xmupress.com
邮　　箱	xmup@xmupress.com
印　　刷	厦门集大印刷有限公司

开本	720 mm×1 020 mm　1/16
印张	19.75
插页	2
字数	288 千字
版次	2022 年 6 月第 1 版
印次	2022 年 6 月第 1 次印刷
定价	78.00 元

本书如有印装质量问题请直接寄承印厂调换

厦门大学出版社
微信二维码

厦门大学出版社
微博二维码

序

很高兴为黄若泽的新作《发现"社会"：郑振铎文学翻译与社会思潮的演进》写序。

很多年前，在我还没有考上大学，刚开始涉猎五四文学的时候，在书本中见到很多灿烂耀目的名字：胡适、陈独秀、鲁迅、周作人、茅盾，还有郭沫若、郁达夫、徐志摩等等，但偶尔穿插在这些知名人士中的还有一个叫郑振铎的。谈到文学研究会和商务印书馆时都能见到他的身影，《小说月报》《学灯》《文学旬刊》上也出现过他的作品，可是，一些文学史著作和论文又不怎么见到很多的介绍和讨论，让我感到有点疑惑，难道他只是跑龙套、走过场的？当然，在多读一点书后便马上发现这是大错特错的判断，郑振铎在五四文学运动中很活跃，扮演过非常重要的角色，只是他为人比较低调温和，即使参加论战，也没有歇斯底里地叫喊，以致较少为人注意；况且，那还只是 20 世纪 70 年代中，现代文学研究实在算不上蓬勃，谈论郑振铎的也真的是不多的。

接着，一批"文革"以后攻读现代文学硕士和博士学位的学者从 20 世纪 80 年代初开始涌现，北京有钱理群、吴福辉、王德厚、陈平原诸位，上海有陈思和、王晓明、许子东、陈子善、殷国明等，新著迭出，佳作连连，那是个令人振奋的时代。由于我那个时候主要的研究领域是现代中国文学，有机会与他们相继认识，今天我还惦记在不同场合与他们交流讨论的日子。较迟见面的是陈福康，那时已经读过他的《郑振铎论》和《郑振铎传》，印象很深，特别佩服他找寻散失在陈年报章杂志内细碎史料的严谨和细致，而且，当时就有一个想法：终于，郑振铎研究有坚实的成果了。

不过，正如若泽在本书中所说，翻译在郑振铎的文学生涯里扮演了不可替代的角色。郑振铎自己从事翻译，翻译过不少印度、俄国、希腊和罗马及其他不同欧美国家的文学作品；他也推动翻译，写过讨论翻译的文章，那著名的"奶娘"比喻说出他对翻译功能的深刻理解。这样，要全面理解郑振铎，不能不探研他的翻译思想和活动。

其实，研究五四文学本来就不应不加入翻译研究。以色列翻译学者埃文－佐哈（Itamar Even-Zohar）那篇著名的《翻译文学在文学多元系统中的地位》（"The Position of Translated Literature within the Literary Polysystem"）有一个很有意思的观点：当翻译文学在文学多元系统中占主导或中心位置时，它的翻译家也必然同时是最重要的文学作家。这放在中国五四时期来说是非常准确的。那时候，几乎每一位作家都积极从事翻译活动，翻译与创作同步，译者与作者的身份重叠。因此，研究五四文学，也就必然要研究五四翻译；研究五四翻译，也必然要研究五四文学。

然而，在现今学科体制下，翻译研究一般是外语学院的研究范围，但外语学院教育跟中国文学能扯上多大的关系？外语学院学生自本科以来在课程上有多少机会接触中国文学？对于不少从事翻译研究的学生以至年青学者来说，现代文学翻译研究是很大的挑战，因为当中涉及很多文学和文学史的知识，往往是他们最薄弱的一环；而更大的挑战是如何在已有丰盛的文学研究成果下突围而出，更全面和准确地描述一位身兼作家和译者双重身份的文学人物？

当然，一个简单的答案是：翻译研究的重点在关注翻译活动和翻译作品，一般文学研究是不会处理这些问题的。但是，既然我们说过五四时期作家的文学活动跟翻译活动紧紧相扣、同步进行，我们把文学部分抽离，只研究翻译的部分，可行吗？又或者说，所谓独立于文学的文学翻译研究，实质上是可能的吗？

这里涉及翻译研究的跨学科性质。从本质上来说，翻译研究无可避免是跨学科的，因为翻译本身——作为翻译行为或活动，会在各种各样的学科或领域出现。文学方面有翻译活动，医学方面有翻译活动，法律、经济、政治学、社会学……都一直有翻译的活动，要研究这些不同领域的翻译活动，翻译研究就一定出现在各种各样的学术范围里，所以，我们有文学翻译研究、医学翻译研究、法律翻译研究……也就是跨学科的翻译研究。不过，仅仅在学科范围上重叠，不能算是合格的跨学科研究。也就是说，我们不能因为同时做了文学和翻译两方面的研究，就以为完成跨学科研究。跨学科研究的要求，是要做到两个（或以上）学术上真正的、平等的对话，而且，研究成果必须同时得到相关学科的认受，对相关学科学者有所裨益，对相关学科的进展有所推动。

五四文学翻译的研究，不但不可能抽离文学，只做翻译方面的研究，正好相反，翻译研究应该直接跟文学研究挂钩，从而达到与文学研究对话的效果。

这里所谓的挂钩，是指把翻译研究视为文学研究，只不过研究对象是翻译活动和翻译作品，但在探研翻译活动产生的背景、翻译作品产生的过程、文本分析、文本的功能和影响等方面，都与文学研究无异，且应该与这位作家兼翻译家的文学部分，包括他的文学作品产生的背景、文本产生的过程、文本分析、文本功能和影响等一并处理，以期实现全面的理解。这当中的道理很简单，文学翻译的过程很大程度上跟文学创作十分接近，而翻译文学本身也是文学作品，它们也是被视为文学作品来阅读和流播。此外，五四文学家往往通过翻译来引入和宣扬他们所信奉的外国文学思想，同时在自己的创作中把这些文学思想体现出来，因此，要理解他们的文学翻译，尤其是文学翻译思想和影响，必须借助文学创作研究；同样地，要理解他们的文学创作，也要对他们的翻译活动有深入的认识，这就是文学翻译研究与文学研究挂钩的意思。

至于对话，是指经过翻译研究后，面对现有文学研究方面的成果，我们对于这位文学人物的理解是否能有所补充，甚或冲击、挑战？我们的成果会否为文学研究界所接受、参考和讨论？假如在完成翻译个案研究后，我们并没有新的发现，与原来没有研究翻译部分的文学研究相差不远，在文学研究界没有引起反响，这项翻译研究不能算是成功。

应该说，若泽有关郑振铎早年翻译活动的研究是成功的翻译研究。这本以他香港中文大学博士论文为基础改写而成的专著，毫无疑问能够在原有的郑振铎研究上有所突破。一方面，若泽在美国斯坦福大学胡佛档案馆找到美国基督教青年会于20世纪20年代以前在北京的活动数据，让他可以深入探索郑振铎编译《新社会》及其与赞助人的关系，并提出这正是郑振铎对社会问题思考的起源；另一方面，他把郑振铎的翻译作品同时视为文学文本和社会文本，既强调文学的美学价值，还特别重视它的社会功能，包括对社会大众的精神塑造，对革命群体的思想动员，以及对当权者的政治批评等。在后来的文学翻译中，无论是泰戈尔的散文诗、俄国革命小说还是古希腊神话故事，郑振铎都努力改写成对中国读者的社会关怀有所启发的新文本。如果离开这一点而仅仅谈论遣词造句或谋篇布局，就不能准确地理解郑振铎翻译活动的全部意义。

此外，若泽在本书中还处理了译作的传播问题，也就是把翻译放在郑振铎所处的社会语境中加以考察。我们知道，郑振铎在商务印书馆工作多年，担任过《小说月报》《文学旬刊》等重要刊物的主编，他的大部分译作都由商务印书馆出版，他本人还是商务印书馆编译所元老高梦旦的乘龙快婿，但郑振铎与翻译传播的关系不限于此。本书特别留意郑振铎的阅读经历，包括作品的来源、原文的语种、阅读的环境、赞助人或其他中介者的影响，这些微观因素过去很少有人谈到，但其实它们直接关系到郑振铎文学翻译的源头，也关系到他对作品的解读和翻译策略。在出版方面，本书还深入探讨现代出版机构和大学体制对译作传播的影响，以及翻译作品在新文学同人、革命阵营甚至是敌对势力等群体中被反复阅读、讨论、批评和论争的复杂过程，这就使郑振铎的文学翻译与中国社会变革思潮的演进更加密切地联系起来。这都是若泽有关郑振铎文学翻译研究的独特贡献。我深信，本书不单让读者对郑振铎的翻译活动有更新更深的理解，就是在文学研究方面，也能收到对话和补充的效果。

　　若泽是我第一个在三年内取得博士学位的学生——因为我的指导不力，在他之前没有人能够在三年内完成论文，幸好他同届还有另外一人也是三年毕业，其后陆续也有在所谓的"常规时间"（normative period）三年内完成的。若泽能在三年内取得学位，最大原因是他非常勤奋，做事踏实认真。可以肯定，这样的学习和工作态度，一定能让他缔造美丽的前程，作出更好的成绩来。

王宏志

香港中文大学翻译系荣休教授兼研究教授
翻译研究中心主任
2021 年 10 月 26 日

目 录

绪论：社会重构中的译者

第一节　郑振铎：多重身份的译者

> 为有直肠爱臧否，岂无白眼看沉浮？
> 买书贪得常倾箧，下笔浑如不系舟。
>
> ——茅盾，1958 年 10 月 19 日 ①

　　1958 年 10 月 17 日，郑振铎率领中国文化代表团出访阿富汗等国，途中飞机失事，不幸殉难。次日夜，同样在外访问的茅盾从塔什干飞回莫斯科，惊闻郑振铎一行遇难之事。这位郑振铎挚友寓身于乌克兰旅馆二十七楼，在风雨凄迷、灯光闪烁中倚窗遥望，写下上面的诗句。从个人身份来说，茅盾的悼亡诗无疑恰如其分地刻画了郑振铎最富有个性的侧面，即爱书如命的个人嗜好、笔耕不倦的著译成就，而放眼风起云涌、思潮迭起的历史脉络，郑振铎"以笔为剑"的书写活动则揭示其与中国现代文学思想走向的复杂关系。

　　毫无疑问，郑振铎是中国现代文学史绕不开去的人物。1898 年 12 月 19 日，原籍福建长乐的郑振铎出生于浙江省永嘉县。1917 年夏，他前往北京，就读民国交通部下设的铁路管理学校，并在 1920 年至 1921 年之交，与新文化运动中的一众青年友人共同发起，成立文学

---

① 茅盾:《悼郑振铎副部长》,《诗刊》1958 年第 11 期, 第 65 页。

研究会。1921 年春，郑振铎在毕业后前往上海，任职于《时事新报》和商务印书馆编译所，主编过《学灯》《文学旬刊》《小说月报》等新式期刊，逐渐成为新文学阵营的一位重要领导者。1925 年，五卅惨案发生，他参与劳工谈判、市民抗议等社会抗争活动。北伐之后，他迫于国民党当局的压力，于 1927 年上半年前往欧洲避难，历时近一年后回国。至 20 世纪 30 年代，郑振铎先后在清华大学、燕京大学、暨南大学等高校担任文学教授，上海沦陷以后，又组织"复社"，刊印进步书籍，抢救古籍善本。新中国成立以后，他先后担任文化部副部长、文物局局长，兼任中国科学院考古研究所所长、中国文学研究所第一任所长等职务。直到 1958 年 10 月 17 日，他在率中国文化代表团出访阿富汗等国访问的途中，不幸因飞机失事殉难。①

面对郑振铎各不相同的社会角色和纷繁复杂的公共活动，如何界定其多重身份成为一项颇有挑战的工作。巴金称郑振铎为新文化运动中的一位"多面手"。②郭绍虞作诗形容他的生平业绩包括："学破毛诗序，笺传木刻珍。精光注戏曲，文物护湮沦。考古兵马众，论文血泪均。"③事实上，在这些名目众多的头衔之中，郑振铎的另一个重要身份是现代文学史上的翻译者，但相比于新文学同人和日后中国学者的兴趣所在，似乎只有海外汉学家更加关注郑振铎作为跨文化翻译者的身份、活动和思想。早在 1935 年，韩国学者丁来东就称赞郑振铎"不仅具有深厚的中国文学和新文学的功底，而且还精通西方文学"。④

---

① 有关郑振铎的生平概况，参见夏衍：《郑振铎同志的一生》，《光明日报》，1958 年 11 月 16 日，第 6 版。更详尽的生活历程与思想轨迹，参见陈福康：《郑振铎论》，修订版，北京：商务印书馆，2010 年。

② 巴金：《悼振铎》，《收获》1958 年第 6 期，第 314 页。

③ 郭绍虞：《悼念振铎先生十二韵》，《收获》1958 年第 6 期，第 319 页。

④ 丁来东著，尹允镇译：《会通新旧、东西文学的文坛幸运儿》，载上海鲁迅纪念馆编：《郑振铎纪念集》，上海：上海社会科学院出版社，2008 年，第 540 页。本文最初为丁来东发表于 1935 年 5 月 1 日韩国《东亚日报》一文的一部分。丁原题为《中国文人印象记》，共写七个人物。本文为第七部分，小标题为"郑振铎——会通新旧东西文学的文坛幸运儿"。

郑振铎逝世之后，印度诗人海曼歌·比斯瓦斯（Hemanga Biswas）立即撰文称："他是一位别的国家普遍了解和尊敬的中国知识分子。我们印度人是把他当作最早的印度学者来热爱的，在当代，他可能是第一个把印度古典和现代的文学介绍给中国读者的人。"①1957年，郑振铎在访问莫斯科时接受苏联汉学家索罗金（Vladislav Sorokin）的访谈，后者高度肯定郑振铎在文学翻译方面的丰硕成果和历史影响，认为"它们实现了最主要的目标——丰富多彩的外国文学宝库曾向郑振铎敞开大门，而郑振铎的译作也帮助中国读者找到了自己的方位"。②海外学者的他者眼光频频投向郑振铎介于古今之变与中西交流的重合地带，这提醒我们，只有借助翻译这一跨文化视角，才有可能更准确地接近郑振铎在中国现代文学变革中的独特位置，也才有可能深入发掘中国现代文学自身脉络中的异质性因素与文化基因。

回顾郑振铎的文学生涯，翻译活动的确扮演了一个不可替代的角色。从1919年前后开始，他借助于泰戈尔的散文诗翻译，破除古典诗学，参与确立了白话新诗的早期形态。他大力倡导俄国革命文学的译介，提倡人道主义思想和社会启蒙观念，推动新文化运动的深入开展。除此之外，他还广泛涉足儿童文学、神话传说、寓言故事的翻译，并屡屡在社会危机爆发的关头，进一步从这些不同的题材和体裁中发掘社会批评与社会建构的巨大潜力。毫不夸张地说，翻译俨然成为郑振铎投身文学书写和社会实践的重要途径。

诚然，有许多新文学作家在不同程度上曾参与翻译活动，但很少有人像郑振铎这样，在思想上也高度认可翻译之于文学变革的重要意义。他在1923年与郭沫若围绕"处女与媒婆"的辩论中就已指出："翻译者在一国的文学史变化最急骤的时代，常是一个最需要的人。虽然翻译的事业不仅仅是做什么'媒婆'，但是翻译者的工作的重要

① 海曼歌·比斯瓦斯：《悼念郑振铎》，《光明日报》，1958年11月16日，第6版，《文学遗产》第235期。

② V. Sorokin, "Zheng Zhenduo: Man and Scholar," *Far Eastern Affairs*, 1989, No. 1, p. 107.

却更进一步而有类于'奶娘'。"① 不仅如此，他还回溯历史，深入发掘翻译活动对于中国文学史发展的积极作用。1924年11月，也就是林纾去世后的次月，郑振铎以一篇《林琴南先生》长文纪念这位晚清文学翻译的先行者。他一改五四同人立林纾为敌的决绝态度，以持中之论评述其功过。他尤其指出林纾的三点贡献，即：为中国人介绍了关于世界的常识，把欧美文学佳作引入东方老大国度，提升中国小说的地位并引领五四文学翻译的先风。② 这一视角俨然把晚清与五四并举，将近代以来的翻译活动视为中国文化转型的整体特征。到了1932年四卷本《中国文学史》出版之际，他广泛采信佛经翻译推动中国文学进程的观点，把翻译视为中国文学史革新的内在动力。他在第十三章"中世纪文学鸟瞰"中写道："我们可以说，如果没有中印的结婚，如果佛教文学不输入中国，我们的中世纪文学究竟要成了一个什等样子的局面，都是无人能知的。……凡在近代继续生长着的文体，在这个时代差不多都已产生出来了。且大都是由了印度文学的影响而产生的。"③ 从某种程度上甚至可以说，翻译成为郑振铎看待国别文学发展史及其与世界文学联系的核心要素。

自然，我们也不能仅仅从文学史的内部兴衰评价郑振铎的翻译成就，文学史背后的社会变迁实则构成其翻译活动的外部基底。根据以色列学者埃文-佐哈（Itamar Even-Zohar）的经典多元系统理论（polysystem theory），在三种情况下，翻译文学得以从一国文学系统的边缘地带移动到核心地位：当该国文学系统还处于"幼嫩"的形成期，或是当文学本身处于"边缘"或"弱势"地位，又或者当文学迎来历史上的转折、危机和真空时期。④ 郑振铎在五四前后开展的文学翻译活

① 西谛：《翻译与创作》，《时事新报·文学旬刊》，1923年7月2日，第1版。

② 郑振铎：《林琴南先生》，《小说月报》1924年第11号，第1-12页。

③ 郑振铎：《插图本中国文学史》（第1卷），北平：朴社，1932年，第227页。

④ Itamar Even-Zohar, "The Position of Translated Literature within the Literary Polysystem," in *Literature and Translation: New Perspective in Literary Studies*, Eds., James S. Holmes, J. Lambert and R. van den Broeck, Leuven: Acco., 1978, pp. 117-127. 中文参考伊塔玛·

动契合翻译学界关于中国历史上"第三次翻译高潮"到来的一般论断，①反映了中国文学系统自身迎来急剧转型的历史时刻，以及背后更复杂的历史剧变和社会重构。对郑振铎本人来说，文学翻译之所以在他所身处的历史关头尤有必要，其原因在于"（一）能改变中国传统的文学观念；（二）能引导中国人到现代的人生问题，与现代的思想相接触"，②也就是文学革新、个人解放乃至思想启蒙这一系列根本问题。从这个意义上说，郑振铎文学翻译中的社会关怀并没有照搬其他改革者的方案，即以外在组织的建设或社会结构的改造为目标，相反，他将"为人生"的文学理念奉为信条，通过改造人的思想和精神世界而参与社会变革。诚如姜涛所言，这种文学理念背后的思想实质在于，"以文学为业"的态度不是在抽象中提出的，"而是深深地嵌入五四社会改造思潮的脉络之中"。③进而言之，文学翻译嵌入到从民国初年到五四新文化运动直至大革命兴起以后的社会重构全进程，而这个社会进程恰恰提供了观察并进入郑振铎文学翻译活动的绝佳窗口。

埃文-佐哈著，江帆译：《翻译文学在文学多元系统中的地位》，载谢天振主编：《当代国外翻译理论导读》，天津：南开大学出版社，2008年，第218-226页。

① 学界一般认为中国历史上经历三次翻译高峰，即中古时期的佛经翻译、明末清初的西学翻译、晚清至五四的西学翻译。改革开放以来仍在进行的翻译热潮往往被称为第四次高峰。参见马祖毅等：《中国翻译通史》（全1卷：古代部分），武汉：湖北教育出版社，2006年，第2-3页。不过，香港学者孔慧怡将中国历史上的翻译活动概括为"两大文化翻译运动"，即2—9世纪的佛经翻译（来自印度）和16世纪至今的西学翻译（来自欧美）。见孔慧怡：《重写翻译史》，香港：香港中文大学翻译研究中心，2005年，第140页。

② 西谛：《杂谭》，《时事新报·文学旬刊》，1922年8月11日，第4版。

③ 姜涛：《五四新文化运动"修正"中的"志业"态度——对文学研究会"前史"的再考察》，《文学评论》2010年第5期，第174页。

第二节　作为方法的"社会"

　　探究文学翻译背后的社会结构和政治因素，这不仅是"今之视昔"的一种外在方法，还牵涉文学家看待文学的内在视角。毫无疑问，传统中国的读书人和文学家自古以来就有为天下计的入世关怀。曹魏时期，曹丕有云："文章经国之大业。"（《典论·论文》）至唐宋，姚铉称："有唐三百年，用文治天下。"（《唐文粹·序》）王安石亦谓："文者，礼教政治云尔。"（《上人书》）至晚清小说界革命酝酿之时，梁启超更提倡"今日欲改良群治，必自小说界革命始"的政治使命。[①]进入现代时期，中国文学同样以思想启蒙和社会变革为己任，不断拓展文学书写的边界和内涵。

　　从现代文学史的思想贡献来看，长期以来，中国文学史书写都把"人的发现"和"救亡图存"视为最重要的两项成就。早在1935年，上海良友图书印刷公司推出十卷本《中国新文学大系》，试图为近20年的中国现代文学史确立评价基调。作为第一集"建设理论集"的主编，胡适把五四以来的新文学概括为"活的文学"与"人的文学"两个中心思想，二者分别代表文字工具和文学内容的革新，并认为"中国新文学运动的一切理论都可以包括在这两个中心思想的里面"。[②]《新青年》发出文学革命倡议之后，茅盾主持商务印书馆《小说月报》革新，与受邀改革商务印书馆编译所的胡适有过交往。直到1936年，茅盾也仍然认为："从思想上看，'五四'的建设就是'人的发现'和'个性的解放'。"[③]远及海外，志在发掘文学自身价值的旅美学者夏志清更强调，中国新文学传统的总体特征在于对"人的文学"的强调，

---

① 梁启超：《论小说与群治之关系》，《新小说》1902年第1号，第8页。
② 胡适编选：《中国新文学大系·第一集：建设理论集》，上海：良友图书印刷公司，1935年，第18页。本书使用版本为2003年7月上海文艺出版社影印本。
③ 茅盾：《短评："五四"的精神》，《文艺阵地》1938年第2期，第52页。

"即是用'人道主义'为本，对中国社会、个人诸问题，加以记录研究的文学"。①可以说，由胡适等人开创的"人的文学"几乎成为五四新文学内在精神的代名词。

从"人的解放"出发，现代文学以"国族"为归旨，不懈追求救亡图存的现实理想。晚清时期，梁启超在《新小说》上发表《论小说与群治之关系》（1902），不仅成为五四白话文运动的先声，更阐明文艺作品的政治价值。不仅如此，这篇名文的思想萌芽可以追溯到他在《清议报》上发表的《译印政治小说序》（1898）。赵稀方指出，无论是对小说之力的精妙论述，对国民思想与中国古典小说关系的扼要概括，还是对小说类别和范围的细致界定，《论小说与群治之关系》都来自《译印政治小说序》一文的延伸，其核心仍在"政治小说"一端。②实际上，如果把晚清文学的突围求变与五四文学的变革视为一脉相承的源流，那么，这个源流的核心无疑是救亡图存的国族意识。袁进指出，晚清以来的文学变革"是以'救国'为其思想核心的，它是由'救国'的需要而触发，并成为当时整个'救国'政治运动中的一个组成部分"。③当然，在前所未有的存亡危机当前，政治化的文学特质往往超越文学自身的美学限度，而成为一份过度政治化的思想负担。政治关怀对于晚清小说的影响自不待言，陈平原将其概括为两方面的特征：一是从通俗化迅速变成高雅化，导致晚清作家有意

---

① 夏志清：《人的文学》，载氏著：《人的文学》，台北：纯文学出版社，1977年，第228页。更早以前，夏志清将中国现代文学的特质概括为"感时忧国的精神"，即强调文学作者对社会现实发声的普遍态度。参见 C. T. Hsia, "Obsession with China: The Moral Burden of Modern Chinese Literature," in *China in Perspective*, Eds., Alona E. Evans, Henry F. Schwartz and Owen S. Stratton, Wellesley: Wellesley College, 1967, pp. 101-119. Reprinted in *A History of Modern Chinese Fiction*, 2nd enlarged ed., New Haven: Yale University Press, 1971, pp. 533-554.

② 赵稀方：《翻译现代性》，天津：南开大学出版社，2012年，第75-76页。

③ 袁进：《中国小说的近代变革》，桂林：广西师范大学出版社，2009年，第35页。梁启超以文学能救政治之弊，认为"新小说"的宗旨即在于"专借小说家言，以发起国民政治思想，激励其爱国精神"。见氏著：《中国唯一之文学报〈新小说〉》，《新民丛报》第14号，光绪二十八年七月十五日（1902年8月18日），插页。

漠视小说的情节结构；二是政治对文学的直接干涉，进而涌现出"政治小说"等一批标签化的小说作品。[①] 就五四新文学而言，海外学者王德威曾经断言："现代文学在五四运动之后立即出现了左翼转向的迹象。"[②] 根据王德威的论述，陈独秀、李大钊、茅盾等人都被归入中国左翼文学阵营，后来者则包括邓中夏、恽代英及其创立的《中国青年》杂志，当然也包括随着文学革命到革命文学的转变，日后出现并正式确立的左联作家群体。诚然，以上列举的现代文学家"左转"史实不可磨灭，如茅盾于 1921 年即加入共产党，浪漫主义者郭沫若也声称自己于 1924 年信仰马克思主义，其他为数众多的左转者更不胜枚举，但问题在于，倘若以"左翼文学"的标签笼统概括五四以后的文学风景，这实在遮蔽了王德威本人一贯提倡的"众声喧哗"文坛景象，[③] 也过于轻易地绕过个人解放到政治革命中间的社会转换机制。

　　实际上，无论是文学上的个人解放还是救亡图存的诉求，都可以在"启蒙与救亡的双重变奏"[④] 中找到更为深远的思想史根源。刘悦笛曾从李泽厚的"启蒙与救亡"经典论断出发，将二十世纪中国历史变革的主线解释为"个人"与"国族"两个层面的话语实践。根据刘悦

① 陈平原：《中国现代小说的起点——晚清民初小说研究》，北京：北京大学出版社，2005 年，第 98-127 页。

② "Modern literature showed incipient signs of taking a leftist turn immediately after the May Fourth Movement." See David Der-Wei Wang, "Chinese Literature from 1841 to 1937," in *The Cambridge History of Chinese Literature, Volume II: from 1375*, Eds., Kang-I Sun Chang and Stephen Owen, New York: Cambridge University Press, 2010, p. 493.

③ 王德威使用"众声喧哗"（heteroglossia）概念本是为了表明晚清之于五四的文学史新意。他在《想象中国的方法》一书中写道："在 20 世纪末，从典范边缘、经典缝隙间，重新认知中国文学现代之路的千头万绪，可谓此其时也。而这项福柯式（Foucault）的探源、考掘的工作，都将引领我们至晚清的断层。抚慰那几十年间突然涌起，却又突然被遗忘、埋藏的创新痕迹，我们要感叹以五四为主轴的现代性视野，是怎样错过了晚清一代更为混沌喧哗的求新声音。见王德威：《被压抑的现代性：没有晚清，何来"五四"？》，载氏著：《想象中国的方法：历史·小说·叙事》，北京：生活·读书·新知三联书店，1998 年，第 16 页。实际上，即使是在王德威讨论的五四文学主轴中，"复调"也可以用来形容新文学兴起的普遍特征。

④ 李泽厚：《启蒙与救亡的双重变奏》，《走向未来》1986 年创刊号，后载氏著：《中国现代思想史论》，北京：东方出版社，1987 年，第 1-49 页。

笛的说法："启蒙与救亡的实质，其实就是面临一个两难的选择——'国家富强'与'个人自由'谁更重要？"[①]台湾学者王汎森也提出类似的观点，指出中国近代思想呈现出"自我"与"政治"两种话语的交织兴替，而投身政党政治"成为许多青年们解决政治与日常生活出路的选择"。[②]然而，上述几种高度二元化的论述无不省略了中间过渡的环节，特别是介乎个体与公共空间的中间地带，即一个以现代"社会"为主要特征和关怀的独立论域的出现。这并不是说，以上文学主张或思想面向完全不涉及社会。实际上，无论启蒙与救亡、个人与国家、自我与政治，都包含了改造社会、推动社会进步的关怀，只不过，"社会"并没有作为一个完整的问题得到专门的讨论。

借由纪念五四运动九十周年的契机，历史学者杨念群开始反思"社会"话语之于中国近代史上的意义。在《"五四"九十周年祭——一个"问题史"的回溯与反思》一书中，杨念群提出一种通过社会史视角重返"五四"的新路径。在他看来，正是从 20 世纪 10 年代中期以后，"社会"话语才逐渐从晚清以来"国家—个人"的二分结构中脱离出来，"替代'政治'成为民初知识精英重点讨论的关键词"。诚然，新文化运动在很大程度上发源于一批精英知识分子的思想实验，但"五四"本身的历史走向却经历一个"转换"的过程，即"一个从政治关怀向文化问题迁徙，最后又向社会问题移动的过程"。这个"社会改造"的历史图景至少包括后五四时期的无政府主义者对日常生活和个人作用的思考、乡村建设者对社会秩序和地方改造的介入、

---

① 刘悦笛：《"启蒙与救亡"的变奏：孰是孰非》，《探索与争鸣》2009 年第 10 期，第 39 页。

② 王汎森：《"烦闷"的本质是什么——近代中国的私人领域与"主义"的崛起》，见氏著：《思想是生活的一种方式：中国近代思想史的再思考》，北京：北京大学出版社，2018 年，第 113-114 页。该文最初以《"主义时代"的来临——中国近代思想史的一个关键发展》为题，发表于《东亚观念史集刊》2013 年第 4 期，第 3-88 页。在收进《思想是生活的一种方式：中国近代思想史的再思考》一书时，作者已另撰《从"新民"到"新人"——近代思想中的"自我"与政治》一文，从社会角度探索近代中国的思想之变。

社会主义者从阶级冲突中寻求对现行制度的颠覆和改造。[①]十年之后，杨念群在修订重写的新作《五四的另一面："社会"观念的形成与新型组织的诞生》中更明确地概括社会史视角在近代史研究方法论层面的三重含义："一是不满意把五四拘囿在思想史讨论的固定圈子之内，主张把五四看作一场具有多维试验角度的社会文化运动"；"二是引入'社会'这个关键词，打通'思想'争论与基层实践的关系"；"三是注意辨析现当代研究群体观察五四时，其背后所依据的意识形态动机及相互之间的差异"。[②]

无独有偶，在文学史领域，有关五四时期社会思潮的讨论逐渐进入现代文学研究者的视野。在对文学研究会"前史"的考察中，姜涛一改传统文学研究聚焦文学理念的一般做法，转而发掘新文学同人为何以文学为业这一更具社会史意味的问题，进而揭示五四文学与社会思潮之间的对话关系。[③]在另一篇文章中，姜涛进一步指出，"所谓'文化与政治的变奏'需经过'社会'这一环节才得以落实，要把握新文化运动产生之多重层次与完整结构，这是一个不可忽略的讨论面向"，引入"社会"这个整体视域包含方法论意义上的突破意图，目的在于"把握早期新文学运动背后更为纵深的历史脉络"。[④]又如，潘正文的专著《"五四"社会思潮与文学研究会》（2011）从思想史视角有力地还原文学研究会的早期历史，尤其关注文学研究会的文艺理念与诸多社会运动以及"互助主义""人类主义""泛劳动主义"等社会思潮的胶着关系。[⑤]可以说，中国现代文学的发生不再被视为文学结构内部的美学革新或审美意识的突破，文学技巧与文学思想的兴替也

---

① 杨念群：《"五四"九十周年祭——一个"问题史"的回溯与反思》，北京：世界图书出版公司，2009 年，第 17-19 页。

② 杨念群：《五四的另一面："社会"观念的形成与新型组织的诞生》，上海：上海人民出版社，2019 年，第 276-277 页。

③ 姜涛：《五四新文化运动"修正"中的"志业"态度》，第 171-176 页。

④ 姜涛：《"社会改造"与"五四"新文学——作为一个整体的研究视域》，《文学评论》2016 年第 4 期，第 16、23 页。

⑤ 潘正文：《"五四"社会思潮与文学研究会》，北京：新星出版社，2011 年。

不再具有理所当然、不言自明的效力，唯有通过"社会"视域方能打开文学诠释的新可能，即探索文学系统变革背后的历史原因及其在社会空间中的真实效果。

不过，上述研究大多以文学社团为对象，这一范式往往因人物群像过多而陷入焦点分散的危险。最关键的问题是，以往对于社会思想的文学史考察依然停留于文学的外部，没能揭示复杂的社会思想和社团组织如何通过文学家个体发挥作用，进而影响文本生产和文学家思想的全过程。从这个角度来说，放诸白话新文学的自身脉络，抑或重返新文学社团的复杂历史，郑振铎始终都是一位倡导和推动社会变革的重要翻译家。他的文学翻译实践表明，文化运动与社会运动的联结既包括文学社团的外部建设，也意味着个人价值、群体关系和社会责任等思想议题进入文学文本的肌理之中。通过讨论郑振铎的文学翻译，我们便可以深入分析形形色色的社会思潮在文学作品中留下的痕迹，也可以考察郑振铎本人对这些社会思潮的反馈与诠释。

受益于前述思想史研究的反思和文学史研究的突破，本书采用"社会"视角考察郑振铎文学翻译活动，主要有以下三方面的考虑。

其一，"社会"作为中国近代以来时空变迁的宏观背景，容纳了结构性的社会变革和微观层面的社团交往，以及字词、概念、知识、学说等思想层面的古今流变和东西碰撞，最终构成郑振铎投身于翻译的契机和动因。值得一提的是，尽管深为新文化运动所吸引，但郑振铎文学生涯早期最重要的活动莫过于在北京基督教青年会（Young Men's Christian Association，简称 YMCA）的赞助下创办《新社会》旬刊（*New Society*，1919—1920）。在主编这份中外合作的新文化刊物期间，郑振铎接触到基督教青年会的"社会福音"理念（social gospel）、马克思主义阶级斗争学说、西方社会学理论的渐进改革方案等不尽相同的社会思想，视野开阔，蔚为大观。在这些琳琅满目的思想冲击中，美国社会学家吉登斯（Franklin H. Giddings）的心理学派社会理论对郑振铎个人触动无疑最大，促使其以文化变革的方式探索社会进步的可能性。在日后的文学翻译实践中，郑振铎所秉持的文学理念既不是"文以载道"传统观念的简单翻版，也不是晚清政治小说的现代转身。他始终相信文学的独立性，同时也认为文学必须开放其形塑社会的外向可能，而这种认识显然和他早年与社会变革话语的接触经历关系密切。本书正是以此为出发点，探寻郑振铎的文学翻译与社会思想的关系。

其二，所谓"社会"也指向郑振铎翻译作品中的思想内涵。如前所述，郑振铎一生涉猎广泛，即便在文学翻译方面，也围绕着诗歌、戏剧、小说、寓言、神话等不同领域辛勤耕耘，成果丰硕。可是，如果研究者专注于不同文类或体裁的状况分而讨论，就容易形成"只见树木而不见树林"的一隅之见。实际上，郑振铎在其译作中反复涉及个人的社会属性、社团群体的进步、社会全体的启蒙目标等问题，包括文学表达的思想基础和文字背后的社会愿景，反而为超越文类的藩篱指出一条具有普遍意义的思想幽径。本研究提出，郑振铎在社会思想的启发下，通过不同类型的文学翻译回应并参与社会变革，从而发挥现代文学的外向建构作用。从总体上说，本书着重从郑振铎本人的思想源流和问题意识出发展开论述，所涉及的翻译作品在文体类型上各有不同。本书也并不否认郑振铎其他类型作品的存在，如儿童文学的著译或个人生活化的散文创作，但鉴于论题的限定，本书将主要选取郑振铎在社会变革议题上具有思想意涵和历史意义的案例详加分析，对于其他类型的文本则在必要时引为参考或延伸讨论，不作专门处理。

细心的读者或许会发现，这种思想史化的文本解读策略在一定程度上告别了对文本内部成分或文学技巧的美学分析，转而与翻译者在译入语语境（target-language environment）中的社会行为形成更加直接而密切的关联。为此，本研究所涉及的文本分析也由传统上基于"新批评"（new criticism）的细读策略推进到解读翻译家的行为意图及其在译入语语境中的实际影响。英国学者斯金纳（Quentin Skinner）

曾就政治思想史研究提出"语境主义"策略（contextualism），即不仅把文本视为语义的集合，"至少也要以同样的程度关注语言的第二个维度（即行动）"，以此充作重返文本的途径。[①] 在其对自由主义政治思想史的研究中，斯金纳借用奥斯汀（J. L. Austin）的"言语行为"理论（speech-act），批驳了以洛奇（David Lodge）、布鲁克斯（Cleanth Brooks）、利维斯（F. R. Leavis）等文学研究者为代表的"新批评"立场，试图克服文本中心主义的弊病，通过对历史语境的精细梳理揭示思想家的意图。在 1972 年一篇具有方法论意义的文章《动机、意图与文本的解释》（"Motives, Intentions and the Interpretation of Texts"）中，斯金纳特别指出："重新找到作家的（以言行事）意图必须被视为一个必要的前提，我们才有可能解释其作品的意义。"[②] 斯金纳主张，研究者一方面必须考虑文本中的议题或主题如何被处理的通行惯例，另一方面则要关注写作者的心灵世界，也就是经验信念所构成的世界，这一语境主义方法对于探讨历史环境中的人物言行与思想尤有见地。基于相似的立场，本研究致力于回到郑振铎文学翻译的历史语境。郑振铎正是通过文学翻译作品及其所呈现的文本策略表达自己的社会意见，包括解释已有的社会经验，呈现文学书写的意图，同时也不断回应着来自友人或对手的支持、质疑和论辩。

其三，"社会"打开了郑振铎翻译活动所展开的真实空间。本书当然没有忽略社会学视野下的翻译研究方法在近年来取得的重要成果。在经历"文化转向"（cultural turn）的深远影响之后，西方学者普遍认为，翻译研究迎来"社会学转向"（sociological turn），尤其是"翻译社会学"（sociology of translation）的长足发展，并努力从相对宽泛的文化要素中分离出更加具体的社会要素。沃尔夫（Michaela Wolf）在点评勒菲弗尔（André Lefevere）等人的文化学派理论时指

① 昆廷·斯金纳：《国家与自由：斯金纳访华讲演录》，北京：北京大学出版社，2018 年，第 6 页。

② Quentin Skinner, "Motives, Intentions and the Interpretation of Texts," *New Literary History*, 1972, Vol. 3, No. 2, pp. 406-407.

出:"特别是改写的概念,不但意味着在文本层面的操纵干涉,也意味着在社会力量互动中引导和控制生成过程的文化机制,而在这一互动过程中发挥作用的赞助人系统包括了个人、集体以及各种机构。"[①] 近年来,无论是布尔迪厄(Pierre Bourdieu)理论中的"场域"(field)、"资本"(capital)与"惯习"(habitus)等概念,还是拉图尔(Bruno Latour)的"行动者—网络"方法(actor-network theory),都为勾勒翻译者的行为轨迹提供了必要的理论工具,在西方和中国的翻译研究界无不产生不小的反响。[②] 不过,本书并不打算简单套用这些时髦的理论标签,而是决定将这些社会视角的翻译理论置于幕后,转而重返郑振铎开展翻译活动的历史现场,钩沉其中复杂纠葛的社会关系。

作为新文化运动中的"后起之秀",郑振铎从一开始就相当重视不同类型的"社会资本",并借助这些"社会资本"从文坛边缘逐渐走向中心。他很早就意识到同人团体的重要性,从校内社团到跨校学生团体,从同乡聚会到文学同人组织,从外国在华机构到本土文化社团,从文学组织到政治党派,他的翻译活动无不诞生于众人合力的共同事业。与此同时,他也很早就有意识地借助现代传媒的力量书写和传播翻译作品。无论是油印小册子、编印报刊,还是发行大型译丛,甚至面对政治势力的胁迫、查禁或通缉,他的文学作品都不再是古代

---

① Michaela Wolf, "The Emergence of a Sociology of Translation," in *Constructing a Sociology of Translation*, Eds., Michaela Wolf and Fukari Alexandra, Amsterdam/Philadelphia: John Benjamins Publishing Company, 2007, p. 10.

② 社会学视角下的翻译研究代表性成果有: Daniel Simeoni, "The Pivotal Status of the Translator's Habitus," *Target*, 1998, No. 1, pp. 1-39; Moira Inghilleri, "Habitus, Field and Discourse: Interpreting as a Socially Situated Activity," *Target*, 2003, Vol. 15, No. 2, pp. 243-268; Rakefet Sela-Sheffy, "How to be a (Recognized) Translator: Rethinking Habitus, Norms, and the Field of Translation," *Target*, 2005, Vol. 17, No. 1, pp. 1-26; Michaela Wolf and Fukari Alexandra, Eds., *Constructing a Sociology of Translation*, Amsterdam/Philadelphia: John Benjamins Publishing Company, 2007; Yves Gambier and Luc van Doorslaer, Eds., *Border Crossings: Translation Studies and Other Disciplines*, Amsterdam/Philadelphia: John Benjamins Publishing Company, 2016.

文学意义上"藏之名山，传之其人"的微言大义，而是沿着现代传播链不断扩大影响，成为具有共同体意义的公共事件。

更何况，就郑振铎的个性而言，他的文学活动也从未离开各式各样的文坛论争。茅盾在悼念郑振铎的诗中形容其"为有直肠爱臧否"。王伯祥称"其为人天真直率，口无择言"，"而于文人之无行者则疾之如仇"。①李健吾评价他"给人一种旧小说中人物的英雄气概，虎虎有生气，天生嫉恶如仇，仿佛要斩尽杀绝人间一切妖魔鬼怪"。②俞平伯对他的印象也是"嫉恶甚严"，"脾气耿介一生未变"。③从这一点上说，郑振铎绝非枯坐斗室之中思考抽象哲学的书斋式作家，相反，他的文学翻译常常是在密集的讨论、激烈的论辩甚至剑拔弩张的笔战中发生的。只有通过社会空间的折射镜，才能揭示其翻译活动的完整意义。因此，本书并不会为郑振铎的翻译活动营造一个严丝合缝的理论框架或一成不变的历史背景，而是尝试以一种灵活的态度看待个人与其社会结构的双向关系。事实上，清末民初的"社会"本身就是一个变动中的词汇、概念、思想和实体，郑振铎既是这个"社会"影响下的个体，沿袭其早已存在的观念，同时也在其中思考、写作和行动，最终推动社会思潮的演进。④

---

① 王伯祥：《庋樐偶识：十国春秋》，《中华文史论丛》1979 年第 4 期，第 71 页。

② 李健吾：《忆西谛》，《收获》1981 年第 4 期，第 143-146 页。

③ 平伯：《忆振铎兄》，《光明日报》，1961 年 10 月 15 日，第 4 版。

④ 这种社会与个人的关系令人得益于社会学家吉登斯（Anthony Giddens）对于"结构二元性"（duality of structure）的观点启发。他写道："不应该简单地认为，结构只是对人类的能动性（human agency）施加了诸多限制，它也促进了（enabling）人类的能动性。"美国社会理论家休厄尔（William H. Sewell Jr.）对此评价："结构限制实践，但实践也构成（再生产了）结构。由此看来，人类能动性与结构远非对立，实际两者互补且无法独自成立。那些吉登斯称为'有知识的'（knowledgeable）人类行为主体（即那些知道自己在做什么，也知道怎么做的人）限定了结构，而那些行为主体也将结构化了的知识付诸实践。"吉登斯的观点和休厄尔的意见均见 William H. Sewell Jr., *Logics of History: Social Theory and Social Transformation*, Chicago and London: University of Chicago Press, 2005, p. 127.

第三节　翻译史进路

对于郑振铎翻译活动和翻译思想的考察历来是翻译研究界十分关心的问题。近年来，中国研究界涌现出一批学位论文，分门别类地讨论郑振铎翻译中的专门。不过，这些研究对其思想面向的发掘尚显不足，所谓的"翻译思想"大多限于"忠实""对等""欧化""重译"等翻译策略或特征。这些要素并非不重要，只不过上述研究既没有将翻译技术的讨论和翻译内容的分析结合起来，更没有涉及郑振铎的文学创作、主编刊物、出版专著、人际交往等更为复杂的社会活动。如果回到郑振铎本人的生平轨迹，我们不用怀疑，他的翻译实践和所谓的翻译思想都是在交错的社会活动中形成和发展起来的。翻译史研究者皮姆（Anthony Pym）指出，译者的身份往往具有多维度的特征，他们在翻译之外还从事其他工作，参与其他活动，并且在不同时空和场域之间转换着自己的身份。[①] 只有把郑振铎的翻译活动连同这些历史事件一同纳入讨论，才能真正解读文学文本的意图及其隐藏的思想意义。

职是之故，本研究首先受益于翻译学界自 20 世纪 70 年代以来"文化转向"的影响，不仅把翻译视为不同语言之间的转换，还认为"翻译活动的发生总会有一个语境，而文本的出现和转译总会有一段历史"。[②] 本书不愿停留在本土文学和异域文学相接触的表层，而是决意以充分的一手史料为依托，进入郑振铎文学翻译活动的译入语环境深处。为此，近年来"翻译史"（translation history）所倡导的历史研究方法对本研究尤有启发，即把"影响翻译的行为或行为者，关于翻

---

① Anthony Pym, *Method in Translation History,* Manchester: St. Jerome Publishing, 1998, pp. 160-176.

② André Lefevere and Susan Bassnett, "Introduction: Proust's *Grandmother* and the *Thousand and One Nights*: The 'Cultural Turn' in Translation Studies," in *Translation, History and Culture*, Eds., Sussan Bassnett and André Lefevere, London and New York: Printer Publishers, 1990, p. 11.

译的思想论说，以及其他诸多具有因果关联的现象"作为一个完整的对象，开展整体性的学术考察。①

　　进一步说，通过郑振铎的翻译文本、事件和活动，考察他与现代中国社会思潮的复杂关联，进而承担起历史进程的意义，这意味着把译者作为文化现象的主体加以考虑。本书并非没有注意到近年来颇为时兴的"译者主体性"（translator's subjectivity）或"行动者转向"（activist turn）等潮流。沃尔夫在 2012 年就已提出，"文化路径的研究已经将翻译过程中各个阶段潜在的权力关系凸显了出来，而现在则需要与社会中译作以及译者的情境性（situatedness）联系起来"，② 从而关注翻译者在"翻译"这项社会生产活动中的行为模式或特征。不过，本研究以郑振铎的译者角色为中心构建其文学翻译活动，主要还是出自史学本身的考量。中国史家本就有纪传体叙事的传统，"以人为本"并非遥不可及的理想。但 20 世纪以来的史学研究似乎面临着王汎森所谓的"人的消失"危机：新史学虽宣称以人物为中心，实则重"团体"或"社会势力"而轻个人角色，③ 左翼史学家重阶级力量和社会历史规律而轻个人决定力，西方学者则看重结构性力量而宣称"人的死亡"。④ 与历史学界的近况相仿，以往的翻译研究同样更关注那些影响译作和译者的结构性因素，因而"在很大程度上忽视了作为主体的人，即译者"。⑤ 相比之下，近年来的翻译史研究逐渐认识到译者在历史中扮演的角色。皮姆提出："[翻译史研究的] 核心对象必须是有血有肉的译者，因为只有人才能承担与社会因果律（social

---

① Pym, *Method in Translation History*, p. 5.

② Michaela Wolf, "The Sociology of Translation and Its 'Activist Turn'," *Translation and Interpreting Studies*, 2012, Vol. 7, No. 2, p. 133.

③ 如梁启超以伟大人格为集团之机枢，称"所谓伟大者，不单指人格的伟大，连关系的伟大，也包在里头"。见梁启超：《中国历史研究法补编》，上海：商务印书馆，1930年，第 59 页。

④ 王汎森：《人的消失？！——兼论二十世纪史学中的"非个人性历史力量"》，《思想是生活的一种方式》，第 314-350 页。

⑤ Theo Hermans, "Toury's Empiricism Version One," *The Translator*, 1995, Vol. 1, No. 2, p. 222.

causation)相当的责任。也只有通过译者及其社会环境(如委托人、赞助者、读者),我们才能理解那些译作为何会在某个特定的历史时空中产生。"[①]译者不仅沟通了不同的空间,也被认为"可以成为过去与现在的桥梁",这一点无疑成为翻译史学者的共识。[②]作为一种独特的文化现象,译者不再只是孤立的个人或个体,他的翻译行为也不只是个人或个别的活动,而是如香港学者王宏志所说,"不论个人还是群体、知名或不知名的译者以及他们的翻译以至其他活动,都集体地构成一个文化现象,在特定的文化环境下参与、回应、协商以至影响一些重要文化问题,甚至是具体地对独特文化问题作出回应"。[③]作为新文学早期的重要开拓者,郑振铎很早就形成了明确的文学观与社会观,他的文学翻译活动鲜明地指向他对社会变革的关怀,只有将其翻译活动与社会思想两相关照,才能更准确地把握他在历史活动中的位置,也才能从一个侧面解读中国社会自身的变革进程。

为了进入文化译者郑振铎的思想世界,充分的一手史料是必不可少的前提条件。翻译学者芒迪(Jeremy Munday)曾提出,翻译史研究者应尽可能通过一手史料展现"译作和译者的'微观历史'"。[④]这种突出原始文献和历史意识的方法尤其适用于郑振铎研究的开展。从20世纪30年代起,同时代人就开始为声名鹊起的文学家郑振铎编撰文集。新中国成立后,七卷本《郑振铎文集》(1957—1963)和二十卷本《郑振铎全集》(1998)先后问世,为研究者提供了比较完整而

---

① Pym, "Preface," in *Method in Translation History*, p. ix.

② "Preface," in *Translators through History*, revised ed., Eds., Jean Delisle and Judith Woodsworth, Amsterdam/Philadelphia: John Benjamins Publishing Company, 2012, p. xix.

③ 王宏志:《作为文化现象的译者:译者研究的一个切入点》,《长江学术》2021年第1期,第90页。

④ Jeremy Munday, "Using Primary Sources to Produce a Microhistory of Translation and Translators: Theoretical and Methodological Concerns," *The Translator*, 2014, Vol. 20, No. 1, p. 64. 诚然,芒迪的方法论背后自有基于新文化史的史学考量,即其所谓"对政治'大人物'和世界大事的关注已经过去,即将来临的是对'普通'人群的关注"(p. 67)。本书无意在这个问题上与原作者争论一番,只不过认为,芒迪所倡导的史料利用和视角转换,同样有助于我们发掘那些相对熟悉的历史人物较不为人知的思想要素、著译成就和社会活动。

全面的资料。不过，由于这两套文集或收录不全，或与初版文字略有差别，本书主要使用的是郑振铎作品在报刊或以单行本的形式初次发表的版本，以避免版本错置之虞。自从郑振铎去世之后，他的同辈作家陆续写下大量纪念文字或回忆文章，成为郑振铎研究中宝贵的一手资料。不仅如此，郑振铎哲嗣郑尔康先生也留下不少忆念其父的动人散文，这些丰富多彩的文字虽然不是严格意义上的学术著作，但从家庭生活和私人视角为后来者打开了郑振铎研究的"内面"，同样具有独特的学术价值。① 此外，在陈福康等研究者的不懈努力下，一批珍贵的郑振铎残稿、日记和书信相继问世，为后人走进郑振铎的个人生活提供了新的途径。鉴于郑振铎在现代文学史早期所处的中心地位，我们还可以通过其他新文学同人的资料，包括时人日记、书信和新闻报道，进一步还原社会交往与他人文字中的郑振铎形象，进而勾勒出他所面对的驳杂的社会情境。② 本书还利用一部分北洋政府档案、基

---

① 这些论著至少包括郑尔康编：《郑振铎》，北京：文物出版社，1990 年；郑尔康：《石榴又红了：回忆我的父亲郑振铎》，北京：中国人民大学出版社，1998 年；郑尔康：《郑振铎》，石家庄：河北教育出版社，2001 年；郑尔康：《郑振铎》（民进中央会史学习内部资料），北京：民进中央会史工作委员会，2004 年；郑尔康：《我的父亲郑振铎》，北京：团结出版社，2006 年；郑尔康：《郑振铎》，北京：文物出版社，2007 年。

② 这些资料包括以下几类。一、日记。陈福康整理：《郑振铎日记全编》，太原：山西古籍出版社，2006 年，以及陈福康整理：《郑振铎日记》（上、下），北京：商务印书馆，2018 年（本书使用该版），其中包括《欧行日记》等海外日记（1927—1928）、《求书目录》等访书日记（1940、1942）、上海《蛰居日记》（1943）、新中国成立后的出访日记（1953—1958）等资料。尽管这些日记只是从 1927 年开始记起，但对 1927 年以前的早期活动也多有回顾，在小心辨析的前提下，可以作为辅助资料使用。二、书信。郑振铎生前友人刘哲民在 20 世纪 80 年代后编写的通信集，为了解郑振铎与他人的交流提供了宝贵的旁证。见刘哲民：《郑振铎书简》，上海：学林出版社，1984 年；刘哲民编：《郑振铎先生书信集》（3 卷套印），上海：上海古籍出版社，1988 年；刘哲民、陈政文编：《抢救祖国文献的珍贵记录：郑振铎先生书信集》，上海：学林出版社，1992 年。三、友人日记。笔者目力所及，主要使用王伯祥和叶圣陶这两位挚友的相关资料。郑振铎与王伯祥交垂五十年，"尤其是在商务印书馆同事的十年中，更是朝夕相见，无话不谈"。见王伯祥：《悼念铎兄》，载《郑振铎纪念集》，第 77 页。他的日记详细反映了郑振铎在 20 世纪 20 年代的日常工作和生活概况。先有《王伯祥日记》（44 册影印），北京：国家图书馆出版社，2011 年，以及张廷银、刘应梅整理：《王伯祥日记》（20 册），北京：中华书局，2020 年，本书使用 2020 年整理版。叶圣陶的日记和年谱亦多次提到两人的交往。这些文献包括商金林编：《叶圣陶年谱》，南京：江苏教育出版社，1986 年；商金林撰著：《叶圣陶年谱长编》，北京：人民教育出版社，2004 年；叶至善整理：《叶圣陶日记》（3 册），北京：商务印书馆，2017 年。

督教青年会干事报告和档案，尽可能还原文学翻译背后的历史动因。上述种种努力或许能在一定程度上回应西方学者对翻译史研究的展望，即在运用当代历史书写理念的同时，应尽可能地使用"历史内部"的档案，还应借助当时当地的视角、范畴和类别描述历史事件。①

鉴于郑振铎研究的丰硕成果，本书力图在前人的基础上有所继承和发展。自郑振铎去世之后，对郑振铎个人生平的回顾和传记式研究成为早期潮流。1958 年，《考古学刊》首先刊出《郑振铎同志传略（1898—1958）》一文，简要回顾郑振铎的一生事迹。②此后，对郑振铎的传记式书写一直延续至今。国内先后出版的多篇研究论文或单行本传记成为回顾和讨论郑振铎生平的"第一代"传记资料，③但它们共同存在主观化或片面化的倾向，问题意识也有所欠缺。作为郑振铎研究领域的重要学者，陈福康批评早期郑振铎研究因受"某种僵化的思想方法"影响而发展缓慢。④虽然翻译家研究"不可缺少地应该用传记的方法"，但更需要超越单一的传记方法，走向"一种较为开放的文学史研究观念，一种历史的综合的研究方法"。⑤毫无疑问，陈福康集多年之力，先后编成《郑振铎年谱》（1988 年初版，2008 年再版）和《郑振铎论》（1991 年初版，2010 年再版）等基础性资料，成为郑振铎研究的里程碑。

其次，本书意欲尝试摆脱郑振铎研究中长期存在的文学社团研究

---

① Lieven D'hulst, "Translation History," in *Handbook of Translation Studies, Vol. 1*, Eds., Yves Gambier and Luc van Doorslaer, Amsterdam/Philadelphia: John Benjamins Publishing Company, 2010, p. 403.

② 《郑振铎同志传略（1898—1958）》，《考古学报》1958 年第 4 期，第 1-6 页。

③ 陈福康：《郑振铎传略》，《晋阳学刊》1984 年第 2 期，第 101-108 页；程韶荣、黄杰：《郑振铎传略》，《福建师范大学学报》1986 年第 4 期，第 53-64 页；金梅、朱文华：《郑振铎评传》，天津：百花文艺出版社，1992 年；陈福康：《郑振铎传》，北京：北京十月文艺出版社，1993 年；陆荣椿：《郑振铎传》，福州：海峡文艺出版社，1998 年；郑尔康：《星陨高秋：郑振铎传》，北京：京华出版社，2002 年；王炳根：《郑振铎：狂胪文献铸书魂》，郑州：大象出版社，2004 年；福州市地方志编纂委员会编：《郑振铎志》，福州：海峡摄影艺术出版社，2006 年；郑源：《郑振铎画传》，福州：福建人民出版社，2018 年。

④ 陈福康：《郑振铎论》，修订版，第 4 页。

⑤ 陈福康：《郑振铎论》，修订版，第 9、10 页。

和流派研究倾向。本书并不是要专门书写文学研究会的历史，这个方面的工作显然已硕果累累，只不过借此指出，以往的郑振铎研究往往将其淹没于文学研究会的作家群像之中，虽然也承认郑振铎个人的历史贡献，但很容易掩盖其领导文学社团的事实，同时忽略其社交网络的广阔外延及其对作家群体的辐射作用。在文学研究会的成立和运作过程中，郑振铎是出力最多的人，叶圣陶甚至认为"可以说主要是振铎兄的功绩"。① 更何况，文学研究会的成员多达130余人，本身就是一个带有半工会性质的松散组织。② 茅盾在回忆录中指出，文学研究会"并没有打出什么旗号作为会员们思想上、行动上共同的目标"。③ 同时，会内成员的差异也十分明显。例如，叶圣陶就更加关心作家个人的精神力量，④ 瞿秋白则投身政治革命，并成为中国共产党的早期领导人。即便是与郑振铎思想相近的茅盾，也在1921年加入中国共产党，并在1923年以后逐渐参与政党事务。郑振铎的经历与他们都不相同。在新文化运动初兴之时，他还只是青年学生，且与外国宗教团体交往甚密。"主义时代"到来之后，他也没有加入政治党派，而是致力于以文学翻译推进社会变革的进程。在他看来，"文学与社会不是相互外在的领域"，"而是内在同一于社会改造的整体"。⑤ 这一点恰恰成为郑振铎有别于新文学同人的重要特征，并使其翻译活动与社会思潮的联结成为可能，也为后人评价其文学活动的社会话语意义提供

---

① 叶圣陶：《郑振铎文集〈序〉》，载氏著：《绿》，北京：文化艺术出版社，1983年，第57页。
② Michel Hockx, "The Chinese Literary Association (Wenxue yanjiu hui)," in *Literary Societies of Republican China*, Eds., Kirk A. Denton and Michel Hockx, Plymouth: Lexington Books of the Rowman & Littlefield Publishing Group, Inc., 2008, pp. 79-102.
③ 茅盾：《我走过的道路》（上册），北京：人民文学出版社，1981年，第166页。
④ 叶圣陶说："我们要创作我们所希望的真文艺品，没有范本可临，没有捷径可走，唯一的方法乃在自己修养，磨炼到一个'诚'字。我们应以全生命浸渍在文艺里，我们应以浓厚的感情倾注于文艺所欲表现的人生。"见氏著：《文艺谈·四》，《晨报副刊》，1921年3月11日，第7版。
⑤ 姜涛：《公寓里的塔：1920年代中国的文学与青年》，北京：北京大学出版社，2015年，第64页。

了难得的窗口。

再次，本书也意在避免郑振铎研究各分支领域对于思想史考察的干扰。毫无疑问，郑振铎的写作和研究生涯涉及多个不尽相同的领域，以至于后来的研究者也就儿童文学[①]、戏剧（和戏曲）[②]、美术[③]、文学史研究[④]、世界文学理论[⑤]、图书出版[⑥]、文献保护[⑦]等范畴分门别类，各有专攻。但这样一来，就导致过往的郑振铎研究对其思想核心的把握有所欠缺。在为数不多涵盖郑振铎思想全貌的专著中，郑振伟的《郑振铎前期思想》一书总结了郑振铎早期文学思想（1917—1927）的各个方面，包括他的文学立场、浪漫主义诗论、儿童文学观、俄国文学的引介以及印度诗歌的翻译。然而，此类作品涉及的领域虽然十

---

① 郑尔康、盛巽昌编：《郑振铎和儿童文学》，北京：少年儿童出版社，1982年。

② 余蕙静：《郑振铎戏剧论著与活动述评》，台北：秀威资讯科技股份有限公司，2004年；张小芳、黄文祥：《"中国文学史"中的戏曲批评术语研究——以郑振铎〈插图本中国文学史〉为例》，《戏曲艺术》2016年第1期，第55-60页；南江涛：《论郑振铎对戏曲艺术文献整理出版的贡献》，《戏曲艺术》2019年第4期，第94-102页；王亚男：《20世纪中国曲学转型中的郑振铎》，《文艺评论》2020年第3期，第4-12页。

③ 郑振铎著，张蔷编：《郑振铎美术文集》，北京：人民美术出版社，1985年。

④ 陈福康：《郑振铎论》，修订版，第五章"文学遗产的整理和研究"之中国部分，第573-687页；董乃武：《论郑振铎的文学史研究之路》，《文学遗产》2008年第4期，第138-148页；李俊：《吴世昌与郑振铎——关于文学史写作之争》，《山东文学》2010年第11期，第74-75页；陈福康：《郑振铎与文学遗产的整理研究工作》，《文学遗产》2021年第3期，第14-22页。

⑤ 杨玉珍：《郑振铎与"世界文学"》，《贵州社会科学》2005年第1期，第105-108、145页；Jing Tsu, "Getting Ideas about World Literature in China," *Comparative Literature Studies*, 2010, Vol. 47, No. 3, pp. 290-317; Ruoze Huang, "Remolding World Literature in Modern China: A Study of Zheng Zhenduo's Translation of *Reynard the Fox* as Allegorical Satire," *Asia Pacific Translation and Intercultural Studies*, 2018, Vol. 5, No. 1, pp. 57-71; 王波：《"近代的文学研究的精神"——莫尔顿〈文学的近代研究〉与郑振铎的中国文学研究》，《文学评论》2018年第6期，第43-51页。

⑥ 苏精：《藏书家的郑振铎》，《传记文学》1982年第5期，第59-65页；苏精：《郑振铎玄览堂》，收氏著《近代藏书三十家》，北京：中华书局，2009年，第188-210页；李俊：《学者藏书与学术研究的转型：以郑振铎为例》，芜湖：安徽师范大学出版社，2015年；叶康宁：《郑振铎与申记珂罗版印刷所》，《新文学史料》2019年第4期，第14-22页；赵瑞：《旧典新刊：郑振铎与古籍出版》，《中国出版》2020年第1期，第65-69页。

⑦ 顾力仁、阮静玲：《国家图书馆古籍汇购与郑振铎》，《国家图书馆馆刊》2010年第2期，第129-165页。

分广阔，内容也相当丰富，却依然缺乏一个核心观点统照全局。①

近年来，文学史学者开始发掘郑振铎文学书写中的社会面向。季剑青指出，郑振铎的文学观继承了早年来自《新社会》旬刊的社会思想，在肯定情感的文学作用之外，还强调它所承担的社会功能。② 马娇娇认为，郑振铎的早期生涯反映了一个新文化青年从"旁观者"到"行动者"的身份转变，揭示了新文化运动及其参与者从"边缘"走向"中心"的权势位移，这两种变化"均可以被视为'五四新文化'对浮露而出的'新青年'进行主体赋能，并借以拓展其社会空间的过程"。③ 邱雪松的新近研究进一步指出，五四前后的青年郑振铎昭示了现代社会中的新青年被"制造"出来的内在机制，代表五四青年代际群体之间的差异与联系，也表明社会学知识转化为系统文学观的漫长过程。④ 以上研究都对本书的思路颇有启发。

鉴于这些考虑，本书在时间上大体以 1917 年青年郑振铎赴京求学为起点，以 1937 年上海沦为"孤岛"为下限，关注郑振铎的文学翻译活动与社会思潮演进的关系。在具体的论述过程中，为了使整体思路更加清晰和完整，本书的个别章节也会根据需要拓展这个视野的时间边界。就全书结构而言，本书大体上遵循时间顺序，但主要以问题为导向，分为以下五个章节展开论述。

第一章勾勒新文化运动前后"社会"话语兴起的历史背景，呈现青年郑振铎与社会改造思潮的接触经历，尤其关注郑振铎如何从《新社会》旬刊的翻译活动出发，在批判性继承西方社会理论的同时，不断向新文化运动的主线靠近。郑振铎日后的一系列翻译活动与思想发

---

① 郑振伟：《郑振铎前期思想》，北京：人民文学出版社，2000 年。

② 季剑青：《郑振铎早期的社会观与文学观》，《河北师范大学学报》2006 年第 5 期，第 82-87 页。

③ 马娇娇：《走向"运动"的"新文化人"——1919 年前后的郑振铎》，《文艺争鸣》2017 年第 7 期，第 82 页。

④ 邱雪松：《制造"新青年"："五四"前后的郑振铎》，《中国现代文学研究丛刊》2019 年第 2 期，第 143-173 页。

展，都可以在这段早期经历中找到文本、人员或组织结构上的线索。

第二章沿着青年郑振铎的发展轨迹，借用"舞台"对于译者人生和戏剧文学的双重意味，考察初登新文学舞台的郑振铎及其译者群体与其他文化团体的交往。一方面，郑振铎充分利用现代出版媒体的传播机制，探索文学社团的建设和运作规律；另一方面，他在戏剧文学的翻译中寻找"为人生的文学"核心理念，并将其运用于本土文学的书写。

第三章讨论郑振铎文学翻译中的个人话语。无论是通过泰戈尔的散文诗，还是借助西方儿童故事的寓言效果，郑振铎的早期翻译围绕着"动物丛林"的比喻追踪个人解放的轨迹。在这种"丛林书写"的尝试中，郑振铎不仅回应了中国现代文学中的个人解放议题，更努力提供一个以行动哲学和社会归属为指南的可能答案。这种另辟蹊径的尝试使其不断陷入与其他作家的分歧，但也因此展露出郑振铎鲜明的社会关怀。

第四章探讨郑振铎文学翻译中的革命思想，特别是译者对于俄国文学中不同革命成分的区分、借用和改写。当民国初年的社会变革思潮转入政治主张的交锋，郑振铎一度游移于文化运动、思想启蒙或暴力革命的不同路线，也似乎在列宁主义、无政府主义和共产主义学说之间徘徊不定。这未必是译者个人的历史局限，反而清晰地暴露出新文化阵营的内部分化，以及新文化运动自身在社会变革问题上的多重进路。对郑振铎来说，政治化的暴力革命不能提供现成、便捷而一劳永逸的答案，在主义政治的洪流面前，他依然保持着对于社会思潮的不懈思考，从而构成中国变革思潮演进中的一支重要潜流。

第五章从时空错置的视角出发，探索郑振铎如何翻译时空迥异的古希腊神话文本，进而以一种整体性的视域探问"历史可译性"的可能。在此，文学不再被视为一个自足的美学范畴，而是被逆转为表达政治意见和社会批评的特殊文本。

总而言之，全书将结合文本分析与历史考察，联系郑振铎在历史语境中的语言、行为和思想，最终形成比较完整的历史描述。

第一章　发现"社会"：
民国初年的社会知识与实践

　　民国六年（1917 年），丁巳，郑振铎时年十九，温州第十中学肄业，当年夏，动身前往北京。行至上海，他借宿于虹口外祖父家中，恰遇张勋兵变，拥立溥仪登基，一时不能北上。郑振铎流连于四马路书肆，翻阅石印本旧书，心里觉得饱满而痛快。至七月十二日，段祺瑞以讨伐逆军之名攻入北京，迫使张勋辞职，溥仪退位。此次复辟历时十二天。随后，郑振铎再次启程，前往历经剧变的古都。①

　　毫无疑问，1917 年正是新文化运动风起云涌的一年。1 月 4 日，蔡元培就任北京大学校长，不久便邀请陈独秀担任北大文科学长。《新青年》随之从上海迁往北京。在这一年里，《新青年》杂志接连刊登胡适的《文学改良刍议》和陈独秀的《文学革命论》两篇重要文章，由此拉开文学革命的序幕。同年秋，周作人、胡适、刘半农等主张新文化运动的主将纷纷入主北大，新文化团体的成员日渐联合。②在蓬勃兴起的新文化氛围中，郑振铎很快就为蔡元培破旧立新的个人魄力所吸引，亦以他的言行为榜样。郑振铎写道："他的答林琴南的信，他的答彭允彝的话，他的'三不主义'，都叫我们感动异常。"③

　　起初，郑振铎并没有像那些赫赫有名的同时代人一样进入北大听课，也没有参与《新青年》等进步刊物的编辑工作，甚至当两年后

①　陈福康编：《郑振铎年谱》（上册），太原：三晋出版社，2008 年，第 12 页。
②　魏定熙著，张蒙译：《权力源自地位：北京大学、知识分子与中国政治文化，1898—1929》，南京：江苏人民出版社，2015 年，第 118-151 页。
③　郑振铎：《从〈艺术论〉说起》，《文艺丛刊》1947 第 4 期，第 25 页。

五四运动爆发之时,他也不在学生队伍的行列。在时代风潮的"在场者"与"旁观者"之间,郑振铎因缘际会,成为名不见经传的《新社会》旬刊主编,并以笔为剑,潜心翻译西方社会变革的理论学说。然而,正是这段往往被现代文学史和郑振铎传记书写所忽略的独特经历,成为青年郑振铎在学生时代参与时间最长、投入精力最多的编辑出版活动,而小小的《新社会》旬刊也潜藏着民国以来社会话语的古今之变与中西对话。

第一节 民国初年"社会"概念与实体嬗变

从词汇史的角度来看,中文"社会"与英文"society"的意义本不相同。在中文的传统解释中,"社"本意是指土地神。汉代纬书《孝经纬》有云:"社者,土地之主也。""土地广博,不可尽敬,故封土为社,以报功也。"①《周礼》以二十五家为"社",引申为居住单位之意。② "会"泛指聚会,也指聚合而成的小型团体。二者的复合词"社会"则多表人群出于不同目的发生聚合的状态。③ 根据《牛津英语词典》的解释,英文单词"society"源出法语"société",大约经过 15 至 17 世纪的一系列形态变化和意义竞争,最终形成三类相对固定的意涵:一是表示联结、参与或合作;二是表示与其他人共同生活或交往的状态;三是表示一个共同体、联合体或团体。④ 尽管"社""会""社会"等词在中国古已有之,但"社会"一词的现代意涵却是晚近以来一系列跨语际活动的产物。

本书不会全面梳理"社会"或"society"在各自语言脉络中的语义变迁史,也无意考证近代以来二者纠葛的概念史历程,目前学界已

---

① 黄奭:《孝经纬》,上海:上海古籍出版社,1993 年,第 8 页。

② 许慎:《说文解字》,北京:中华书局,1963 年,第 9 页。

③ 陈宝良:《中国的社与会》,增订本,北京:中国人民大学出版社,2011 年,第 1-5 页。

④ *Oxford English Dictionary: The Definitive Record for the English Language*, http://www.oed.com/view/Entry/183776?redirectedFrom=society#eid,访问日期:2021 年 7 月 14 日。

多有整理，成果丰硕。[①]但在语言交流的基础之上，正是由于近代思想家将西方社会学理论译入中国，一种关于现代社会的全新思考开始出现。近代翻译家、思想家严复就十分推崇西方的"公心"思想。美国汉学家史华兹（Benjamin Schwartz）在研究中指出，严复一方面发现西方的近代奇迹之所以成为现实，是因为西方社会的内在机制"促进个人的建设性的自我利益，以及解放个人的能力并利用这些能力去达到集体的目的"；另一方面也不得不承认，同样的"公心"却无法在中国传统中找到对应物。[②]基督教青年会北京分会的美籍干事同样发现，中国现有的各类行会组织并非西方意义上的"共同体"（community）概念。[③]面对"社会"意涵的中西差异，五四青年决绝地拥抱西方的"社会"标准，而与中国传统的社群观念渐行渐远。1917 年 4月，北京大学社会学家陶孟和在《新青年》上发表题为《社会》的论文，从中西不同的视角比较"社会"概念的语义之别。他写道："夫社会一语，宋儒以之诂村人之组织。今人用之以译梭西埃特。Society

---

①　关于"社会"概念的翻译与演变，近年来学界新见迭出，代表性观点可参考：Michael Tsin, "Imagining 'Society' in Early Twentieth-Century China," in *Imagining the People: Chinese Intellectuals and the Concept of Citizenship, 1890–1920*, Eds., Joshua A. Fogel and Peter G. Zarrow, New York: Routledge, 1997, pp. 212-231. 郑杭生、李应生：《中国社会学史新编》，北京：高等教育出版社，2000 年，绪论及第一章，第 1-65 页；金观涛、刘青峰：《从"群"到"社会"、"社会主义"——中国近代公共领域变迁的思想史研究》，《"中央研究院"近代史研究所集刊》2001 年第 35 期，第 1-66 页；黄克武：《晚清社会学的翻译——以严复与章炳麟的译作为例》，载孙江编：《亚洲概念史研究》（第 1 辑），南京：南京大学出版社，2013 年，第 3-46 页；承红磊：《"社会"的发现——晚清"社会"话语考论》，香港中文大学历史系博士论文，2014 年；冯凯：《中国"社会"：一个扰人概念的历史》，载孙江、陈力卫编：《亚洲概念史研究》（第 2 辑），北京：生活·读书·新知三联书店 2014 年，第 99-137 页；韩承桦：《当"社会"变为一门"知识"：近代中国社会学的形成及发展（1890—1949）》，台北：台湾大学文学院历史学系博士论文，2017 年，第 37-120 页；李恭忠：《Society 与"社会"的早期相遇：一项概念史的考察》，《近代史研究》2020 年第 3 期，第 4-18 页。

②　Benjamin Schwartz, *In Search of Wealth and Power: Yen Fu and the West*, Cambridge, Mass. and London: The Belknap Press of Harvard University Press, 1983, p. 70. 译文参考本杰明·史华兹著，叶凤美译：《寻求富强：严复与西方》，南京：江苏人民出版社，2005 年，第 46 页。

③　John S. Burgess, *The Guilds of Peking*, New York: Columbia University Press, 1928, p. 207.

梭西埃特之与社会，其语源，其意味，殆若风马牛之不相及。""社会者，人类种种活动之周围，亦即人类群居生活之全体也。"① 可以说，五四一代的新知识人已经使用西方"社会"概念批判性地审视中国传统社会观念，进而展望现代中国社会的发展状况。

需要指出的是，早在 1903 年，作为新名词的"社会"就已超过传统词汇"群"的用法，成为时人的普遍选择。② 但在封建王朝实体尚存的语境下，"社会"依然是与"国家"一词伴生而又纠缠不清的概念。当严复在其译作《社会通诠》（1903）原序中称"社会非域中大物耶"之时，严复笔下的"社会"对应的英文是"politics"，但他在第一章"开宗"中却又常常用"社会"指称"group"或"community"。③ 可见，在严复的心目中，"群"的概念可以兼指"国家"和"社会"这两个本不相同的范畴。美国学者季家珍（Joan Judge）认为，就民国以前的状况而言，"国家"概念"同时涵盖了王朝和国家，但又不只与任何一项相等同，于是'国家'构成了这样一个领域，即国家或政府与社会相遇"。④ 换言之，尽管"society"所意指的公共性、公共空间等意涵已经出现，但它的所指究竟为何物仍难确定。

直到 20 世纪 10 年代中期以后，面对民初政府的腐败局面，一部分有识之士才开始在国家之外探索社会的启蒙与变革，进而推动社会实体与政体的独立。1915 年 1 月，在政坛上屡遭败绩的梁启超发表《吾今后所以报国者》一文，痛心疾首地反思政治失败的根源所在。他认为政治的基础在于社会，要实现健全的政论，就要在社会领域中有所作为。⑤ 他在与蔡锷共谋举义的誓约中写道："吾以为中国今

---

① 陶履恭：《社会》，《新青年》1917 年第 2 号，第 1-2 页。
② 金观涛、刘青峰：《从"群"到"社会"、"社会主义"》，第 190-191 页。
③ 对这一问题的分析及英文原文，参见王宪明：《语言、翻译与政治——严复译〈社会通诠〉研究》，北京：北京大学出版社，2005 年，"附录"，第 273、281-284 页。
④ Joan Judge, *Print and Politics: "Shibao" and the Culture of Reform in Late Qing China*, Stanford: Stanford University Press, 1996, p. 54.
⑤ 梁启超：《吾今后所以报国者》，《大中华》1915 年第 1 期，第 1-4 页。

后之大患，在学问不昌，道德沦坏，非从社会教育痛下功夫。国势不可救，故吾献身于此，觉其关系视政治尤为重大也。"[①]在这个基础上，针对"社会"本身的变革和改造便逐渐从各类一般意义上的变革、革新话语中脱离出来，不断发展，为五四新文化运动提供了一条与众不同的思想理路。[②]

在清末民初社会变革的氛围中，为数众多的社会团体怀着各不相同的诉求创刊办报、著书立说，为新文化运动的登场创造了一个"众声喧哗"的舆论场域，也为郑振铎与新文化的接触提供了一批似乎琳琅满目的选项。但在现实中，郑振铎跻身新文化场域之路却颇有些曲折。

抵达北京以后，郑振铎寄居在东城西石槽6号三叔家中。三叔名郑庆豫，字莲蕃，是清末京师译学馆的毕业生，供职于民国外交部通商司保慧科。[③]其人热情体贴，还雇马车到北京南站迎接郑振铎，但他的思想却没有想象中那般新潮。郑振铎本欲投考北大中文系，三叔出于稳妥的人生考虑和现实的经济考量，建议改报交通部下设的北京铁路管理学校。在他看来，这所学校"一则，学费低，是半官费；二

---

① 梁启超：《国体战争躬历谈》，《大陆报》，1916年10月。载丁文江、赵丰田编：《梁任公先生年谱长编（初稿）》，北京：中华书局，2010年，第417页。

② 邹小站：《政治改造与社会改造：民初的思想争论》，《史林》2015年第1期，第72-86页。

③ 郑庆豫于1903年入读京师译学馆法文专业，1909年（宣统元年闰二月）以甲级毕业生结业。参见陈初辑：《京师译学馆校友录（1931）》，载沈云龙主编：《近代中国史料丛刊二辑第493册》（续编第五十辑），台北：文海出版社，1976年，第43页。不过，郑庆豫成绩一般，"毕业平均分数七十二分二厘二毫（因外国文主课不及六十分降中等）"。见《谨将京师译学馆甲级毕业生分别等第照章请给奖励恭呈》，《学部官报》第84期，宣统元年三月初一日（1909年4月20日），第4b页。宣统二年九月十日（1910年10月12日），郑庆豫被派往外交部西班牙分馆任通译生。见《派郑庆豫充西班牙分馆通译生由》，外务部档案，台湾"中央研究院"近代史研究所，馆藏号：02-12-024-03-023。从1918年起，郑庆豫在外交部通商司保慧科任职。参见张善贵：《郑振铎先生的世系及近支亲族考》，载郑振铎百年诞辰学术研究会编：《郑振铎研究论文集》，福州：海峡文艺出版社，1998年，第36-40页。

则，将来毕业后，职业可以有保障"，①比之于引人注目但颇有争议的北大中文系，自然更符合传统仕途的规划。1918 年 1 月，郑振铎被北京铁路管理学校录取为高等科乙班（英文班）新生。②

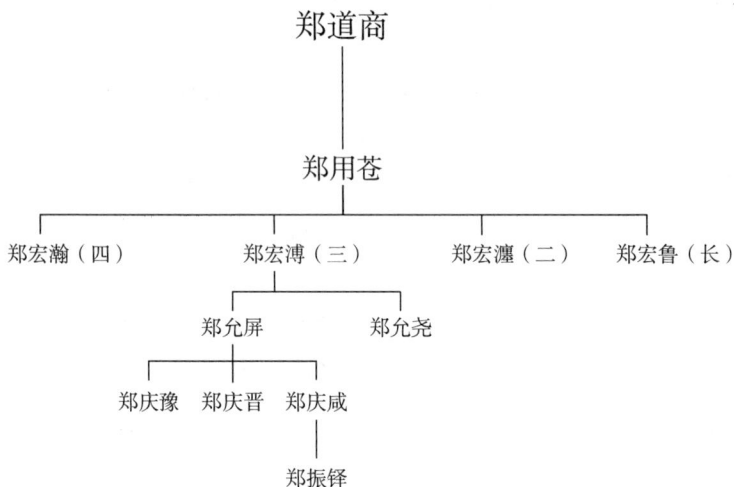

图一　郑家世系图局部（福建长乐博物馆郑振铎纪念馆）

1919 年五四运动的爆发无疑给郑振铎留下毕生难忘的印象。据他多年后回忆，"北京的大学生全都卷入这个大运动中了"，这场惊世骇俗的运动"像一声大霹雳似的，震撼醒了整个北京、整个中国的青年学生"。③郑振铎所在的铁路管理学校也在五四预备会议的十三所学校之列，运动当天亦有 200 名学生参加游行。出人意料的是，郑振铎并

———————

① 郑尔康：《石榴又红了》，第 14-15 页。

② 铁路管理学校的前身为清朝宣统元年（1909）设立的铁路管理传习所，后更名为交通传习所，分铁路科和邮电科两个专业。1917 年 1 月，交通传习所改为铁路管理学校和邮电学校。见《民国交通部训令第 1759 号（1916 年 12 月 12 日）》，《政府公报》1916 年 12 月 16 日第 342 期，第 9 页；交通铁路部交通史编委会编：《交通史总务编》，北京：交通部总务司，1936 年，第 45-91 页；《庚申级小史》，收铁路管理学校高等科乙班毕业纪念册委员会编：《交通部铁路管理学校高等科乙班毕业纪念册》，北京：交通部铁路管理学校，1920 年，第 15-20 页。

③ 郑振铎：《记瞿秋白同志早年的二三事》，《新观察》1955 年第 12 期，第 26 页。

没有参加前一日在北大法科大礼堂举行的筹备会，五四当天也只是从旁目睹了赵家楼的大火和四处飞奔的学生，直到第二天才在报纸上了解事件始末。[①] 这或许可以从某种程度上反映郑振铎对于社会变革话语不同可能性的选择。实际上，郑振铎在五四前后参加过为数众多的社会社团，如在 1919 年夏发起温州救国讲演周刊社，创办《救国讲演周刊》；7 月在母校浙江第十中学参与创立永嘉新学会，并创办《新学报》；12 月参加旅京福建学生联合会，油印《闽潮》。从这些早期尝试也可以看出，郑振铎并不追求热血暴烈的街头政治，而是努力通过文化启蒙的策略，寻找推动社会进步的文化动力。他本人也坦言，上述文化活动的目的都是"考察旧社会的坏处，以和平的、实践的方法，从事于改造的运动"。[②]

然而，郑振铎青年时代的社团经历具有一种共同的局限性，它们或以地域乡籍为依托，或以学生身份为限，未能在思想上找到一个稳定而持久的指引，往往草草收场，终究不成气候。不过，郑振铎本人却脱颖而出，逐渐成为北京学生群体中的佼佼者。好友程俊英日后回忆：

---

① 　郑振铎：《前事不忘》，《中学生》第 175 期，1946 年 5 月 1 日，第 8 页。关于郑振铎是否参加五四运动当天的游行，本是学界一桩"公案"。同时，这个疑问在很大程度上影响到后人对其思想倾向的判断，故在郑振铎研究中是一个至关重要的问题。郑振铎本人曾在 1958 年 10 月 8 日中国社会科学院文学研究所学术批判会的发言中回忆道："'五四'运动前一天，五月三日开会；我们因为是在小学校，没能参加。我家住在赵家楼附近，火烧赵家楼时我去看了，抓去很多学生。第二天开学生联席会，我也参加了。"见郑振铎：《最后一次讲话（1958 年 10 月 8 日）》，《新文学史料》1983 年第 2 期，第 163 页。但郑振铎的最后讲话在日后引起诸多误会，如郭绍虞说"振铎是参加过五四运动的"，见郭绍虞：《"文学研究会"成立时的点滴回忆——悼念郑振铎先生》，《文艺月报》1958 年第 12 期，第 48-59 页。陈福康从郑振铎本人之说，认为"郑振铎所在学校是个小单位，故未能参加前一天的会议，也未参加以上活动"。见陈福康编：《郑振铎年谱》（上册），第 18 页。不过，周策纵的《五四运动史》一书证实，铁路管理学校参与了 5 月 3 日的高校预备会议和 5 月 4 日当天的游行活动。参见周策纵：《五四运动史》，北京：世界图书出版公司，2016 年，"附录三：参加'五四'事件的大专院校"，第 358-360 页；马娇娇：《走向"运动"的"新文化人"》，第 82-88 页。

② 　振铎：《发刊词》，《新社会》第 1 号，1919 年 11 月 1 日，第 1 页。

我们的相识是在 1919 年，由于一起参加福建同乡会，又共同投入五四运动，渐渐地便熟悉了。那时，我在北京女子高等师范学校国文部肄业，他是北京铁路管理学校的学生，所学不同，但他不修边幅，态度潇洒，目光炯炯，演说激昂，引起了我校同窗的注意。而且他性好古籍，擅长文墨，经常手挟小说诗词，在《新社会》、《闽潮》等刊物上发表文章，更被我的同学黄庐隐、王世瑛等称为同道。①

一个打破校际隔阂、超越学生身份、横跨专业鸿沟的思想联盟已隐隐成形。1919 年秋，北京基督教青年会创办《新社会》旬刊，郑振铎获邀担任这份刊物的创刊编辑和主要译者，成为他早年投身新文化事业的主要阵地，也是其在创立文学研究会以前参与时间最长、涵盖范围最广的编译经历。

第二节 《新社会》创刊与中国译者的合流

《新社会》旬刊由北京基督教青年会下设的社会实进会创办，从 1919 年 11 月 1 日问世到 1920 年 5 月因北洋政府取缔而停刊，总共发行 19 期，是北京基督教界参与新文化事业的一份重要出版物。这份刊物定期介绍西方社会学知识，翻译西方近代文学作品，并发表有关中国社会变革和文艺改革的论说，在北京及全国舆论界引起不小的反响。需要指出的是，《新社会》旬刊虽然由基督教社团发起，但却邀请以郑振铎为首的一批中国青年学生担任实际运营和编译人员。因此，我们有必要首先以《新社会》旬刊的创办、编辑和翻译活动为中心，分析郑振铎与基督教青年会之间交错的社会关系和纠葛的思想关联。

---

① 程俊英：《怀念郑振铎先生》，《新文学史料》1988 年第 3 期，第 82 页。

从社会关系层面来说,以郑振铎为代表的中国青年译者群体与北京基督教青年会之间构成了一种接近于比利时翻译理论家勒菲弗尔所谓的"赞助关系"(patronage)。在勒菲弗尔看来,一个文学系统的运作受到两种因素的制约:一种是身处文学系统之内的"专业人士"(professionals),如批评家、评审、教师、翻译者等人员,他们确保文学作品符合社会主流的"诗学"(poetics)标准和"意识形态"(ideology)要求;另一种是身处文学系统之外的"赞助者"(patrons),包括个人或组织,他们主要是从文学的意识形态而非诗学的一面,促进或阻碍文学作品的阅读、写作和改写。① 作为一种"翻译社会学"的理论尝试,② 赞助者理论对探讨中国近代以来的翻译活动尤有启发意义,"这样,翻译研究便被放在社会文化的背景里"加以论述,尤其适用于探讨中国近现代翻译活动背后复杂的社会成因或历史关联。③ 但在郑振铎与《新社会》旬刊的关系中,赞助者与被赞助者经过一种跨文化的"凹凸镜"折射而变得十分特殊。在传统上,赞助关系可以被定义为一种纵向的权力关联,在这种联系中,"人际关系是不平等的,是领导(或庇护人 [patron])及其追随者(或受护人 [clients])之间的关系"。但英国文化史学者彼得·伯克(Peter Burke)对这种垂直、单向度的权力关系作出修正,认为"更为现实的态度是把他们之间的关系看成某种形式的交换",即"每一方都有些东西可以提供给另一方"。④ 在郑振铎与北京基督教青年会的关系中,郑振铎一方面排斥了以福音思想为代表的基督教理念,另一方面接受了由美国

---

① André Lefevere, *Translation, Rewriting and the Manipulation of Literary Fame*, London and New York: Routledge, 1992, pp. 14-15.

② Michaela Wolf, "Sociology of Translation," in *Handbook of Translation Studies*, *Vol. 1*, Eds., Gambler Yves and Luc van Doorslaer, Amsterdam/Philadelphia: John Benjamins Publishing Company, 2010, p. 338.

③ 王宏志:《权力与翻译:晚清翻译活动赞助人的考察》,载氏著:《翻译与文学之间》,南京:南京大学出版社,2011 年,第 46 页。

④ 彼得·伯克著,李康译:《历史学与社会理论》,第 2 版,上海:上海人民出版社,2019年,第 118-119 页。

社会学家吉登斯所倡导的现代社会学说，并以此为基础形成自己的社会改造理念，为日后的文学翻译活动奠定了思想方向。①

《新社会》的创办方名为北京"社会实进会"（the Peking Students' Social Service Club），背后的母会是北京基督教青年会，后者是基督教青年会在全球布局的一部分。1844 年 6 月 6 日，英国人乔治·威廉（George Williams）在伦敦创立世界上第一个基督教青年会组织。1851 年，基督教青年会在美国和加拿大成立，随后很快在北美地区发展壮大起来。中国近代最早的基督教青年会活动可追溯到 1876 年的上海，早期青年会组织的出现主要是为工作旅居于此的外国人聚会之用。②1895 年 10 月 15 日，北美协会委派来会理（David W. Lyon）来华，后者于当年 12 月 8 日在天津创办中国的第一个青年会

---

① 以往对《新社会》的研究或对新文学作家个人早年经历的追溯，都缺乏对这份刊物的整体观照，最为详细的讨论当属郑振伟的研究，其中描述了北京社会实进会的沿革和组织，并附录《新社会》各期目录，见郑振伟：《郑振铎前期文学思想》，北京：人民出版社，2000 年，第 93-140 页。部分研究对英文档案利用不足，故未能结合中外双方的情况追踪思想传递的轨迹，如曹晓娟：《昙花一现："五四"时期知识分子的社会改造运动——以〈新社会〉旬刊为中心》，《社会科学家》2009 年第 8 期，第 30-34 页；周瑞瑞：《〈新社会〉的"新社会"之梦——兼论五四时期青年知识分子如何探索救世之道》，复旦大学社会科学基础部硕士论文，2011 年；王茹薪、宣朝庆：《北京社会实进会：青年学生社团与社会学知识的引进》，《社会学评论》2021 年第 2 期，第 70-91 页，本书使用北京市档案馆的相关文献，值得关注。即便在最为成熟的基督教青年会研究中，对《新社会》旬刊的讨论也十分有限，如来会理：《中华基督教青年会二十五年小史》，上海：青年协会书局，1920 年；余日章：《中华基督教青年会史略》，上海：青年协会书局，1927 年；Xing Wenjun, "Social Gospel, Social Economics, and the YMCA: Sidney D. Gamble and Princeton-in-Peking," Ph.D dissertation of University of Massachusetts, 1992; Xing Jun, *Baptized in the Fire of Revolution: The American Social Gospel and the YMCA in China: 1919–1937*, Bethlehem: Lehigh University Press, 1999；左芙蓉：《社会福音、社会服务与社会改造：北京基督教青年会研究 1906—1949》，北京：宗教文化出版社，2005 年，第 148-149 页；赵晓阳：《基督教青年会在中国：本土和现代的探索》，北京：社会科学文献出版社，2008 年。

② 弗雷明：《基督教青年会国际调查报告书》，第 50 页，转引自顾长声：《传教士与近代中国》，增补本，上海：上海人民出版社，1991 年，第 301 页。来会理认为："在中国最早的青年会，无疑的是一八八〇年以前的十年内在上海成立的那个青年会，不过其会员只限若干的外国青年。"见氏著：《中国青年会早期史实之回忆》，载中华基督教青年会全国协会编：《中华基督教青年会五十周年纪念册（1885—1935）》，上海：中华基督教青年会，1935 年，第 178 页。

团体。①1907 年，北美协会在北京东城的东单以北购得一地，作为北京青年会的固定会址。据史料记载："此地北至东四大街，南抵东单牌楼，西临前清那相国邸，入金鱼胡同可达王府井大街，皆繁华之所在。"②1909 年 6 月 12 日，北美协会派遣的青年会专职干事格林（Robert R. Gailey）与几位中国基督徒一起，在崇文门内大街 280 号创建北京基督教青年会。

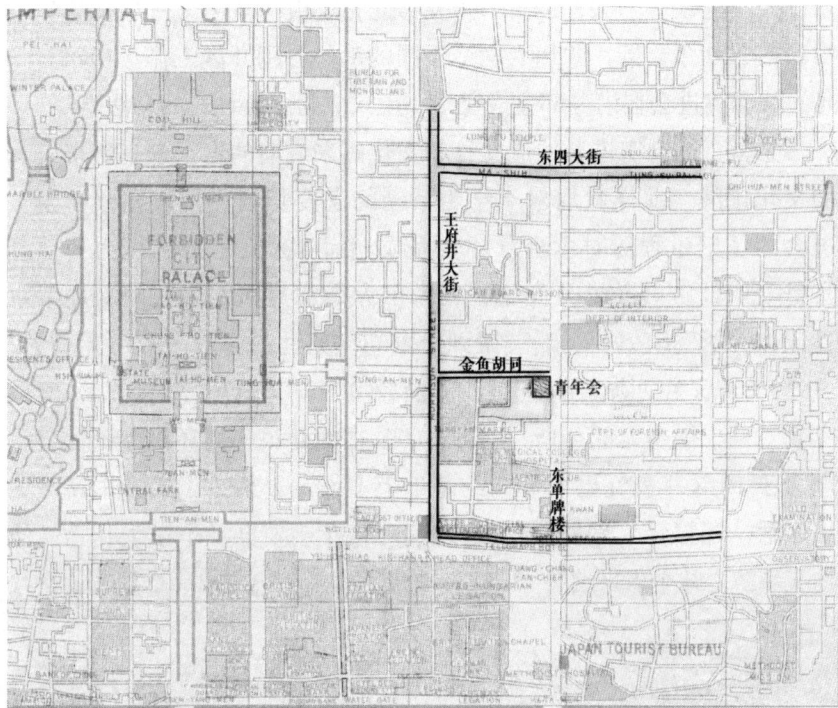

图二　北京基督教青年会及周边区域图（1920）

　　1912 年 8 月 22 日，北京基督教青年会获得内务部批准登记，当月即以每月 60 块银元的租金，租得西山卧佛寺除佛殿及僧舍之外的

① 来会理：《中华基督教青年会二十五年小史》，第 2-3 页。
② 《北京基督教青年会会史片断（一）》（1992 年非正式出版），第 7 页，转引自左芙蓉：《社会福音、社会服务与社会改造》，第 66 页。

全部房屋和大片空地。此后，卧佛寺便成为北京基督教青年会举办夏令活动的常用基地。[①]同年7月3日到11日，青年会在这里举办了第一届官办学校学生夏令会，涵盖中学、学院和大学等不同年级的受众。[②]正是在夏令会的讨论中，参会者萌生了创办社会实进会的设想。根据美籍干事步济时（John S. Burgess）的年度报告，1912年10月6日，来自北京三所教会学校和三所公立学校的40名学生组织成立北京社会实进会。[③]1913年秋，社会实进会重组，从十三所学校的学生中新招220名会员，并划入六个不同的部门分别开展工作。1914年6月，社会实进会在内务部完成登记，正式成为服务社会的合法组织。[④]

显然，社会实进会的成立给新文化到来之前的古都北京带来极大的文化挑战。北洋政府对于学生活动的态度相当谨慎，导致社会实进会的登记过程历时六个月才告完成。面对来自官方的压力，社会实进会四处辗转其址，先是"在米市大街那边租定了几间房屋，暂且充作会所"（1914），后"搬到史家胡同路北一家较大的房屋里去"（1915），"又在西城设立了一所分会"（1915），最后"搬到北城南弓匠营二号，做本会的会所"（1916）。[⑤]在如此艰难的环境中，社会实进会于1918年秋在已有部门的基础上增设编辑部，正式进军新文化出版业。郑振铎后来回忆："恰好那时青年会要办一个学生刊物，便约我和济之几个人来编"，[⑥]"我们商量了几天，决定出一个周刊，是八

① 赵晓阳：《基督教青年会在中国》，第44页。

② John S. Burgess, "North China Government College Summer Conference, Wo Fo Ssu, Western Hills, Peking, 1911," p. 1. John Stewart Burgess Papers 73034, Folder 1, Hoover Institution Archives, Stanford University, USA.

③ John S. Burgess, "Annual Report for the Year Ending September 30, 1913," Kautz Family YMCA Archives, YMCA-FORSEC-00275, University of Minnesota Libraries.

④ John S. Burgess, "Annual Report for the Year Ending September 30, 1914," Kautz Family YMCA Archives, YMCA-FORSEC-00324, University of Minnesota Libraries.

⑤ 耿济之：《"北京社会实进会"的沿革和组织（未完）》，《新社会》第1号，1919年11月1日，第4页。

⑥ 郑振铎：《想起和济之同在一处的日子》，《文汇报》，1947年4月5日，第6版。

开本的十六页，定名《新社会》"[1]。1919 年 11 月 1 日，《新社会》旬刊正式发行。

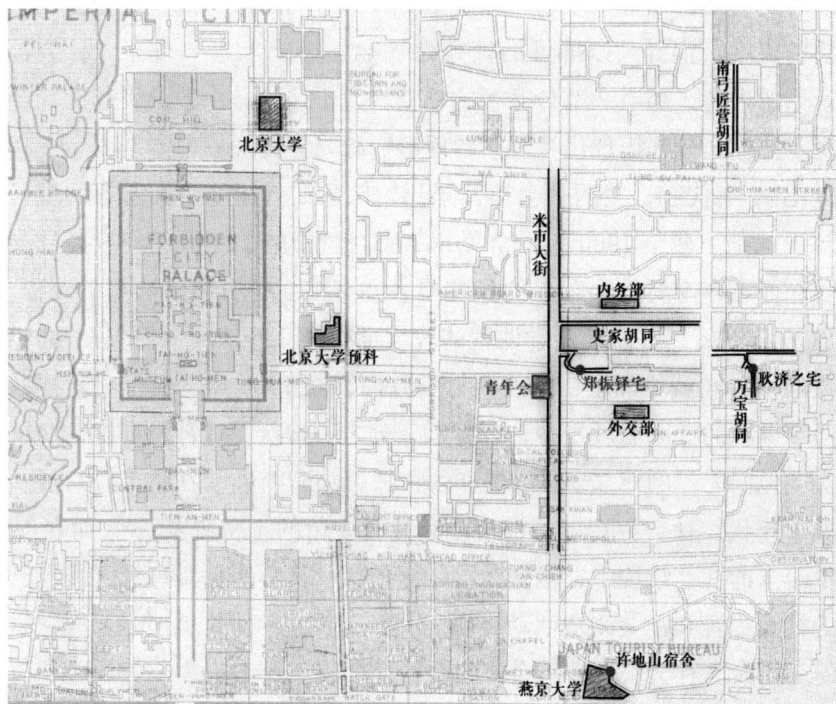

图三 社会实进会及周边区域图（1920）

《新社会》旬刊的创办反映了北京基督教团体投入新文化运动的努力，并展现出赞助者在思想定位、经济扶持和人员结构等多个方面的广泛影响。在思想上，青年会以"社会福音"（social gospel）为指导理念，试图融入民国初年中国社会改造的潮流。不过，他们在经济上采取间接而有限的赞助模式，在人事上以中国学生为主体，管理也相对宽松而独立，这就使包括郑振铎在内的《新社会》中国编辑并没有接受"社会福音"的基督教方案，而是另辟蹊径，转而吸收以吉登斯学说为代表的现代社会理论，最终形成"种瓜得豆"的意外之效。

---

① 郑振铎：《记瞿秋白同志早年的二三事》，第 27 页。

　　基督教青年会成立之初秉持"福音主义"的伦理理念，"追求基督教道德精神，避免城市青年的道德堕落"，但在 19 世纪中叶以后逐渐转向"社会福音"立场，即走出个人修身的局限，探索改善公共生活的方案，倡导"以耶稣的教导为基础重塑社会"。[1] 基于"社会福音"的理念，相当一部分开明的基督教人士认为，由教会发起的社会变革更应充分利用现代社会学的理论资源完善自身思想体系。[2] 从 19 世纪 80 年代起，美国社会福音派开始探索如何建立一套有效的现代知识基础。截至 1900 年，全美 683 所高校中的 227 所已经教授社会学；而在 469 所教会背景的学院中，亦有 136 所引进了社会学课程。1890 年以前，开设社会学课程的教会学校还只有 7 所，但仅在 90 年代的十年间就增加了 129 所。另一方面，在 1900 年之前全美教授社会学课程的 298 名教授中，有将近三分之一曾接受过神学训练，而事实上他们无一例外都是正式按立的牧师。[3] 可以说，"在整个 [19 世纪]九十年代，社会福音就是社会学和社会变革的亲密盟友"。[4] 而在 19 世纪末的社会学说中，基督教界频繁借用"社会服务"理念开展自己的社会福音和社会改造活动。在 20 世纪前 20 年间，美国主要教派纷纷正式设立社会服务委员会或社会行动部门。[5]

　　"社会福音"思想在 20 世纪初传入中国，成为"中美文化交流碰撞中最精彩的篇章"。[6]1907 年，中国百年传教大会在上海召开，会

---

① Kenneth S. Latourette, *World Service: A History of the Foreign Work and World Service*, New York: Association Press, 1957, p. 28.

② Cecil E. Greek, *The Religious Roots of American Sociology*, New York & London: Garland Publishing Inc., 2019, p.52.

③ J. Graham Morgan, "The Development of Sociology and the Social Gospel in America," *Sociological Analysis*, 1974, Vol. 30, No. 1, pp. 49-52.

④ Greek, *The Religious Roots of American Sociology*, pp.72-73.

⑤ Charles H. Hopkins, *The Rise of the Social Gospel in American Protestantism, 1865–1915*, New Haven: Yale University Press, 1940, p. 280.

⑥ 邢军著，赵晓阳译：《革命之火的洗礼：美国社会福音与中国基督教青年会：1919—1937》，上海：上海古籍出版社，2006 年，第 3 页。

议决议，把教育、医疗和慈善工作确立为全面开展传教工作中必不可少的一部分。[①] 诚然，"社会福音"的提出是教会团体为适应社会变革而作的策略性调整，但在其推广过程中，实际发挥举足轻重作用的机构正是基督教青年会的在华分会。他们把这项工作变成自己的常规活动，经由各城市组织的活动广为传播。[②] 诚如青年会干事鲍乃德（Eugene E. Barnett）所言，"正是基督教青年会，特别是学生的青年会组织，首先提出了'社会服务'的概念并在中国付诸实践——连这个单词也是基督教青年会创造出来的"。[③] 青年会对社会工作投入甚笃，甚至连"社会福音"一词都成为教内保守派攻击青年会的口实。[④]

与社会理论的译介密切相关的工作是围绕"社会调查"文献的大量翻译。根据19至20世纪之交的调查，在当时美国开设社会学专业的院校中，有92所学校设置了不同形式的实践环节或实地考察项目。[⑤] 而在民国初年政治改革受挫的背景下，"社会调查"则为社会改良提供了一种"目光向下、关注平民生活"的新办法。[⑥] 同时，这种"社会调查"又与青年会的"社会服务"理念相纠缠，从而为基督教

---

① "V. Resolved:—That for the complete prosecution of missionary work, Educational, Medical and Charitable agencies are indispensable," in *Records of China Centenary Missionary Conference, Held at Shanghai, April 25 to May 9, 1907*, Shanghai: Centenary Conference Committee, 1907, p. 550.

② Charles H. Hopkins, *John R. Mott, 1865−1955: A Biography*, Grand Rapids: William B. Eerdmans Publishing Company, 1979, p. 397.

③ Eugene E. Barnett, *As I Look Back: Recollections of Growing Up in America's Southland and of Twenty-Six Years in Pre-Communist China, 1888−1936*, unpublished typescript, p. 174. 鲍乃德：《中国青年会之史的演进》，《中华基督教青年会五十周年纪念册》，第112页。

④ Barnett, *As I Look Back*, p.175.

⑤ Luther L. Bernard, "The Teaching of Sociology in the United States," *American Journal of Sociology*, 1909, Vol. 15, No. 2, p.187.

⑥ 阎明：《一门学科与一个时代：社会学在中国》，北京：清华大学出版社，2004年，第51页。另参见两篇专文，李章鹏：《社会调查与社会学中国化——以1922—1937年燕京大学社会学系为例的研究》，载黄兴涛、夏明方主编：《清末民国社会调查与现代社会科学兴起》，福州：福建教育出版社，2008年，第47-91页；吕文浩：《重审民国社会学史上的社会调查派》，载《清末民国社会调查与现代社会科学兴起》，第92-131页。

团体实现其宗教理念提供了科学的手段。作为青年会的下设机构,社会实进会以"北京学生社会服务会"(the Peking Students' Social Service Club)为其全称,已足见其对社会服务事业的倡导与重视。社会实进会的顾问步济时也频频发表关于社会服务的倡议,如在 1914 年《教务杂志》(The Chinese Recorder)刊登的《作为社会服务场所的北京》("Peking as a Field for Social Service")一文中即主张:"改善道德、改革社会的工作,改掉人们的有害习俗和习惯,消除无知,为北京的人民提供有益而健康的娱乐消遣以及纯洁、有益的社会关系。"①

1918 年,步济时在燕京大学教授社会学导论,其中就包括对北京社会状况的田野调查。②从 1918 到 1919 年,步济时和另一名美籍干事甘博(Sidney Gamble)等人按照"春野城调查"方法(springfield survey),在北京进行了一项更大规模的城市调查,最后步济时和甘博结集成《北京:社会调查》(Peking: A Social Survey)一书。这被誉为是"以研究北京社会状况为科学的研究中国社会状况的第一书"。③该书阐明了社会服务背后的价值基础,即"人类的拯救不只依赖个人的拯救,更有赖于整个社会结构的拯救和转变"。④《新社会》第 10 号也介绍了社会实进会调查部的近期活动,包括调查冬令贫民生活的状况和北京的"街市调查"与"户口调查"。⑤在这样的背景下,由基督教青年会传入中国的社会思想自然带有"社会福音"化的神学色彩。

从某种程度上说,《新社会》旬刊的创办与发行正是北京基督教

---

① John S. Burgess, "Peking as a Field for Social Service," *The Chinese Recorder*, 1914, Vol. 45, No. 4, p. 226.

② Dwight W. Edwards, *Yenching University*, New York: United Board for Christian Higher Education in Asia, 1959, p. 168.

③ 孙本文:《研究社会问题的基础》,《国立北京大学社会科学季刊》1923 年第 4 期,第 680 页。

④ Sidney D. Gamble and John S. Burgess, *Peking: A Social Survey, Conducted under the Auspices of the Princeton University Center in China and the Peking Young Men's Christian Association*, New York: George H. Doran Company, 1921, p. 32.

⑤ 《北京社会实进会消息:调查部最近的活动》,《新社会》第 10 号,1920 年 2 月 1 日,第 12 页。

青年会以"社会服务"手段及其实践为方法，推行其"社会福音"理念的新尝试。这在郑振铎执笔的发刊词上就可以看出思想上的延续性："中国旧社会的黑暗，是到了极点了！他的应该改造，是大家知道的了！……我们社会实进会，现在创刊这个小小的期报——新社会——的意思，就是想致力于社会改造的事业。"① 不仅如此，《新社会》简章列举的八条办刊主张也全部与所谓"社会"改革的诉求密切相关：（1）提倡社会服务，（2）讨论社会问题，（3）介绍社会学说，（4）研究平民教育，（5）记载社会事情，（6）批评社会缺点，（7）述写社会实况，（8）报告本会消息。② 这些文字上的倡议，其实呼应了北京社会实进会举办的以改造社会、服务社会为目的的各项具体活动，这些工作甚至得到《申报》等全国媒体的广泛关注。③ 在社会实进会的影响下，"许多学生社团也已开展社会服务活动，如开办工人夜校、夏季讲座，为贫困儿童提供游戏场所等"；而通过社会实进会的努力，北京的学生工作收效甚佳，整个工作重心都转移到社会方面上来。④

虽然《新社会》旬刊对于社会福音理念和社会改造活动的宣传相当热切，但客观地说，这份刊物从其母会方面获得的经济赞助却是间接而有限的。《新社会》第 7 号上曾刊出一则通告，直言该刊出版后"销路虽广，而印刷及各项费用太大，超过编辑部预算之外。议决请寇牧师向董事会提议，另筹的款，以为扩充地步"。⑤ 这则通告无疑透露《新社会》并没有得到母会直接资助的真实状况。根据一份青年会工作报告的记载，北京青年会在 1919 年仅得到一笔来自美国的资金。北京青年会当年共有 24 名中国干事，但这笔资金只用于支付七名外

---

① 振铎：《发刊词》，《新社会》第 1 号，第 1 页。

② 《本报简章》，《新社会》第 1 号，第 1 页。

③ 《北京学界讨论反对嫖赌》，《申报》，1915 年 3 月 2 日，第 6 版。

④ John S. Burgess, "Annual Letter, 1918, to Dr. John R. Mott," Kautz Family YMCA Archives, YMCA-FORSEC-00710, University of Minnesota Libraries.

⑤ 《北京社会实进会消息：扩充〈新社会〉旬刊案》，《新社会》1920 第 7 号，1920 年 1 月 1 日，第 11 页。

国正式干事和三到五名临时雇员的薪水。[①]因此，旬刊通告的描述基本符合当时的实际情况。

受制于有限的活动经费，北京青年会方面也尝试以其他方式提供间接的经济支持。从 1915 年到 1917 年间，青年会就曾承担社会实进会一名干事的费用。[②]在社会实进会的筹款活动中，青年会也会派员参加。例如，1919 年，社会实进会中有一位领取工资的干事和一名职员共同组织会员活动，而在当年的历次活动中，青年会和社会实进会共筹得 2000 元资金。[③]《新社会》创刊之后，青年会还安排一位孔姓男子出任经理。[④]郑振铎在回忆中说："经理部的事务，由青年会的一位学生干事负责，我负责编辑和校对的事。"[⑤]他们采取的增收措施包括提高旬刊售价，由创刊号"每号铜元三枚"涨为第 7 号时"每册售大洋三分"。至第 8 号登出"广告价目表"，开始寻求商户投放广告。1920 年 1 月 17 日晚，郑振铎与瞿世英等四人主动请求在青年会召开职员特别会，讨论《新社会》的广告事宜。随后，从第 9 号起，由欧美各大银行投放的商业广告便陆续登上《新社会》的版面，此后几期甚至可以见到中国商户的广告。总之，北京基督教青年会对社会实进会的经济赞助是采取总体上的支持，故不再专门资助《新社会》旬刊的出版。《新社会》的出版费用主要来自编辑部的预算。如果费用超支，则另外筹款，一般不直接向母会申请拨款。这种经济赞助是间接而有限的，反而为郑振铎及其友人的文化活动营造了宽松的环境。[⑥]

---

① Gamble and Burgess, *Peking: A Social Survey*, p. 390.

② Burgess, "Annual Letter, 1918, to Dr. John R. Mott."

③ John S. Burgess, "Annual Report Letter for the Year Ending September 30, 1919," Kautz Family YMCA Archives, YMCA-FORSEC-00690, University of Minnesota Libraries.

④ 郑振铎:《记瞿秋白同志早年的二三事》，第 27 页。

⑤ 郑振铎:《回忆早年的瞿秋白》，《光明日报》，1949 年 6 月 18 日，第 2 版。

⑥ 郑振铎在《最后一次讲话》中形容当时《新社会》的运营状况："……想出版一个青年读物《新社会》，爱写什么就写什么。当时根本没想到什么稿费的问题。经费是靠一个美国的广告。"虽然郑振铎的讲话主要是回顾自己的早期思想历程，但其中提到的《新社会》写作环境也在侧面反映了基督教青年会宽松的管理氛围。见郑振铎:《最后一次讲话（1958 年 10 月 8 日）》，第 162 页。

最关键的组织问题，也是最重要的思想契机，在于双方的人事安排。早在 1909 年，北京青年会就委派步济时出任社会实进会顾问。步济时于 1905 年毕业于美国普林斯顿大学，1909 年在哥伦比亚大学取得社会学硕士学位（后又于 1928 年成为哥伦比亚大学博士），在社会学理论和社会工作方面均有很高的造诣。他在 1912 年 10 月举办的卧佛寺官办学校夏令会上就拟定了"社会学研究与社会改造的关系"（"The Relation of the Study of Sociology to Social Reform"）和"一个中国城市的问题：中国学生如何解决这些问题"（"The Problems of a Chinese City: What Chinese Students Can Do to Solve These Problems"）这两个社会学色彩十分浓厚的讨论主题。[1] 他最初的头衔虽然只是"普通干事"（secretary），但工作范围涵盖全面督导社会实进会和指导全市学生社团，并从 1918 年起成为专职"学生工作干事"（student secretary）。不仅如此，步济时还担任燕京大学社会学教授。[2] 他在年度报告中表示，他与社会实进会的关系仅仅停留在"提供建议"为主。[3] 另一名干事也认为，北京青年会与社会实进会的关系虽然只是以顾问、咨询为主，但也让他们面临大量工作需要处理。[4] 这就为郑振铎接触现代社会学知识搭设了一座跨文化的桥梁。

除此之外，北京青年会对《新社会》的人事影响还体现在另一方面。鲍乃德在回忆录中指出，基督教青年会在中国青年运动中最重要的策略就在于"以中国的新式文人即学生和现代学校毕业生为基

---

[1] John S. Burgess, "Conference on Government School Students at Wo Fo Ssu, Oct. 5, 1912," qtd. in Shirley S. Garnett, *Social Reformers in Urban China: The Chinese Y.M.C.A, 1895-1926*, Cambridge: Harvard University Press, 1970, p.133.

[2] 张琢：《社会学和中国社会百年史》，香港：中华书局，1992 年，第 50 页。Edwards, *Yenching University*, pp. 166-169.

[3] John S. Burgess, "Annual Report for the Year Ending September 30, 1918," Kautz Family YMCA Archives, YMCA-FORSEC-00620, University of Minnesota Libraries.

[4] W. P. Mills, "Annual Report for the Year Ending September 30, 1916," Kautz Family YMCA Archives, YMCA-FORSEC-00474, University of Minnesota Libraries.

础"。① 这一策略也得到后来担任中国基督教青年会全国协会总干事的余日章的佐证："是故青年会者，乃以基督徒会员为主体而推行其服务一般青年及少年也。质言之，为完全自动的、超宗派的，会员共同责任的基督教团体及事业也。"② 正是这样一种由青年会成员向中国青年学生扩散的活动策略，直接促成了《新社会》旬刊的创办。郑振铎后来多次回忆，当初是北京青年会计划创立刊物而主动找中国学生来办。从创刊编辑成员的背景来看，耿济之、郑振铎、瞿世英、瞿秋白和许地山这五位创刊成员均符合基督教青年会的目标群体。

表一　《新社会》旬刊主要创刊编辑

姓名	1919 年时年龄	社会实进会职位	毕业学校
耿济之	20 岁	编辑部部长	外交部俄文专修馆
郑振铎	21 岁	编辑部副部长	交通部铁路管理学校
瞿世英	18 岁	书启	燕京大学哲学系
瞿秋白	20 岁	编辑员	外交部俄文专修馆
许地山	26 岁	编辑员	燕京大学文科宗教学院

郑振铎还详细回忆了《新社会》的日常工作场景。"孔君负责做经理，我负责集稿并校对。我跑印刷所，也经常跑到秋白、济之、地山、世英的家里去取稿。"③ "我们经常的讨论着编辑方针；这些会议，在秋白寓所举行的不少。"④ "我们到秋白家里时，他常常还不曾起床，抽着香烟拥被而坐……我一进屋子，他便指着书桌上放着的几张红格稿纸，说道：'已经写好了，昨夜写得很晚，你看看，好用么？'"⑤ 从这些描述可以看出，从组稿、编辑到最后出版，《新社会》旬刊的运营其实是在一个相对宽松而独立的氛围中进行的，编辑方针的讨论和

① Barnett, *As I Look Back*, p. 89.
② 余日章：《中华基督教青年会史略》，第 6 页。
③ 郑振铎：《记瞿秋白同志早年的二三事》，第 27 页。
④ 郑振铎：《想起和济之同在一处的日子》，《文汇报》，1947 年 4 月 5 日，第 6 版。
⑤ 郑振铎：《记瞿秋白同志早年的二三事》，第 27 页。

稿件的统筹主要在中国主编之间进行,无须上报到更高一级的教会负责人。

不仅如此,主编团队还享有充分自主的人事任免权力。《新社会》在第 10 号上宣布,郭梦良和徐其湘两人成为编辑团队"有力的"新成员。与创刊主编的背景相似,这两位新人来自北京大学,也是具有新式教育背景的大学生。《新社会》的通告形容:"他们的社会学的学问都是狠好的。欢迎他们!本报上可以有更好的著作!"[①]对知识学养的强调说明,这两位新成员依然符合青年会吸收新式知识青年的既定策略。总之,这种松散的人事关系为郑振铎发展其独立的思想埋下了伏笔。

第三节 郑振铎对现代社会理论的取舍与翻译

在基督教青年会相对宽松的管理模式之下,郑振铎接触到各式各样的理论学说和改革方案,不断扩大自己的知识眼界,对世界范围内的社会运动状况多有译介。不仅如此,他还根据自己的理解和判断,灵活地加以取舍,并作出批判性的评价。具体说来,郑振铎并不赞成运用"社会福音"这样的宗教方案以推动中国本土的社会变革,而是希望将变革置于更具普遍意义的文化基础之上,由此将西方现代社会学的理论知识有机融入他所关注的文化运动之中。

首先应该承认,郑振铎在基督教青年会的改革方案中发现了他所一贯看重的文化变革和知识更新契机。他在《新社会》第 7 号上发表题为《社会服务(Social Service)》的文章,其中写道:"我们可以知道'社会服务'的意义,乃是:我们知识阶层里的人,利用职务的余暇,实地的投身于劳动阶级或没有觉悟的群众中,用种种切实的方法,以唤起他们的觉悟,改造他们的生活,增进他们的幸福的一种工

① 《北京社会实进会消息:欢迎新编辑员》,《新社会》第 10 号,1920 年 2 月 1 日,第 12 页。

作。"① 这个态度与基督教青年会的知识传递策略不谋而合，只不过，郑振铎进一步提出由知识青年面向普通群众的更大规模的知识传递。

在郑振铎看来，社会变革的内涵应该包括"社会调查""社会服务""社会改造"三个方面，三者的关系在于："'社会服务'是达到社会改造目的底惟一方法"；"'社会服务'的入手办法就是'社会调查'——调查社会的情况，明白的知道社会的受病在什么地方，一般平民所最缺乏、最需要的是什么"。② 初看之下，郑振铎的认识与社会福音派的阐释并无二致，都是把社会服务视为改造社会的中间环节，最终目的也都在于寻求社会的改造和进步。诚如鲍乃德的总结所言："随着时间的推移，在基督教青年会的词汇里'社会服务'（social service）逐渐被'社会改造'（social reconstruction）所取代。"③ 不过，鲍乃德的观察忽略了一个重要的事实，即郑振铎是在"社会服务"与"社会改造"的概念替换之间极力淡化基督教的色彩。他在同一篇文章的结尾毫不掩饰地指出："我们社会实进会自成立以来，就以'社会服务'为惟一的目的。到现在已经八年了！虽然从前带些宗教的色彩，以助人的事业，不能得到'社会服务'的真精神。然而现在已经与从前不同了！宗教的色彩日淡，真正的服务精神，日益发展。"④

如前所述，基督教青年会所倡导的社会改造始终以基督教的"社会福音"为基础。从根本上说，社会福音派实行社会服务和社会改造，就是为了在现实世界中实现上帝的天国。用美国社会福音运动领袖、早期社会学家饶申布士（Walter Rauschenbusch）的话说，"社会福音"使"上帝之国"的教条回到其原初的意涵，基督教设想的正是"社会有机体的救赎"。⑤ 对福音派而言，"社会福音"中的"社会"之

---

① 郑振铎：《社会服务（Social Service）》，《新社会》第 7 号，1920 年 1 月 1 日，第 2 页。

② 郑振铎：《怎样服务社会》，《新社会》第 10 号，1920 年 2 月 1 日，第 1-2 页。

③ Barnett, *As I Look Back*, p.174.

④ 郑振铎：《社会服务（Social Service）》，第 2 页。

⑤ Walter Rauschenbusch, *A Theology for the Social Gospel*, Nashville: Abingdon Press, 1917, pp. 21-24.

所以具有积极意义，是因为这个集合概念恰恰是以信仰为基础，从而被视为"一种'合作关系'、对事物的分享，或对普遍福祉的传导"。[1]但郑振铎并不受限于宗教思想的束缚，而是试图在一个更具普适性的基础上追求服务社会、改造社会的宏远目标。他在《新社会》发刊词中写道："我们改造的目的就是想创造德莫克拉西的新社会，自由平等，没有一切阶级一切战争的和平幸福的新社会。"[2]这与青年会的千禧年憧憬已经几无关系。

郑振铎对基督教思想的背离可以从一系列译介文字中看出端倪。在19—20世纪之交，美国基督教界热衷于借用社会学概念"同类意识"（consciousness of kind）描述社会个体之间的关系。美国基督教青年会的威尔逊（Warren H. Wilson）就说："宗教人员的责任和预言者的任务就是要扩大'同类意识'。宗教崇拜必须在更大程度上加以展开。"[3]威尔逊所认为的"同类意识"其实是以基督信仰为基础，逐渐向社会生活的其他方面渗透。就其外延而言，宗教化的同类意识说反映了他们不过是在基督教普遍主义的基础上对全人类表达关心。[4]"同类意识"一说也出现在郑振铎的《社会服务（Social Service）》一文中，但他对"同类意识"的理解却与基督教青年会的用法相去甚远。他写道："动物的种类愈高等，这种意识愈发达。人类是现在的最高等的动物，所以'同类意识'最为发达。"[5]事实上，郑振铎的扼要概括乃是出自对威尔逊的老师、美国社会学家吉登斯代表作《社会学原理》（*The Principles of Sociology*）中一条关键立场的翻译：

---

[1] C. Wright Mills, "The Professional Ideology of Social Pathologists," *American Journal of Sociology*, 1943, Vol. 49, No. 2, p. 173.

[2] 振铎：《发刊词》，《新社会》第 1 号，第 1 页。

[3] Warren H. Wilson, *The Evolution of the Country Community: A Study in Religious Sociology*, Boston: The Pilgrim Press, 1912, p. 213.

[4] Garnett, *Social Reformers in Urban China*, p. 126.

[5] 郑振铎：《社会服务（Social Service）》，第 2 页。

Human nature is the preeminently social nature. Its primary factor is a <u>consciousness of kind</u> that is more profound, more inclusive, more discriminating, more varied in its colouring, than any consciousness of kind that is found among the lower animals.[①]

（参考译文：人性首先是一种社会属性，其最主要的因素就是<u>同类意识</u>。人的同类意识的成分比任何低等动物所具有的同类意识都更深厚、更包容、更明显、更多样。）

吉登斯认为，人性最重要的特征是其社会化的属性："社会中最原初、最基本的主观事实就是'同类意识'。我用这个词指的是这样一种意识状态：任何生物，无论在生命规模上等级高低，将另一个有意识的生物视为与自己相同的类别。"[②]不仅如此，吉登斯还指出，人的社会行为之所以区别于纯粹的经济行为、政治行为或宗教行为等其他行为，关键就在于这种同类意识的存在。同类意识说一度成为美国宗教界和社会学界共享的概念。基督教的解释试图将其限定为信仰普遍效力之下的衍生物。但郑振铎清楚地认识到，"同类意识"并非如宗教界所说只是上帝信仰的衍生物，而是社会行为和社会组织中的基源性因素。郑振铎所称的"不可磨灭的学说"，指的正是吉登斯"在社会学上的功绩就是创导同类意识学说"，[③]而他所展望的社会前景，其实是社会自身发展过程中的整体革新以及社会成员生活状况的实质性改善。

在排除青年会基于基督教信仰的社会变革方案之后，郑振铎便将目光投向整个新文化界，密切关注当时对于社会改造的普遍讨论。他注意到，在1919年11月后出现的二十余种新刊物中，"他们的论

---

① Franklin H. Giddings, *The Principles of Sociology: An Analysis of the Phenomena of Association and of Social Organization*, New York and London: Macmillan and Co., 1896, p. 225.

② Giddings, *The Principles of Sociology*, pp. 17-18.

③ 郑振铎：《书报介绍：吉丁斯氏的〈社会学原理〉》，《新社会》第13号，1920年3月1日，第11页。

调，虽不能一致，却总有一个定向——就是向着平民主义而走。'劳工神圣''妇女解放''社会改造'的思想，也大家可算得是一致。这真是极可乐观的事！"①事实也确实如此。五四运动之后，"社会改造"成为新文化界关注的热点。日本的新村运动经由周作人的介绍进入中国，俄国十月革命的炮火也将马克思主义学说带入中国人的视野。《新社会》旬刊很快便跻身这些如火如荼的讨论之中。1920年初，李大钊在《星期评论》新年号上介绍美国的"宗教新村运动"，《新社会》编辑成员瞿秋白随即撰文回应。瞿秋白认为，虽然社会改造的最优方案仍有待试验，但"历史派的——马克思主义派的直接运动"仍是必不可少的，②俨然展现出一位青年马克思主义者的思想萌芽。

值得注意的是，郑振铎试图从更广阔的视野介绍世界各国的社会运动潮流，从而涉足于各类社会思潮的引介。在《现代的社会改造运动》一文中，他将世界上的社会运动概括为两种，一种是温和的新村运动，但批评他们"过于温和，偏于消极保守一方面，所得的效果过慢"。他认为不如第二种"直接的社会革命之有大影响"，后者包括欧洲的社会民主党、俄国的广义派（即布尔什维克）、工团主义（syndicalism）和安那其运动（anarchy）。不过，郑振铎并没有马上提出中国的变革应该采取哪种现成的方案。鉴于大部分中国人仍然陷于愚昧之中，他本人"对中国社会改造运动的前途，很为悲观"。③另外，他也并没有急切地投身政治革命。在他看来，当前社会改造运动最终要的任务在于知识的引介。由此，他便把目光投向西方社会学说的全面翻译。

1920年1月1日，社会实进会编辑部在郑振铎家中开会，通过《新社会》旬刊的若干改革事项，其中第一条就是："注重于社会学说

---

① 郑振铎：《一九一九年的中国出版界》，《新社会》第7号，1920年1月1日，第9页。

② 瞿秋白：《读〈美利坚之宗教新村运动〉》，《新社会》第9号，1920年1月21日，第8页。

③ 郑振铎：《现代的社会改造运动》，《新社会》第11号，1920年2月11日，第1-3页。

的介绍。每期均应有一篇社会研究的著作。"① 从第 11 号到第 15 号，
《新社会》旬刊参考《新青年》的做法，开办"书报介绍"栏目，专
门向中国读者推荐"关于社会科学及社会问题的"学术研究成果。尽
管会议推举瞿世英、许地山、郑振铎三人负责此事，但最后实际主持
该栏目的却是郑振铎一人。在郑振铎看来，西方社会的输入乃是出于
理论和现实两方面的需要。从理论上说，"中国社会的需要乃是'知
识'。因此'社会服务'的工作，就应该注意的世界的、人生的科学
的知识的输入，然后于社会根本的改造，才能收最大的效果"。② 就
1919 年的中国出版现状而言，郑振铎认为"虽然很热闹，而可以总
评一句话，就是浅薄，无科学的研究"。③ 尤其是在社会思想方面，中
国本土缺乏同类作品，现有的引介则实在"幼稚"。在这种情况下，
《新社会》版面有限，介绍不足。基于这些判断，他相信开辟"书报
介绍"栏目"确是一个最好的介绍新思潮的办法"。④ 这就使得《新社
会》旬刊在投身改造社会的实践之外，也悄然转向对西方社会学说的
介绍。

为此，郑振铎利用青年会的资源，饱览群书，紧跟西方社会思潮
动态。根据甘博和步济时开展的社会调查，当时的北京仅有五处公共
图书馆，且以文学著作为最。古典书籍已渐渐不为人所喜爱，数量较
少的现代文学作品则被成百上千的读者贪婪地阅读。但即便如此，这
些图书馆的藏书也远远达不到一流水平。⑤ 这一点在郑振铎的回忆中
得到印证。⑥ 更严重的是，郑振铎所在的铁路管理学校竟也缺乏读书

---

① 《北京社会实进会消息：1 月 1 日的编辑会议》，《新社会》第 8 号，1920 年 1 月 11 日，
  第 12 页。
② 郑振铎：《怎样社会服务》，《新社会》第 10 号，第 2 页。
③ 郑振铎：《一九一九年的中国出版界》，《新社会》第 7 号，第 10 页。
④ 郑振铎：《书报介绍：关于社会科学及社会问题的》，《新社会》第 11 号，1920 年 2 月
  11 日，第 10-11 页。
⑤ Gamble and Burgess, *Peking: A Social Survey*, p. 33.
⑥ 郑振铎：《记瞿秋白同志早年的二三事》，第 27 页。

的条件，该校直到 1919 年 2 月才成立图书馆阅览室。[①] 托叔父工作之便，也受惠于叔父住地与外交部近水楼台之利，勤勉有加的郑振铎时常从外交部图书馆借阅官方藏书。[②] 不过，从一份 1916 年至 1922 年间外交部自编的藏书目录来看，北洋政府外交部的藏书虽然数量不少，类别却相当陈旧而有限。与西学有关的著作仍以晚清以前的旧藏为主，并以洋务时期的科技译著、戊戌前后的变法译著和辛丑之后的法政译著居多；文学方面的新式书籍仅有林纾的《巴黎茶花女遗事》等少数晚清作品。[③]

于是，青年会就为这群新文化青年学生提供了不可多得的文化场所。青年会设有图书馆和阅览室，根据步济时起草的《社会工作方法》，二者本就是"供学生之用"以及"供一般人之用"。[④] 如此便利的阅读环境在当时的北京城中自是不可多得的便利场所。郑振铎日后回忆："那个小小的图书馆里，有七八玻璃橱的书，其中以关于社会学的书，及俄国文学名著的英译本为最多。我最初很喜欢读社会问题的书。"[⑤] 在阅读之余，郑振铎还常常向步济时请教"最近那一本社会

---

① 交通部铁路管理学校编：《交通部铁路管理学校高等科乙班毕业纪念册》，第 13 页。

② 郑振铎：《〈中国文学研究序〉（初稿）》，转引自陈福康编：《郑振铎年谱》（上册），第 15 页。

③ 这份由居之敬、许同莘同编的《外交部藏书目录》在美国加州大学伯克利分校图书馆藏有一份印本，内容包括部饬章程、七卷（经部、史部、子部、集部、丛书部、图部、附录）书目及附文。据该书记载，外交部馆藏最早的外文书籍是 1845 年（道光二十五年）俄罗斯所赠俄文书 357 种 700 余册（时存 80 余册）。洋务时期著作有：傅兰雅译：《电学》（制造局刻本，10 卷 6 册）；林乐知译：《四裔编年表》（制造局刻本，4 卷 4 册）；丁韪良：《西学考略》（光绪九年铅印本，2 卷 2 册）。戊戌时期的新学作品有：保灵、林乐知译：《五大洲女俗通考》（光绪十九年铅印本，7 卷 7 册）；李提摩太译：《泰西新史揽要》（光绪二十六年广雅书局刻本，24 卷 8 册）；陈寿彭译：《中国江海险要图志》（光绪三十三年广雅书局石印，22 卷 15 册）等。

④ John S. Burgess, "Peking Studies in Social Service No. II—Methods of Social Work," 转引自左芙蓉：《社会福音、社会服务与社会改造》，第 142-147 页。

⑤ 郑振铎：《想起和济之同在一处的日子》，《文汇报》，1947 年 4 月 5 日，第 6 版。

学书顶好"。①正是在这样的阅读过程中，郑振铎逐渐对美国社会学家吉登斯的学说产生浓厚的兴趣和强烈的共鸣。

郑振铎主持的"书报介绍"栏目总共介绍四位社会学家及其作品，分别是"白拉克麦氏"（Frank W. Blackmar）的《社会学要义》（Elements of Sociology）、"海士氏"（Edward C. Hayes）的《社会学研究入门》（Introduction to the Study of Sociology）、"吉丁斯氏"（即吉登斯）的《社会学原理》、"爱尔和特"（Charles A. Ellwood）的《社会学与近代社会问题》（Sociology and Modern Social Problems）。从总体上说，郑振铎对其他几部作品评价一般。他认为白拉克麦氏的著作"不能算是十分出色，也不能说是一种'藏之名山'、有特创的学说的社会学，"充其量是"对初学确是一本狠好的书"。②他评价海士氏的作品"虽然是极好，然而可谓之为初学的最新最完备的课本，而不可称之为于学理上有所发明的著作"。③他虽然觉得爱尔和特的作品还算不错，也只不过是"以为初次研究社会学及社会问题的人的指南"而略加介绍而已。④

相比之下，郑振铎唯独对吉登斯的学说推崇备至。他热情洋溢地写道："这本书确是一本可以'藏之名山，传之其人'的著作，不比我前二期所介绍的教科书性质的社会学，因为其中蕴有特殊的、不可磨灭的学说在内。"⑤即使放之于社会学的学科发展史，他也认为吉登斯的《社会学原理》比前人作品更胜一筹："在现在看来，这本书实在是狠旧了。但同孔德（Auguste Comte）、斯宾塞（Herbert Spencer）、魏特诸人的社会学比较起来，则不独学说进一步，即内容的一切叙述

① 郑振铎：《书报介绍：海士氏的〈社会学〉》，《新社会》第 12 号，1920 年 2 月 21 日，第 10 页。

② 郑振铎：《书报介绍：白拉克麦 Blackmar 氏的〈社会学要义〉》，《新社会》第 11 号，1920 年 2 月 11 日，第 11 页。

③ 郑振铎：《书报介绍：海士氏的〈社会学〉》，《新社会》第 12 号，第 10 页。

④ 郑振铎：《书报介绍：爱尔和特的〈社会学与近代社会问题〉》，《新社会》第 15 号，1920 年 3 月 21 日，第 12 页。

⑤ 郑振铎：《书报介绍：吉丁斯氏的〈社会学原理〉》，第 12 页。

也都更为精密了。"①在《社会学略史》一文所介绍的众多社会学家中,郑振铎也只称赞吉登斯"实在是美国的有数的大社会学家"。②为此,我们实有必要回溯吉登斯的思想世界一窥究竟。

吉登斯是美国现代社会学的一位重要奠基人。作为美国社会学界从 19 世纪 90 年代起三十年间的领军人物,吉登斯的经历同样反映了一个美国知识青年排除"社会福音"影响的漫长过程。吉登斯的父亲曾担任美国公理会牧师,这让吉登斯一度相信"世俗的知识虽然很重要,但也永远比不上'救赎的计划'"。③但他最终选择以社会学为志业,自称是"神学上的怀疑者"。吉登斯认为,无论教堂里听到的声音还是父亲说的话语都是不真实的,真实的事物只有在"事物的世界"才能找到,④从此投入对社会发展原理的不懈探索之中。吉登斯在 1891 年成为哥伦比亚大学兼职社会学讲师,1896 年成为该校历史上第一位社会学教授,此后一直工作至 1931 年去世。在 1910—1911 年,他还担任美国社会学会第三任主席。⑤1909 年,吉登斯编写的《社会学要义》(*Elements of Sociology*)入选最受欢迎的五本社会学教科书,却是唯一一部排除了"社会基督教"的社会学教材。⑥

吉登斯主张用心理学知识阐释社会演化的原因,这一范式代表了现代社会学在逻辑实证主义和普通语言哲学兴起之前对人类行为采取因果律解释的心理学派传统。⑦20 世纪初,以吉登斯为代表的西方心

---

① 郑振铎:《书报介绍:吉丁斯氏的〈社会学原理〉》,第 12 页。

② 郑振铎:《社会学略史(续)》,《新社会》第 13 号,1920 年 3 月 1 日,第 6 页。

③ Franklin H. Giddings, "A Double Entry Education," *Unpopular Review*, 1917, Vol. 7, No. 3, p. 152.

④ Giddings, "A Double Entry Education," p. 153; Allie H. Giddings, *A History of Sherman: Records and Recollections*, New Milford, Connecticut: Corvin Printing, 1977, p. 43.

⑤ Stephen P. Turner, "Defining a Discipline: Sociology and Its Philosophical Problems, from its Classics to 1945," in *Handbook of the Philosophy of Science Series: Philosophy of Anthropology and Sociology*, Eds. Stephen P. Turner and Mark W. Risjord, Amsterdam: North Holland, 2006, p. 13.

⑥ Greek, *The Religious Roots of American Sociology*, p. 73.

⑦ Turner, "Defining a Discipline," p. 60.

理学派社会学理论传入中国，意味着中国现代社会学已在近代生物学派的基础上有所调整，开始认为"心理学所描述的人类之'同类意识'是社会形成的起点"。[①] 自 1910 年以后，心理学派理论迎来新的译介热潮，[②]吉登斯及其学说正是社会心理学热潮的代表。1917 年，《新青年》第 3 卷第 6 号刊登《婚制之过去、现在、未来》一文，其中援引吉登斯对人类社会发展目的之论述，认为所谓"合于自然"，就是"于相互影响之万物之中，保其固有之职守"；狭义而言就是"与使之生存之势力全然相合"。[③]1918 年 4 月，《戊午杂志》第 1 期刊载钟建阂翻译的法国社会心理学家鲁滂（即勒庞，Gustave Le Bon）著作《原群》(The Crowd: A Study of the Popular Mind)。译者在序言中对社会学的发展作了简要回顾，提到近代社会学在斯宾塞的生物学理论之后"各抒心裁"，其中"吉鼎时 Franklin H. Giddings 之同类意识 Consciousness of Kind"即为"尤著者"。[④]1919 年 4 月，《中国大学学报》连续刊发多篇吉鼎阁（即吉登斯）社会学的译述，其中特别摘译了吉登斯"类识"说（consciousness of mind）的相关选段并作概念厘清。[⑤]

　　心理学派社会学理论在中国风靡一时，这在相当程度上得益于新文化运动对于移风易俗的强调和对文化变革的探索。社会学家陶孟和

---

① 黄克武：《晚清社会学的翻译》，第 42 页。

② 德普、延年在《社会学入门》中总结道："社会学最初的研究，是在乎社会之生物的（物质）的方面，其后渐及于心理的方面，现在正是他的隆盛时期。"见氏著：《社会学入门》，上海：世界书局，1924 年，第 16 页。

③ 刘延陵：《婚制之过去、现在、未来》，《新青年》1917 年第 6 号，第 1-14 页。

④ 鲁滂著，钟建阂译：《原群》，《戊午杂志》1918 年第 1 期，第 1-33 页。《戊午杂志》刊至卷中第一章即止，未能将此书刊载完毕。不久，该书被列为尚志学会丛书，由商务印书馆以《群众心理》为名印刷发行。无独有偶，恽代英在 1917 年 9 月 5 日的日记中也记录了读到鲁滂著作 The Psychology of Evolution, The Crowd: A Study of the Popular Mind。见恽代英：《恽代英日记》，北京：中共中央党校出版社，1981 年，第 144 页。

⑤ 宋介忱：《社会的压迫与社会的摩擦》，连载于《中国大学学报》1919 年 2 月第 1 期和 1919 年 4 月第 2 期；又见赵祖贻编译：《吉丁斯社会学要义》，《中国大学学报》1919 年第 2 期。

对此有过相当精准的概括。他一针见血地指出："自今日之社会学理观之，则人之所以为人，人之所以有文明之进步，有心理之发展，胥赖乎社会关系；社会之文野，文化之进退，胥视乎社会关系之密均反复程度何似。"此处所谓"社会关系"，其实指的就是"具体制度之变更，亦即观念、旨意之嬗变也"。①因此，吉登斯的社会心理学说也暗合了新文化运动内在的思想关怀，而郑振铎正是这些热切改革者中的一分子。

郑振铎在"书报介绍"中殷切地期盼："有人能够把他（指《社会学原理》）翻译出来！"但实际上，他本人在《新社会》第7号上已经试手翻译《社会学原理》中的"社会的性质及目的"一章。《社会学原理》全书分为四部，包括"社会学理论的要略""社会的元素与结构""社会的历史演化""社会进步的法则与原因"。"社会的性质及目的"出自全书第四部的最后一章。相较于前三部关于社会学学理的说明，吉登斯在最后一部表达了他对社会进步动因的看法。郑振铎独取此节加以翻译，尤其对吉登斯关于个人改造、群体进步和社会教育三个方面的讨论有兴趣，可见他对社会进步的现实关心远胜于他对社会学理论本身的兴趣。因此，现代社会学理论也就成为他思考并推动社会变革的思想资源。

吉登斯首先认为，社会发展的最终目的和根本任务在于培养人格。就个人而言，人最重要的特征不是自然属性，甚至不是个人属性，而是社会属性。吉登斯说道："社会学的一个目标就是去了解关于如何创造'社会化的人'（the social man）的一切知识。"②换言之，探索并发挥人的社会属性就成为现代社会学的第一要义。在原文中，吉登斯批驳了西方历史上一系列主张个人至上的代表人物，如李嘉图（David Richardo）提出的"经济的人"（the economic man 或 homo economicus）、莎士比亚（William Shakespeare）笔下的伊阿古（Iago）、

---

① 陶履恭：《社会》，第5页。

② Giddings, *The Principles of Sociology*, p. 421.

霍布斯（Thomas Hobbes）在《利维坦》（Leviathan）中描述的"原人"（the natural man）。这些人物的共同特征都是"脱离社会关系"，"个人是被承认为一个不可融合的自私自利底人，生存于社会之前而反对联合为社会的结合"。与此相对，吉登斯提出了另一种"人"的概念，即"从根本上和从自然起源上说是一种社会属性，由其社会关系所创造，与此同时因为也只因为它们而存在"。[1] 为了区分两种截然不同的性质，郑振铎把吉登斯的前一种概念翻译成"人"，把后一种概念翻译成"人间"：

> Instead of those notions, a conception of man as essentially and naturally social, as created by his social relationships and existing as man only in virtue of them, will be the starting-point of the political theorizing of coming years … A social being, the normally organized man returns to society with usury the gifts wherewith he has been by society endowed; and this truth will be the starting-point of the ethical teaching of coming years.[2]

> 代这种观念底就是承认人间是本来底自底社会的，是被他底社会的关系所创造底，人间底存在，就是因为这种关系底那些观念。这些观念必是将来底政治理想底出发点。……一个社会的动物，即标准的组织底人间当以曾经受自社会底赐品，附以重利而归还之。这个真理，是将来伦理学底出发点。[3]

英文中的"man"既可以指单数的人，也可以指人类全体。但郑振铎在译文中已经用"人类"指人类全体，故"人间"一词只可能用于指代单数的人或是人性本身。郑振铎诘屈聱牙的译文很可能是受到

---

① Giddings, *The Principles of Sociology*, pp. 421-422.

② Giddings, *The Principles of Sociology*, pp. 421-422.

③ 吉丁斯著，郑振铎译：《社会的性质及目的》，《新社会》第 7 号，1920 年 1 月 1 日，第3-5 页。着重符号为本书另外标注。

日语的影响。根据《广辞苑》的解释，"人间"一词可以指世界、人和人物这三个意思。在表示"人"时，"人间"除了指"人的全体即人类"之外，还指"作为社会存在的，以人格为中心来考量的人"。①郑振铎对于"人间"的使用很可能直接借自周作人的翻译，因为恰好在 1920 年前后，周作人受到日本新村运动的热烈吸引，翻译或写作了许多与之相关的文章，其中就常以"人间"一词表示"人"的概念。而郑振铎也正是在这时对新村运动亦有关注，甚至邀请周作人到社会实进会演讲，介绍日本新村运动的状况。②

　　不过，郑振铎对于日本新村运动的评价其实并不高，认为新村主义者过于温和，运动的成效很小。他在《现代的社会改造运动》一文中指出："日本新近也有武者小路实笃一般人出来阻止日本的新村，中国也许有许多人在那里计划，将来的发达如何，正未可量！但是他们的运动，过于温和，偏于消极保守一方面，所得的效果过慢。"③关键在于，周作人使用的"人间"一词本身也具有多义性，而根据日本学者伊藤德也的研究，无论是用"人间"指代"人"还是"世界"，周作人恰恰因为受到新村运动领袖武者小路实笃的影响而"超越了中间层面的社会或是国家"，甚至当日语中的"人间"用于表示"人"时，周作人还有意避用"人间"一词对译。④因此，郑振铎虽然在翻

---

① 新村出：《广辞苑》，第 6 版，东京：岩波书店，2008 年，第 2153 页。

② 周作人 1920 年 6 月 19 日日记："(晚)七时，至青年会应社会实进会之招讲演《新村的理想与实际》，十时回家。"见周作人：《周作人日记》(中册)，影印本，郑州：大象出版社，1996 年，第 132 页。这是两人的第一次见面，但在此前后已多有通信。周作人的这次讲演由郑振铎记录，后又于 21 日加了附记，发表在 1920 年 6 月 28 日的《时事新报》副刊《学灯》上。见周作人：《新村的理想与实际》，《时事新报·学灯》，1920 年 6 月 8 日，第 1 版。在《新社会》被查禁之后，续出的《人道》月刊第二期还拟定为"新村号"专刊，但后来再遭查禁而未出。目录见《人道月刊〈广告〉》，《新青年》1920 年第 1 号，插页。

③ 郑振铎：《现代的社会改造运动》，《新社会》第 11 号，第 2 页。郑振铎对新村运动始终不看好。1934 年夏，他在西北之行参观包头的新式"新村"建设时评论道："新村运动向为无政府主义者的同志的组合，今此新村却带些官办性质，至少和当地政府是合作的，其主张很值得讨论，却也不妨有此一种试验。"见郑振铎：《西行书简》，上海：商务印书馆，1937 年，第 118 页。

④ 伊藤德也著，裴亮译：《周作人"人间"用语的使用及其多义性——与日语词汇的关联性考论》，《现代中文学刊》2017 年第 2 期，第 27 页。

译中使用了相同的日语借词，但却有别于周作人的用法。他试图将吉登斯理论中“社会化的人”的意涵引入中文，使中文的“人”呈现出“自然/自我的人”与“社会化的人”这两种不同的意义。这表明，一种从社会角度理解人的观念已经在郑振铎的思想中初步显现。①

吉登斯认为，作为社会成员的个人在完成社会化的改造之后，就应该投入群体的改造中去，由此推动社会的更新换代。“于是渐渐的一代一代的，那个创造人间底社会，乃为人间所变形。”郑振铎译道：

> Of supreme importance in this work is the influence of those few transcendent minds whose genius pierces the unknown; of those pioneers of thought and conduct who dare to stand alone in untrodden ways; of those devoted lovers of their kind who, often in obloquy and pain, reveal the possibilities of a spiritual life. It is chiefly through these that the mass of humanity is lifted in some small degree above the plane of physical necessity into the freer air of liberty and light.②

> 在这个工作当中，最紧要底是：少数具有钻研未知底事理底聪明底超人底影响；是敢于独立于未经垦开底路上底思想和行为底先锋底影响；是专诚爱其同类而常受谗谤及痛苦而启示精神生活的人底影响。由这些影响而人类乃超脱几分物理的必要底范围，而升于自由光明底更活泼的空气中了。③

---

① 郑振铎对周作人的“人间”用法有所不满，与胡适不久之后对新村运动的批评相映成趣。胡适的矛头主要指向新村运动把改造个人和改造社会截然二分。他批评新村主义者“不站在这个社会里来做这种一点一滴的社会改造，却跳出这个社会去‘完全发展自己个性’，这便是放弃现社会，认为不能改造，这便是独善的个人主义”。胡适的根本观点是：“个人是社会上无数势力造成的。改造社会须从改造这些造成社会、造成个人的种种势力做起。改造社会即是改造个人。”见胡适：《非个人主义的新生活》，《新潮》1920年第3号，第473-474页。

② Giddings, *The Principles of Sociology*, p. 422.

③ 吉丁斯著，郑振铎译：《社会的性质及目的》，《新社会》第7号，第5页。

郑振铎的译文带有明显的日语色彩，但还是基本接受了吉登斯的主张：为了实现社会的整体进步，社会精英不能只注重个人的发展，而应该一方面勇于探索未知的领域，另一方面应热爱同类，即便忍受非议之苦也要帮助他们的共同进步。值得注意的是，当吉登斯描述社会精英在诽谤和痛苦中的自我精神实现时（"启示精神生活"），郑振铎还尤为强调其启示同类的社会效果，可见其相当关注精英对大众群体的示范作用和影响效果。

与此相呼应的是，吉登斯还特别引用了英国诗人勃朗宁（Robert Browning）长诗《索尔戴洛》（*Sordello*）的片段作为全章同时也是全书的结语。有趣的是，郑振铎没有在他的译文中翻出这首诗，却以一种灵活的方式将其改写进自己的诗歌《灯光》之中，彼此之间错落的情感寄托和思想立意值得讨论。我们可以对比二者的异同：

> …Already you include/The multitude; then let the multitude/Include yourself; and the result were new:/Themselves before, the multitude turn you./This were to live and move and have, in them,/Your being, and secure a diadem/You should transmit…[1]

> 好了！前面有几个人的声音了！/他叫他们，想同他们共享这个灯光，共向前迈往。/但他们都不理他，仍旧在黑暗的荒野当中乱闯，/他们嫌他的灯光耀眼，/叫他远远的离开，不许加入他们的党。/走！走！走！他看见前面是一片河荡。/他就大声的叫道："朋友！朋友！不可再前往！/你们快跟着灯光来，我愿意做你们探路的拐杖。"[2]

《索尔戴洛》是勃朗宁毕七年之功完成的叙事诗，以虚构的方式讲述了 13 世纪意大利吟游诗人戈伊托的索尔戴洛（Sordello da Goito）

---

[1]　Giddings, *The Principles of Sociology*, p. 422.

[2]　郑振铎：《灯光》，《新社会》第 2 号，1919 年 11 月 11 日，第 4 页。

的生平故事。比较郑振铎的《灯光》和勃朗宁的《索尔戴洛》，郑诗的确在许多方面化用了勃朗宁诗歌的元素。在人物关系上，二者都在探讨个人精英与社会群体的关系；在意象上，二者都设计了专门的意象符号（灯、王冠）象征精神的传递；在情节上，两首诗的主人公都在向前行进，探索未知的前途。但不同之处却更为显著。勃朗宁的作品对个人与群体的结合充满信心，而郑振铎对此却抱有深深的疑虑，这种疑虑恰恰来自吉登斯对于社会发展的现实担忧，后者在"社会的性质及目的"中已经指出，热爱同类的精英还必须忍受同类的谗谤与痛苦。至于对未来的展望，勃朗宁敢以"新王废黜救主"憧憬美好的可能，郑振铎笔下的前行者却"等了好久，没有一些回响"，"他还是孤孤零零的一个人，挟着无限的凄凉，感伤，向前迈往"。可以说，郑振铎一方面接受了吉登斯的观点，认为"人的解放"绝不是一个纯粹个人的问题，但另一方面，当他将个人与群体的关系转化为新文化运动的具体状况时，却对中国社会变革的前景感到担忧而迷茫。尽管接受现代教育的知识青年已经率先觉醒，要实现全民的共同觉醒依然有待时日。

就社会整体的进步而言，吉登斯并未诉诸暴力革命或政治运动的力量，而是再次转向社会的心理和精神面向，试图从中发掘社会变革的动力。他在《社会学原理》第二章讨论人类社会意识的进化时便指出，人类社会的演变可归结为物质和精神两方面的原因。但在这两者中，精神的作用更为重要。在"社会的性质及目的"一节中，吉登斯的这个观点首先是通过对斯宾塞"社会有机体"说的修正而得出的。郑振铎译道：

Certainly it [society] is not a physical organism. Its parts, if parts it has, are psychical relations. They are held together not by material bonds, but by comprehension, sympathy, and interest. If society is an organism at all, it must be described as physio-psychic—as a psychical organism essentially, but with a physical basis.[1]

他（笔者注：指社会）实在不是一个有形的有机体。他的各部分——要是他有部分的话——都是精神的关系，他们不是物质的联结，乃是因理解力、同情，及利害的原因而结合。若社会果是一个有机体，则可以叫他做物理精神的有机体，physio-psychic，在大体上看来是精神的有机体，不过他的基础是物理的。[2]

吉登斯批评斯宾塞的"有机体"说忽略了心理方面，因此便提出，社会在全体物理结构的基础上还存在一个普遍的"社会心理"（social mind）。它的存在和运行能使不同的社会个体之间彼此影响、感同身受，进而互相联合而发起共同行动。[3]精神作用极其重要，以至于影响社会的根本性质，故有必要对其做出新的命名。郑振铎译道："社会是一个体制（organization），一部分是无意识的进化的产物，一部分是有意识的计划的结果。所谓体制，就是精神的关系底错综。"[4]吉登斯这里提出的"体制"一说，呼应了他在《社会学原理》序言中开宗明义的立场："本人认为社会学是一门心理科学，亦认为从生物学角度描述社会的做法是错误的，故尝试将关注点主要导向社会现象的心理方面。社团（association）和社会组织（social organization）这两个概念，我均已尝试将其解释为某种心理状态的结果，也就是'同类意识'。"[5]因此，改造社会的根本力量就在于从精神和思想层面推动社会全员的教育和启蒙。

郑振铎对吉登斯社会心理学说的认识，并非在翻译"社会的性质及目的"时才形成的偶然共鸣，而是在长期阅读西方社会学著作的基

---

[1]　Giddings, *The Principles of Sociology*, p. 420.

[2]　吉丁斯著，郑振铎译：《社会的性质及目的》，《新社会》第 7 号，第 4 页。

[3]　Franklin H. Giddings, *Inductive Sociology*, New York and London: The Macmillan Company, 1901, p.134.

[4]　吉丁斯著，郑振铎译：《社会的性质及目的》，《新社会》第 7 号，第 4 页。

[5]　Giddings, "Preface," in *The Principles of Sociology*, p. v.

础上做出的理性判断。在《新社会》连载的《社会学略史》一文中，他在回顾西方社会学发展史之余，就肯定了法国社会学家孔德的社会有机体说中"心理的比较生物学的多"，同时批评斯宾塞作为"孔德后而有第二的创造者"，"过重视于物质一方面，却把心理一方面忘记了"。① 他特别称赞吉登斯的《社会学原理》"以'同类意识'为基本的社会力及人类关系的原因"。他俨然已经相信："同类的认识，或'互相吸引'（Mutual attraction），由趋异及集合的进步和为法则所控制的常力的动作，创造出我们的社会。"②

从总体上说，吉登斯的社会学说将"人"而不是组织或制度置于核心位置加以考察，这种社会思想具有高度的人道主义和人本主义色彩，非常符合郑振铎对于道德修养和精神力量的强调。他曾写道："中国社会的需要乃是'知识'。因此，'社会服务'的工作，就应该注意世界的、人生的、科学的知识的输入，然后于社会根本的改造，才能收最大的效果。"③ 必须承认，这一认识部分来自"社会福音"理念对于个人修身的倡导，但更重要的是郑振铎对于新文化运动的谨慎判断。郑振铎认为："没有觉悟的人，决不能改造社会。试看我们中华民国为什么到现在还不能享共和的实在幸福？岂不是因为没有觉悟的人过多么？由这个教训，我们可以知道：社会虽已改造，而大多数仍旧没有觉悟，则这个改造的社会，必定只有其名而无其实。"④ 又说："社会的改造，决非一部分的人的改造所能成功，而必须全社会的人都已觉悟了才行。"⑤ 由此，他决定将社会变革从觉醒的精英推向更广阔的大多数以至于全社会。

① 郑振铎：《社会学略史（未完）》，《新社会》第 12 号，1920 年 2 月 21 日，第 5 页。
② 郑振铎：《社会学略史（续）》，《新社会》第 13 号，1920 年 3 月 1 日，第 6 页。
③ 郑振铎：《怎样服务社会》，《新社会》第 10 号，第 2 页。
④ 郑振铎：《社会服务（Social Service）》，第 3 页。
⑤ 郑振铎：《再论我们今后的社会改造运动》，《新社会》第 9 号，1920 年 1 月 21 日，第 2 页。

第四节　《新社会》的文学影响

　　《新社会》第 19 号于 1920 年 5 月 1 日刊出，随后即遭北洋政府查禁。同年 8 月，《人道》杂志作为《新社会》的替代刊物出版，但仅出一期便停办。[①] 至此，《新社会》完成了它的历史使命。《新社会》旬刊诞生于民国初年特别是五四运动前后社会变革思潮风起云涌之际。作为《新社会》旬刊的赞助者，北京基督教青年试图将一种混杂了"社会福音"理念的宗教化方案传递给中国青年。但由于有限而间接的经济赞助模式、松散而独立的人员管理方法，以及中国创办者自身日益觉醒的认识与诉求，以郑振铎为代表的中国青年学生并没有接受这种带有神学色彩的社会主张。与此同时，郑振铎借助于《新社会》旬刊的广阔视野，也接触了新村运动、工读运动、社会主义学说等社会运动方案，但最终通过对吉登斯社会学理论的译介，把具有一般现代学理意义的社会学知识融合到自身的社会运动诉求中去。

　　客观地说，《新社会》旬刊的主要工作不在文学。在总共发行的 19 期刊物上，《新社会》共刊登翻译作品 19 篇次，社会服务类译作达到 11 篇，而文学翻译作品仅为 7 篇，但也表现出鲜明的社会思想影响。

　　例如，耿济之先后翻译了俄国文学家列夫·托尔斯泰（Leo Tolstoy）的《社会调查问题》（"Article on the Census in Moscow"）和《我们要怎么办呢？》（"Thoughts Evoked by the Census of Moscow"）这两篇略显不同的论文。

　　托尔斯泰于 1881 年移居莫斯科，发现穷人生活条件恶劣，遂积极投入 1882 年的莫斯科市社会调查工作之中。在 19 世纪 80 年代，托尔斯泰发表了一系列以社会调查和社会改革为主题的文章，鼓舞并

[①]　周作人 1920 年 10 月 29 日日记："傍晚返，郑振铎君来，云《人道》暂不能出版。"见《周作人日记》（中册），第 154 页。

号召知识阶层帮助城市贫民区解决生活空间和人际交流中的问题。在此，托尔斯泰首先是作为社会思想家而不是文学家被介绍的，这当然与北京青年会和社会实进会自身的工作有关。在耿济之看来，托尔斯泰的《社会调查问题》虽然是基于作者对莫斯科城调查的观察而作，但具有普遍性意义，因而特意将原题"论莫斯科的人口调查"修改为"社会调查问题"，"希望那有志于'社会调查'和'社会改良'的人读了这篇，有所取法"。①不过，耿济之在译文中还以连续使用感叹号等方式增强感染力和号召力："许多人全嚷着说：现代的'社会组织'摇动了！特权阶级的势力更扩大了！人民革命心理也在暗中飞跃起来了！然而所有他们的论据究竟在什么地方呢？鼓吹革命的人指的是什么呢？不是指着下级社会的痛苦和财产分配的不均么？主张守旧的人指的是什么呢？不是指着道德基础的堕落么？"②以此强调中国的社会调查者们应在冷眼旁观后马上采取必要的救济行动。

而在《我们要怎么办呢？》中，耿济之删去正文前引用的《圣经》福音书原文，代之以"译者附志"，再次表明他所期待的其实是一种排除基督教思想的社会改革方案。③鉴于基督教青年会的神学理念，这种去宗教化的译法很有意义，因为托尔斯泰正是凭其基督信仰与社会改造相融合的思想而在中国基督教圈子里颇为流行。④可见，中国主编与基督教青年会始终处于微妙的思想博弈之中。他们一方面接受社会服务等有助于社会进步的理念，另一方面也拒绝了基督福音等带有明显宗教色彩的思想成分。

就文学翻译来说，张晋翻译的白话故事《笛》讲述了富兰克林

---

① 托尔斯泰著，耿匡译：《社会调查问题（未完）》，《新社会》第 1 号，1919 年 11 月 1 日，第 2 页。

② 托尔斯泰著，耿匡译：《社会调查问题（未完）》，《新社会》第 1 号，第 3 页。

③ 托尔斯泰著，耿匡译：《我们要怎么办呢？（一）》，《新社会》第 3 号，1919 年 11 月 21 日，第 3 页。

④ 如 1921 年一本讨论托尔斯泰社会学说的著作，在开篇即提出托尔斯泰"力求实行耶稣所倡爱人如己一说，且深信欲谋社会之安宁，非人人依是而行不可"。见《例言》，载托尔斯泰著，徐松石编译：《托尔斯泰之社会学说》，上海：广学书局，1921 年，第 1 页。

（Benjamin Franklin）小时候的勤俭故事，反映了传教士对修身教诲和道德训诫的一贯重视。[①] 其余大部分译作则都是对俄国 19 世纪文学著作的翻译。中国译者们对俄国文学的兴趣，首先来自其中优美的风景描写和细腻的人物刻画。这些对当时新兴的白话新文学而言是十分可贵的资源。耿济之在《新社会》第 6 号上翻译了屠格涅夫（Ivan Turgenev）的诗作《航海》。[②] 屠格涅夫以乘船前往英国的见闻为基础创作该诗，充分展现了自然世界的巨大魅力，表现了诗人对微小事物的细致观察以及在遣词造句上的良苦用心。耿济之选取这首诗歌并以散文诗的形式译出，也呼应了《新青年》以来对古典诗学的批判。最终，耿济之的这篇译作先后入选 1921 年商务印书馆的《白话文苑》、1925 年商务印书馆的《新学制国语教科书》（第 1 册）、1929 年世界书局的《初中国文》（第 2 册）以及 1930 年商务印书馆的《现代初中教科书国语》，成为白话文学史上的经典作品。

与此同时，中国译者也为俄国文学中的人道主义精神所吸引。郑振铎就认为，"人道的情感""实是俄国文学中最大的特色"，[③] 又评价托尔斯泰的作品除了宗教思想，也包含着"尊劳主义、人道主义及反资本主义的意见"。[④] 耿济之翻译的朴列史赤叶夫（今译普列谢耶夫，Plescheev）诗作《往前》这样写道："在科学的旗子底下 / 我们的同盟军愈聚愈坚，/ 应当借着真理的力量，把那些罪恶和虚伪的使者尽行除灭。"[⑤] 普列谢耶夫是俄国 19 世纪中叶进步组织"彼得拉舍夫斯基小组"（the Petrashevsky Circle）的成员（陀思妥耶夫斯基也参加过这个组织），在空想社会主义思想的影响下宣扬唯物主义和社会主义理

---

① 法兰克林著，张晋译：《笛》，《新社会》第 1 号，1919 年 11 月 1 日，第 4 页。

② 屠格涅夫著，耿济之译：《航海》，《新社会》第 6 号，1919 年 12 月 21 日，第 3 页。

③ 郑振铎：《叙二》，载普希金著，安寿颐译：《甲必丹之女》，上海：商务印书馆，1921 年，第 11 页。

④ 郑振铎：《叙》，载托尔斯泰著，耿济之译：《黑暗之势力》，上海：共学社，1921 年，第 5 页。

⑤ 朴列史赤叶夫著，耿匡译：《往前》，《新社会》第 8 号，1920 年 1 月 11 日，第 8 页。

念。瞿秋白认为，普列谢耶夫的诗作表达了"同等的社会理想，人道主义；不过他的情绪不仅是悲悯，而且还愤发勇猛"。①可以看出，《新社会》旬刊的译者已经意识到以文学作品唤起社会变革的巨大潜力。

对郑振铎来说，尽管文学翻译并不是《新社会》旬刊的重点所在，但它仍然在以下三个方面影响了郑振铎的文学理念和日后的文学活动。从个人层面来说，《新社会》的编辑经历为郑振铎提供了一条接触新文学的重要途径。简要回顾郑振铎青年时代的教育经历便可知，他自幼接受的语文训练其实是以传统古文为主。在小学阶段，虽然他的国文老师对新式教学法多有钻研，但出身科举，"教高小学生以《左传》、《孟子》和《古文观止》之类"，也让那些所谓的创新方法沦为"'对牛弹琴'之举"。②年及十三四岁，郑振铎模仿《聊斋志异》习写"狐鬼之事"，或随长者吟诗作赋，咏物抒怀，亦以古典文学为旨趣。③虽然他早早就成为《青年杂志》初创时的一位读者，但诚如郑振铎自己所说，当时的《青年杂志》"只是无殊于一般杂志用文言写作的提倡'德智体'三育的青年读物"；即便到他来京初期，《新青年》仍然"也只是一种'改良主义'的主张而已"。④日后，郑振铎虽然就读于钻研科学知识的铁路管理学校，但该校师生的文学品位也以古典诗词为主。⑤至于其他过眼或手录的外交部书目，如前所

---

① 瞿秋白：《俄国文学史及其他》，载蒋光慈编著：《俄罗斯文学》，上海：创造社出版部，1927年，第241页。
② 郑振铎：《记黄小泉先生》，《太白》1934年第1期，第47-48页。
③ 郑振铎：《序》，载氏著：《中国文学论集》（上册），上海：开明书店，1934年，第1页。
④ 郑振铎：《导言》，载氏编选：《中国新文学大系·第二集：文学论争集》，上海：良友图书印刷公司，1935年，第1-2页。对于《新青年》早期的寥落状况，鲁迅也有类似的观察："他们正办《新青年》，然而那时仿佛不特没有人来赞同，并且也还没有人来反对，我想，他们许是感到寂寞了。"见鲁迅：《〈呐喊〉自序》，《晨报·文学旬刊》，1923年8月21日，第1版。周作人也说："即如《新青年》吧，它本来就有，叫做青年杂志，也是普通的刊物罢了。虽是由陈独秀编辑，看不出什么特色来。"见周作人：《知堂回想录》，北京：群众出版社，1999年，第298页。
⑤ 《交通部铁路管理学校高等科乙班毕业纪念册》记载了全校师生的考察日记和观光游记，但也多为旧体诗文的唱和之作。

述，同样以传统古籍居多。即便放眼北京全城，当时能提供现代书报的阅读场所也非常有限。正是在主编《新社会》旬刊期间，郑振铎借青年会的图书馆饱览世界文学名著，使他对域外文学产生了最初但却持久的兴趣。

不仅如此，在基督教青年会以中国学生为主体的活动策略下，郑振铎与其他许多青年改革者在《新社会》旬刊完成了最初的聚合。日后文学研究会的许多骨干成员早已参加过《新社会》旬刊的活动。

表二 参与《新社会》活动的文学研究会人员名录[①]

序号	人物	《新社会》职位	参与时间	文研会编号
1	耿济之	编辑部部长		11
2	郑振铎	编辑部副部长		10
3	瞿世英	社会实进会书启	1919 年 11 月 1 日 创始成员[②]	12
4	瞿秋白	编辑员		40
5	许地山	编辑员		4
6	郭梦良	编辑员	1920 年 2 月 1 日[③]	18
7	徐其湘	编辑员		43
8	张晋	撰稿人	1919 年 11 月 1 日	14
9	宋介	撰稿人	1919 年 12 月 1 日	17
10	王统照	撰稿人	1920 年 3 月 1 日	8
11	周作人	演讲人	1920 年 6 月 19 日	3

由上表可知，《新社会》旬刊已经广聚当时北京的青年学生，他

[①] 本表参考 "Appendix A: Members of the Literary Association," in Michel Hockx, *Questions of Style: Literary Societies and Literary Journals in Modern China, 1911–1937*, Leiden and Boston: Brill, 2003, pp. 260-275. 中文参考贺麦晓（Michel Hockx）：《附录 A：文学研究会成员：据 1924 年会员名单》，见贺麦晓著，陈太胜译：《文体问题——现代中国的文学社团和文学杂志（1911—1937）》，北京：北京大学出版社，2016 年，第 271-284 页。

[②] 郑振铎：《回忆早年的瞿秋白》，《光明日报》，1949 年 6 月 18 日，第 2 版。

[③] 《北京社会实进会消息：欢迎新编辑员》，《新社会》第 10 号，第 12 页。

们或为旬刊编辑，或为撰稿者，或受邀参加北京基督教青年会的活动。1920 年 4 月 26 日，社会实进会职员会通过瞿世英的提议，决定每半月举办一次"讲演会"，拟请大学教授与社会学家就社会问题和社会学原理发表专题讲座。[①] 最终，他们邀请到胡适、高厚德（H. S. Galt）、陶履公和周作人等新文化运动领军人物来会演讲。可以说，《新社会》旬刊为日后本土社团的兴起积累了必要的"社团和刊物的组织经验"并"提供了最初的核心人物"。[②] 从另一个角度来说，无论是《新社会》旬刊的编译还是日后其他文学翻译活动，郑振铎的译著总是在译者本人的社团交往和社会活动中诞生，这一点成为其文学翻译生涯的重要特点。

最重要的是，与吉登斯社会思想的接触对郑振铎的文学理念产生了深远的影响。以文学之力推动社会改造，这条思路本身就内在于吉登斯的心理学派社会学理论。在吉登斯看来，"物质的组织通过与语言、文学和艺术等其他必要因素的配合，社会系统才得以保存并世世代代传递下去"。[③] 这也让郑振铎从一开始就将文化变革视为改造社会的可能路径。1919 年 11 月 9 日，郑振铎曾与耿济之携《新社会》创刊号登门拜访新文化运动领袖陈独秀，向后者请教办刊策略。陈独秀建议将《新社会》旬刊调整为"纯粹给劳动界和商界看"的通俗报纸，同时记载附近地方新闻，随事发挥议论。陈独秀如此建议，其实是希望郑振铎能从文化启蒙的宣传立场转向解决实际的社会问题，可见其中浓厚的社会革命意味。但郑振铎并没有照办，而是继续坚持文化变革的路线。[④] 由此可以看出文化变革之于郑振铎的深刻影响。在同一时期写给青年学生的信里，郑振铎明确表示："你们根本上的运

---

① 陈福康编：《郑振铎年谱》（上册），第 29 页。

② 石曙萍：《知识分子的岗位与追求——文学研究会研究》，上海：东方出版中心，2006 年，第 1 页。

③ Giddings, *The Principles of Sociology*, p. 399.

④ 郑振铎：《我们今后的社会改造运动》，《新社会》第 3 号，1919 年 11 月 21 日，第 1-2 页。

动是什么？就是：社会服务；就是：下层的大多数的新文化运动；也就是：灌输新思想给一般社会。再详细的说一句，你们今后的根本上的运动就是使一般的社会有知识，明事理，有觉悟，有奋斗的精神，能够起来与你们协力合作。"[1]尽管这是向青年学生发出的忠告，但作为青年学生中的一员，郑振铎的这番说话分明也带有夫子自道和自我鞭策的意味。

　　1920 年 12 月底，郑振铎从铁路管理学校毕业。在京沪两地之间犹豫一两月后，他终于在好友的催促与鼓励之下，于 1921 年 3 月前往上海，[2]开启他在中国文坛的翻译生涯。虽然文学史叙述多以胡适和陈独秀在《新青年》上发起文艺改革为白话新文学之肇始，但从历史的实际情形来看，许多新文学作家往往是在其他刊物上真正接触并试手新文艺的。《新社会》旬刊就为中国译者引介新文学提供了一块宝贵的试验场，而郑振铎正是其中的重要一员。一方面，以俄国近代文学为代表的世界文学的输入，为关注"人的解放"的中国现代文学提供了人道主义的精神财富。另一方面，《新社会》自身对于社会改造问题的长期关注和深入研究，开启了日后文学研究会倡导"为人生的文学""文学改造社会"等议题的先声。因此，《新社会》旬刊的翻译活动无疑成为郑振铎文学生涯的一条重要源流。

---

① 郑振铎：《学生的根本上的运动》，《新社会》第 12 号，1920 年 2 月 21 日，第 2 页。

② 多年后，郑振铎于 1927 年 5 月 21 日在旅欧途中回忆道："前七年（笔者注：指 1920 年），北京乎、上海乎的问题，曾使我迟疑了一月二月。要不是菊农（瞿世英）、济之他们硬替我主张，上海是几乎去不成了。"见郑振铎：《欧行日记》，上海：良友图书印刷公司，1934 年，第 1 页。

第二章　舞台内外：
合力与角力中的新文化出版尝试

　　作为新文化运动中崛起的年轻一代，郑振铎展现出极为敏锐而自觉的现代媒体意识。从《救国讲演周刊》《新学报》《闽潮》一直到《新社会》旬刊的创办，他在早年参加的社会团体中无不注意运用现代报纸杂志、专著或丛书等出版工具，为书写和传播自己的文化思想提供有力的媒介保障。直至日后以文学研究会为依托，发起一系列丛书出版计划，他从未停止过寻找一片"自己的园地"的努力。不过，虽然《新社会》旬刊的编译活动为郑振铎跻身现代文坛召集了一批志同道合的人马，但受制于有限的经验和捉襟见肘的经费，尤其是乏善可陈的出版组织，他不得不频频与其他社团展开合作和竞争，由此探索一片相对独立的出版、言论和编译阵地。在诸多出版尝试中，"共学社丛书"就是郑振铎与民初"研究系"旗下的共学社、商务印书馆和上海民众戏剧社等政学团体多方合力与角力的产物。它既是一种出版合作，也是一种话语竞争，展现了青年郑振铎在京沪两地之间多方斡旋、闪转腾挪的艰辛努力，也透露出其以现代文学社团的形式和现代传播媒体的武器在中国现代文坛发声的早期尝试。

　　美国出版史家罗伯特·达恩顿（Robert Darton）在论及法国《百科全书》出版史时曾有过一段精辟的论断："启蒙运动存在于别处。它首先存在于哲学家的沉思中，其次则存在于出版商的投机中。"①这

---

① 罗伯特·达恩顿著，叶桐、顾杭译：《启蒙运动的生意》，北京：生活·读书·新知三联书店，2005年，第3页。

并不是说，启蒙运动的思想力量因为出版商的经济考虑而打了折扣，相反，思想的传播恰恰离不开传媒的作用而施加影响。无独有偶，中国文学史学者陈平原在论及中国现代文化的流布时同样指出："大众传媒在建构'国民意识'、制造'时尚'与'潮流'的同时，也在创造'现代文学'。"[1] 在白话新文学的生产与传播过程中，现代生产机制和出版方式无疑发挥了举足轻重的作用。对于年轻的文学研究会成员来说，他们一方面斡旋于不同的赞助者之间，从而跻身于现代文学的出版传播环节，另一方面则通过跨语言的审美译介活动，深入参与新文化运动的思想启蒙事业。在文学研究会正式成立之前，他们利用这块"借来的园地"，为日后规模更大的出版活动积累了宝贵的人员、思想与出版资源。

第一节　合作与竞争中的共学社生意

近年来的中国现代文学研究对于"纯文学研究"的祛魅正是通过出版史视角的考察而开展起来，但诚如邱雪松所言，以往的研究"默认并共享了文学启蒙的预设"，[2] 往往高度同质化地把这套丛书视为新文化运动的经典成果，却忽略了不同出版主体的分歧与内在思想的差异。事实上，"共学社丛书"本身的多样性和异质性理应受到重视。这套庞大的出版计划由17种子丛书构成，实收作品多达82种。[3] 其中，"俄国戏曲集"和"俄罗斯丛书"的翻译者大多为以郑振铎为代表的文学研究会主要成员，暗含了文学研究会初创时期的思想萌芽与出版

---

[1] 陈平原：《序》，载氏著：《"新文化"的崛起与流播》，北京：北京大学出版社，2015年，第1页。

[2] 邱雪松：《关键词与史料：论现代文学出版史研究》，《现代出版》2020年第2期，第76页。

[3] 《中国近代现代丛书目录》收录"共学社丛书"86种。据统计，《朗伯罗梭氏犯罪学》《社会心理学》《西洋哲学史》《相对论与宇宙观》4种均为重复计算，故实际出版82种。见上海图书馆编：《中国近代现代丛书目录》，上海：上海图书馆，1979年，第414-417页。

规划。①

"共学社丛书"的主要推动者是民国共学社，这一点并无异议，但背后的"研究系"与共学社丛书的关系则需要进一步澄清。"研究系"是民初政坛的一股重要势力，以原进步党领袖梁启超、汤化龙为代表，以研究宪法、维护议会制度、反对帝制复辟为目标，在政治上与皖系段祺瑞政府合作，同时投身新文化运动与思想启蒙事业。1918年，皖系势力改选国会，"研究系"逐渐失势，随后赴欧考察。梁启超在回国前宣布五项计划方针，"总以打破军阀，改进社会为标目，要之应与世界潮流相应"，其中就包括"拟为文化运动计，创刊小丛书"。②张元济领导的商务印书馆成为该丛书的实际出版方。

1920年4月17日，蒋百里致信梁启超，言及"共学社开会情形及议决规约，今已印就，即寄奉一份"，③可知该社在当年4月左右初步成立。在指导思想上，共学社延续了梁启超输入世界学说的主张，以引进西学新知、推动新文化运动为宗旨。5月12日，梁启超在致友人信中明确指出："培养新人才，宣传新文化，开拓新政治，既为吾辈今后所公共祈向，现在即当实行著手，顷同人所立共学社即为此种事业之基础。社中主要业务，在编译各书。"④6月13日，《时事新报》发布征稿广告，再次声明："我们久已想把西洋的文化源源本本的介

① 早在1986年，历史学者邹振环就已撰写《张元济与共学社》，并附录"共学社丛书"清单，具有相当重要的史料价值。不过，该文主要是从张元济个人与共学社的交往探讨丛书出版过程，并没有涉及不同组织之间的角力。见邹振环：《张元济与共学社》，《档案与历史》1986年第4期，第63-69页。随后，"共学社丛书"分别被置于"研究系"社团和商务印书馆的历史脉络中考察，揭示出不同出版机构对共学社丛书的差异化影响。彭鹏曾指出，"共学社丛书"中的俄国文学作品"同样是当时文化界关注俄国的思潮反映，但与耿济之、郑振铎、瞿秋白等人的倡扬不无关系"，可惜未能深入分析。见彭鹏：《研究系与五四时期新文化运动——以1920年前后为中心》，广州：中山大学出版社，2003年，第87页。陈福康亦曾论及张元济与青年郑振铎在北京的重要会面，却同样对共学社丛书一事未作阐释。见陈福康：《张元济与郑振铎》，《新文学史料》2007年第4期，第82-91页。

② 丁文江、赵丰田编：《梁任公先生年谱长编（初稿）》，第470页。

③ 丁文江、赵丰田编：《梁任公先生年谱长编（初稿）》，第474页。

④ 丁文江、赵丰田编：《梁任公先生年谱长编（初稿）》，第477页。

绍过来，只奈我们的能力非常薄弱，所以迟至今日方能筹备一个学社定名为共学社，先做编译书籍的事业。"① 由此可见，出版和翻译事业是共学社引进新知的途径。

为了推动这一翻译计划的实施，梁启超同意采取现代商业化的出版模式，"大旨拟集资五万，并以商业方法经营之，恐亦不难支持焉"。② 他向蒋百里建议，应以全体董事的名义向社会各界募集基金，尤其重视商务印书馆、南洋烟草公司、大生纱厂等大型机构的赞助。③ 其中，正是商务印书馆的资金支持及其在出版方面的经验与专长，为"共学社丛书"的出版活动提供了有力的保障。

实际上，梁启超在 1920 年 3 月 5 日访欧回沪，3 月 13 日即拜访张元济，初步谈妥合作方案。3 月 24 日，梁启超由北京至天津，借居张元济家中，再次与陈叔通、张东荪等人细谈。4 月 10 日，张元济正式回复梁启超，高度赞同共学社提出的"译辑新书，铸造全国青年之思想，此实为今日至要之举"的思想定位，决定在经费方面大力支持，"拟岁拨两万元先行试办"；并同意高梦旦的建议，即梁启超若欲扩大出版计划，商务同意以两年为期，加拨两万元。④ 双方由此形成出版合作关系。

"生意就是生意，即使它关乎启蒙。"⑤ 达恩顿对于法国启蒙运动出版史的论断，同样适用于形容"共学社丛书"的出版概况。虽然共学社与商务印书馆一拍即合，但双方的分歧也不言而喻，主要表现在两方面：在出版的具体项目上，双方其实各有计划。张元济邀请梁启超主编商务印书馆的"小本新智识丛书"，梁启超虽未回绝，但仍以"共学社丛书"为本位，请求商务印书馆的资助；在赞助方式上，张元济答应为梁启超本人的著作预付五千部版税，并承诺未来提高额

① 《广告》，《时事新报》，1920 年 6 月 13 日，第 1 版。
② 丁文江、赵丰田编：《梁任公先生年谱长编（初稿）》，第 470 页。
③ 丁文江、赵丰田编：《梁任公先生年谱长编（初稿）》，第 475 页。
④ 丁文江、赵丰田编：《梁任公先生年谱长编（初稿）》，第 474 页。
⑤ 达恩顿：《启蒙运动的生意》，第 25 页。

度。但梁启超强调共学社的集体属性，虽然商务印书馆对梁氏本人待遇颇丰，但他希望与其他社员平均利益，并提出由商务印书馆直接购稿。张元济没有采纳，随即与高梦旦、陈叔通细谈，决定"拟拨二万元预垫版税，先行试办一年"。[①]

上述两方面分歧揭示了新文化事业作为出版活动的商业属性。诚然，"研究系"借由"共学社丛书"全面涉足出版领域，为"众声喧哗"的新文化运动注入新的声音，但在商务印书馆看来，新文化运动也未必不是一桩出版生意。随着文学革命和新文化运动的爆发，商务印书馆在经济收入、舆论风向和管理方式等各个环节连遭挑战。杂志方面，1917 年销量为 14.6 万册，1918 年下降为 11.1 万册。[②] 书籍方面更受打击，特别是在新文化运动方兴未艾的数年之间，出版数量由 1916 年的 234 种 1169 册逐年骤减，1917、1918、1919 三年分别为 322 种 641 册、422 种 640 册、249 种 602 册（详见图四）。[③]

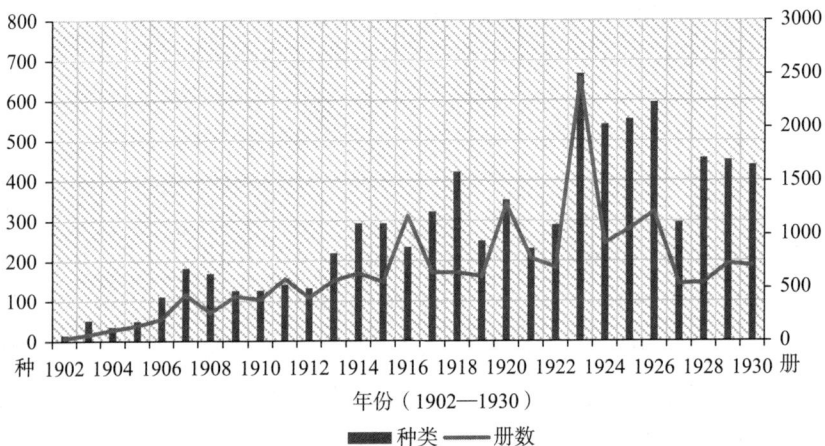

图四　商务印书馆图书出版数量

① 张元济著，张人凤整理：《张元济日记》（下卷），石家庄：河北教育出版社，2000 年，第 961 页。

② 张元济著，张人凤整理：《张元济日记》（上卷），石家庄：河北教育出版社，2000 年，第 671 页。

③ 数据和制图根据李泽彰：《三十五年来中国之出版业》，载庄俞、贺圣鼎编：《最近三十五年之中国教育》，上海：商务印书馆，1931 年，第 273-274 页。

　　面对严峻的市场困境，商务印书馆方面早有改革之意。从1918到1920年，商务高层每年前往北京，与北大教授等新文化运动核心圈子谋求合作。在商务内部，意在求新求变的张元济、高梦旦等人与较为保守的总经理高凤池形成对峙。1920年初，张元济以退为进，辞去总经理职位，改任监理，迫使高凤池同样改任监理，从而推动商务在新文化出版事业中继续发力。

　　商务印书馆对"共学社丛书"的慷慨垫款，无疑是其在新文化出版事业上的又一次尝试。梁启超特别提醒同人，该笔款项仅用于"共学社丛书"的编译；至于社内其他事务，如杂志出版、添置书籍、补助同人留学、奖励名著等，均另觅办法。[①]这一举措提供了稳定的资金保证，使"共学社丛书"的出版过程相当迅速而顺利。但到了1922年，蒋百里致信梁启超，告知共学社计划调整文化运动的策略。特别是在经济上，共学社决定取消商务垫款，一律以版税计算，理由是"各社员皆成连带关系，将来账目算不清楚，而且变成滥账者必积久而愈多也"，[②]由此加强本社的主动权。

　　在双方的拉锯中，编审决策也成为一项至关重要的考量，并最终形成一套多层次、复合式的编审机制。共学社社章规定，"本社社员每年须承担五万字以上"，[③]并设立评议会审核候选书目。1920年5月5日，吴统续在给梁启超的信中汇报共学社开会情形，同时介绍"共学社丛书"的出版程序。"其有特别需要之名著，似由评议会决定后，提出交社员译出为佳"；评议会成员由蒋百里主持推选，共选出六人，如有必要，再由评议会另外委托专员审查稿件。[④]

　　实际上，最终成为评审专员的正是张元济本人。例如，在1920年10月，张元济同意将梁启超的《清代学术概论》（1921年2月初版）

①　丁文江、赵丰田编：《梁任公先生年谱长编（初稿）》，第477页。

②　蒋百里著，谭徐峰编：《蒋百里全集》（第六卷：函札），北京：北京工业大学出版社，2015年，第30页。

③　《广告》，《时事新报》，1920年6月13日，第1版。

④　丁文江、赵丰田编：《梁任公先生年谱长编（初稿）》，第477页。

和蒋百里的《欧洲文艺复兴史》（1921 年 4 月初版）收进丛书，"得此两书，可将共学社名誉抬起"；但对于梁启超的另一本诗论书稿，则不列入丛书。① 又如，梁启超在 1922 年 2 月 3 日致信高梦旦、陈叔通，请商务出版由儿子梁思成等人合译、其本人校阅的《世界史纲》，并收入"共学社史学丛书"，甚至戏称发行者是商务，"共学社不过尸其名耳"。② 但张元济没有同意，足见其在出版上的决定权。

简而言之，面对新文化运动的出版生意，"研究系"与商务印书馆理念不同，各有主张，但正是在现代出版制度的基础上，双方最终达成出版合作。张元济一再敦促共学社制定两年计划，梁启超也反复告知社员提前开列编译书目。1920 年 5 月 15 日，张东荪提出效仿中华书局的"新文化丛书"，尽快刊登广告，以便在社员之外广纳译才，确保翻译质量。③ 借由这样的契机，以郑振铎为首的《新社会》旬刊编译群体加入这场新文化出版的合作工程。

"共学社丛书"中的"俄国子丛书"共有两部，分别为"俄国戏曲集"10 种，1921 年 1 月至 4 月间陆续出版，以及另一部"俄罗斯丛书"8 种，从 1921 年 2 月起出版，最后一种不晚于 1923 年 1 月（详见表三）。1921 年 1 月，当"俄国戏曲集"第一种《巡按》出版时，书末就已刊印完整目录，可见这部子丛书早在计划之中。可以说，这两部子丛书是"共学社丛书"中最早启动的项目之一。

表三　"俄国戏曲集"和"俄罗斯丛书"概况

子丛书名称	书名	作者	译者	初版时间
俄国戏曲集	巡按	歌郭里	贺启明	1921 年 1 月
	雷雨	阿史特洛夫斯基	耿济之	1921 年 2 月
	村中之月	屠格涅夫	耿济之	1921 年 3 月
	黑暗之势力	托尔斯泰	耿济之	1921 年 3 月

---

① 张元济：《张元济日记》（下卷），第 1025 页。
② 丁文江、赵丰田编：《梁任公先生年谱长编（初稿）》，第 501 页。
③ 丁文江、赵丰田编：《梁任公先生年谱长编（初稿）》，第 478 页。

续表

子丛书名称	书名	作者	译者	初版时间
	教育之果	托尔斯泰	沈颖	1921 年 4 月
	海鸥	柴霍甫	郑振铎	1921 年 4 月
	伊凡诺夫	柴霍甫	耿式之	1921 年 4 月
	万尼亚叔父	柴霍甫	耿式之	1921 年 4 月
	樱桃园	柴霍甫	耿式之	1921 年 4 月
	六月	史拉美克	郑振铎	1921 年 4 月
俄罗斯丛书	父与子	屠格涅夫	耿济之	1922 年 1 月
	甲必丹之女	普希金	安寿颐	1921 年 2 月
	托尔斯泰短篇小说集	托尔斯泰	瞿秋白、耿济之	1921 年 12 月
	贫非罪	阿史特洛夫斯基	郑振铎	1922 年 3 月
	复活	托尔斯泰	耿济之	1922 年 3 月
	前夜	屠格涅夫	沈颖	1921 年 8 月
	柴霍甫短篇小说集	柴霍甫	耿济之、耿勉之	1923 年 1 月
	罪与愁	阿史特洛夫斯基	柯一岑	1922 年 12 月

考察上述两部子丛书的译者名单得知，这批译者大多数出自《新社会》旬刊的核心班底，也是文学研究会的主要成员，由此进一步反映出"共学社丛书"的多元特征与出版上的合力性质。青年郑振铎及其新文学同人与"研究系"的接触具有重要的出版史意义，这标志着他们已经意识到本土出版媒介的重要作用。

显而易见，这群新文学青年逐渐形成了一个以郑振铎为核心的同人群体，最终发起"共学社丛书"的编译出版。1919 年，《时事新报》副刊《学灯》在张东荪的主持下创刊。当《新社会》旬刊在 10 月 29 日创办后仅三天，《学灯》即通过广告以示支持。① 12 月初，郑振铎致信《学灯》，希望建立全国性或区域性的新文化联合组织。② 在热

---

① 《〈新社会〉出版宣言》，《时事新报·学灯》，1919 年 10 月 29 日，第 4 版。

② 郑振铎致张东荪：《通讯》，《时事新报·学灯》，1919 年 12 月 8 日，第 4 版。

闹的新文化出版界，郑振铎早早便注意到“研究系”学术团体尚志学会的出版品。① 1920 年 4 月，就在“研究系”与商务印书馆商讨出版合作之时，郑振铎作为《新社会》主编，也曾与张东荪探讨合作的可能性。就文学而言，郑振铎特别指出，“中国想创造新的文学，非从俄国文学方面下研究的工夫不可。我同耿济之、瞿秋白、沈颖诸位朋友，正打算极力的介绍俄国文学到中国来”，② 故希望双方开展更加紧密的合作，包括《新社会》旬刊与《时事新报》定期互换广告等，这一提议得到张东荪的积极回应。在这封信中，郑振铎还提议与友人共同翻译俄国文学。他甚至列出了具体可行的篇目，包括“俄罗斯名家短篇小说丛刻”一种、“俄罗斯的罗曼主义文学”一篇，以及契诃夫（Anton Chekhov）的名作《海鸥》（*The Seagull*）。大约从七八月开始，郑振铎等人仅用两个月时间，基本完成“俄国戏曲集”的编译。③ 不过，郑振铎的目标远不止于此。从 1920 年 6 月开始，郑振铎频繁联系周作人，与这位新文化运动风云人物交好。④ 同年底，周作人托孙伏园带给郑振铎《小说月报》稿件，可知后者已经在为文学研究会主持革新后的《小说月报》组稿。⑤

1920 年 10 月 22 日，郑振铎与耿济之拜访张元济，恰逢张元济外出，双方未能见面。但郑振铎不愿放弃，次日上午单独再访，终于见到这位投身新文化运动的重要出版家。对于这场兼具文学史和出版史意义的重要会面，张元济在当天日记中写道：

> 昨日有郑振铎、耿匡（号济之）两人来访，不知为何许人，适外出。未遇。今晨郑君又来，见之，知为福建长乐人，住西石槽六号，在铁路管理学校肄业。询知耿君在外交部学习，为上海

① 郑振铎：《一九一九年的中国出版界》，《新社会》第 7 号，第 10 页。
② 郑振铎致张东荪：《通讯》，《时事新报·学灯》，1920 年 4 月 22 日，第 2 版。
③ 郑振铎：《叙》，载歌郭里著，贺启明译：《巡按》，上海：商务印书馆，1921 年，第 3 页。
④ 周作人：《周作人日记》（中册），第 130 页。
⑤ 周作人：《周作人日记》（中册），第 159 页。陈福康编：《郑振铎年谱》（上册），第 40 页。

人。言前日由蒋百里介绍，愿出文学杂志，集合同人，供给材料。拟援北京大学月刊《艺学杂志》例，要求本馆发行，条件总可商量。余以梦旦附入《小说月报》之意告之。谓百里已提过，彼辈不赞成；或两月一册亦可。余允候归沪商议。①

从张元济日记可知，郑振铎希望效仿商务印书馆与北京大学的合作模式，提出集合同人、供给材料、出版杂志三条办法，由商务方面出资刊印，以促成文学研究会的出版事业。但张元济最终没有同意这一方案，这也促使郑振铎转投"研究系"旗下的《时事新报》。需要指出的是，此次会面的时间恰好就在郑振铎为"俄国戏曲集"撰写总序的三天之前，足见其仍未放弃独立出版的可能。最终，"共学社丛书"的"俄国子丛书"成为文学研究会、"研究系"、商务印书馆三方合力的新文化出版工程。对于这个复杂的磋商过程，郑振铎日后回忆道：

> 后来由一个什么人的介绍（已忘其名）我们认识了"研究系"的蒋百里。他正在主编"共学社丛书"，就约我们译些俄国小说、戏剧加入这个丛书里。秋白和济之合译了一本《托尔斯泰短篇小说集》，济之和我译了契诃夫的《海鸥》《樱桃园》等十种剧本，编为"俄罗斯戏曲集"，还有其他的若干俄国文学的中译本，也都交给这个"丛书"的编辑部，交上海商务印书馆陆续出版。②

---

① 张元济：《张元济日记》（下卷），第 1027-1028 页。张元济日记的描述也可以在郑振铎的文字中得到印证："那时是民国九年。革新之议，发动于耿济之先生和我。我们在蒋百里先生处，遇到了高梦旦先生，说起了要出版一个文艺杂志事。高先生很赞成。后张菊生先生也北来，又谈了一次话，此事乃定局。由沈雁冰先生负主编《小说月报》的责任，而我则为他在北平方面集稿。"见郑振铎：《序》，载《中国文学论集》（上册），第 2-3 页。

② 郑振铎：《记瞿秋白同志早年的二三事》，第 27 页。事实上，郑振铎在 1934 年的《中国文学论集》序言中早已提到，"共学社丛书"的问世并非一蹴而就的成绩。在文学研究会的草创时期，他们不断通过各式各样的新式出版物，寻找并开垦一片"自己的园地"。见郑振铎：《序》，载《中国文学论集》（上册），第 2 页。

1920年7月28日，《时事新报》为"共学社丛书"刊登出版广告，正式宣布"把西洋文化源源本本的介绍过来"。①

第二节　出版背后的思想争鸣

作为新文化运动的后起之秀，郑振铎等人在思想上尚未完全成熟，故在借用"研究系"与商务印书馆的出版资源之余，也难免受到二者主张的温和改良立场影响。但他们并非完全认同这种中间路线的政治取向，因而又通过对俄国文学译介中的创造性诠释，流露出激进变革的思想萌芽。因此，合力与角力中的"共学社丛书"就成为追踪这一思想影响与流变的重要媒介。

应该注意到，郑振铎等人在为"研究系"翻译"共学社丛书"时，大多都还是青年学生。译者名单中的耿济之、沈颖、瞿秋白、安寿颐四人均为民国外交部俄文专修馆学生。② 俄文专修馆的历史可以追溯到清光绪二十五年（1899），其前身是东省铁路督办大臣许景澄创设的东省铁路俄文学堂，也是晚清同文馆以外专门训练俄文人才的机构，民元之后，改为俄文专修馆，直属外交部管辖。该校在课程设置上具有鲜明的特色，主要设有俄汉互译、外交公文、俄文史地等类。③ 如此得天独厚的俄语训练条件，自然令郑振铎歆羡不已，他日后回忆道："在那个学校里，用的俄文课本就是普希金、托尔斯泰、屠格涅夫、契诃夫等的作品。"④ 我们知道，民初教育界中的英法等欧语影响风靡一时，来自日本的教育理念也影响颇大，俄文专修馆的语言训练和外交训练就显得独具特色。从语言上说，"共学社丛书"中

① 《广告》，《时事新报》，1920年7月28日，第1版。
② 耿济之，上海人，1917年考入民国外交部俄文专修馆。沈颖，江苏吴县人，1916年考入该馆。瞿秋白，江苏常州人，1917年考入该馆。安寿颐资料不详。
③ 马贵钧：《前北京外交部俄文专修馆片断》，载马玉田、舒乙编：《文史资料存稿选编》（24卷：教育），北京：中国文史出版社，2002年，第813-814页。
④ 郑振铎：《记瞿秋白同志早年的二三事》，第27页。

的两部"俄国子丛书"大多基于俄文原著直译而成，故具有重要的文学史意义，这显然得益于译者所受的俄文教育。[①]

相比之下，郑振铎就读于北京铁路管理学校，直属民国交通部管辖，其前身是清宣统元年（1909）邮传部创设的铁路管理传习所。根据《交通部铁路管理学校高等科乙班毕业纪念册》记载，郑振铎所在的高等科乙班在专业上"专授铁路管理课程"，并花费大量时间前往各地铁路实习考察，如在 1919 年 6 月 3 日暑假开始后，全班同学分赴京汉、京奉、津浦三路旅行参观，在 1920 年 4 月跟随教员赴西山实地测量两星期，当年 8 月先后分赴京奉、津浦各路旅行参观后，又前往丰台、长辛店两处参观。茅盾后来戏言，郑振铎"本来是铁路学校的学生，搞文学是由于爱好，完全是业余的"。[②] 在语言上，郑振铎所在的高等科乙班以英文为主要外语，直到 1919 年 4 月，交通部才下令在该班课程内"酌加俄文钟点"。[③] 但郑振铎坦言俄文学习不精，在好友的影响下，"只好找些英译本的俄国作品来读"。[④]

从生活范围来看，北京铁路管理学校的校址坐落于城西，但郑振铎寄居在东城三叔家中，故有机会与附近学校和社会团体密切交往，而北京基督教青年会的图书馆和阅览室为青年郑振铎提供了难得的阅读机会。在广泛阅读前述西方社会理论之外，他也机缘巧合地接触到大量俄国近代文学作品。特别是对郑振铎本人来说，青年会的图书馆和阅览室为其进入俄国文学世界提供了宝贵的英译本。"在那里，我看到了两个玻璃橱，橱里装满了英文本的小说、戏曲、诗歌，特别是英译本的俄国作家，像托尔斯泰、屠格涅夫、契诃夫、高尔基等人的作品，足足摆满了一橱。我高兴得很，便设法向他们借几本来读，贪婪的读着。"[⑤] 如其所言，这些俄国文学英译本是最便捷可用的书籍，

① 西谛：《书报评论》，《时事新报·文学旬刊》，1921 年 5 月 29 日，第 4 版。

② 茅盾：《悼郑振铎副部长》，《新文化报》，1958 年 11 月 1 日，第 1 版。

③ 交通部铁路管理学校编：《交通部铁路管理学校高等科乙班毕业纪念册》，第 13 页。

④ 郑振铎：《记瞿秋白同志早年的二三事》，第 27 页。

⑤ 郑振铎：《记瞿秋白同志早年的二三事》，第 27 页。

因而成为另一个主要的底本来源。

受惠于如此便利的地理分布和人际网络，以郑振铎为核心的青年学生群体开始翻译俄国文学著作。随后，郑振铎出面与各方组织广泛接洽，又结识另一位译者柯一岑。① 据耿济之胞弟耿洁之回忆，郑振铎、瞿秋白、耿济之等人每天来家中读书，耿式之、耿勉之则在兄长耿济之的影响下投身俄文翻译。"（耿济之）到了三年级，他和霜哥（笔者注：指瞿秋白）一起开始练习翻译俄国文学作品。有一天，大哥拿来一迭厚厚的稿纸，叫我数一下字数，好像是托尔斯泰的短篇小说。后来，交给郑振铎大哥寄到上海商务印书馆编辑部。"②

实际上，来自美国的基督教青年会在北京的图书馆和阅览室中藏有大量英译本俄国文学作品，这一跨语际的现象本身就与众不同，反映了 20 世纪初俄国文学在英语世界的广泛影响和不断转译的传播轨迹。回顾俄国文学在世界范围中的传播史，在经历长时间的冷遇之后，俄国作品自 19 世纪 80 年代起逐渐风靡于英语国家，并在 20 世纪头二十年掀起热潮。③ 对于青年郑振铎而言，这个问题涉及阅读史中的语言接触以及文学翻译过程中的媒介与路径。在论及西方文学之于中国现代文学的影响时，李欧梵曾指出，从事影响研究的学者往往容易忽略文本置换的物质语境，即"书或杂志中的西方作家是如何被阅读，被翻译或以某种时尚的方式被改编成中文"。④ 郑振铎对于俄国

① 柯一岑，即郭一岑，江西万载人，早年肄业于清华学校，因向《时事新报》投稿，得到张东荪赏识，获邀一起主持《学灯》副刊。张东荪离去后，柯曾代其位。见杨之华编：《文坛史料》，上海：中华日报社，1944 年，第 262 页。

② 耿洁之：《耿济之的青年时代》，《新文学史料》1982 年第 3 期，第 139 页。

③ Rachel May, "Russian: Literary Translation into English," in *Encyclopedia of Literary Translation into English, Vol. 2*, Ed., Olive Classe, London and Chicago: Fitzroy Dearborn, 2000, pp. 1204-1209.

④ 李欧梵著，毛尖译：《上海摩登——一种新都市文化在中国（1930—1945）》，北京：北京大学出版社，2001 年，第 138 页。

文学的译介和评述，就是基于20世纪初一系列英语底本的"重译"。[①]

这种人员与文本的配合促使"俄国子丛书"形成了俄文本直译为主、英文本注释为辅的翻译模式。郑振铎日后回忆："说来可怜，那时候的俄专，教的是俄文，却从来不讲什么俄国文学。济之，秋白知道译托尔斯泰的著作，对于俄国文学的源流，却无书可资参考，便托我在英文书里找这一类的材料替他们做注解。我那时所能得到的也只是薄薄的一本Home Library的俄国文学史而已。"[②]更重要的是，这种翻译模式产生了三种主要思想，值得在此梳理。

首先，郑振铎诸人在总体上认为，俄国文学反映了俄国19世纪的社会现实，符合陈独秀等新文化领袖倡导的写实主义文学潮流。郑振铎在为普希金（Alexander Pushkin）的名著《甲必丹之女》（今译《上尉的女儿》，*The Captain's Daughter*）作序时就指出，该作虽然属于浪漫主义作品，但展现了"那个时候的俄罗斯的人，风俗，以及一切的社会情况，人民思想"。[③]这种现实关怀具有翻译与借鉴的必要，如阿史特洛夫斯基（今译奥斯特洛夫斯基，Alexander Ostrovsky）的《贫非罪》（*Poverty Is No Crime*）"描写的虽是当时社会的情形，但是这种情形现在还是普遍于人间社会——尤其是中国社会——里呢！在这一方面，这本剧本实有可以介绍的价值"。[④]这与耿济之在1920年9月13日为沈颖翻译的屠格涅夫作品《前夜》（*On the Eve*）作序时的说法不谋而合："文学绝不能仅以描写生活的真实，即为止境，应当多所别择，把文学家的情感和理想寓在里面，才能对于社会和人生发生影响。这就是文学的原则。质言之，文学是不应当绝对客观的，而

---

① "重译"一般是指对于同一个底本原文的再次翻译。但在民国时期的翻译讨论中，"重译"的含义更接近"转译"，即从某一个中间译本翻译而来，而非直接译自真正的原文。

② 郑振铎：《想起和济之同在一处的日子》，《文汇报》，1947年4月5日，第6版。

③ 郑振铎：《叙二》，载《甲必丹之女》，第10页。

④ 郑振铎：《叙》，载阿史特洛夫斯基著，郑振铎译：《贫非罪》，上海：商务印书馆，1922年，第1页。

应当参以主观的理想。"① 从俄国文学的写实主义传统中，郑振铎及其同人为日后文学研究会提出"为人生的文学"的理想找到必要的理论土壤。

另外两种影响颇大的俄国思想是人道主义与劳工主义。郑振铎认为，普希金的《甲必丹之女》代表了"人道的情感——实是俄国文学中最大的特色"；② 而托尔斯泰的作品《黑暗之势力》（*The Power of Darkness*）虽然带有宗教的影子，但更应被视为"描写农民生活之黑暗的景象的淋漓痛快的著作"，由此体现出托尔斯泰本人的尊劳主义或劳工神圣精神，以及反对资本主义的态度。③ 然而，郑振铎并没有界定人道主义或劳工主义的确切含义，即使是对他们翻译的俄国文学"黄金时代"名著，也缺乏必要的文学史介绍。这些迹象无不显示青年译者群体在思想上的稚嫩。瞿秋白不久之后就写道："然而究竟如俄国十九世纪四十年代的青年思想似的，模糊影响隔着纱窗看晓雾，社会主义流派、社会主义意义都是纷乱，不十分清晰的。"④

瞿秋白的冷眼旁观相当一针见血。实际上，郑振铎在俄国文学特征上的语焉不详代表了青年译者的普遍状况，暴露出他们自身思想的不成熟，以及对"研究系"主张的默认。有学者指出，在新文化运动的社会思想讨论中，"研究系"在客观上受制于政治军事上的挫败，采取的是一种温和的文化改良策略，"与陈独秀、李大钊等人着重引入的强调阶级斗争与激进革命的马克思主义学说形成了明显的差异"。⑤ 例如，梁启超于 1921 年 1 月 19 日在答复张东荪关于社会主义运动的意见中提出，社会变革不是通过暴力革命来实现，而应提倡

① 耿济之：《序》，载屠格涅夫著，沈颖译：《前夜》，上海：商务印书馆，1921 年，第 2 页。
② 郑振铎：《叙二》，载《甲必丹之女》，第 11 页。
③ 郑振铎：《叙》，载《黑暗之势力》，第 5 页。
④ 瞿秋白：《新俄国游记》，上海：商务印书馆，1922 年，第 30 页。
⑤ 董丽敏：《商务印书馆与中国文化的"现代"转型（1902—1932）》，北京：商务印书馆，2017 年，第 105 页。

各种协社或团体，以劳动者为社会运动主体，以促成工会为第一义，[①]
就是这种温和策略的反映。甚至还有人从中看到了共学社背后的政治
企图。天津《益世报》就有评论称："梁启超等以高标共学社之名义，
迎合新潮，著书立说。然其计划仍未尝一日忘情于政治。故其亲信
者一方面仍在活动政治，且已有人赴沪活动新选举及国民会议云。"[②]
在评论者看来，"研究系"创办共学社醉翁之意不在酒，实乃希冀于
通过知识社团的声势重返政坛，这一倾向自然也远离了暴力革命的
可能。

　　"研究系"在政治上的温和立场同样符合商务印书馆在出版市场
中的谨慎定位。1919年4月，孙中山曾向商务方面交来尚未完稿的
《孙文学说》，希望后者予以出版。鉴于北洋政府在言论出版方面的高
压管控，高梦旦担心"恐有不便"，张元济也建议"不如婉却"。[③] 以
至于同年5月，《孙文学说》最终交由上海亚东图书馆刊印，但孙中
山仍为商务印书馆的退稿而勃然大怒。他先是在1919年4月19日通
过卢信恭的来信询问原因，后在1920年1月29日《致海外国民党同
志函》中点名批评商务印书馆是保皇党人的盘踞点。面对五四以来的
种种主张，张元济虽有改革之志，仍认为"新思想激进……本馆不能
一切迎合"，[④] 这也说明商务方面有意与激进革命学说保持距离。总而
言之，思想与商业上的温和立场使得"共学社丛书"中的俄国文学译
作与其本土源流形成鲜明的"时间差"特征。虽然1917年的俄国十
月革命早已传来一声炮响，但最吸引郑振铎等人的仍然是19世纪中
叶以前的旧俄"黄金时代"作品。[⑤]

　　更重要的背离反映在译者群体对于调和主义本身的内在否定。如
前文所述，"研究系"发起共学社的思想基础是温和社会主义，这一

① 梁启超：《复张东荪论社会主义运动》，《改造》1921年第6期，第17页。
② 《政潮澎湃中之党社》，《益世报》，1920年6月26日，第3版。
③ 张元济：《张元济日记》（下卷），第753页。
④ 张树年编：《张元济年谱》，北京：商务印书馆，1991年，第184页。
⑤ 李今：《三四十年代苏俄汉译文学论》，北京：人民文学出版社，2005年，第10页。

思想甚至可以在中国传统文化中找到似曾相识的影子。1920 年 3 月 13 日，梁启超在中国公学发表演讲，认为勃兴于欧洲的社会变革与中国传统中的互助精神、克己精神和牺牲精神找到遥远的回响，其推论是："中国固有之基础亦最合世界新潮，但求各人高尚其人格，励进前往可也"；俄国的影响力不在革命，而以列宁的个人人格为著，以人格感化全俄，"惟俄国国民极端与中国人之中庸性格不同，吾以为中国人亦非设法调和不可，即于思想当为彻底解放，而行为则当踏实，必自立在稳当之地位"。[①] 但当郑振铎为耿济之翻译的屠格涅夫作品《父与子》(*Fathers and Sons*) 作序时，他已经清晰地看到原作所表现的新旧两派冲突在中国新文化运动进程中的现实意义。尽管该作的核心是虚无主义，但善于调和的中国读者仍有必要学习其摧毁一切的激进主张，与中国传统价值作出根本上的了断。"我默默的祈祷，求他们的思想的接触，求他们的思想的灿烂的火花之终得闪照黑云满蔽之天空。"[②] 这就明显背离了"研究系"和商务印书馆的温和立场。对于新文化运动中的思想传播，合作出版的"共学社丛书"无疑展现出传递性与变异性、延续性与非延续性的双重性质。

第三节　为人生的戏剧

值得玩味的是，无论"研究系"、共学社还是商务印书馆，各方参与者似乎都没有对郑振铎提出选材上的具体要求，换言之，郑振铎在事实上拥有完整的翻译选择权和决定权。从最终出版的篇目来看，他们对近代以来的俄国戏剧文学展现出非同寻常的兴趣，从而完成了系统的戏剧翻译工程。对郑振铎本人来说，俄国戏剧翻译在其早期文

① 《梁任公在中国公学演说（续昨）》，《申报》，1920 年 3 月 15 日，第 10 版。

② 西谛：《〈父与子〉叙言》（1922 年 3 月 12 日作），《时事新报·学灯》，1922 年 3 月 18 日，第 4 版；另见郑振铎：《叙言》，载屠格涅夫著，耿济之译：《父与子》，上海：商务印书馆，1922 年，第 7 页。

学生涯中占有举足轻重的地位，这一点往往被以往的研究所忽略，而对郑振铎个人文学轨迹的深入探究，则可以从另一个侧面理解戏剧翻译在中国现代文学史早期的特殊意义。

如果将写作视为某种形式的表演，那么对于初登白话新文学舞台的青年郑振铎来说，"戏剧"的确成为其文学书写与文化实践的重要手段。不仅对郑振铎个人来说如此，在整个青年译者群体的早期作品中，"为人生"一词成为这批新文学同人的共同理想，以求传递富有道德意义的艺术价值。而在相当大程度上，这个"为人生的文学"口号恰恰是通过戏剧的翻译引入中国并开展起来。因此，"为人生"不只是新文学作品中的虚构主题，也成为新文学实践者表达自我的方式。

戏剧文学在中国现代文学史上的独特地位揭示了其作为社会行为的"表演性"特征。美国社会学家欧文·戈夫曼（Irving Goffman）早已指出，"舞台"既可以在戏剧演出中呈现艺术虚构的事情，也可以在日常生活中成为社会交往的现实场域。[①]环境戏剧倡导者理查德·谢克纳（Richard Schechner）同样认为，舞台上的演员和日常生活中的表演者之间并不存在本质区别。[②]戏剧作为沟通虚构与现实的中介物，在文学研究中常用于分析女性作家身份认同与自我表达的内在机制。[③]不过，"戏剧社会化"与"社会戏剧化"的密切关系并不限于性别身份的讨论，实则适用于一般意义上的文学研究，特别是有助于重新理解中国现代文学诞生之初的一系列戏剧书写实践。所谓"人生如戏"，对青年郑振铎来说，作为文学作品的戏剧与作为人生表演的戏剧无疑

---

① 欧文·戈夫曼著，黄爱华、冯钢译：《日常生活中的自我呈现》，杭州：浙江人民出版社，1989 年，第 1 页。

② 相关论述参见理查德·谢克纳著，曹路生译：《环境戏剧》，北京：中国戏剧出版社，2001 年。

③ Elaine Showalter, *A Literature of Their Own: British Women Novelists from Brontë to Lessing*, Princeton: Princeton University Press, 1977. 中文版参考伊莱恩·肖瓦尔特著，韩敏中译：《她们自己的文学：从勃朗特到莱辛的英国女性小说家》，杭州：浙江大学出版社，2012 年。剧场视角下的中国女性文学研究恕不枚举，仅举林峥：《表演"新女性"——石评梅的文学书写与文化实践》，《文学评论》2018 年第 1 期，第 171-180 页。

形成一种内在的同构关系。

在过去相当长的时间里，白话文取代文言文的文学革命都被理解为"一种整体性的'文学'视野替换了传统意义上在具体的社会制度中形成并各自传承的文类概念"。[①]这一视域强调白话文的语言工具属性，却忽略了不同文类所经历的有差别的形塑过程，亦即"文学交流的现实"，而非抽象的文本分类。[②]倘若以文类视角审视新文学的发生，我们不仅可以从胡适留美期间因诗歌辩论而"逼上梁山"的经历中找到新文学的源流，同样也可以在新文学的戏剧话语中发现另一种潜在的思想轨迹。

诚然，戏剧从消闲娱乐到启蒙工具的地位转变，可以追溯到清末下层社会启蒙运动对于传统曲艺形式的借用和改造，[③]但戏剧与人生发生紧密的关联，却是五四精英知识分子的新用法。早在1915年《青年杂志》草创之际，陈独秀就把思想变革的目光投射到欧洲戏剧史的场域。他写道："现代欧洲文坛第一推重者，厥唯剧本，诗与小说，退居第二流。以其实现于剧场，感触人生愈切也。"[④]三年后，当"娜拉"热潮席卷中国，胡适在《新青年》上也借戏剧家易卜生（Henrik Ibsen）的人生观倡导"写实主义"作为创作手法的思想用途："易卜生把家庭社会的实在情形都写了出来，叫人看了动心，叫人看了觉得我们的家庭社会原来是如此黑暗腐败，叫人看了觉得家庭社会真正不得不维新革命：——这就是易卜生主义。"[⑤]新文化运动的两位领袖呼

---

① 张丽华：《现代中国"短篇小说"的兴起：以文类形构为视角》，北京：北京大学出版社，2011年，第3页。

② Irmela Hijiya-Kirschnerei, *Rituals of Self-Revelation: Shishōsetsu as Literary Genre and Social-Cultural Phenomenon*, Cambridge, Mass.: Harvard University Press, 1996, p. 197.

③ 例如，陈独秀曾在清末启蒙思潮中大力提倡戏曲的作用："戏馆子是众人的大学堂，戏子是众人大教师。"见三爱：《论戏曲》，《安徽俗话报》1904年第11期，第1-6页。关于戏曲在清末启蒙思潮中的使用情况，参见李孝悌：《清末下层社会的启蒙运动：1901—1911》，台北："中央研究院"近史所，1992年，第149-210页。

④ 陈独秀：《现代欧洲文艺史谭》，《青年杂志》1915年第3号，第2页。

⑤ 胡适：《易卜生主义》，《新青年》1918年第6号，第502页。

告在前，另一名干将傅斯年接着写道："真正的戏剧纯是人生动作和精神的表象（Representation of Human Action and Spirit），不是各种把戏的集合品。""在西洋，戏剧是人类精神的表现。在中国，是非人类精神的表现。既然要和把戏合，就不能不和人生之真拆开。"[1] 换言之，戏剧批评不再是狭义上的文类讨论，转而承担起个人觉醒与思想解放的重大使命。诚如丁罗男所言："把戏剧的本质功能视为表现人的精神世界、表现人生的真谛，是五四时期这场讨论远超出以往的地方。"[2]

　　作为新文化运动的后继者，郑振铎等人初登历史与人生的舞台，其一系列有关戏剧的论述与《新青年》思想变革中的戏剧话语有着一脉相承的关联。例如，茅盾在 1919 年就写道："近代文学是现世人生的反映，而戏剧又是近代文学的中心点；所以欲研究近代文学，竟不可不研究戏剧。"[3] 这个说法完全可以视为白话新文学理想的延续，包含了从戏剧切入人生的可能性。更值得一提的是郑振铎在 1921 年发表的多篇戏剧评论。他指出，中国文坛对西方戏剧的关注正是在 1918 年《新青年》推出"易卜生专号"之后才出现，代表了"写实派剧本的最初的介绍"。[4] 他在另一篇文章中进一步指出，中国戏剧家肩负着两重责任，"一重是改造戏剧，一重是改造社会"。[5]

　　需要指出的是，最早进入郑振铎视野的除了西方现实主义戏剧作品，也包括象征主义戏剧及其理论话语。1920 年 11 月和 1921 年 6 月，郑振铎先后在京沪两地观看比利时戏剧家梅特林克（Maurice Maeterlinck）的《青鸟》（*The Blue Bird*）。梅德林克于 1911 年荣获诺贝尔文学奖，其作品被认为受到象征主义、不可知论和自然神论的影响，长

---

[1]　傅斯年：《戏剧改良各面观》，《新青年》1918 年第 4 号，第 323-324 页。

[2]　丁罗男：《从"真文学"到"真戏剧"——关于五四"戏剧改良"论争的再思考》，《戏剧艺术》2019 年第 6 期，第 7 页。

[3]　雁冰：《近代戏剧家传》，《学生》1919 年第 7 号，第 53 页。

[4]　郑振铎：《现在的戏剧翻译界》，《戏剧》1921 年第 2 期，第 2 页。

[5]　郑振铎：《光明运动的开始》，《戏剧》1921 年第 3 期，第 7 页。

于探索心灵层次的寓意，从而超越推理和思考的范畴。诺贝尔颁奖词甚至联想到中国传统戏剧中的相似元素，认为"他戏剧作品中的背景与动作不大清晰，就如同中国传统戏剧——皮影戏那样"，而《青鸟》作为一部神话作品，生动表现了梦境中的幸福和纯洁。[1]

可是，郑振铎的两篇剧评却传达了一位现实主义者的关心。在第一篇剧评中，他敏锐地指出象征主义奠定了梅特林克的思想基调，但在其全部作品中，唯有《青鸟》最浅显明白地表现故事主题。[2]第二篇剧评又以"忠实"为标准，批评中文剧作删去了关于森林的布景和装扮，建议"如果于布景与装束更能加以研究，并把删去的情节补足，就可以算得是很完美了"。[3]郑振铎的批评表明自己对于舞台写实效果的坚定追求，这与梅特林克本人的艺术理念实有不小的距离。回顾梅特林克的戏剧主张，我们就可以知道，他所提倡的是一种"静态"的戏剧理论，即力图在日常生活中寻找悲剧因素，而不是通过人为的戏剧冲突加以描绘。对他来说，"诗人的真正任务就是要揭示出生活中神秘而又看不见的因素，揭示出它的伟大之处，它的痛苦，但这些因素却与现实主义无缘。假如我们停留在现实主义的水平，我们对永恒的世界就一无所知，也就无法懂得生存和命运以及生与死的真谛。"[4]这一点显然与郑振铎的现实主义主张格格不入。

另一个影响较大的戏剧流派是以印度诗人泰戈尔（Rabindranath Tagore）为代表的东方神话史诗传统。在数年后泰戈尔的中国之行中，新月社用英文排演过他的诗剧作品《齐德拉》（Chitra）。但在1921年的《小说月报》上，文学研究会成员瞿世英已首次译出该作，

---

① C. D. 威尔逊：《颁奖辞》，载梅特林克著，马云娇译：《青鸟》，北京：北京理工大学出版社，2015年，第1-9页。

② 郑振铎：《评燕大女校的新剧〈青鸟〉》，《晨报》，1920年11月29日，第5版。

③ 郑振铎：《评中西女塾的〈青鸟〉（续）》，《时事新报·学灯》，1921年6月13日，第1版。

④ J. L. 斯泰恩著，郭健等译：《现代戏剧的理论与实践（二）》，北京：中国戏剧出版社，1989年，第41页。

后由北京某校搬上为湖南旱灾筹款的义演舞台。瞿世英亲临现场后认为演出并不成功，因为剧本的社会背景不符合中国实情，剧本的翻译不适合口语演出，中国的观众也缺乏必要的戏剧训练。[①] 瞿世英的批评是基于中国现代戏剧的发展状况，特别是中国观众的知识基础有感而发，难免也带有自我辩护的意味，但从严格意义上说，泰戈尔的《齐德拉》同样不能纳入写实派传统。有论者指出，该剧以大量的内心独白来展现人物的思考、判断和决定，这种做法在文艺复兴时期的莎士比亚作品中大量存在，但在19世纪的写实派那里却遭到摒弃。[②] 可想而知，泰戈尔取自印度史诗《摩诃婆罗多》(*Mahabharata*)的传说故事在五四中国难免陷入水土不服的境地。

通过"知识考古"可以发现，郑振铎秉持的现实主义戏剧纲领其实是不同话语之间相互竞争的产物，反映了以他为代表的青年翻译者广阔的理论视野和批判性的选择过程。但也应该注意到，"为人生的戏剧"虽然继承《新青年》的思想主张，其直接来源则出自对19世纪俄国现实主义戏剧的全面翻译。

"俄国戏曲集"的翻译具有鲜明的计划性。当第一种《巡按》(现译为《钦差大臣》，*The Government Inspector*)出版时，书末已经印出子丛书全部十种目次；而在第十种《六月》(*June*)的书末，郑振铎不仅为全集中的每一位戏剧家撰写"作者传记"，还汇编一份"俄国名剧一览"，共列出18位剧作家和40种剧作，扼要而不失全面地介绍了俄国戏剧史的主要成就，充分表明文学研究会有意识地采取整体性的引介策略。

在总体上，郑振铎认为"俄罗斯是文学最发达的国家"，但有别于中国当时主要引介的西欧古典主义或浪漫主义潮流，俄国戏剧代表了世界文学的近代发展成果，即"以写实主义为中坚"。[③] 在1920年

① 瞿世英：《演完太戈尔的〈齐德拉〉之后》，《戏剧》1921年第6期，第1-2页。

② 张诗洋：《探索与纠偏：新月社排演〈齐德拉〉的戏剧史意义》，《戏剧艺术》2020年第4期，第71页。

③ 郑振铎：《俄国文学发达的原因与影响》，《改造》1920年第4号，第83、89页。

6月发表的《俄罗斯文学底特质与其略史》一文中，他将俄国文学史划分为"启源时期""罗曼主义时期""写实主义时期"三个阶段，其中的写实主义时期"始于歌郭里，终于柴霍甫，是俄国文学极盛的时代"。①从最终入选"俄国戏曲集"的书目来看，大部分作品出自俄国文学史"写实主义时期"的代表作家，这无疑契合郑振铎对于19世纪俄国社会现实的判断，也延续了新文化运动所奠定的现实主义文学基调。

就俄国戏剧史本身而言，19世纪的俄国现实主义理论确立了"现象真实"和"内在真实"的"双重真实"原则，即对外通过自然主义的写实手法刻画直接现实和典型人物，对内重视个体的内在行动和思想世界。②这一理论在很大程度上帮助文学研究会构建起"为人生"的理论表述。郑振铎在比较中俄两国文学传统后指出：

> 我们中国的文学，最乏于"真"的精神……俄罗斯的文学，则不然。他们是专以"真"字为骨的；他是感情的直觉的表现；他是国民性格，社会情况的写真；他的精神是赤裸裸的，不雕饰，不束格律的表现于文字中的。所以他的感觉，能够与读者的感觉相通，而能收获大的效果。
>
> ……
>
> 俄罗斯的文学是人的文学，是切于人生关系的文学，是人类的个性表现的文学……现在我们能够把俄罗斯文学介绍过来，或者可以把这个非人的，不切于人生关系的，不能表现个性的文学去掉，而创造一与俄罗斯相同的文学出来。③

---

① 郑振铎：《俄罗斯文学底特质与其略史》，《新学报》1920年第2期，第41页。
② 周宁主编：《西方戏剧理论史》（上册），厦门：厦门大学出版社，2008年，第587-593页。
③ 郑振铎：《序二》，载《俄罗斯名家短篇小说集》（第一集），北京：新中国杂志社，1920年，第4-5页。

在郑振铎看来，文学上的"真"是外在现实描写与内在情感表达的有机统一，最终形成"人的文学"这一总体目标。正因为如此，对情感的强调并没有阻碍对社会的描写与批判，也没有像创造社那样陷入"与社会相对立的个人，与秩序相对立的自由"，[①]从而使文学研究会的个人解放倡议具有更加全面的社会意义。上述文字日后以多种变体出现于不尽相同的理论书写之中，俨然成为文学研究会的理论纲领。诚然，我们可以追溯到文学研究会成立宣言中的笼统表述，即"相信文学是一种工作，而且又是于人生很且要的一种工作"，[②]但19世纪以来的俄国现实主义戏剧无疑丰富了"为人生的文学"的理论阐释与创作实践，为初创中的中国现代文学提供了一条可资参考的路径。

应该承认，与共学社合作出版的"俄国戏曲集"成为文学研究会的一个重要理论来源，但不可忽略的是，对于其他流派或主题复杂的戏剧作品，文学研究会也同样倾向于以现实主义为标准加以裁夺，由此形成一种统一而不加区别的改写倾向。1921年10月，瞿世英翻译的泰戈尔剧作《春之循环》（ *The Cycle of Spring* ）由商务印书馆出版，成为"文学研究会丛书"推出的第一部作品。尽管该作带有浓厚的印度自然神学和宇宙循环论色彩，但郑振铎的序言仍然将其解读为"惟有工作，惟有活动才能消除烦闷"的行动主义人生哲学，并呼吁陷入烦闷的中国青年阅读此书。[③]他还要求今后的剧本应该"带有社会问题的色彩与革命的精神"，并认为"纯艺术的戏剧，绝不是现在——尤其在中国——所应该演的"。[④]可以说，写实主义理论固然强化了文

---

① 伊藤虎丸著，孙猛等译：《鲁迅、创造社与日本文学：中日近现代比较文学初探》，北京：北京大学出版社，1995年，第205页。转引自季剑青：《郑振铎早期的社会观与文学观》，第82-87页。

② 《文学研究会宣言》，《晨报》，1920年12月13日，第5版。

③ 郑振铎：《序一》（1921年9月12日作），载太戈尔著，瞿世英译：《春之循环》，上海：商务印书馆，1921年，第2页。

④ 郑振铎：《光明运动的开始》，第7页。

学研究会介入社会批评的力度，但这成为文学研究会选译世界文学所暗含的必然代价，反过来限制了其他戏剧流派的影响潜力。

归根结底，文学研究会的戏剧译介活动是以思想启蒙为宗旨。1922 年 3 月，当"共学社丛书"的另一套子丛书"俄罗斯文学丛书"问世时，郑振铎又在俄国剧作家阿史特洛夫斯基的《贫非罪》译序中进一步指出俄国现实主义文学在跨文化视野下的借鉴意义："他所描写的虽是当时社会的情形，但是这种情形现在还是普遍于人间社会——尤其是中国社会——里呢！"[①] 这无疑反映出文学研究会在戏剧书写之上的更高目标，即通过翻译现实主义作品寻求"历史可译性"（translatability of history），以推动社会变革实现于现代中国的新语境。[②]

第四节 戏剧文类的挑战

1921 年 5 月，即"俄国戏曲集"十种出版完毕的次月，郑振铎与茅盾偕同其他 11 位友人创立民众戏剧社。不仅如此，在该社创办的《戏剧》月刊上，王统照、蒋百里、叶圣陶、耿济之和周作人等文学研究会的核心成员陆续发表剧评，进一步涉足戏剧文学的耕耘与实践。然而，恰恰是在戏剧翻译这一专门领域，文学研究会的戏剧理念乃至文学理论遭遇了一次"跨界"的挑战。

民众戏剧社由两方面人员构成，包括文学研究会所代表的新文化知识分子，以及以陈大悲、徐半梅、汪仲贤等人为首的职业剧人。在思想上，双方都认为戏剧艺术具有启发民智、改造社会的潜在力量，如《民众戏剧社宣言》就写道："当看戏是消闲的时代现在已经过去了，戏院在现代社会中确是占着重要的地位，是推动社会使前进的一

---

① 郑振铎：《叙》，载《贫非罪》，第 1 页。
② 殷国明：《20 世纪中西文艺理论交流史论》，上海：华东师范大学出版社，1999 年，第 155 页。

个轮子，又是搜寻社会病根的 X 光镜；他又是一块正直无私的反射镜；一国人民程度的高低，也赤裸裸地在这面大镜子里反照出来，不得一毫遁形。"①可是，剧人汪仲贤的一篇文章却暴露出新文化精英与职业剧人之间不可调和的内在分歧。该文指出："据我现在调查所得，凡是现在的文学家用文学的眼光拣选出来的剧本，大半是供人读的剧本，不是演出来给人看的或念出来给人听的剧本。这些剧本在西洋未尝没有人把他们登台试演过几次，可是演起来总是失败的日子多。这种剧本失败的原因，就是偏重听觉，太漠视观众的视觉，事实太无变化，太枯燥无味了。"作者最后认为："如果要在中国戏剧界上确确实实立一个长久的艺术根基，那就非要选几本真'演'的剧本不可咧。"②

　　表面上看，汪仲贤只不过是表达了职业剧人对于精英文学家选剧品位的不满，认为以阅读为目标的剧本未必适合舞台演出的需要，但实际上，这种不满指出了戏剧有别于其他文学门类的独特之处，即作为"书面文本"（as a written text）和作为"演出剧本"（as a performed script）的双重属性。③芬兰学者阿托宁（Sirkku Aaltonen）进而提出，"戏剧文本"（dramatic text）并不等同于"舞台文本"（theatre text），只有当前者用于戏剧表演时才能称为"舞台文本"。④但早在"共学社丛书"的"俄国戏曲集"出版之前，郑振铎就已期盼这套丛书被搬上舞台的盛况："本集中所有的各篇戏，都是能够演唱的，或者将来出版以后，能够有人取他几篇来排演一下，也是非常好

---

① 《民众戏剧社宣言》，《戏剧》1921 年第 1 期，第 95 页。

② 明悔：《演的剧本与看的剧本》，《戏剧》1921 年第 6 期，第 4 页。

③ Clifford E. Landers, *Literary Translation: A Practical Guide*, Clevedon: Multilingual Matters Ltd., 2001, p. 104.

④ S. Aaltonen, *Time-Sharing on Stage: Drama Translation in Theatre and Society*, Clevedon: Multilingual Matters, 2000, pp. 30-38. 作者在书中列举了"戏剧文本"和"舞台文本"不一致的多种情形。例如，有一些剧本从来没有被搬上舞台，有一些舞台演出不需要书面文字说明，还有一些文本是在演出结束后才被记录下来。区分它们的关键原则在于文本的功能，而不是本质主义的固有属性。

的事——较之演《华伦夫人的职业》及《青鸟》等的象征派的戏，似乎于中国更为合宜，更为有益。"① 显然，文学研究会的青年成员并没有对"戏剧"一词作出清晰的理论区分，只是笼统地把"纸上剧"和"台上剧"视为一回事情。

然而，"共学社丛书"的译者们对于演剧本身就缺乏必要的知识。耿济之在译出托尔斯泰的《黑暗之势力》以后说过："我本来对于戏剧，丝毫没有研究，无论是新戏与旧戏——在我全是门外汉。我翻译剧本的动机不过是根据于文学艺术的赏玩，至于这篇剧本译出以后，究竟能演不能演，我实在没有别择的能力。"② 郑振铎甚至更加坦率地承认"本不很喜欢看戏"，以至于不能确信自己撰写的"戏评"是否像样。③ 当他的译作《贫非罪》出版时，他只是觉得可以"贡献现在的演剧家一点材料"。④ 说到底，郑振铎认为戏剧翻译的难度在于技术层面的挑战，既无关于戏剧文学和舞台艺术之间的根本区别，也不在于缺乏专门的戏剧知识。他在为"俄国戏曲集"撰写的总序中写道："戏曲本来是最难的文学作品，译戏尤其不容易，因为戏中往往有本地的土语，很不易译，并且对话的语气，尤难与原本逼肖，丝毫不走。中国字又是单音的，原文中如有一个字，分为数段的说来，我们就没有方法译出他来，只好把原文写在上面了。"⑤

相比之下，职业剧人则有能力就"发音术""表现术""化妆术"等表演技巧展开具体而深入的探讨。⑥ 即便是在翻译西方戏剧论著的过程中，他们也尤其关注剧种分类、剧场形式、剧团经营等专门问题。归根到底，在共同的思想启蒙目标下，双方投身戏剧事业的具体考虑相殊甚远。职业剧人所追求的是戏剧演出的效果。汪仲贤的观

① 郑振铎：《叙》，载《巡按》，第 3 页。

② 济之：《译〈黑暗之势力〉以后》，《戏剧》1921 年第 6 期，第 1 页。

③ 郑振铎：《评燕大女校的新剧〈青鸟〉（续）》，《晨报》，1920 年 11 月 30 日，第 7 版。

④ 郑振铎：《叙》，载《贫非罪》，第 1-2 页。

⑤ 郑振铎：《叙》，载《巡按》，第 3 页。

⑥ 陈大悲：《演剧人的责任是什么》，《戏剧》1921 年第 1 期，第 4-9 页。

点很有代表性："我们成立这民众戏剧社的目的，并不仅仅是出几本书就算了；我们的最注（主）要的事业，是要大家跳上舞台去实演我们理想中的戏剧。"[①]可是，郑振铎及其友人坚持认为，思想改革比戏剧改革更为迫切。茅盾就强调："我以为若不先从思想方面根本改革中国的戏剧，舞台艺术等等都只是一个空架子，实际上没有多大益处。"[②]换言之，郑振铎的主张仍然处在新文化运动启发民智、改造社会的延长线上，以担负思想使命为己任，但对于戏剧文学本身的性质、特点和范畴未必作专门的研究。

这样一来，两种声音并存的《戏剧》杂志对戏剧和翻译同时提出了严峻的挑战。尽管绝大多数当代戏剧翻译理论家都主张保留戏剧文本的舞台特征，但对《戏剧》的不同翻译者而言，这并不是后设的理论问题，而是真实的视域差异，其根源在于戏剧文学自身的"可表演性"（performability）与"可读性"（readability）之间的张力，以及由此引发的翻译策略之别。

在《戏剧》第 2 期上，郑振铎批评了当时戏剧翻译者的五大通病，包括改换原戏名称、译文体例不一、译文表述不通、错误译文频出、以英语为主要来源等。他特别总结两条教训，其一是"译者决不能删除原文的一文"，其二是"译者所据的原文必须是最完全最靠得住的"。[③]郑振铎的立论基础在于文学研究会一向主张的"直译"手法，即移植"全体的艺术的布置法"、"一节一段的前后布置"和"一句中的字的布置"。[④]"直译"成为文学研究会从事各类翻译活动的普遍原则，而郑振铎批评的矛头则指向"改译"，后者在戏剧翻译领域日渐流行起来。

---

① 仲贤：《本社筹备实行部的提议》，《戏剧》1921 年第 2 期，第 1 页。

② 雁冰：《中国旧戏改良我见》，《戏剧》1921 年第 4 期，第 3 页。

③ 郑振铎：《现在的戏剧翻译界》，第 3-5 页。

④ 郑振铎：《译文学书的三个问题》，《小说月报》1921 年第 3 号，第 3 页。"直译"一词在清末就有人使用，但经过五四新文化运动的实践，已从一种饱受诟病的译法转变为备受推崇的风尚，而文学研究会正是主张此法的代表流派。见陶磊：《文化取向与"五四"新文学译者"直译"主张的形成》，《中国现代文学研究丛刊》2020 年第 7 期，第 22-40 页。

不过，文学研究会的"直译"方法恰恰在戏剧领域遭遇了尖锐的反思。例如，《齐德拉》演出未能获得意想中的热烈反响，瞿世英这才认识到西洋戏剧"决不能毫不改变地取来排演"。①文学研究会的另一名成员王统照说得更为详细："介绍西洋的剧本固然重要，然将西洋剧本一字不易，完全表演于中国的舞台之上，其不能成功，已为一般人所共识。我们固然希望有纯正的西洋剧出现，而事实上却不可能，于是改头换面的不得已的办法，就不能避免。"②可以说，戏剧翻译的舞台性特质给"直译"的普遍法则提出更为具体的限定条件，而这种反思正是从文学研究会内部所发起。

让我们回到新文化运动的舞台中央，当莎士比亚式的名句"全宇宙是一座大剧场，全人生是一本大戏剧；剧场里的戏剧，不过是复演人生断片的一短出。虽然一短出，却能唤起人们，注意人生底全部"复现于《戏剧》杂志之际，③我们理应意识到，初登人生与历史舞台的青年郑振铎同样是以戏剧化的目光打量这个世界。借用台湾学者周慧玲的话说，文学研究会的青年成员既是文学创作中的"戏剧演员"（artistic actor），也是现实实践中的"社会演员"（social actor），他们在文学中的"角色扮演"与社会的"身份表演"之间迂回进退，并将虚构作品中的"为人生"理念推向社会变革中的真实人生。④但在这种跨文化的戏剧实践里，舞台上的表演者已从《麦克白》（*Macbeth*）中的"忧郁的杰奎斯"（the melancholy Jaques）变成了拾路进取的中国青年。郑振铎的理念一方面延续新文化运动的启蒙使命，另一方面接引着驳杂的西方戏剧理论，以俄国19世纪写实主义传统为主要对象，确立"为人生"的戏剧理念，并展开相应的本土译写实践。这种书写模式带有利奥塔（Jean-Francois Lyotard）所谓"知识表演"的意

---

① 瞿世英：《演完太戈尔的〈齐德拉〉之后》，第1页。

② 王统照：《剧本创作的商榷》，《戏剧》1921年第6期，第2页。

③ 大白：《欢祝〈戏剧〉出世》，《戏剧》1921年第1期，第91页。

④ 周慧玲：《表演中国：女明星、表演文化、视觉政治，1910—1945》，台北：城邦（麦田）出版，2004年，第23页。

味，即通过知识的筛选、拼接和改写，建构起新的知识体系。

　　就"共学社丛书"的出版来说，毫无疑问，诞生于新文化运动的"共学社丛书"既是一桩出版生意，也是一项文化工程。作为多方合作的产物，"共学社丛书"反映了"研究系"、商务印书馆与文学研究会在人员、思想和出版事务上的延续与变异，其背后的深层问题在于"五四运动知识分子共同体分化后有关文化领导权的争夺"。[①] 对于包括郑振铎在内的年轻译者而言，"俄国子丛书"虽然只是一片"借来的园地"，却成为他们接续新文化运动本土潮流的重要媒介，也为日后更大规模的出版工程积累了宝贵的出版经验。就在"共学社丛书"开始发行后的 1921 年 3 月 21 日，郑振铎宣布，商务印书馆已同意出版"文学研究会丛书"。从 1921 年至 1937 年，"文学研究会丛书"陆续出版，总数约达 107 种。[②] 据郑振铎哲嗣郑尔康统计，包括同时推出的"世界文学丛书""文学研究会创作丛书""文学研究会世界文学名著丛书""文学研究会通俗戏曲丛书"等子丛书在内，文学研究会出版的书目总计有 150 余种。[③] 郑振铎正是通过现代出版的力量，进入中国文学书写的纵深地带。

---

① 陈捷：《"丛书时代"语境下的研究系与共学社》，《江苏社会科学》2020 年第 2 期，第 200 页。

② 秦弓：《二十世纪中国翻译文学史：五四时期卷》，天津：百花文艺出版社，2009 年，第 301-304 页。

③ 郑尔康：《郑振铎》，北京：北京交通大学出版社，2008 年，第 79 页。

第三章　丛林之围：
郑振铎翻译中的个体命运

1920 年末，郑振铎即将从铁路管理学校毕业，被分配到沪杭甬铁路管理局工作。[①] 但他没有按照学校的安排和叔父的预期成为一名铁路工作者，而是投身于新文化运动和文学革命的潮流。1920 年 12月 4 日，郑振铎等人在万宝盖胡同耿济之家开会，讨论并通过了郑振铎起草的《文学研究会简章》。1921 年 1 月 4 日，文学研究会成立大会在北平中央公园来今雨轩召开，郑振铎当选为书记干事。至此，"继承《新青年》文学革命传统的我国最早最大的新文学社团正式成立了"。[②] 随后，郑振铎前往上海。从加盟上海《时事新报》开始，他先后主持《学灯》和《文学旬报》等副刊，最后入主商务印书馆编译所，继而接替茅盾主持革新后的《小说月报》，并在这些新文学期刊上不断推出令人耳目一新的文学译作。这些带有开拓性的文学活动无不反映郑振铎对于白话新文学的介入和建设。

在郑振铎的早期写作中，"个人解放"成为一个值得注意的文学主题。诚然，"人的发现"是白话新文学诞生之初的普遍议题，为新文学的长远发展找到一个深刻的思想根基，但郑振铎的个人思考可以追溯到他在《新社会》时期的阅读与思考，经由与"研究系"的交往和影响，最终通过散文诗的译写和儿童寓言故事的书写呈现出一道独具个

---

① 《本级毕业同学分派名单》，载《交通部铁路管理学校高等科乙班毕业纪念册》，第2 页。

② 陈福康编：《郑振铎年谱》（上册），第 44 页。

人特色的文学轨迹。有趣的是，这些译作不约而同地刻画了个体生命
逃离自然丛林、感受童年情感冲击、投向广阔天地的冲动，以一种强
烈的社会进化论意味追踪个人告别自然、经历成长、参与社会生活的
生命历程，又或者是以动物寓言为托词，直击丛林世界的秩序和规则，
营造出现实与虚构的倒置，混杂了儿童故事与成人世界的碎片。在这
些"非典型"的现实主义写作中，郑振铎试图调和个人至上的绝对主
义倾向与白话新文学的思想启蒙目标，从而形成一种有别于个人主义
和浪漫主义的文学思考，反映出以社会为归旨的个人解放方案。

第一节　"人"的发现与泰戈尔的中介作用

文学研究会在成立之初就确立了"为人生的艺术"宗旨，宣言书
如此写道："将文艺当作高兴时的游戏或失意时的消遣的时候，现在
已经过去了。我们相信文学是一种工作，而且又是于人生很切要的一
种工作。"[①]然而，茅盾在晚年的回忆录中却认为，无论是文学研究会
的宣言或简章，都没有半句阐释所谓"为人生的艺术"究竟意味着什
么。[②]今之视昔，与其说文学研究会的豪言壮语之下遗留了一个语焉
不详、未臻成熟的理论方案，倒不如将其理解为剧烈的社会变革带给
现代个体真切的生活困惑，以及文学研究会在整合生活经验与文学理
论时所面临的巨大挑战。在新旧更替的社会变革中，"人""人格"和
"人生"等一切涉及"人"的时髦用语不再是不言自明的概念，不同
立场的知识人甚至围绕这些新名词形成"势不两立"的分歧和对峙。
试举二三子为证。复古派的辜鸿铭在其反对文学革命的文章中将"人
生的法则"（the Law of life）归为"文以载道"之"道"。[③]与此针锋

① 《文学研究会宣言》，《晨报》，1920 年 12 月 13 日，第 5 版。
② 茅盾：《我走过的道路》（上册），第 166 页。
③ Ku Hung-ming, "Against the Chinese Literary Revolution," *Millard's Review of the Far East*, 1919, Vol. 9, No. 6, pp. 221-223.

相对的是，新派的傅斯年则指出："我们与其说中国人缺乏'人'的思想，不如说他缺乏'人'的感情；我们与其说俄国近代文学中富有'人'的思想，不如说他富有'人'的感情。"[1]这个观点在新文化阵营很有代表性，它意味着一个原初的中国人仍然有待艰苦卓绝的自我革新，方有可能成为"新人"。

不过，郑振铎在"人"的问题上的认识有一个比较广阔的知识来源和理论基础，特别是他在主持《新社会》旬刊期间所阅读的吉登斯社会学说。"人格的形成"（the evolution of personality）位于《社会学原理》第四部第二章，吉登斯将其归为"社会进程的精神方面"（the social process: psychical）。吉登斯认为，人的智识和有意识的人格都是经由彼此连结的社会关系塑造形成，因此，发展人的性情就成为社会的功能所在。[2]在郑振铎所翻译的"社会的性质及目的"一章中，吉登斯也专门谈到"人格"问题。郑振铎这样译道：

> Like an organism, too, an organization may have a function. The function of society is to develop conscious life and to create human personality; to that end it now exists. It is conscious association with his fellows that develops man's moral nature. To the exchange of thought and feeling all literature and philosophy, all religious consciousness and publicity polity, are due, and it is the reaction of literature and philosophy, of worship and polity, on the mind of each new generation that develops its type of personality.[3]

> 体制又同有机体一样也有"功用"（Function）。社会底功用就在发达意识的生活和创造人类的人格。现在社会的存在，就是为此目的。开发人间底伦理的（Moral）性质，在和朋友有意识的投合。所有一切的文学及哲学，一切的宗教的意识及公众

---

[1]　傅斯年:《白话文学与心理的改革》,《新潮》1919 年第 5 号, 第 917 页。

[2]　Giddings, *The Principles of Sociology*, pps. 377, 380, 386.

[3]　Giddings, *The Principles of Sociology*, p. 421.

的制规，都是源于思想和感情的交换，而人格的仪型 Type of personality 底发达，他就在对于文学及哲学，对于崇拜及政制生反动的各新时代的精神。①

不难发现，郑振铎的译文忠实而准确地理解了吉登斯的原意。由于社会结构中精神面向的存在，"社会"才有别于斯宾塞定义中以生物功能为主的"有机体"而成其为"体制"。就个人而言，经过社会形塑的"人格"也就具备"社会化的人"（social man）之特性，即郑振铎所命名的"人间"。郑振铎写道："人格不能生活于自己底范围以内而共个人底生命而俱死。他是与永久的人间的生存相始终底。"②质言之，真正的人格并不属于那些局限于个人世界之人，只有社会化的人方有可能完成人格的彻底塑造，也正因为如此，人的革新就成为社会革新的首要环节。讽刺的是，对人格塑造的强调竟也成为北洋政府取缔《新社会》的一条"罪状"。1919 年 11 月 27 日，浙江省督军卢永祥、省长齐耀珊密电北洋政府大总统和国务院、内务部、教育部各部，断定《新社会》旬刊"以改造新社会、推翻旧道德为标帜"，进而指控其"掇拾外人过激言论，迎合少年浮动心理，将使一旦信从，终身迷罔"。③但这条指控也从反面证明了《新社会》旬刊在塑造社会人格方面的力度和影响力。

郑振铎对于吉登斯社会学的接触只是其理解人格问题的基础，随后与"研究系"的交往则进一步加深这一认识。1921 年春，郑振铎南下，加入上海《时事新报》。④相比于商务迫于经济压力而做的调整，

---

① 吉丁斯著，郑振铎译：《社会的性质及目的》，《新社会》第 7 号，第 4 页。
② 吉丁斯著，郑振铎译：《社会的性质及目的》，《新社会》第 7 号，第 4 页。
③ 《北洋政府国务院档案》，转引自陈福康：《郑振铎年谱》（上册），第 22 页。
④ 陈福康编：《郑振铎年谱》（上册），第 48 页。在 1921 年 3 月 21 日的文学研究会临时会议上，"郑振铎君起言：他要于本月底出京，要二三个月后才能回来，书记一事，请大家另举一人代理。"见《文学研究会会务报告（第一次）》，《小说月报》1921 年第 6 号，第 1 页。

《时事新报》主动求变的决心明显更为强烈。《时事新报》成立于1911年，由其前身《时事报》（1907）和《舆论新报》（1908）合并而成。作为"研究系"的机关报，《时事新报》代表了梁启超及其同僚对于社会改造的一贯追求。主编张东荪认为，民国共和政体失败的根源在于社会基础的缺失，因而在政治革命之外提出"社会革命"的主张："政治革命若离社会革命而独立，则为全无意味。故政治革命已告成而社会革命方在进行中者，其功用隐微而不易见。"在他看来，"政治革命必与社会革命同时而存在"，因为"社会革命者，政治革命之根本也，政治革命之后盾也"。[①]五四之后，《时事新报》因同情新文化运动和学生运动，很快在知识分子、青年学生和新闻界同行中树立了口碑，社会影响力进一步扩大，[②]甚至与《新社会》旬刊一起被北洋政府列为重点防范的危险刊物。[③]

郑振铎与《时事新报》的交往在创办《新社会》旬刊期间就已展开。《新社会》遭禁之后，郑振铎正是通过"研究系"成员蒋百里的引介才得以拜访张元济，蒋百里也成为文学研究会的创始成员。就在郑振铎加盟《时事新报》后不久，《时事新报》于1921年4月22日

---

① 张东荪：《论说二：政治革命与社会革命》，《正谊》1914年第4号，第1-10页。

② 例如，恽代英在1919年6月25日的日记中写道："阅《时事新报》，亦复如《申报》，此真进步也。均超迈《时报》。香浦谓中国人守旧。旧日以为《时报》与《东方杂志》最好，现在仍作此语，有耳无目，可怜哉。"见《恽代英日记》，第568页。1920年，《新人》杂志发表《各地文化运动的调查》，环顾上海、南京、成都，以及江西、河南、湖南、山东等各地新文化运动的进展，在谈到上海的状态时特别提到："五四运动发生，那手足灵活的张东荪，就极力联络学界，用重价报酬投稿人，于是《学灯》就益发生色，在学问贫乏的中国里，居然也寻出几篇有系统有组织的研究学理的文字了。以后学潮日渐蔓延，一般惯听恭维话的学生，渐渐的遭人攻击，《时事新报》又极力替学生出气，并且予学生以种种暗示，使学生自知剪除荆棘，做事可以减少困难，由是《时事新报》的地位就益发坚固。一般纯洁的青年……认为（它是）国民的良友。"见王无为：《各地文化运动的调查——批评（中）》，《新人》1920年第5号，第1-2页。此外，新闻史家张静庐在其新闻史专著中给予《时事新报》很高的评价，见氏著：《中国的新闻记者与新闻纸》（下册），第4版，上海：现代书局，1932年11月，第33-34页。

③ 《北洋政府国务院档案》，转引自陈福康编：《郑振铎年谱》（上册），第22页。

头版宣布，文学研究会机关刊物《文学旬刊》即将作为《时事新报》的副刊出版，并由郑振铎担任主编。[①]同年 7 月，郑振铎接替李石岑出任《学灯》主编。[②]在郑振铎的主持下，《时事新报》及其副刊很快发展为 20 世纪 20 年代初文学革命中的一支中坚力量。在后来《中国新文学大系》第二集《文学论争集》导言中，郑振铎评价《文学旬刊》的地位丝毫不亚于革新后的《小说月报》："这两个刊物都是鼓吹着为人生的艺术，标示着写实主义的文学的；他们反抗无病呻吟的旧文学；反抗以文学为游戏的鸳鸯蝴蝶派的'海派'文人们。他们是比《新青年》派更进一步的扬起了写实主义的文学革命的旗帜的。他们不仅推翻传统的恶习，也力拯青年们于流俗的陷溺与沉迷之中，而使之走上纯正的文学大道。"[③]青年问题，正是《时事新报》讨论的重点议题。

　　随着新文化运动的深入开展，《时事新报》迅速成为讨论人生哲学的重要阵地。早在清末戊戌变法之时，梁启超便已提出"新民"之主张，认为国民个人的改造正是国家改造的基础。郑振铎十分认同梁启超的见解。1929 年初梁启超去世后，郑振铎总结梁启超甲午后的六大成绩，居于首位者即"鼓吹'新民'之必要"，"欲从国民性格上加以根本的改革，以为政治改革的入手。他知道没有良好的国民，任何形式的整体都是空的，任何样子的改革也都是没有好结果的"。[④]1918年，梁启超带领弟子赴欧拜访倭铿（Rudolf Eucken）、柏格森（Henri Bergson）等当代欧陆哲学家，其中张君劢还留欧研读哲学。从当年 1 月 1 日起，张东荪便在《时事新报》上译述柏格森的《创化论》（L'Évolutioncréatrice），连载长达三个月，次年由商务印书馆出版单行本。正是在关于"人"的讨论中，郑振铎开始了他对泰戈尔散文诗

---

① 《本报特别启事》，《时事新报》，1921 年 4 月 22 日，第 1 张第 1 版。

② 《李石岑启事》，《时事新报》，1921 年 7 月 16 日，第 4 张第 2 版。

③ 郑振铎：《导言》，载《中国新文学大系·第二集：文学论争集》，第 8 页。

④ 郑振铎：《梁任公先生》，《小说月报》1929 年第 2 号，第 336 页。

的翻译。

由于"人"的问题处于文学革命与社会变革的关键位置，早期新诗理论一度将"人格"列为核心命题。《时事新报》本着"非为本报同人撰论之用，乃谓社会学子立说之地"的开放态度，[①]大力发掘各界青年文化人士，使郑振铎翻译的泰戈尔散文诗一经问世便面临着新旧诗人的多重挑战。从这个意义上说，郑振铎译笔之下的泰戈尔超越了胡适所说"新文学是从新诗开始的"[②]这一文学发生学意义，具有更为复杂的思想史意涵。诚然，泰戈尔诗歌的译介是在古典诗歌传统尚未退去的时代中开始的，郑振铎也正是在泰戈尔的诗作中发现了"散文诗"这种新的诗体，由此逐渐破除中国古典诗歌的美学传统，通过译诗促成了白话新诗的产生。更重要的是，泰戈尔的作品为郑振铎思考"人"的问题提供了丰富的可能性。在"重新估定一切价值"的变革时代，人的意义不再像过去那样理所当然、坚不可摧，而是成为一个悬而未决的疑问。在吉登斯社会理论的影响下，郑振铎认为个人的价值和意义应在社会关系中确立，人的解放也应成为社会解放的基础。泰戈尔的人格论就为这一理念提供了文学的解答。郑振铎的翻译确立了情感在泰戈尔思想中的积极作用，有力地回击了当时对于泰戈尔诗歌的多种消极看法。他视泰戈尔为行动哲学的代言人，认为人应该在行动而不是冥想中成为改造社会的主体。通过他的翻译与编辑，郑振铎进一步肯定了个人人格的社会属性，为个人走向社会铺平了道路。

目前可知郑振铎最早翻译的泰戈尔诗歌，是 1920 年 8 月《人道》月刊上刊载的《偈檀伽利》（*Gitanjali: Song Offerings*）22 首。在这组

① 东荪：《学灯宣言》，《时事新报·学灯》，1918 年 3 月 4 日，第 1 版。

② 胡适：《新文学·新诗·新文字》，载唐德刚编：《胡适杂忆》，台北：传记文学出版社，1980 年，第 101 页。本文原是胡适为白马文艺社第九次月会第六次特约讲话所写的演讲稿（1956 年 6 月 2 日）。我们当然知道，诗歌是白话新文学兴起中面对的第一个对手。当留美学生向传统文学发难时，他们"早已看出白话散文和白话小说都不难得着承认，最难的大概是新诗"，因而"认定建立新诗的唯一方法是要鼓励大家起来用白话做新诗"。胡适：《导言》，载《中国新文学大系·第一集：建设理论集》，第 31 页。

译诗前，还有他所译《新月集》(*The Crescent Moon: Child-Poems*) 的《我的歌》("My Song") 作为序诗，以及一篇写于 6 月 21 日的泰戈尔生平介绍。这些译诗也是他最早发表的翻译文学作品。[1] 在这些译作中，郑振铎十分注重寻找那些催人奋进的积极要素。如他在第六首中表现"有花堪折直须折"的惜时主题："撷取了这朵小花，不要迟延！不然，我恐怕它便要落在地上了。"第一百零一首又说："在我的生命里，永久以我的诗歌寻求你。他们导我自此家至彼家，因他们，我乃见我自己，乃寻求并接触我的世界。"[2] 文学的价值、个人的成长和探索世界的渴望，都在泰戈尔的诗歌中融为一体。只不过，由于《人道》只出版一期即遭查禁，郑振铎的这批早期译诗未能产生更大的影响。

根据郑振铎的说法，他是在 1918 年前后在好友许地山的推荐下第一次读到泰戈尔的英文诗。然而，正当他以"新妍流露的文字"着手《新月集》的翻译时，那位新文学的同人却在用古文体翻译《吉檀迦利》(今译为《吉檀迦利》)。[3] 在 1921 年 4 月 17 日写给瞿世英的信中，郑振铎抱怨许地山坚持认为"像这种庄严的作品，非用这种体裁译不可"。但古典译诗不只是许地山一个人的想法。郑振铎的信还透露，文学研究会内部普遍盛行着一派古典诗风，这自然影响到诗歌翻译的文体选择，因为"他们总想用韵文或旧诗体来译太戈尔的作品"，郭梦良和徐其湘甚至怀疑郑振铎的译作"不是诗，乃是散文"。对此，郑振铎列举西方文学史上的事例，赞成布彻 (Samuel Butcher) 与安德鲁·朗 (Andrew Lang) 用散文译荷马史诗而反对蒲柏 (Alexander Pope) 的韵文译法，又举泰戈尔本人以散文英译韵文原诗为例，一再向瞿世英表明"无论诗用散文都可以把他译出来，不惟较正确，并且

---

[1] 陈福康：《郑振铎论》，修订版，第 434 页。

[2] 郑振铎所译《吉檀迦利》中的 11 首后收入郑振铎编的《太戈尔诗》，参见泰戈尔著，郑振铎选译：《太戈尔诗》，上海：商务印书馆，1924 年，"迦檀吉利"（1920 年 7 月旧译），第 71、80 页。

[3] 郑振铎：《太戈尔〈新月集〉译序》，《时事新报·文学》，1923 年 8 月 20 日，第 4 版。后收入单行本《新月集》，于 1923 年 9 月出版。

也能保存原文的艺术的美"。①

郑振铎提到的散文版荷马史诗，指的是安德鲁·朗在 1879 年完成的《荷马奥德赛：英语散文译本》（*The Odyssey of Homer, Done into English Prose*）。诚如周作人在安德鲁·朗的古希腊牧歌英译中发现了散文入诗的合法性一样，②郑振铎同样在其中找到了散文诗对于更新本国诗体的重要启示。上述两位英国译者在前言中指出：文学旨趣和技巧皆因时而异，安妮时代（Queen Anne）要求荷马史诗务必尊贵端正，故诗人蒲柏恰逢其时地以雅辞华章译之，自然为时人所喜；但今人对诗歌真理的新共识恰恰在于"任何原作若以韵文译出，都将变得难以辨认"。正是这一点促使两人以朴实的散文重译荷马作品。③郑振铎假以西方文学史上的散文诗事例，其着眼点却在本国诗歌的革新。面对复古化的诗歌译法，他将诗界革命以来的归化译诗一并加以批判，包括苏曼殊《文学因缘》等近人作品在内，"不惟表现的意思与原文有些不同，就是原文的'美'也是走失得许多"。④

郑振铎屡屡强调"原文的美"之所在，未必只是因为有韵诗在形式上的工整美观。强调散文译诗的真正目的，也包括传递泰戈尔作品中的情感之美。泰戈尔在《人格论》（*Personality*）中提出，一个人的创造力就来自他的"感情力"（emotional forces），"我们底感情是

---

① 郑振铎致瞿世英：《太戈尔研究（三）》（1921 年 4 月 17 日作），《时事新报·学灯》，1921 年 4 月 20 日，第 1 版。

② 安德鲁·朗与布彻合译的散文版《奥德赛》曾得到希腊古典文学译者穆雷（Gilbert Murray）如此称赞："尽管作者采用了散文的形式，并且是直译，但这不妨碍它仍然成其为一首诗，有着自身的典雅风格，——即使它并不完全等同于希腊学者所认可的荷马史诗的那种无与伦比的风格。"见 Roger L. Green, *Andrew Lang: A Critical Biography*, Leicester: De Montfort Press, 1946, pp. 75-76. 另见张丽华：《无声的"口语"——从〈古诗今译〉透视周作人的白话文理想》，载中国人民大学文学院编：《翻译与二十世纪中国文学研讨会论文集》，北京：人民文学出版社，2012 年，第 156-177 页。

③ "Preface," in Samuel H. Butcher and Andrew Lang trans., *The Odyssey of Homer: Done into English Prose,* New York: The Macmillan Company, 1906, p. vii.

④ 郑振铎致瞿世英：《太戈尔研究（三）》，《时事新报·学灯》，1921 年 4 月 20 日，第 1 版。

一种胃液，可以把这外表世界改成最有知觉的内部世界"。[①]郑振铎并非理想化的唯情主义者。在他关于诗歌情感的论述中，他所看到的其实是精神情感对于凝聚社会的作用。他在《文学研究会丛书缘起》中说道："他（笔者注：指文学）是人们的最高精神与情绪的流通的介绍者。被许多层次的隔板所间断的人们，由他的介绍，始能恢复这个最高精神与情绪的流通。"[②]换言之，郑振铎在泰戈尔的诗歌理论中发现了与吉登斯相似的立场，后者在《社会学原理》中就已经指出，精神情感对于社会的发展具有不可忽视的推动作用。可是，如果要真正发挥泰戈尔散文诗的情感力量，让文学承担起塑造人格和改造社会的使命，就必须要有一种透明、自由的语言介质使诗歌情感充分显现出来，而不是用陈旧的格律限制它的表达。

郑振铎对于泰戈尔情感论的强调，以及对泰戈尔正面形象的树立，绝非一件理所当然的易事。在泰戈尔诗歌进入中国的早期阶段，其实流行着三种"消极"的翻译类型，它们共同构成郑译泰戈尔作品的潜在对话者。第一种类型以陈独秀为代表，似要排除泰戈尔诗歌中的积极因素。在 1915 年《青年杂志》创刊号的发刊词《敬告青年》中，陈独秀曾满怀自信指出青年之于社会变革的重要意义，并通过"新陈代谢"的生物学隐喻，将人的生命与社会的生命联系在一起，号召人的奋斗应该以社会的改造为使命。然而，印度诗人泰戈尔却不在陈独秀的蓝图之中。陈独秀写道："人之生也，应战胜恶社会，而不可为恶社会所征服；应超出恶社会，进冒险苦斗之兵，而不可逃遁，作退避安闲之想。呜呼。欧罗巴铁骑入汝室矣，将高卧白云何处也？吾愿青年之为孔墨，而不愿其为巢由。吾愿青年之为托尔斯泰与达噶尔（R. Tagore，印度隐遁诗人），不若其为哥伦布与安重根。"[③]面对去旧立新

[①]　Rabindranath Tagore, "What Is Art?" in *Personality*, New York: The MacMillan Company, 1917, p. 24. 译文参考太戈尔：《艺术是什么》，载氏著，景梅九、张墨池译：《人格》，上海：光明书局，1921 年，第 43 页。本书使用 1929 年 1 月第 4 版。

[②]　《文学研究会丛书缘起》，《民国日报·觉悟》，1921 年 5 月 25 日，第 3-4 版。

[③]　陈独秀：《敬告青年》，《青年杂志》1915 年第 1 号，第 4 页。

的时代洪流，陈独秀鼓励青年人应像探险家或政治家那样积极投入改造社会的事业，但泰戈尔却与托尔斯泰一起被归入退隐主义者之列。

不应该忘记，陈独秀很可能是泰戈尔诗歌在现代诗坛的第一位译者。1915 年 10 月 15 日，《青年杂志》第 1 卷第 2 号发表了由陈独秀执笔的"达噶尔作《赞歌》"四首。这四首诗是泰戈尔《吉檀迦利》中的第 1、2、25 和 35 篇，陈独秀均以中国传统的五言体古诗对译。在最后一首赞歌中，陈独秀这样译道：

> 远离恐怖心，矫首出尘表。
> 慧力无尽藏，体性遍明窈。
> 语发真理源，奋臂赴完好。
> 清流径寒碛，而不迷道中。
> 行解趣永旷，心径资灵诏。
> 挈临自在天，使我长皎皎。①

陈独秀以五言古体诗的形式译出该作，借机遮蔽了更多深刻而复杂的思想线索。虽然全诗是以宗教诗的祈祷口吻而作，但考虑到 1900 年泰戈尔完成该作时，印度尚处在英国殖民者的统治之下，故诗中祈祷的愿望也包括国家独立和民族解放的心愿。然而，这些内容在陈独秀的古体诗中荡然无存。在第二句中，泰戈尔盼望未来的知识不受限制，世界各国不会因国别之限而彼此隔绝。② 但译文却使这种全球理想缩小为完成个人化的经验：知识是藏不住的，性情将流芳各国。最成问题的是结尾一句。通过这句诚挚的祷告："我的父，让我的祖国醒来吧，进入那自由的天国。"③ 泰戈尔将其宗教信仰与爱国精神融为

---

① 达嘎尔著，陈独秀译：《赞歌》，《青年杂志》1915 年第 2 号，第 2 页。

② 原文参考："Where knowledge is free; / Where the world has not been broken up into fragments by narrow domestic walls;" 见 Rabindrana Tagore, *Gitanjali: Song Offerings*, London: The Chiswick Press, 1912, p. 18.

③ 原文参考："Into that heaven of freedom, my Father, let my country awake." 见 Tagore, *Gitanjali*, p. 18.

一体。但陈独秀的译文却完全没有传达出对祖国复兴的热切期盼，而是改写为个人化的天地之感和反省之心（神明高居天界，使我始终明白道理）。可见，陈独秀将自己对泰戈尔的消极误读隐藏在"以中化西"的古典译诗之中，掩盖了泰戈尔思想中的积极因素。

第二种消极译法甚至试图彻底拒绝泰戈尔诗歌中的思想成分。1922 年 10 月，郑振铎完成他翻译的第一部泰戈尔诗集《飞鸟集》（*Stray Birds*），遭到出身南社的胡怀琛的攻击。在亚东图书馆于 1920 年 3 月出版胡适的《尝试集》后，胡怀琛就在《学灯》等刊物上与胡适辩驳多个回合，还试图为胡适"改诗"，进而将两人的笔墨之争扩大为一场沸沸扬扬的诗坛辩论。[1] 在《太戈尔的断句》一文中，胡怀琛批评郑振铎的白话散文体译法毫无意义，宣称大多可以化约为古诗中的"断句"，即"旧体绝诗的后两句，后律诗的一联摘句"。不仅郑振铎翻译的泰戈尔散文诗如此，新诗坛上流行的诗体多半都是旧诗里的断句。[2] 1924 年 6 月，胡怀琛出版《小诗研究》，进一步指责以泰戈尔诗歌为代表的现代小诗基本不脱中国旧诗的传统。在胡怀琛看来，这个传统包括《诗经》里的断句，后来的三五句短诗，以及旧诗中的"摘句"——即"全首诗中，只有一二好句，而这一二好句，又可以独立的，和全首可以脱离关系的；因此人家便把他摘了一下来，叫做'摘句'。"最重要的是，在现代小诗与旧体诗的改写之间，胡怀琛以为"两样的写法，不过是形式上的不同；在实质上，毫无分别。"[3]

但查看胡怀琛对郑振铎的"改诗"不难发现，这些形式转换的背后依然隐藏着娴熟的引经据典。如《飞鸟集》第 174 首，郑振铎译为："云倒水在河的水杯里，他自己却藏在远山之中。"胡怀琛改写为："白云远住深山里，行云难忘济世心。"[4] 胡怀琛的译法不仅在句法

---

① 姜涛：《"为胡适改诗"与新诗发生的内在张力——胡怀琛对〈尝试集〉的批评研究》，《北京大学学报》2003 年第 6 期，第 130-136 页。

② 胡怀琛：《太戈尔的断句》，《申报·自由谈》，1924 年 1 月 11 日，第 1 版。

③ 胡怀琛：《小诗研究》，上海：商务印书馆，1924 年，第 58、67 页。

④ 原文参考："The clouds fill the watercups of the river, hiding themselves in the distant hills." 见 Rabindranath Tagore, *Stray Birds*, New York: The Macmillan Company, 1916, p. 52.

上改写为断句的形式，还另外增添了救世济民的仕途宏志。这未必是泰戈尔的心声，却道出胡怀琛本人作为新文化运动局外人的落寞和不甘。又如第 198 首，郑振铎译为："蟋蟀的唧唧，夜雨的淅沥，从黑暗中到我耳里来，好似我已逝的少年时代，沙沙地到我梦境中。"胡怀琛改写为："凄凄虫语潇潇雨，钩引前尘到梦中。"[①]诗中"前尘"一语，引出"人世间当前虚妄尘境"的佛教用典："一切世间大小内外诸所事业，各属前尘。"（《楞严经》卷二）泰戈尔虽自印度而来，但他的思想并不出于佛教传统。在白话新文学业已流行的大势中，胡怀琛的古典译法反映了古体诗人对于诗歌意义的悬置，对新文化运动的参与之情，以及对古典传统的留恋等复杂矛盾的心态。

第三种消极译法以贵州艺术家姚华为代表，将泰戈尔作品转变为个人身世的情感寄托。姚华乃前清工部虞衡司主事，曾赴日本留学。在 1924 年泰戈尔访华时，姚华亦曾与之相交。当年 4 月，姚华与友人在北京贵州会馆开办画会，邀得泰戈尔赴会演说。《姚华年谱》记载两位诗人见面时"默默而坐，相视而笑，互表忻慕"。[②]在 5 月 20 日泰戈尔即将离京时，姚华还与梁启超、梅兰芳和齐如山等文化界名流为其饯行。姚华翻译泰戈尔的《飞鸟集》始于民国甲子冬十月二十九日（1924 年 11 月 25 日）。在姚华之女病逝当日，他获赠郑振铎的《飞鸟集》译作一部，此后便在郑译本基础上陆续翻译。至己巳清明（1929 年 4 月），乃以五言古体或近体诗译出，共计二百五十六首，并有一众友人赠序唱和。据徐志摩评价，姚华的《五言飞鸟集》与其称为翻译，不如说是"演"。[③]此诚不假。姚华在序言中自道："岂能称圣译，予意自为主。""中间舌人舌，得失未堪数。"可谓译事多

---

① 原文参考："The cricket's chirp and the patter of rain come to me through the dark, like the rustle of dreams from my past." 见 Tagore, *Stray Birds*, p. 58.

② 《附：姚华年表》，载姚华著，邓见宽点校：《书适》，贵阳：贵州人民出版社，1988 年，第 248 页。

③ 徐志摩：《序》，载太戈尔意，姚华演辞：《五言飞鸟集》，上海：中华书局，1931 年，第 1 页。本书使用 1934 年 8 月再版。

难，饱尝挫折。在翻译过程中，姚华又因脑溢血而左臂瘫痪，"病废三年"，故《飞鸟集》便成为他感时伤怀、抒情解忧的慰藉。"飞鸟在迷途，相将感倦羽。子遗书此篇，为君伤离蜀。"[1]《五言飞鸟集》最终于 1931 年 1 月付印，2 月发行，但姚华本人已经黯然辞世。

这种借诗消愁、自怜身世的心理，在姚华的译作中随处可见。在第 56 首中，泰戈尔的原句"生命馈赠于我，我们又以献出生命而得之"（Life is given to us, we earn it by giving it），颇有泛神论（pantheism）的宇宙循环色彩。在泰戈尔看来，人是被授予生命的，人只有通过"弃绝"式的生命历程才能重新获得生命。郑振铎译为："生命是给我们的，我们惟有给了他，才能得到他。"[2]郑译基本传达泰戈尔的原意。姚华演为："我云生有命，由来生所授。天若无授时，欲得将何有？"[3]在姚华的演文中，人的生命却被注入一种"生死有命"的悲伤情绪。人是缺乏生命的主动性的，如果天不授命，人就会失去生命的权利。这种消极的生命观或与姚华本人的悲惨遭遇不无关系。在第 214 首中，郑振铎译为："我们的欲望借彩虹的颜色给那只有灰白色云雾的人生。"（Our desire lends the colours of the rainbow to the mere mists and vapors of life.）[4]姚华则借题发挥："人生寒色里，云雾几回环。欲乞垂虹下，分红破惨颜。"[5]郑振铎的翻译尚且忠实，但姚华的演绎则将泰戈尔的原诗演化为悲惨人生的惨淡景象。人生满是寒色，云雾缭绕看不清远方，人在旅途乞求彩虹出现，才能借其光芒照亮人生。

以上这些消极的中国演绎者或以泰戈尔作品为归隐田园的心灵写照，或将其诗体视为中国古诗的现代镜像，或借鸟兽自然寄托个人身世之情，无不遮蔽、隐藏甚至曲解了泰戈尔思想中的积极因素。面对

---

① 姚华：《题五言飞鸟集》，载《五言飞鸟集》，第 1-2 页。

② 太戈尔著，郑振铎译：《飞鸟集》，上海：商务印书馆，1922 年，第 18 页。本书使用 1947 年 3 月第 2 版。

③ 姚华：《五言飞鸟集》，第 4 页。

④ 郑振铎：《飞鸟集》，第 66 页。

⑤ 姚华：《五言飞鸟集》，第 11 页。

这种局面，郑振铎坚持以白话散文翻译原诗，由此解放出泰戈尔诗歌中的感情力量。他在《论散文诗》中援引泰戈尔本人的态度："印度的太戈尔译他自己的著作为英文，也用的是散文诗体。"[①]诚然，郑振铎也曾借用美国文学理论家文齐斯德（Caleb T. Winchester）的分类，将诗歌分为情绪、想象、思想和形式四项要素，却以泰戈尔的诗论反对文齐斯德的"有韵"说。郑振铎写道："太戈尔说：'诗是想选择那些有生命的字眼，——那些不是为纯粹报告之用，但能融化于我们心中，不以在市场中常用而损坏了他们的形式的字眼。'"[②]可见，泰戈尔的散文诗理论无疑也促成了郑振铎自己的诗歌理念的生成。在 1922 年出版的文学研究会同人诗集《雪朝》序言中，郑振铎提出："诗歌的声韵格律及其他种种形式上的束缚，我们要一概打破。"这套形式诉求背后的真正用意在于："我们要求'真率'，有什么话便说什么话，不隐匿，也不虚冒。我们要求'质朴'，只是把我们心里所感到的坦白无饰地表现出来。"[③]借用胡适在美国发起诗歌革命之时的话说："我们不坚执'自由体'为诗歌写作的唯一方法，我们之所以力倡它，是因为它代表了自由的原则。我们相信诗人的个性在自由体诗中比在传统格律诗中得到了更好的表达。就诗歌而言，一种新的节奏即意味着一种新思想。"[④]在如此焦灼的文体之争中，白话文俨然具有一种远

---

① 西谛：《论散文诗》，《时事新报·文学旬刊》，1922 年 1 月 1 日，第 1 版。

② 西谛：《论散文诗》，《时事新报·文学旬刊》，1922 年 1 月 1 日，第 1 版。

③ 郑振铎：《短序》（1922 年 1 月 13 日作），载氏编：《雪朝（新诗集）》，上海：商务印书馆，1922 年，第 1 页。另见 Michel Hockx, "Zheng Zhenduo," in *A Snowy Morning: Eight Chinese Poets on the Road to Modernity*, Ed., Michael Hockx, Leiden: Centre of Non-Western Studies, 1994, pp. 169-185.

④ 本段为胡适记载并翻译的美国意象派诗人六条宣言中的第二条，其英文原文为："We do not insist upon 'free verse' as the only method of writing poetry. We fight for it as for a principle of liberty. We believe that the individuality of a poet may often be better expressed in free verse than in conventional forms. In poetry a new cadence means a new idea." 见胡适 1917 年 12 月 16 日日记，载氏著，曹伯言整理：《胡适日记全编》（第 2 卷：1915—1917），合肥：安徽教育出版社，2001 年，第 520-522 页。胡适后来将诗歌形式与精神的关系做了更具思想性的表述："形式上的束缚，使精神不能自由发展，使良好的内容不能充分表现。若想有一种新内容和新精神，不能不先打破那些束缚精神的枷锁镣铐。"见胡适：《导言》，载《中国新文学大系·第一集：建设理论集》，第 18 页。

比"形式的意味"更加复杂的思想启示，而这正是郑振铎从泰戈尔散文诗中发现的抒情之道。

第二节　郑振铎对泰戈尔作品的社会化改写

王汎森指出，五四青年之所以深陷"烦闷"，根本原因在于意义世界的颠覆与重建，以至于"当时各家各派：儒家、佛家、道家、基督教乃至通俗宗教，都提出形形色色的人生观"。[①]王汎森的发现固然道出了生活经验之下的思想症结所在，只不过，他本人的回答似乎过于急切地指向"主义政治"开出的历史药方。他写道："'主义'宣传家将日常生活中的各种苦恼、烦闷串联成为连珠式的问题。把问题连珠化的本身即是一种力量，而且其力量不亚于它的解答。一切私人问题的根源皆来自社会国家，解决的顺序是先大后小，先全盘才能解决点滴。"[②]诚然，政治学说的意义或许可以填补个人世界的价值空白，但"主义"之外的其他思想资源也不应被忽略。郑振铎通过泰戈尔的诗剧《春之循环》给出截然不同的回答。

泰戈尔的《春之循环》原作于 1915 年完成，1917 年推出英文本，后者成为汉译的底本。该剧以象征主义手法描述一位君主面对自己头发花白、年华老去的苦恼。大学士解决不了他的苦闷，他便在诗人的邀请下参演一出戏中戏，从中领悟到人生的意义。在这出戏中戏中，一群年轻人想尽办法要去捉住世界的老人，但出乎意料的是，最后从洞穴中走出来的却是那位重现青春的君主。他完成了精神的革新，再度成为年轻人中的一员，重拾生命的活力。1921 年 11 月，《春之循环》列入商务印书馆"世界文学丛书"出版，封面赫然印着"瞿世英译、郑振铎校"的字样。从目前的材料来看，《春之循环》的翻

---

① 王汎森：《"烦闷"的本质是什么？》，载《思想是生活的一种方式》，第 113 页。

② 王汎森：《"烦闷"的本质是什么？》，载《思想是生活的一种方式》，第 130 页。

译至少可以追溯到 1921 年 2 月。在 2 月 16 日写给郑振铎的信中，瞿世英提到他正着手翻译泰戈尔的这部作品，刚刚完成引子部分，希望郑振铎代为校阅。[①] 瞿世英想必随信附寄了中文译稿，郑振铎在 1921 年 4 月 17 日回信中表示，他已经"仔细的对了一过了"。[②] 而在后来单行本的序言中，郑振铎告诉读者，自己已经详加阅读三遍，校对一回，所以印象相当深刻。[③] 不过，郑振铎在《春之循环》翻译过程中的角色也绝不只是审校者而已。瞿世英在译序中说明，郑振铎还广泛参与了剧中诗歌的翻译，许多作品直接就出自他的手笔。[④] 更重要的是，在 1921 年 4 月 17 日写给瞿世英的回信中，郑振铎其实已经摘译了《春之循环》中的片段。他这样译道：

Haven't you noticed the detachment of the rushing river, as it runs splashing from its mountain cave? It gives itself away so swiftly, and only thus it finds itself. What is never changing, for the river, is the desert sand, where it loses its course.

King, it is we alone who can truly bear those sufferings, because we are like the river that flows on in gladness, thus lightening our burden, and the burden of the world. But the hard, metalled road is fixed and never-changing. And so it makes the burden more burdensome. The heavy loads groan and creak along it, and cut deep gashes in its breast. We Poets call to every one to carry all their joys and sorrows lightly, in a rhythmic measure. Our Call is the Renouncer's call.[⑤]

---

① 瞿世英致郑振铎:《太戈尔研究(一)》(1921 年 2 月 16 日作),《时事新报·学灯》,1921 年 4 月 17 日,第 1 版。

② 郑振铎致瞿世英:《太戈尔研究(三)》(1921 年 4 月 17 日作),《时事新报·学灯》,1921 年 4 月 19 日,第 1 版。

③ 郑振铎:《序一》,载《春之循环》,第 2 页。

④ 世英:《序二》,载《春之循环》,第 1 页。

⑤ Rabindranath Tagore, *The Cycle of Spring*, London: Macmillan and Co., Limited, 1917, pp. 21-22.

山流潺潺不息，奔腾而下，只有如此，他才能找到他自己。流水的永久不变的地方，就是沙漠了，在那个地方，山流已失了干了。

人如能如河流之喜跃而流动，才能减轻我们的担负，减轻世界的担负。石路是固定的，不变的，所以受重载磨压之苦。①

这两段译文非常重要，值得专门讨论。首先，郑振铎的译文并不是完整的段落，而是从原文中两处不同的文字拼合而来。就第一段而言，郑振铎其实只字未提原文中关键的第一句："你难道没注意到奔流不息的河水的分离吗？"（Haven't you noticed the detachment of the rushing river?），而是径直从第二句开始翻译。与此相配合，他在译出的部分也有意将"它迅速地将自己放弃"（It gives itself away swiftly）改为"潺潺不息，奔腾而下"的主动行为，充满行动的决心和动力，从而不动声色地避开泰戈尔的"弃绝"理念。

第一段文字在原著中出自诗人的忠告。君主苦于年华老去，召见诗人征求意见。就在发表这段陈词之前，诗人还有另一段说辞："君主，我的意思是如此。我们是真'舍弃者'（the true Renouncers），因为改变（change）即是我们的秘密。我们是有所失始有所得（We lose, in order to find.）我们对于永久不变的没有什么信仰。"②郑振铎的译文很可能受到瞿世英的初稿影响，因为后者就将"change"译为表示主动的"改变"而不是中性或略带消极的"变化"。但泰戈尔的原文却表明，诗人所认为的"变"也包括"变化无常""弃绝"的一面。他们宣称自己是"弃绝者"，即要首先放弃自我才能重新得到自我。

我们不能忽略这样一个事实，那就是泰戈尔的"行动哲学"其实是以自我的超越和弃绝为前提的。泰戈尔在《人类的宗教》（*The*

---

① 郑振铎致瞿世英：《太戈尔研究（三）》，《时事新报·学灯》，1921年4月19日，第1版。
② 瞿世英致郑振铎：《太戈尔研究（一）》，《时事新报·学灯》，1921年4月18日，第1版。另见《春之循环》，第12页。

Religion of Man）一书中解释称："善（goodness）代表了我们的精神从我们的自我主义隔绝状态中解脱出来（detachment）。我们在善中才能与普遍的人性合而为一。"①泰戈尔对自我的否定并不是从吉登斯的"社会"概念出发而得出的共同体意识，而是以更高的神学意涵为其旨归。"它的价值不仅在于造福我们的同类。通过其自身的真谛，我们才会发自内心地认识到，人决不是一种动物，受其个体的激情和欲望所束缚；而是一种精神存在，有其不受束缚的完美境界。"②换言之，泰戈尔虽然也认为有一个超越个体之我的"大我"存在，但这个"大我"并非吉登斯所说"社会化的人"或"社会"，而是一个与神一体的"我"。泰戈尔在另一处又说："当小孩从他母亲的子宫里分离（detached from）出来后，他便在一种真正的关系里，寻到了自己新的母亲，而这种新的关系乃是自由。分离后的人（Man in his detachment）便在与宇宙的更广泛、更深沉的关系中圆现了自身。"③郑振铎将这些宇宙内涵略去不译，暗示了他并不赞成这种自我放弃的神学理念。

这就引起第二段译文中的问题。这些秉持弃绝主义立场的诗人向君主表示，只有他们才有能力承受痛苦，关键原因并不是因为像河水一样流淌起来，而是"在快乐中"流淌。诗人最后说道："我们诗人呼吁人人以一种充满韵律的方式看淡他们的喜悲。我们的呼吁就是弃绝者的呼吁。"④但郑振铎同样回避了弃绝者的这段自我声明，由此表明了自己与泰戈尔的显著区别。郑振铎赞成泰戈尔关于生命是运动的观点，认为人应该像河流那样在大自然中奔流不息，与自然环境发生碰撞，而不应该止于一滩死水，或在沙漠中干枯而亡。但泰戈尔所

---

① Rabindranath Tagore, "The Four Stages of Life," in *The Religion of Man*, New York: Macmillan Company, 1931, pp. 192-193. 上述中译文参见泰戈尔著，蒋立珠译：《人格》，北京：时代华文书局，2018 年，"人生的四阶段"，第 166-177 页。此处引文略有改动。

② Tagore, *The Religion of Man*, pp. 192-193.

③ Tagore, "The Creative Spirit," *The Religion of Man*, p. 43. 另参见 Asha Mukherjee, "Rabindranath Tagore on a Comparative Study of Religions," *Argument*, 2014, Vol. 4, No. 1, pp. 69-79.

④ Tagore, *The Cycle of Spring*, p. 22.

信奉的生命之变也包含了无常、未知的一面，相信人与宇宙的循环依赖关系。可见，郑振铎以自己的方式对泰戈尔的思想作了批判性的解读。

以上两段译文最后都进入郑振铎为《春之循环》所写的序言，并组合成一段完整的引文。郑振铎在这段译文后声称："这一段是太戈尔在本书上说的，说得是如何的明瞭呀！"①但从上述分析来看，郑振铎的译文并非像他宣称的那样一目了然。事实上，郑振铎在与瞿世英的通信中还翻译了《春之循环》中的第三段话，而在序言中，这段文字被列在起首处，作为全书的题记：

I ask you, King, to rise up and move. That cry outside yonder is the cry of life to life. And if the life within you is not stirred, in response to that call without, then these is cause for anxiety indeed, — not because duty has been neglected, but because you are dying.②

君王，我求你起来活动活动罢！外面的呼声是生命对生命的呼声。如果你内在的生命不动，不去与外面的呼声相应和，那末，这真是烦闷的原因了。——不是因为你忘了责任，是因为你是死了。③

郑振铎的译文与瞿世英在正文中的译法几无太大区别，可见他对后者的理解并无异议。两人都赞成泰戈尔所说的生命在于运动不息，否则便是精神将死的信号。但就在这段关于"行动哲学"的阐释之前，泰戈尔还有一段台词规定了行动的条件。诗人在劝告君主行动起来时，不忘提醒他说："是那些有爱（love）的人（才赢得最后的胜利），因为他们是真正地活着。他们赢得了真正的胜利，因为他们真

---

① 郑振铎:《序一》，载《春之循环》，第 2 页。

② Tagore, *The Cycle of Spring*, p. 25.

③ 郑振铎:《序一》，载《春之循环》，第 1 页。

正地交出自己（surrender）。他们用全力承受痛苦，又用全力消除痛苦。是他们才在创造，因为他们知道真正快乐的秘密，那也就是分离（detachment）的秘密。"① 换言之，不是所有人都能赢得生命的胜利，只有那些放弃自我、超然世外之人才是最后的胜者。瞿世英的译文颇为含糊，并不能准确反映出泰戈尔思想中这些关键词内在的神学意涵。② 郑振铎则避实就虚，干脆回避了对这段哲学阐释的翻译。

进入《春之循环》正文，鉴于剧中许多核心观点是通过诗歌来表达，作为主要诗歌译者的郑振铎便抓住了全剧的机枢所在。在第一出戏中戏里，那群将去寻找老人的年轻人用歌声宣誓永葆青春的决心。他们唱道："我们的头发是决不变白的，/ 决不。/ 世界上没有我们的空处，我们的路中没有缺隙，/ 我们可以能会追寻某一个幻象（an illusion），/ 但它决不会欺骗我们（But it shall never play us false），/ 决不。"③ 但郑振铎将最后三行译为："或者亦竟是我们的幻象，/ 但决不是假的，/ 决不。"④ 原诗并不否认年轻人可能犯错的现象，可贵之处其实在于坚持对世界的信心。相比之下，郑振铎强调的是年轻人内心理想的真实性，从而肯定理想的价值和意义。随后，剧中首领也跟着唱出自己的理想："我们决不怀疑着世界而闭眼去思量。决不。我们不在我们的心的迷惑中去摸索。我们与万物之潮同流，自山而如海。我们决不迷失在沙漠上，决不。"⑤ 在此，郑振铎的译文与泰戈尔的原作几无分歧，双方均认为年轻人的人生哲学在于行动而不是空想。解决

---

① "It is those who love, because they live. They truly win, for they truly surrender. They accept pain with all their strength and with all their strength they remove pain. It is they who create, because they know the secret of true joy, which is the secret of detachment." 见 Tagore, in "The Creative Spirit," *The Religion of Man*, p. 25.

② 瞿世英译："得最后胜利的，乃是那些因为他们生活着所以他们爱的人。这些是真胜利，因为他们真降服（surrender）了。他们用全力承受痛苦。他们是创造者，因为他们知道真快乐的秘密，这是分枝（detachment）的秘密。"见《春之循环》，第 14 页。

③ Tagore, *The Cycle of Spring*, p. 54.

④ 《春之循环》，第 32 页。

⑤ 《春之循环》，第 32 页。

人生困惑的办法在于与外在的世界接壤，人应该在对外部世界的探索中完成自我生命的更新和觉醒。

回顾郑振铎对泰戈尔作品的翻译和阐释，他俨然已将泰戈尔视为解答当时青年人普遍困惑的一剂良方。他在序言中写道："我烦闷，我在生命途中摸索而行；我只有悲观，只有消极的厌世。但自我读了《春之循环》后，我的生命之火竟复燃了。一线新的光明照耀在我的心里。"继而告诉年轻人："现在笼罩在烦闷的浓雾中的青年呀！你们如被你们的烦闷所苦么？请读太戈尔此书。"[①]尽管翻译者与原作者的立场十分接近，但二者仍有区别。郑振铎是用一种线性、对立的眼光看待青年与老年关系。他借那群追赶老人的年轻人之口，说他们的路是"直的，宽的"，并把老人比作路上可能遇到的"强盗"。[②]他在序言中更直接提出："《春之循环》所表现的，是生之冲动与义务的战争，诗人与教士的战争，是青年与老人的战争，是死与生的战争。归结是生与青年与诗人与生之冲动胜了。'冬'之假面具终于脱了下来，他的潜伏的青年终于显露出来。君王畏死的邀请，诗人终于战胜他。"[③]可是，这种以年轻人一边倒的解读很可能违背了泰戈尔的循环论原意。泰戈尔在原作多处暗示他的哲学理念乃是生命循环论。例如，标题"春之循环"本身已经表达了这种理念。在全剧最后，走出洞穴的其实既不是老人，也不是年轻人，而是"你似乎老些"同时"看上去像小孩"的复合体。歌者的合唱也说："吾爱，/ 我失去你，又回环往后的寻找你。/ 你离别了我，回来的时候，我可以多得些你。"[④]有论者指出："新与旧、死之冲动与生之冲动相融合的景象，在精神领悟的顶点处得以实现。但剧中的年轻人是否真的达到顶点却

---

① 郑振铎：《序一》，载《春之循环》，第 1 页。
② 《春之循环》，第 38 页。
③ 《春之循环》，第 2 页。
④ 《春之循环》，第 80-81 页。

还值得商榷。"[1]

在方兴未艾的新文化运动中，青年与老年相对抗的文学主题并不陌生，毕竟这场反传统的社会改革本身就被视为青年之于老年的文化革命。宋明炜指出："作为话语实践的产物，青春（youth）成为一种主导性的比喻，成为中国追求现代性的核心象征。"[2]陈独秀在《敬告青年》开篇就神采飞扬地写道："青年之于社会，犹新鲜活泼细胞之在人身，陈腐朽败者无时不在天然淘汰之途，与新鲜活泼者以空间之位置及时间之生命。人身遵新陈代谢之道则健康，陈腐朽败之细胞充塞人身则人身死；社会遵新陈代谢之道则隆盛，陈腐朽败之分子充塞社会则社会亡。"[3]对郑振铎来说，"青年"很早就成为他的写作主题。在《新社会》创刊号上，他就写过《我是少年》的著名诗篇："我是少年！我是少年/……我起！我起！/我欲打破一切的威权。/……我看见前面的光明，/我欲驶破浪的大船，/满载可怜的同胞，/进前！进前！进前！/不管他浊浪排空，狂飙肆虐，/我只向光明的所在，进前！进前！进前！"[4]在他看来，人的革新与社会的革新是相通的，青年人的变革既是个人生命的自我更新，也预示着社会生命的全面改革。当郑振铎参与创办文学研究会之后，文学研究会对泰戈尔的认识从一开始也是从思想方面着眼，并不断尝试将其转化为具有社会改造潜力的思想资源。1920年12月4日，北京新文学同人借万宝盖胡同的耿济之住所集会，讨论并通过郑振铎起草的会章，其中第二条即宣布："以研究介绍世界文学、整理中国旧文学、创造新文学为宗旨。"[5]1921年1月4日，就在文学研究会成立的同时，研究会同时宣

---

[1] Nila Das, "The Eternal Quest in Three Plays of Rabindranath Tagore," *Bulletin of the Ra-makrishna Mission Institute of Culture*, May 2018, p. 30.

[2] Mingwei Song, *Young China: National Rejuvenation and the Bildungsroman, 1900–1959*, Cambridge, Mass. and London: Harvard University Asia Center, 2015, pps. 4, 15.

[3] 陈独秀：《敬告青年》，第1页。

[4] 郑振铎：《我是少年》，《新社会》第1号，1919年11月1日，第1页。

[5] 郑振铎：《文学研究会简章》，《小说月报》1921年第2号，第4页。

布由郑振铎等四人主持成立读书会，开展文学研究事宜，其中最先成立的就是泰戈尔研究会。郑振铎不无自豪地向瞿世英表示："中国专研究一个文学家的学会，这会还算是第一个呢。"①

郑瞿二人在《学灯》上讨论泰戈尔问题的通信就多达七次。相比于瞿世英对于诗歌翻译方法的关心，郑振铎明显更注重泰戈尔的思想方面。在与瞿世英的通信中，他表达了对泰戈尔"生命在于变动"理念的高度认同。他说："变动就是生命（Life is change）这句话，我实是非常相信的。我对于太戈尔的这种思想，实是以非常的热诚承认她的。如叫我一刻不活动，真比死还难受。"②郑振铎还将泰戈尔与同时期的欧陆哲学家相比较："太戈尔确与柏格森非常相像。在 M. Jensen 的《法国文学对于欧洲的影响》一书中，有几句话说柏格森的思想非常简明。他说：'柏格森说生命所在，就是变动所在。如果变动停止了，生命也要停止了。宇宙不是一个完全的系统，只是一个继续而且永久变动的实体。'你看，与太戈尔所说的话，有什么分别？"③郑振铎并非要深入研究西方哲人的思想体系，只是独取文学史著作《法国文学对欧洲的影响》（ *The Influence of French Literature on Europe* ）关于柏格森思想的概述加以译介，④再次表明他从文学中汲取社会变革之力的努力。与此相呼应的是，《春之循环》附录还收录《文学研究会丛书缘起》一文，其中专门就文学作品的社会定位做了阐释。该文写道："我们觉得文学是决不容轻视的。他的伟大与影响，是没有什么东西能够与之相并的。他是人生的镜子，能够以慈祥和蔼的光明，把人们的一切阶级，一切国界，一切人我界，都融合在里面；用深沉的

---

① ② ③　郑振铎致瞿世英：《太戈尔研究（三）》，《时事新报·学灯》，1921 年 4 月 19 日，第 1 版。

④　"Bergson says where there is life, there is change. Should change cease life would cease." 见 Emeline M. Jensen, *The Influence of French Literature on Europe: An Historical Research Reference of Literary Value to Students in Universities, Normal Schools, and Junior Colleges*, Boston: Richard G. Badger of the Gorham Press, 1919, p. 119.

人道的心灵，轻轻的把一切隔阂扫除掉。"①由此可见，郑振铎依然是以文学本位的立场探索变革社会的潜力。他对泰戈尔的翻译，延续了自《新社会》以来的社会关怀，并直取其中关于人生与社会的认识加以发挥。

郑振铎对泰戈尔散文诗的译介确立了社会化的个人解放方案，但随即受到个人主义者的挑战，后者以推崇浪漫主义的创造社为典型。双方由此围绕泰戈尔作品的解读和翻译，陷入一场无声的争执。1923年9月，郑振铎完成《新月集》译作，列入商务印书馆的"文学研究会丛书"出版。尽管许多人把《新月集》当作儿童文学，但郑振铎本人在《译序》中首先强调，这部作品"并不是一部写给儿童读的诗歌集，乃是一部叙述儿童心理，儿童生活的最好的诗歌"。②从诗歌编排的顺序来看，郑振铎的《新月集》译本描述了儿童成长的生命历程，从幼时的玩乐、憧憬外面的世界、告别母亲，直到有了自己的孩子。换言之，这部作品讨论的仍然是人的独立与走向社会的问题。

不过，在郑振铎的译本问世之前，留学法国的诗人王独清已经在1921年4月左右独立完成《新月集》的全译本。时值创造社筹办在即，王独清在好友郑伯奇的介绍之下，"从法国寄来厚厚两部长稿，希望发表或出版，籍以和创造社取得联系，并想得点稿费，维持生活"。③这两部长稿就是长诗《支那》和泰戈尔的《新月集》译稿。起初，《新月集》的译稿被创造社认为"译得很糟糕"，但在郑伯奇的推荐与协调之下，郭沫若"硬在三伏天，挥着汗水，替他大改特改，等于重译了一遍"。④彼时正逢《创造》季刊筹备，郭沫若便将这部译作列入"创造社世界文学少年"丛书，并在1922年8月25日出版的《创

---

① 《附录：文学研究会丛书缘起》，载《春之循环》，第 1 页。

② 郑振铎：《译者自序》，载太戈尔著，郑振铎译：《新月集》，上海：商务印书馆，1923年，第 3 页。

③ 郑伯奇：《忆创造社》，载饶鸿兢等编：《创造社资料》（下册），北京：知识产权出版社，2010 年，第 719 页。

④ 郑伯奇：《忆创造社》，载《创造社资料》（下册），第 719 页。

造》第二期上预告出版。① 可以说，王独清的译作《新月集》其实是创造社浪漫主义理念主导下的产物。正因为有创造社的珠玉在前，郑振铎起初不愿从《新月集》入手，后来在朋友的鼓励下才完成重译。②

郑振铎的《新月集》并非全译本，删去了原作中相当数量的篇章。从译出的篇目及其编排的顺序来看，郑振铎有意突出原著以孩子的眼光憧憬世界、离开母体、走向社会的成长主题。在《对岸》（"The Further Bank"）中，诗中的孩子已表达"我想走过河的对岸去"的愿望，为此，他立志"我长成的时候，要做这岸边的渡夫"。只不过，此时他还没有决定要离开母亲，故而留恋地表示"我将永不同父亲一样，离开你到城里去作事"。③ 在《商人》（"The Merchant"）中，泰戈尔描述的地域不过是"金河的两岸"（the banks of golden streams），而郑振铎笔下的孩子却宣布"我到异邦去旅行"的热切心愿，又扬言"我要渡海到珍珠岛的岸上去"。④ 其心情之热切，胜过王独清笔下的孩童几分，后者只是轻描淡写地说要去"异乡"旅行，要"渡到真珠岛滨"。⑤ 在《告别》（"End"）中，郑振铎有意将标题"End"译为"告别"，⑥ 意味着儿童与母体的分离，进而走向社会。但王独清却解释为"告终"，强调自我生命历程的完结，与母体的分离毫无关系。两相比较，郑振铎在泰戈尔诗歌中更关心的主题在于对外部世界的探索。

至于译介外国诗集的选编策略，郑振铎一贯主张"诗集的介绍只

---

① 王独清的"译者序言"落款时间为 1921 年 4 月 15 日，表明《新月集》在这之前已经译完。王独清开篇即说："全部的介绍一卷诗，在现在底中国，恐怕要算特别的了。"由此可以推想，王译《新月集》很可能是泰戈尔作品在中国的第一部全译本。早在 1922 年 4 月 3 日，《申报》第三版已刊出新书广告，宣布王独清翻译的《新月集》已由上海泰东图书馆印行。

② 郑振铎：《太戈尔〈新月集〉译序》，《时事新报·文学》，1923 年 8 月 20 日，第 4 版。

③ 太戈尔著，王独清译：《新月集》，第 4 版，上海：泰东图书局，1929 年，第 24-25 页。

④ 郑振铎译：《新月集》，第 28-29 页。

⑤ 王独清译：《新月集》，第 51-52 页。

⑥ 郑振铎译：《新月集》，第 41 页。

应当在可能的范围选译"，①前一年完成的《飞鸟集》译本就采取相似的选译方法。他在《新月集》初版自序中也说："原集里还有七八首诗，因为我不大喜欢它们，所以没有译出来。"②表面上看，他似乎是出于纯粹的个人喜好而放弃部分篇章。可是，1956 年版《飞鸟集》的新序却透露了个人喜好背后另有思想的原因，即当年删诗也是"觉得宗教的意味太浓厚"。③那么，他所谓的"宗教的意味"究竟指的是什么呢？

《新月集》没有翻译的诗歌共有九首，分别是：（1）"The Home"、（2）"The Unheeded Pageant"、（3）"The Beginning"、（4）"When and Why"、（5）"Fairyland"、（6）"The Land of the Exile"、（7）"The Sailor"、（8）"Twelve o'clock"、（9）"The Hero"。以第一首《家》为例，郑振铎在 1921 年已经译出该诗，但只收进 1923 年单行本。诗末说道："我在星光底下，在我的孤寂的路上站住了一会，看见展在我面前的黑暗的大地，用她的手臂围绕了无数的人家。"④此处不仅反映泰戈尔巧将"黑暗的大地"拟人化的修辞手法，而且重点在于自然被想象为具有人格化特征的形象。不独这首《家》如此，在郑振铎删去的诗歌中，大部分篇目都表达了儿童对于世界的冥想。但不同于纯粹儿童文学色彩的天真想象，这种冥想是将世界理解为具有人格化特征的生命形象。以率先问世的王独清译本为例，在《平淡的美观》（"The Unheeded Pageant"）中，世界被想象成母亲："'世界母亲'（The world-mother）坐在你傍边，你母亲底心儿里。"在《开始》

---

① 西谛：《译诗的一个意见——〈太戈尔诗选〉的叙言》，《时事新报·文学旬刊》，1922 年 9 月 1 日，第 1 版。

② 郑振铎：《太戈尔〈新月集〉译序》，《时事新报·文学》，1923 年 8 月 20 日，第 4 版。

③ 郑振铎：《新序》，载泰戈尔著，郑振铎译：《飞鸟集》，上海：上海译文出版社，1981 年，第 I 页。《飞鸟集》直到 1954 年 10 月重版时才全部译出，后收入《郑振铎全集》（第 20 卷），石家庄：花山文艺出版社，1998 年，第 63-128 页。

④ 郑振铎：《太戈尔诗：家（从〈新月集〉）》，《学生杂志》1921 年第 7 号，第 28-29 页。"I stopped for a moment in my lonely way under the starlight, and saw spread before me the darkened earth surrounding with her arms countless homes furnished with cradles and beds…" 见 Rabindranath Tagore, *The Crescent Moon: Child-Poems*, New York: The MacMillan Company, 1913, pp. 1-2.

（"The Beginning"）中，孩子问母亲自己从何而来，母亲的回答把孩子的生命追溯到其诞生之前，表明自己只是宇宙主宰的一部分：

> 你本在我幼时的那些假人里；而且当我每早晨用泥做我的神像，那时候，我就把你做了又毁。/ 你本和我们的家神同龛，我礼拜他时，便在礼拜你。……/ 你在管理我们的家庭的不灭的精神之膝间养活过多年。……/ 天上第一小爱人儿，你是同晨光双生下来，落落在世界底生命流中，最后停泊到我心上。①

母亲告诉孩子，他的生命来自神，来自从前的时间，来自宇宙。在泰戈尔的哲学中，作为宇宙生命一部分的人的生命也是永恒，人的一生总是在更广阔的宇宙循环中运行，而宇宙自身也处于永无止境的进程之中。② 人的灵魂必须经过无数次生命过程才能实现最终的目标。③ 这首诗已经远不只是儿童文学这么简单，表达了泰戈尔一以贯之的泛神论理念。根据泰戈尔同时代研究者的观察，泰戈尔对自然的热爱并非出于自然本身的缘故，而是"因为他将自然视为神的一个标志"；他的热爱也并不是为了自然带给人的无限欢乐，而在于"它暗示了一个程度更高的精神生命"。④

在原作的两首连续编排的作品《水手》（"The Sailor"）和《对岸》（"The Further Bank"）中，泰戈尔都表达了孩童渴望离开此地、到远

---

① 王独清译：《新月集》，第16-17页。

② 这一思想在泰戈尔的其他诗作中也有体现："The child cries out when from the right breast the mother takes it away,/ in the very next moment to find the left its consolation." See Tagore, *Gitanjali*, p.95. "Death belongs to life as birth odes./ The walk is in the raising of the foot as in the laying of it down." 见 Tagore, *Stray Birds*, p. 76.

③ S. Radhakrishnan, *The Philosophy of Tagore*, London: MacMillan and Co., Limited, 1919, p. 63. 如前述陈独秀所译《吉檀迦利》的选诗即为一例。"Thou hast made me endless, such is thy pleasure./ This frail vessel thou emptiest again and again, and fillest it ever with fresh life." 见 Tagore, *Gitanjali*, pp. 1, 12.

④ Radhakrishnan, *The Philosophy of Tagore*, p. 142.

方去探索世界的相似主题。郑振铎的选本却删去《水手》而保留《对岸》，这可能是因为《水手》提到印度神话人物罗摩（Rama，即印度史诗《罗摩衍那》主人公）在森林中隐居 14 年才返回家乡的故事。郑振铎删去《水手》的做法暗示了他并不认同归隐的主题，在他看来，孩子离开故土的真正动力不应是隐居山林，而应该探索更为广阔的世界。除此之外，《仙境》（"The Fairyland"）和《流放者的土地》（"The Land of the Exile"）等篇目带有幻想性质的憧憬，郑振铎的选本也同样没有收录。

通过诗集的删选，郑振铎不仅排除了泰戈尔思想中的泛神论理念，也排除了泛神论背后的个人主义实质。在此，我们有必要再次将郑振铎与王独清及其所属的创造社加以比较，因为后者很可能是中国新文学中最早真正接受泰戈尔影响的诗人群体。1913 年以后，随着泰戈尔荣获诺贝尔文学奖的热潮传入日本，留学日本的郭沫若开始阅读泰戈尔的作品。大约在 1915 年春前后，郭沫若对泰戈尔的阅读有了实质性进展。据他本人叙述："在预科的第二学期，民国四年的上半年，一位同住的本科生有一次从学校带了几页油印的英文诗回来……是从太戈尔的《新月集》上抄选的几首。"[1] 不过，当郭沫若不无自豪地说"最先对太戈尔接近的，在中国恐怕我是第一个"时，[2] 我们更应该将这种开拓性的努力视为创造社对于泰戈尔的整体认识，而王独清《新月集》译本同样反映了个人觉醒和泛神论思想的结合。事实上，在泛神论传入中国的过程中，正是创造社将其转换为浪漫主义和个人主义的诗学基础。郭沫若说："我因为自来喜欢庄子，又因为接近了太戈尔，对于泛神论的思想感受着莫大的牵引。"[3] 在郭沫若看来，"泛

---

[1] 郭沫若：《我的作诗的经过》，《质文》月刊 1936 年第 2 期，第 25 页。关于郭沫若在日期间接触泰戈尔诗歌的确切时间之考证，学界颇有争论，参见魏建：《泰戈尔究竟怎样影响了郭沫若》，《中国现代文学研究丛刊》2009 年第 3 期，第 21-29 页。本书采信魏文提出的"1915 年春"说。

[2] 郭沫若、蒲风：《郭沫若诗作谈》，《现世界》1936 年第 1 期，第 52 页。

[3] 郭沫若：《我的作诗的经过》，第 27 页。

神论"的核心就是一种以自我为中心的个人主义，宣扬的是运动的、进取的自我扩张精神。他毫不讳言地宣布："泛神便是无神。一切的自然只是神底表现，我也只是神底表现。我即是神，一切自然都是自我的表现。"①在泛神论的外表下，创造社将泰戈尔的诗学和神学理念反转为"万物皆备于我"的浪漫主义主张，进而为其个人主义诗论找到一个"发明的"佐证。就其与社会的关系而言，在转向主义政治和阶级革命之前，个人主义在本质上是一种"与社会相对立的个人，与秩序相对立的自由"的激进态度，②而这正是郑振铎从青年时代开始就极力反对的狭隘而危险的倾向。

回顾郑振铎与泰戈尔作品的接触，他对印度诗歌中暗含的泛神论思想并非没有了解。泰戈尔成为第一位荣获诺贝尔文学奖的亚洲人，很大程度上要归功于《吉檀迦利》的成就。该书英译本于 1912 年 11 月出版，是泰戈尔进入英语世界的第一部作品。在 1913 年英国畅销书榜上，唯一榜上有名的诗集就是泰戈尔的《吉檀迦利》。③《吉檀迦利》的题意为"献祭之歌"（"Song Offerings"），爱尔兰诗人叶芝（William Yeats）在英文初版导言里称其体现了"诗即宗教的印度传统"，④其实就是泰戈尔本人颇为看重的泛神论。所谓泛神论，指的是

---

① 郭沫若：《〈少年维特之烦恼〉·序引》，《创造季刊》1922 年第 1 号，第 132 页。

② 作为创造社成员早期的普遍态度，个人主义的源头或许来自日本大正年间崇尚欧战后反理性主义和文化主义的思潮。参见伊藤虎丸：《鲁迅、创造社与日本文学：中日近现代比较文学初探》，第 205 页，尤其详见"创造社与大正文学"一节，第 181-278 页。在小说方面，郁达夫的小说与日本私小说颇有关联，他推崇当时支配日本文学主流的自然主义理论，认为"'写自己生活'的短篇小说，才是文学的真髓"。他甚至提出"文艺是天才的创造物"的激进看法。见郁达夫：《艺术私见》，《创造季刊》1922 年第 1 期，第 139 页。与此相仿，郑伯奇小说《最初之课》的主人公感受到的也正是"国家和人类这两种东西，竟是如此的不能相容吗？"见东山：《最初之课》，《创造季刊》1922 年第 1 期，第 63-70 页。

③ A. Aronson, *Rabindranath Through Western Eyes*, Allahabad: Law Journal Press, 1943, Appendix B, p.139. 另见曾琼：《世界文学中的泰戈尔〈吉檀迦利〉译介与研究》，《外语教学》2012 年第 4 期，第 82-85 页。

④ William B. Yeats, "Introduction," in Tagore, *Gitanjali*, p.xi.

相信"作为一种创造性的存在，上帝存在于整个自然宇宙之中"。① 郑振铎最早翻译的泰戈尔作品就是带有泛神论思想的《吉檀迦利》。他甚至翻译了以对神祷告为主题的第 76 首："呵，我的生命的主，我能每日面对面地站在你前么？啊，一切世界的主，我能合掌地面对面地站在你前么？/在你孤独沉寂的伟大的天空底下，我能以谦卑之心面对面地站在你前么？"② 不过，郑振铎虽然最早接触《吉檀迦利》，但这部作品却未再如《飞鸟集》《新月集》那样单独出版。郑振铎认识到泰戈尔诗歌中的泛神论思想，却也极力通过编辑的手段排除其宗教影响。

至于《新月集》的选译，郑振铎依然突出社会化人格的重要意义。这是他真正关心的问题。当郑振铎离京赴沪之后，他仍然与留在北京的瞿世英保持通信，两人频繁讨论有关泰戈尔的问题。根据瞿世英的信件，泰戈尔研究会在成立后开过两次讨论会，往往"集六七人的力量，费了两小时的工夫，仅仅译了一首诗"。效率虽然不高，也足见诗歌翻译的困难和重要。瞿世英还透露，泰戈尔的诗歌之所以进入时人关注的视野，是因为"欲谋社会的改造，不应当单注意物质方面，更应当注重精神方面"。③ 这反映了吉登斯将社会发展分为物质与精神两方面的影响仍在延续，郑振铎也借此提醒中国读者兼顾文学家泰戈尔和思想家泰戈尔之于中国社会的意义，切不可偏废其一。④ 换言之，当郑振铎及文学研究会同人强调个人之外应有一个更大的共同体存在时，这个"共同体"的内涵已经有别于泰戈尔本人所信仰的神人一体的自然宇宙，而是指向现代社会。

1922 年 2 月，郑振铎发表题为《泰戈尔的艺术观》的论文，其

---

① Frederick Burwick, ed., *Romanticism: Keywords*, Edison: John Wiley & Sons, Ltd., 2014, p. 206.

② 郑振铎选译：《太戈尔诗》，第 77 页。"Day after day, O lord my life, shall I stand before thee face to face? With folded hands, O lord of all worlds, shall I stand before thee face to face?" 见 Tagore, *Gitanjali*, p. 44.

③ 瞿世英致郑振铎：《太戈尔研究》，《时事新报·学灯》，1921 年 4 月 14 日，第 1 版。

④ 闻一多：《泰果尔批评：编者附言》，《时事新报·文学》，1923 年 12 月 3 日，第 2 版。

中摘译了泰戈尔在《人格论》中的重要观点："艺术的主要目的是人格的表现，我们都已经坚确的相信。但是还有许多人却以为艺术的目的是'美的诞生'的。在太戈尔看来，艺术的美不过是工具而不是艺术的完全的最著的特征。他不过用来为更有力的表现我们的人格的工具而已。"①泰戈尔的这段文字清楚地指出，艺术创作的宗旨在于确立艺术家的人格，而不是仅仅追求艺术上的美感。可见，郑振铎从一开始就接受了泰戈尔的艺术观，视其为通向人格确立的重要途径。不过，泰戈尔本来还提出，艺术应借用绘画和音乐的艺术语言以实现其艺术效果，但郑振铎对这些艺术类别上的细微比较却并不在意，唯独对人格的作用紧追不放。郑振铎强调，艺术创作的任务不仅在于对客观对象的描写记录；关键的问题是，只有"经过作者的人格化"加工，艺术品才有可能成为有血有肉的生命体。相比之下，王独清在其《新月集》译序中则主张"极力保原诗的色，的声，的意"。②对于草创期的现代文学来说，引进原作的艺术手法并无不妥。王独清的友人在为《新月集》作序时就特别指出，该译本出现于"当此旧体解放、新体未成之际"，在诗体革新上意义重大，③这也反映了创造社在艺术形式上的一贯追求。④但郑振铎对于社会思想的关注却与之大异其趣。

① 郑振铎：《太戈尔的艺术观》，《小说月报》1922年第2号，第10页。原文参考："The principal object of art, also being the expression of personality, and nothing that is abstract and analytical, it necessarily uses the language of picture and music. This has led to a confusion in our thought that the object of art is the production of beauty; whereas, beauty in art has been the mere instrument and not its complete and ultimate significance." 见 Tagore, "The World of Personality," in *Personality*, p. 30.
② 王独清译：《译者序言》，载《新月集》，第18页。
③ 曾琦：《序》，载王独清译：《新月集》，第1-2页。
④ 郁达夫更激进地提出："我虽不同唯美主义者那么持论的偏激，但我却承认美的追求是艺术的核心。"见郁达夫：《艺术与国家》（1923年6月17日作），《创造周报》1923年第7号，第4页。郑伯奇同样秉持这样一种艺术至上论："艺术只是自我的最完全、最统一、最纯真的表现，再无别的。"见郑伯奇：《国民文学论（上）》，《创造周报》1923年第33号，第2页。

对郑振铎来说，泰戈尔的散文诗固然为诗体解放的文学革命诉求提供了良好的材料，但更重要的是，泰戈尔诗歌理论中有关"人格"的探讨十分契合诗歌革命关于个人情感解放的呼吁。不过，郑振铎也没有满足于个体的解放，而是进一步探讨个人情感解放后的社会性可能。可以说，泰戈尔散文诗进入郑振铎的关注和翻译视野，不仅受到吉登斯社会学说的理论影响，而且要回应新文化运动关于"人"的解放与塑造的现实问题。借用姜涛的话说，这些关于人格的诗学讨论"并不局限于诗学内部，而恰恰发生于以创造'新人'来改造社会的总体构想中"。①

综上所述，郑振铎在泰戈尔的诗歌中肯定了情感的积极作用，赞成人在行动和探索中与外部世界发生切实的关联，并不断完成与母体的脱离，融入真正的社会生活。由此，他便在泰戈尔的诗歌中找到解决个人烦闷的文学慰藉，也找出一条从个人解放走向社会解放的文学途径。这样一种改造个人的思想线索可以追溯到他在主编《新社会》时期的追求。他很早就呼吁："我们所爱的是全人类，全社会！我们应该多做些'人吓，你们应该相爱！'的文章而少做些'他在我的心里！'的白话诗。"②在为耿济之翻译的托尔斯泰《艺术论》所写的序言中，他也倡导"应该把艺术当做一种要求解放、征服暴力、创造爱的世界的工具"。③任职《时事新报》之后，郑振铎的文学社会化思想与创造社注重个人主义的浪漫理念形成鲜明的对立。他不点名地批评当时的出版界"只看大部分的新诗吧，十有八九是叙述爱情的；只看现在所发表的小说吧，也是十之八九是叙述爱情的"，因而呼吁青年们"为全人类而牺牲"。④又说"文学决不是个人的偶然兴到的游戏文

① 姜涛：《"社会改造"与"五四"新文学》，第19页。
② 郑振铎：《新文化运动者的精神与态度》，《新学报》第2号，1920年6月1日，第8页。
③ 郑振铎：《序》（1920年8月20日作），载托尔斯泰著、耿济之译：《艺术论》，上海：商务印书馆，1921年，第4页。本书使用1928年5月第4版。
④ 西谛：《性的问题》，《时事新报》，1921年7月16日，第1张第2版。

章，乃是深埋一己的同情与其他情绪的作品"，[①]并表示："我不相信举国沉沉，有血气的青年诗人竟皆为恋爱的桃色雾所障蔽；我不相信在这个狐鼠横行血腥扑鼻的世界，曾没有一个人要站立泰山，高唱悲怨之曲。"[②]诚如论者所说，郑振铎撰写这些文章的根本目的，"在于呼吁青年人走出狭小的个人的情感圈子，投身于更广大的社会改造事业"。[③]

在郑振铎的大力推广之下，泰戈尔的散文诗在 20 世纪 20 年代初期的新诗坛上风靡一时，"甚至连一般的中学生都以能背诵几首诗人的英文诗为荣"。[④]创造社对此风尚虽有不满，也不得不承认中国读者"一齐争着传诵，争着翻译，争着模仿，犹如文艺复兴时代的人得着了一部古典的稿本"。[⑤]不过，当张君劢于 1923 年 2 月发表《人生观》的演讲，拉开科学与玄学之争的序幕以后，对泰戈尔思想的解读也被卷入这场纷争之中。1924 年春，泰戈尔受"研究系"讲学社之邀访问中国，不料却因政治势力的对峙而陷入更深的误读与纠葛。[⑥]此时，郑振铎也不再是那个热情的泰戈尔引介者。他仅在上海陪同一周，包

---

① 西谛：《中国文人（？）对于文学的根本误解》，《时事新报·文学旬刊》，1921 年 8 月 10 日，第 1 版。

② 郑振铎：《憎厌之歌》，《时事新报·文学旬刊》，1922 年 6 月 1 日，第 1 版。

③ 季剑青：《郑振铎早期的社会观与文学观》，第 84 页。郑振铎与创造社的诗学差异，还可以从双方对美国文论家文齐斯德著作《文学批评原理》（*Some Principles of Literature Criticism*）的不同翻译中体现出来，参见杨晓帆：《重识郑振铎早期文学观中的情感论——对文齐斯德〈文学批评原理〉的译介与误读》，《河北学刊》2010 年第 5 期，第 106-111 页。

④ 张光璘：《中国现代文学史上的一次"泰戈尔热"》，载氏编：《中国名家论泰戈尔》，北京：中国华侨出版社，1994 年，第 189 页。

⑤ 成仿吾：《诗之防御战》，《创造周报》1923 年第 1 号，第 11 页。在泰戈尔的诸多中文译者中，德国汉学家顾彬（Wolfgang Kubin）曾将冰心誉为 20 世纪最伟大的人选之一。但实际上，在 1920 年前后对泰戈尔作品的翻译中"出力最多的"另有其人，那就是郑振铎。冰心也正是通过郑振铎"这位中国当时最具启蒙意识的人士之一"，才开始对泰戈尔的生平和作品产生兴趣。见马立安·高利克著，尹捷译：《青年冰心的精神肖像与她的小诗》，《江汉学术》2017 年第 1 期，第 44 页。

⑥ 这里以陈独秀的批判态度尤值得讨论。在泰戈尔访华前后，陈独秀曾发表多篇文章反对泰戈尔思想进入中国。但不同于此前以古体诗翻译泰戈尔作品的立场，陈独秀此时的反对多是出于东西方论战和宣扬社会主义革命的政治考量。如在其最早发表

括 4 月 12 日的欢迎宴会①和 4 月 19 日送别泰戈尔前往南京。此后，有关泰戈尔中国之行的新闻报道中，便鲜见郑振铎的名字。直到为泰戈尔译诗选集作序，郑振铎借机不无怀念地替泰戈尔说了几句话："太戈尔的诗，仿佛是好久没有人谈起了。不管别的人对于他如何的说，不管我自己的思想与心情如何的变化，我却是始终喜欢这位银须白发诗人的东西的。"②只不过，郑振铎本人的文学翻译已经转向小说世界。

___

的批判文字中，陈独秀针对泰戈尔"此次来华……大旨在提倡东洋思想亚细亚固有文化之复活"的主张，批判其颠倒进步与落后，挖苦说："请不必多放良莠言乱我思想界！泰戈尔，谢谢你罢，中国老少人妖已经多得不得了呵。"见实庵：《太戈尔与东方文化》，《中国青年》1924 年第 27 期，第 1-2 页。陈独秀最重要的是一篇文章是《评泰戈尔在杭州上海的演说》。他认为泰戈尔的错误在于两个方面，一是"误解科学及物质文明本身的价值"，而落后的中国正需要向西方学习和借鉴其发达的物质文明；二是"引导东方民族解放运动向错误的道路"，他在文中质问泰戈尔："这爱之叫声能够感动欧美资产阶级，使他们实行人类相爱，使他们自己取消资本帝国主义，不去掠夺劳动阶级，不去侵略弱小民族？我看等于向老虎说：'你不要吃人罢'。"实则陈独秀这番言论已带有鲜明的马克思主义理论倾向。见实庵：《评太戈尔在杭州上海的演说》，《民国日报·觉悟》，1924 年 4 月 25 日，第 2-3 版。即便在 1925 年泰戈尔离开中国之后，陈独秀的挖苦也没有停止。他一方面继续思想上的批判，说："我们不佩服太戈尔，明明白白是因为他反对科学与物质文明，此事任何人都应该知道"；另一方面，也试图将对泰戈尔的批判与对其幕后的邀请方联系起来："太戈尔在北京未久竟染了军警和研究系的毛病，造谣诬陷异己。"见实庵：《太戈尔与金钱主义》，《向导周报》第 68 期，1924 年 6 月 4 日，第 546 页。

① 王伯祥在 1924 年 4 月 16 日日记中写道："散馆后在振铎所为朴社事集议。愈之已回绍兴未到，振铎为筹办欢迎泰戈尔事特忙，亦未出席。"见王伯祥著，张廷银、刘应梅整理：《王伯祥日记》（第 1 册），北京：中华书局，2020 年，第 47-48 页。

② 郑振铎：《太戈尔诗杂译》（1926 年 6 月 22 日作），《文学周报》第 231 期，1926 年 6 月 27 日，第 507 页。

第三节　介于童话与寓言之间的动物书写

郑振铎对泰戈尔作品的翻译涉及文类归属的问题，即在中国现代文学初期文学分类不明的情况下，如何理解某一个文类在文学系统中的归属。但这种文类不明的状况不只是出于纯文学的分类争执，更涉及翻译家出于文化动因、社会环境甚至政治变革的考虑而有意为之的误用、借用或挪用。实际上，无论是对诗歌、散文还是对戏剧的处理，郑振铎的翻译作品都展现出某种难以归类的文类暧昧性特征。不过，如果从郑振铎投身社会变革的动机加以考虑，则这些文类游移均可在其社会行为中得到解释。作为童话故事的寓言就是一个典型的例证。

1925 年 8 月至 12 月，郑振铎在其主编的《小说月报》上以"文基"为笔名，分五期连载了由他本人翻译的欧洲中世纪寓言《列那狐的历史》(*The History of Reynard the Fox*)，次年 6 月由上海开明书店印行，编入"文学周报社丛书"第二种。从底本选择到形象刻画，郑振铎以娴熟的笔法将原本遭受审判的罪犯列那狐反转为亦正亦邪的反英雄形象，并据此讽刺昏庸贪婪的狮王，贬斥狼狈为奸的群臣，批判黑白颠倒的森林秩序。可是，这部译作尚未引起学者注意。实际上，该书在文类上的不确定性和争议性能促使我们重新思考寓言故事的定位和功能。《列那狐的历史》的文类归属从连载之初就模糊不定。该作首次刊登时，《小说月报》将其收进"安徒生号"童话特刊。但在当年最后一期连载结束后，作为主编的郑振铎却视之为该刊全年最重要的"世界的名著"之一，不再归入儿童文学之列。①

把郑振铎的寓言写作归入儿童文学固然行之方便，毕竟他本人也一度信奉"今日之儿童，即为将来中国或世界之主人翁。吾人如不设

---

① 郑振铎：《最后一页》，《小说月报》1925 年第 12 号，第 2 页。

法陶化之，俾各儿童俱有完美之智识，则中国其不亡者几希矣"，^①我们大可以探讨他在此方面的苦心经营和斐然成绩。^②然而，如何理解儿童文学与现实主义关怀经由寓言文类而实现内在转换，依然是一个悬而未决的问题。在讨论老舍在动物寓言《猫城记》中描写一个完全变形的社会时，王德威曾指出，"老舍之选择以寓言性来呈现故事主题，显示他有意自现实抽离，好以全然不同的角度来观察现实"，^③进而检验写实再现系统在濒临崩溃之时的力度和限度。只不过，以非现实主义手法表达现实的忧患，对于特定情境下的现实主义作家而言恐怕不止是个例。循此思路，本节将围绕《列那狐的故事》的翻译和诠释，考察郑振铎对寓言文类的借用与挪用，并讨论在社会剧变的历史时刻，郑振铎如何从动物书写的幽径重返社会批评与现实主义。为了实现社会批评和社会教育的目的，郑振铎尝试在虚构重现与社会现实之间建立起微妙的关联，寓言文体也由此成为社会危机之下"隐微书写"（esoteric writing）的一种特殊方法。

从文类角度来看，中国"寓言"和西方"fable"的内涵本自不同。要言之，汉语"寓言"一词最早见于《庄子》"寓言十九，藉外论之"一说。唐人陆德明所著《经典释文》对《庄子·杂篇·寓言第二十七》的解释是："寓，寄也。以人不信己，故托之他人，十言而

① 转引自陈福康编：《郑振铎年谱》（上册），第 74 页。1922 年 7 月 30 日，郑振铎与茅盾应宁波四家教育和学术团体发起的"四明夏期教育讲习会"之邀，赴宁波演讲。7月 31 日，郑振铎在欢送大会上发表上述讲话。

② 以"儿童"作为方法，探讨儿童文学与中国现代文学、白话语言、民族国家以及东亚乃至全球文化的关系，已经成为中国现代文学研究中的重要理路。参见吴其南：《20世纪中国儿童文学的文化阐释》，北京：中国社会科学出版社，2012 年；徐兰君、安德鲁·琼斯（Andrew Jones）主编：《儿童的发现：现代中国文学及文化中的儿童问题》，北京：北京大学出版社，2011 年；吴翔宇：《五四儿童文学的中国想象研究》，北京：北京师范大学出版社，2014 年。有关郑振铎在儿童文学领域的资料整理与研究，见郑尔康、盛巽昌编：《郑振铎和儿童文学》，北京：少年儿童出版社，1982 年；郑振铎：《郑振铎全集》（第 13 卷：儿童文学卷），石家庄：花山文艺出版社，1998 年；郑振铎：《郑振铎儿童文学全集》，武汉：长江少年儿童出版社，2020 年。

③ 王德威：《茅盾，老舍，沈从文：写实主义与现代中国小说》，台北：麦田出版公司，2009 年，第 196 页。

九见信也。"①寓言的传统意涵指的是"出于虚设、具有寄寓性质的论说方式",由此开创的"寓言"传统被广泛用于古代诗文创作与鉴赏,并成为表达"寄寓性"或"虚构性"的文学批评术语。②在西方文学传统中,"寓言"起源于古希腊的伊索寓言,多将人类言行施加于动物或拟人化的事物之上,往往对应篇幅短小而富有哲理的故事类型。③明末以降,随着中西文学交流日益频繁,西方文类观念极大地影响了国人对于寓言的认识,汉语世界中的寓言故事逐渐成为一种独立的文类。④郑振铎将寓言置于启蒙社会的功用中考量,其理论基础主要来自西方,而不是中国的寓言传统。

在西潮的影响下,中国现代文学从诞生之初就把动物寓言纳入自我更新的视野。作为《小说月报》历史上的第四任主编,郑振铎对孙毓修这位被茅盾称为"中国有童话的开山祖师"⑤的商务前辈想必不会陌生。1913年,商务印书馆编译所的前辈孙毓修对西方寓言做了颇具针对性的介绍,向来被视为"中国传统寓言观念开始向一种新的文体观念转换的标志"⑥:

> Fable者,捉鱼虫草木鸟兽天然之物而强之入世,以代表人类喜怒哀乐、纷纭静默,忠佞邪正之概。《国策》桃梗土人之互市,鹬蚌渔夫之得失,理足而喻显,事近而旨远,为Fable之正宗矣。译者取庄子寓言八九之意,名曰寓言。日本称为物语。此非深于哲学、老于人情、富于道德、工于词章,未易为也。自教

① 陆德明:《经典释文》(下册),上海:上海古籍出版社,1985年,第1558页。
② 王庆华:《"寓言"考》,见谭帆等:《中国古代小说文体文法术语考释》,上海:上海古籍出版社,2013年,第25-27页。
③ M. C. Howatson, ed., *The Oxford Companion to Classical Literature*, 3rd ed., Oxford: Oxford University Press, 2011, p. 250.
④ 有关明末来华耶稣会士的证道寓言研究,参见李奭学:《中国晚明与欧洲文学:明末耶稣会古典型证道故事考诠》,修订本,北京:生活·读书·新知三联书店,2010年,尤见第2章"寓言:误读的故事",第48-130页。
⑤ 茅盾:《我走过的道路》(上册),第116页。
⑥ 王庆华:《"寓言"考》,第36页。

育以兴，以此颇合于儿童之性，可使不懈而几于道。教科书遂采
用之。高文典册一变而为妇孺皆知之书矣。古之专以寓言者著
书，自成一子者，昉于希腊之伊索。①

取西方寓言之新意，入庄周寓言之旧学，孙毓修是借西方观念重
新整理中国古代寓言传统。在此，他不仅看到西方寓言"以兽喻人"
的内容特质，而且还看重其教育意义，试图引为儿童阅读的绝佳材
料。就前者而言，商务印书馆于 1909 年前后受爱畜会之托编译"慈
爱动物书"，将一批童话译稿也纳入其中。②可见，动物寓言已成为中
国寓言的组成部分。就后者而言，早如林纾在《伊索寓言》译序中已
说："言多诡托草木禽兽之相酬答，味之弥有至理。""盖欲求寓言之
专作，能使童蒙闻而笑乐，渐悟乎人心之变幻、物理之歧出，实未有
如伊索氏者也。"③周作人日后亦称："寓言实在只是童话的一种，不过
略为简短，又多含着教训的意思，普通就称作寓言。"④孙毓修对儿童
教育的阐释自然成为现代寓言文学观的代表。

郑振铎对于寓言文类的关注与实践，最初也延续了儿童文学的一
般关怀。1923 年 1 月 22 日，孙毓修在上海病逝。⑤同月，郑振铎正
式接替茅盾，出任商务印书馆《小说月报》主编。在此前的 1922 年

---

① 孙毓修：《欧美小说丛谈续编》，《小说月报》1913 年第 6 号，第 44 页。

② 张元济致孙毓修（1909 年 9 月 30 日作），载张树年、张人凤编：《张元济书札》（中册），
增订本，北京：商务印书馆，1997 年，第 473 页。

③ 林纾：《序》，载林纾、严培南等译：《伊索寓言》，上海：商务印书馆，1903 年。

④ 周作人：《儿童的文学》，《新青年》1920 年第 4 号，第 4 页。本书为 1920 年 10 月 26
日周作人在北京孔德学校的演讲记录。

⑤ "国闻通信社云：无锡孙毓修，汉学名儒，淹贯中西，任商务印书馆编译员多年。如
《童话》、《少年杂志》等书，均其手辑。而所译西方名著《伊索寓言》一书，尤脍炙人
口。近方主纂《四部丛刊》，未及蒇事，积劳成疾，于本月二十二日逝世，年五十余
耳。"见《著作家孙毓修逝世》，《申报》，1923 年 1 月 27 日，第 13 版。从 1919 年 12
月起，张元济的日记及书信已不时提及孙毓修生病的情况。如 1920 年 2 月 5 日："孙
星如云有脑疾，不能用心，年内恐不克到馆。"见张元济：《张元济日记》（下卷），第
946 页。

1月，郑振铎就已创办中国第一本现代儿童文学专刊《儿童世界》周刊，定期编译外国儿童故事。1922年7月，郑振铎接手孙毓修负责的《儿童世界》，并在新栏目"故事节述"上刊载孙氏所编"童话丛书"中的多个篇目，如《无猫国》（第3卷第1期）、《大拇指》（第3卷第2期）和《红领线》（第3卷第3期）等篇目。主持《小说月报》后，郑振铎率先完成的工作即包括续出"童话丛书"第三集共四种。[①]1923年10月10日，郑振铎在上海一品香酒楼迎娶高梦旦之女高君箴，成为商务印书馆编译所所长的乘龙快婿。[②] 这段婚姻也给郑振铎的文学生涯带来直接的影响，促使他进一步投入儿童文学的译介工作中。在郑振铎的主持下，《小说月报》从1924年1月10日第15卷第1期起开设"儿童文学"栏目，次月起陆续刊登高君箴的译作，其中不乏丹麦作家安徒生（Hans Andersen）的《白雪女郎》（15卷2期）和《天鹅》（15卷10期）等名篇佳作。从1924年下半年起，郑振铎对西方寓言产生专门的兴趣，陆续译出德国莱辛寓言、俄国高加索寓言、克鲁洛夫寓言和印度寓言等作品，在《小说月报》上刊载时大多被标为"儿童文学"。1925年1月，由郑振铎伉俪合译的童话集《天鹅》由商务印书馆出版，叶圣陶作序，收入"文学研究会丛书"。寓言故事遂成为儿童文学的一部分。

---

① 童话丛书第三集包括《猴儿的故事》《鸟兽赛球》《白须小儿》《长臂矮子》，每一种前均有郑振铎的"编者的话"。参见陈福康编：《郑振铎年谱》（上册），第85页。

② 《郑振铎与高女士婚礼志》，《申报》，1923年10月12日，第18版。当时，商务印书馆编译所的不少员工都在上海神州女子学校兼课。郑振铎经谢六逸介绍，于1922年初到该校兼授国文课，由此结识了在这里读书的高梦旦次女高君箴。高君箴后于1923年7月2日毕业。郭沫若在《创造十年》中回忆道："'创造日'诞生的预告是在中华新报上登了出来的。在那要出版（笔者注：《创造日》出版日期是1923年7月21日）的前一天，商务印书馆的高梦旦先生又请我到他公馆里去晚餐。男客有杨端六、郑心南、何公敢、周颂久诸先生，都是在商务任着职务的同学。……主人除梦旦先生之外有振铎和振铎的未婚妻，梦旦先生的第二女公子。我由梦旦先生的介绍才知道振铎'招了驸马'，或者那天的晚餐，就是婚约的披露燕罢？"见氏著：《创造十年》，上海：现代书局，1932年，第251-252页。关于郑振铎与高君箴的恋爱故事，参见郑尔康：《我的父亲郑振铎》，"长乐郑振铎——恋爱与婚姻趣事"，第41-50页。

不过，郑振铎对儿童寓言的不满也显而易见，而这种不满同样来自翻译的影响，以及由此对传统展开的反思。他在主持"故事节述"时曾表示，为了吸引儿童阅读原著，译者不妨在情节上加以缩写或重述，[①]但若出于儿童教育之故而删改原文，这种因噎废食的做法对于文学译介的更大关怀恐怕得不偿失。在为叶圣陶的童话集《稻草人》作序时，他提出修正儿童文学的主张："把成人的悲哀显示给儿童，可以说是应该的。他们需要知道人间社会的现状，正如需要知道地理和博物的知识一样，我们不必也不能有意地加以防阻。"[②]这已牵涉不同的儿童教育理念，儿童究竟是未来的成人，还是有别于成人的特殊群体？在郑振铎看来，寓言教训的对象不限于儿童读者，应向社会全员倡导正义的道德和正直的言行。为此，他曾试图在中国文学中寻找这样的可能性，然而，当他一路考察周秦诸子至晚明以降的寓言书写，却发现作者绝少。"此正若繁华盛放于暖室，一旦室毁，则群花在冷露炽日之中，惟有枯死而已。""宋元之后作者更无什么人。到了明时，寓言的作者，突然的有好几个出现，一时寓言颇有复兴的气象。可惜只是一时，不久，他们却又销声匿影了。"[③]遂此，他将目光投向西方文学的宝藏。

郑振铎在《列那狐的历史》译序中指出，该书绝非一般意义上的儿童故事，而是出自欧洲中世纪"一部伟大的禽兽史诗"（beast epic）。[④] 所谓"禽兽史诗"，近于寓言文类中最常见的"禽兽寓言"（beast fable），但通常是"一种以伪史诗体（pseudo-epic style）写就的篇幅更长的故事"。[⑤]二者的区别也同样明显。古代动物寓言重在道德

---

① 振铎：《故事节述》，《儿童世界》1922 年第 1 期，第 1-3 页。

② 郑振铎：《〈稻草人〉序》，《文学》第 92 期，1923 年 10 月 15 日，第 1-2 页。

③ 西谛：《寓言的复兴》，《文学周报》第 183 期，1925 年 7 月 26 日，第 92-93 页。

④ 文基译述：《列那狐的历史》，上海：开明书店，1926 年，第 1 页。

⑤ Chris Baldick, ed., *The Concise Oxford Dictionary of Literary Terms*, 4th ed., Oxford: Oxford University Press, 2015, p. 26.

的规劝与说教，晚近新出的禽兽史诗则多以"说教的悬置"见著，[①]即对现实展开细致的描摹与辛辣的戏谑，由此弱化儿童教育的目的。根据西方学者的研究，中世纪禽兽史诗表现出更具体的社会指涉、更细致的道德批判和更生动的语言风格，[②]从而有别于儿童寓言，具备锐利的社会批判功能。

　　郑振铎一反动物寓言的教化形态，直抵中世纪文学的原初风景，自有其关心。就在《列那狐的历史》连载前一个月，他借着为即将发行的译著《印度寓言》作序，毫不掩饰地宣告寓言的现实意义所在："真的寓言家是负有极大的任务的。他不是一个叙述者，也不是一个比譬者。他乃是一个伟大的教师，一个善事的指导者，一个罪恶的纠察者。他的故事是使读者愉快的，然在快乐的面具中又藏着伟大的教训。"[③]可以说，《列那狐的历史》正是对这个问题的自我回答，也为郑振铎探索寓言的伟大教训和社会批评提供新的可能。在连载结束之后，郑振铎又在《狐与玫瑰》一文中进一步指出："天真的小孩子真看不出每个禽与兽的面具之后隐藏着的却是人，是日常出现于我们社会里的人！"[④]从而直接披露了他翻译《列那狐的历史》从一开始就持着有别于儿童文学的考量。郑振铎以寓言故事的社会批评和社会建构为首要考虑，至于"她的故事本身却又是一部最可爱的童话"，则不再是他的第一诉求。

　　《列那狐的历史》是欧洲民间文学的共同结晶。列那狐在历史上的第一次出场，是在1148—1149年完成的拉丁文史诗《依森格里慕斯狼》（*Ysengrimus*）中以"列那都斯"（Reinardus）之名示人。这部史诗的主角是依森格里慕斯狼，列那狐只是他的侄儿。大约从12世

---

①　G. H. McKnight, "The Middle English Vox and Wolf," *PMLA*, 1980, Vol. 23, No. 3, p. 506.

②　Arnold C. Henderson, "Medieval Beasts and Modern Cages: The Making of Meaning in Fables and Bestiaries," *PMLA*, 1982, Vol. 97, No. 1, p. 40.

③　西谛：《论寓言——〈印度寓言〉序》，《文学周报》第181期，1925年7月19日，第74-75页。

④　西谛：《狐与玫瑰》，《文学周报》第224期，1926年5月9日，第443页。

纪 70 年代开始，《依森格里慕斯狼》中的列那狐形象逐渐获得独立而完整的刻画，在随后七十年间成为法国《列那狐的故事》（*Roman de Renart*）的主人公，并形成了若干组相对固定的情节模式。大约在 1191 年前后，列那狐以"瑞纳德"（Reinhart）之名成为德语诗歌《狐狸瑞纳德》（*Reinhart Fuchs*）的主角。至 13 世纪，列那狐的形象先后激发了弗兰德语动物史诗《狐狸瑞纳德的故事》（*Van den Vos Reynaerde*，又名 *Reinaert de Vos*）和意大利短篇史诗《瑞纳尔多与列森格里诺》（*Rainaldo e Lessengrino*）的诞生。1481 年，英国出版家威廉·卡克斯顿（William Caxton）在 1479 年的一部荷兰语散文体版本的基础上完成了《列那狐的历史》的第一部英译本，从而将这部欧洲中世纪民间故事完整地带入英语世界。①

《列那狐的历史》的故事开始于五旬节前夕。在一派欢乐的节日氛围中，森林中的动物们纷纷控诉列那狐的卑劣行径，狮王于是命其入宫当面问询。但狡猾的列那狐三番五次击退狮王派来的使者。直到最终赴会，他依然凭借巧舌如簧的技艺屡屡挡回他人的指控。列那狐故事的基本情节大抵如此。不过，经过数百年的流转和欧洲各国的演绎，全书的剧情已经发生翻天覆地的变化。诚如 19 世纪末一位作家所说，列那狐故事的情节结构"仿佛一座大教堂，每一位作者扩建一条侧翼、一座高塔、一座钟楼或是一个塔尖"，"当它展现在我们面前时，就好像是一群建筑师石像中的作品，几乎找不出作者，这部作品属于每一个人，它是民众思想的一种表达和结果"。②这意味着，历史上的每一位续写者都有可能根据自己的立场重塑列那狐的命运走向。

郑振铎对列那狐形象的塑造，首先来自他对底本的精心选择。在 1926 年上海开明书店出版的《列那狐的历史》单行本译序中，郑

---

① "Introduction," in *Reynard, Renart, Reinaert and Other Foxes in Medieval England: The Iconographic Evidence*, Ed., Kenneth Varty, Amsterdam: Amsterdam University Press, 1999, pp. 23-30.

② Jean J. Jusserand, *A Literary History of the English People*, London: Fisher Unwin, 1895, p. 148.

振铎简要回顾了该书自中世纪以来在欧洲各国的传播史，其中提到德国文豪歌德（Johann Wolfgang von Goethe）的德语作品《列那狐》（Reinecke Fuchs）和德国艺术家威廉·考尔巴赫（Wilhelm von Kaulbach）为其绘制的三十余幅插图。[①] 歌德的德语作品《列那狐》于 1794 年问世，最早的英译本或为 1803 年 Soltau 版，此后其他英译本陆续出现。然而，歌德的整部作品是以六步格（hexameter）写成的史诗，共有 12 章。六步格是古希腊罗马史诗的标准音步形式，荷马史诗《伊利亚特》（Iliad）即以此写成，而郑振铎译文的形式却是散文故事，且篇幅长达 44 章。因此，他所根据的英译本不太可能是从形式迥异的歌德史诗演变而来。更何况，考尔巴赫系 19 世纪生人，他为歌德作品创作的插图本是在 1846 年问世，郑振铎应是以更晚近的版本作为底本。从很大程度上说，英国各年龄层读者对这部中世纪寓言故事的新热情的确得益于歌德译本，尤其是考尔巴赫插图本的广泛传播，[②] 但从各方证据来看，郑振铎真正据以翻译的底本恐怕另有其源。[③]

　　44 章的散文体结构最早是由荷兰豪达的印刷商杰拉德·卢尔（Gerard Leeu in Gouda）用弗兰德斯语写成的《列那狐的历史》（Die Historie van Reynard die Vos）所创。尽管该版随后陆续再印并略有增减（1485/1487/1498/1564），但英国出版家卡克斯顿正是将这个版本译入英语世界。[④] 经过多重比较，郑振铎据以翻译的底本很可能是亨

---

① 文基:《译序》，载文基译述:《列那狐的历史》，上海: 开明书店，1926 年，第 1-2 页。

② Kenneth Varty, "Reynard in England: From Caxton to the Present," in *Reynard the Fox: Social Engagement and Cultural Metamorphoses in the Beast Epic from the Middle Ages to the Present*, Ed., Kenneth Varty, New York and Oxford: Berghahn Books, 2000, pp. 172-174.

③ 有论者以为，20 世纪的《列那狐》汉译本 "大部分译自德国诗人歌德改写的 *Reineke Fuchs* 英译本转译的"，并将郑振铎的译本也包括在这个谱系之内。见李耀宗:《汉译欧洲中古文学的回顾与展望》，《国外文学》2003 年第 1 期，第 25 页。但这一说法值得商榷。

④ N. F. Blake, "William Caxton's *Reynard the Fox* and His Dutch Original," *Bulletin of the John Rylands Library*, 1964, Vol. 46, No. 2, pp. 299-300.

利·莫雷（Henry Morley）于 1889 年编辑、由英国伦敦劳德里奇公司（G. Routledge & Sons）出版的《列那狐的历史》或其衍生本。亨利·莫雷是英国维多利亚时代的英语教授，他于 1889 年启动"卡里斯布鲁克图书馆丛书"（Carisbrooke Library Series），《列那狐的历史》收入第五卷《早期散文传奇》（*Early Prose Romances*）。① 莫雷选编的《列那狐的历史》是对 1481 年卡克斯顿英译本的校勘评注本，但在后者的基础上做了必要的拼写修正、语法重构和段落划分。为了适应同时代英语读者的阅读期待，莫雷的诸多文体调整具有明显的时代气息，"使其意义一下子就能出现在读者的脑海中"。② 郑振铎译本中的分节、分段，以及偶尔使用的中英对照的名字，都说明他的行文与莫雷的选编本而不是卡克斯顿的初译本更为接近，只不过删去了每个章节的小标题。因此，郑振铎在翻译《列那狐的历史》时，很可能是参照莫雷教授选编的英文本内容，同时将考尔巴赫插图本中的漫画原封不动地用到自己的译本之中。

那么，郑振铎为什么采用莫雷的选本作为底本呢？从内容来看，莫雷选本的最大特色，便是以学术的名义保留了英语初译本中的 44 个完整章节，其中包括列那狐被释放的结局。因此，在郑振铎译本的结尾，列那狐在揭穿国王的虚伪面具之后，还"荣耀的向国王及王后

---

① 在学院工作之余，莫雷教授长期致力于向普通读者推广经典文学。从 19 世纪 70 年代开始，他陆续推出一系列平价文学名著，包括"英国文学图书馆丛书"（Library of English Literature）5 卷（1875—1881）、"莫雷世界图书馆丛书"（Morley's Universal Library）63 卷（1883—1888）、"卡塞尔国家图书馆丛书"（Cassell's National Library）214 卷（1886—1890）、"卡里斯布鲁克图书馆丛书"14 卷（1889—1991）以及"经典诗人丛书"（Companion Poets）9 卷（1891—1892）——以上种种，"是莫雷作为文学推广者为其同胞所做的最高贡献"。James Gairdner, "Henry Morley," in *Dictionary of National Biography, Vol. 39*, Ed., Sidney Lee, New York: Macmillan and Co./ London: Smith, Elder, & Co., 1894, pp. 78-79. 关于上述出版计划，莫雷曾在 1890 年 12 月 20 日写给友人的信件中有所回顾，语气中略带自豪。见 Henry S. Solly, *The Life of Henry Morley*, London: Edward Arnold, 1898, pp. 383-384.

② "Introduction," in *Early Prose Romances, Vol. 5*, Ed., Henry Morley, London: G. Routledge & Sons, 1889, pp. 13-14.

告别"，"此后，狐与他的妻子便快快活活的过着一生"。①换言之，郑译本的列那狐即便在得胜之后，也没有接受森林王国及狮王授予的既定秩序，而是继续逍遥于森林之外的世界。这个情节设置暗含了对狮王统治的嘲讽以及对昏庸群臣的戏谑，这就为郑振铎针砭时弊的社会讽刺提供了版本上的基础。

事实上，《列那狐的历史》在19世纪英国传播过程中经历了儿童化与学术化的分野：前者删减大量不合时宜的内容，以适应儿童或大众读者；后者则力图恢复列那狐传说的原貌，使之呈现出故事最初的完整情节。②郑振铎之所以选择莫雷的选本作为底本，主要是不满于那些以"道德"之名对原作大加删改的通常做法。在《列那狐的历史》译序中，他清楚地指出他的翻译立场，即"编译儿童书而处处要顾全'道德'，是要失掉许多文学的趣味的"。并批评某些英译本"删节了三分之二，至叙到第十四节为止。原书的结局是终于得释，这个英译本，却不欲使狡者得志，竟把他的结果改作：列那被处死，大快人心了！"③郑振铎对所谓"洁本"的批评和对全本的选择表明，在他看来，将列那狐绳之以法的改写方法并非唯一可取的解决之道。当然，他也不是要推崇那些败坏道德的不良文学，而是指出，片面强调文学故事的道德有碍于发挥社会教育的作用。

在底本问题上抛开所谓的道德标签之后，郑振铎开始重新塑造主人公列那狐的形象。在狮王第一次派出白鲁因熊（Bruin the Bear）传唤列那狐时，列那狐以偷吃农人的蜂蜜为诱饵，试图说服白鲁因熊在国王面前声援自己，反诉其他动物的罪行。白鲁因熊果然中计，连

---

① 文基译述：《列那狐的历史》，第112-113页。鉴于《列那狐的历史》单行本与《小说月报》连载版基本一致，出于索引方便，中文引文均出自1926年上海开明书店初版单行本。英文引文则出自Henry Morley, "The History of Reynard the Fox," in *Early Prose Romances*, Vol. 5, Ed., Henry Morley, London: G. Routledge & Sons, 1889, pp. 41-166.

② Saori Tsuji, "Textual Transition and Reception of the English *Reynard the Fox*," unpublished Ph.D dissertation of Fukuoka Women's University, 2016, p. 88.

③ 文基：《译序》，载《列那狐的历史》，第2页。

声答应"如果他有得蜜吃饱，必定与列那成了一个忠诚的朋友，比谁都要好些"。[①] 英文编者将列那狐描述成"泼悍的列那"（Reynart the shrew）并回应道："如果你有七张嘴，我也可以使他们吃得饱饱的。"[②] 又在同一页的脚注中写道，所谓"泼悍"（shrew），实为"满心恶意的骗子"（malicious deceiver）。英文编者是站在教育者的立场向其同时代的英国读者发话，告诫他们列那狐本性恶劣，应作为反面人物加以对待。但郑振铎却反其道而行之。他有意识地删掉原文中标签化的脚注，将列那狐的复杂个性作模糊处理；同时将"泼悍的列那"译为"狡狐"，暗指这只反抗的狐狸兼具狡猾（cunning）与健勇（sturdy）之特质。[③] 英文底本对列那狐的道德化标签还可见于全文结尾处。就在依赛格林狼与列那狐开始决斗之前，当依赛格林狼用一连串不堪入耳的名称，径斥其为"虚伪而令人作呕的恶棍"（Thou false stinking knave）之时，[④] 郑振铎再次用"狡贼"相替代。这在突出列那狐智勇过人，以便为即将发生的决斗做铺垫之外，也一并排除了原文中标签化的道德审判色彩。可见，郑振铎的译笔优先刻画了列那狐的正面形象，并不认为列那狐的个性全无可取之处。

可以说，郑振铎笔下的主人公列那狐不再是那个不符合社会道德规范的反面人物，而是成为一个颇为复杂的"反英雄"（antihero）形象。在文学理论中，"反英雄"往往兼具英雄与恶棍的特质，他们在道德上正邪不明，在行为上不合情理，还声称要实现高尚的目标。[⑤] 纵观全书，列那狐的确带有欺压群兽、满口谎言、作恶多端等诸多缺点。他缺乏英雄人物所应具备的优良品质，如勇敢、道德感或是理想

① 文基译述：《列那狐的历史》，第 13 页。

② Morley, "The History of Reynard the Fox," p. 53.

③ 参考《康熙字典·犬部·六》："又《玉篇》疾也，健也。《战国策》狡兔有三窟。"

④ 文基译述：《列那狐的历史》，第 107 页。

⑤ "Anti-hero," in *A Dictionary of Literary Terms and Literary Theory*, 5th ed., Ed., John A. Cuddon, West Sussex: Wiley-Blackwell, 2013, pp. 41-42. 另参见 Daniel M. Shafer and Arthur A. Raney, "Exploring How We Enjoy Antihero Narratives," *Journal of Communication*, 2012, Vol. 62, No. 6, p. 1029.

主义精神，他的所作所为也多出于一己私利。但郑振铎显然并不认为列那狐的品质一无是处，不再以简单的好坏之别看待列那狐的形象。相反，无论是底本选择还是正文词句，他都有意识地摘去英文本中的道德标签，反而赋予其复杂的人格特质。

1929 年，《开明》月刊刊登一篇书评，特别赞扬了郑振铎所译《列那狐的历史》与众不同的文学特色，即在于"能描写出'列那狐'之一种狡猾，化险为夷，虽数经死地犹能不受损伤"。[①]事实上，郑振铎之所以让这只劣迹斑斑的狐狸"虽九死其尤未悔"，正是为了让其承担起批判森林王国之黑暗的任务，以便让读者真正认识到比列那狐遵循道德与否更为关键的社会危机。可以说，郑振铎翻译《列那狐的历史》的真正目的，就是要教会大众识别社会的真假与善恶。

首先，郑振铎尝试在译作中突显谎言的问题。在第 13 章的第一次宫廷审判中，国王与列那展开了一场关于语言真假的对质："国王说道：'静下来，列那，你这恶贼，奸臣！你的假话（fair tales）造得很好！——但都没有用。'"[②]"fair"原指事物美好之面，并无虚假之意。英文编者在原著中特别为狮王补充说道："你带着这样的花言巧语成为我的朋友，你总是如此待我。你对此应该也是心知肚明。"[③]可见，狮王质疑的是列那狐阿谀奉承的谄媚姿态。但郑振铎的译文却让国王的矛头指向列那狐的谎言，俨然将巧言令色视为虚假本身。这一理解固然有孔子名言"巧言令色鲜矣仁"的教诲（《论语·学而》）在前，不过对郑振铎本人来说，他念兹在兹的核心关切还是世道沉浮之中的人性真假。

就在这段文字之前，列那狐大步流星地走向国王，率先提醒他注

---

① 王绍恭：《列那狐的历史》，第 488 页。

② 文基译述：《列那狐的历史》，第 30 页。原文参考："The King said, 'Peace, Reynard, false thief and traitor! How well can ye bring forth fair tales! And all shall not help you a straw.'" 见 Morley, "The History of Reynard the Fox," p. 71.

③ 原文参考："Ween ye with such flattering words to be my friend, ye have so oft served me so as ye now shall well know." 见 Morley, "The History of Reynard the Fox," p. 71.

意谎话中的危险。在原文中，列那狐说道："请不要轻信这些虚伪的骗子和说话者。"① 其实暗含了对在场其他动物的指涉和批评。但郑振铎的译文却并不限于欺骗者和说话者具体是谁，而是改为提醒国王"不要相信这些谎话"本身。② 而列那狐与依赛格林狼在决斗之前的对话中，依赛格林狼控诉列那狐的一大罪状就是谎话和假话。不过，郑振铎远比原文更敏感于语言使用的规范问题。原文中的依赛格林狼警告列那狐，休想仅凭说话（by thy words）就逃脱惩罚，③ 郑振铎却明示"以美言逃了我"，④ 再度表明美言不信的潜在危险。对郑振铎来说，真正迫切而有意义的问题并不是故事中的真相与谎言具体为何，而是寓言故事中的真假之辨，由此导向对真假、对错、善恶等根本问题的质询，也就是寓言文学的核心价值所在。

在反复提示语言真假的基础上，郑振铎还进一步向读者指出辨别行为真假的重要性。在第一次宫廷辩论中，原文的叙述本来较为复杂，还细致刻画了依赛格林狼、白鲁因熊与特保猫等动物的对话，包括关于列那狐死刑程序的讨论以及他们与列那狐的对峙。⑤ 但郑振铎却并不拘泥于这些次要角色的言论，而是将之大肆删除，以便把更多的篇幅留给列那狐在临刑之前的最后陈词。然而，细读郑振铎的译本却发现，列那狐真正反驳群兽指控的篇幅其实仅占一段。⑥ 在随后保留的十余页篇幅中，郑振铎笔下的列那狐开始向狮王事无巨细地描述一件莫须有的宝藏。⑦ 这番天花乱坠的谎言果然奏效，狮王真的燃起了对那批宝藏的兴趣。郑振铎的翻译进一步突出了国王的贪婪，述其"贪心顿炽"，⑧ 不可断绝，遂将列那狐的劣迹与罪行抛之脑后。列那狐

① Morley, "The History of Reynard the Fox," p. 70.

② 文基译述：《列那狐的历史》，第 30 页。

③ Morley, "The History of Reynard the Fox," p. 156.

④ 文基译述：《列那狐的历史》，第 106 页。

⑤ Morley, "The History of Reynard the Fox," pp. 73-74.

⑥ 文基译述：《列那狐的历史》，第 31 页。

⑦ 文基译述：《列那狐的历史》，第 34-42 页。

⑧ 文基译述：《列那狐的历史》，第 36 页。

随即以寻宝为名，领旨而去，从而在第一次宫廷审判中全身而退。在对原文的删除和保留之间，郑振铎的用心便显露出来。在他看来，列那狐虽然诡计多端，招摇撞骗，但在列那狐亦正亦邪的言辞中，一个更大的关怀则在于对统治者的无情嘲讽和对社会黑暗的尖锐批评。换言之，郑译列那狐故事的真正教诲并不在于"审狐狸"，而是"讽国王"和"评社会"。

再次，郑振铎的译文还不断突破动物寓言的虚实之限，尝试把《列那狐的历史》的批评对象指向人类世界。在莫雷的英文原著中，列那狐对社会现实的指控是层层递进的。在第一次宫廷辩论时，列那狐的自我辩护不过是针对那些控告他的几位动物。他向国王说道："我很知道在这个宫廷上有许多仇人是要害我。但你不要相信这些谎话。他们这些狡猾的及虚伪的骗子，生来便要谋害好人的。"[①] 到了第二次宫廷辩论，列那狐的婶母、母猴绿克娜（Dame Rukenawe the She Ape）便在与列那狐的交谈中，把抨击的矛头扩展到整个宫廷："我想这个宫廷是倒置了。那些狡贼、骗子、会说谎的，都爬上去了，为王与后所信用；至于好的、忠诚的、聪明的人都被抑下了。我不能见这种情形能站得长久。"[②] 婶母这次揭露森林秩序中昏君在位、奸臣当道、黑白颠倒的事实，为列那狐在第三次指涉时的发挥埋下伏笔。郑振铎显然注意到此处的玄机，他的翻译忠实地保留了原意，恰如其分地展现出原文的讽刺口吻。

到了故事的结尾，当列那狐向狮王做最后陈述时，郑振铎竟跳出动物故事的原有设定，直指现实社会中的乱象。英文原著在列举宫中众兽的虚伪本质之后，列那狐总结道："这群虚伪的禽兽（false beasts）就是如此！"[③] 郑振铎却改为："这正是这一班恶贼的情形。"[④]

---

① 文基译述：《列那狐的历史》，第 30 页。

② 文基译述：《列那狐的历史》，第 77 页。

③ Morley, "The History of Reynard the Fox," p. 160.

④ 文基译述：《列那狐的历史》，第 110 页。

纵观全书,原文中使用的"beasts"一词大多是指森林中的众兽,并无特别指涉现实中人。郑振铎的译文一般也处理为众兽,如第 39 节的"杀了许多好动物"(many a simple beast)[1]、第 41 节的"全体的兽类"(all the beasts)。[2] 更何况,就在本段之前,所谓"众兽"明显是指前文提到的偷吃食物的"一大群猎犬"(a great heap of hounds),[3] 并无其他更宽泛的指涉。郑振铎将"动物"改为"恶贼",也就意味着将原文中"以兽喻兽"的指代关系改换为"以兽喻人"的现实指涉。郑振铎的思想关切使他顾不上动物寓言的设定自洽与否,迫不及待地以写实文学的口吻批判起世界的荒诞。

这一改动也引发了后续的文本变动。郑译文紧接着译道:"当他们为爵主时,为所欲为,有力有威,抢夺百姓们的,正如一群饥饿的猎犬一样,这正是他们衔了肥肉在口之时,没有人不赞颂他们,不恭敬他们。有的还助他们为暴徒,从中染指。"[4]列那狐劝告狮王记住自己说的这个"譬喻"(example):"这些日子,这种恶人真多,——他们所做的坏事,比之猎犬偷骨还甚些——他们压迫可怜的人民,卖去他们的自由与特权,只为了一己的利益。"[5] 由于原文是以群兽指代猎犬,故用"例子"(example)一词并无不妥,因为"群兽"与"猎犬"二者并不构成比喻关系。但在郑振铎的改动之后,他的译文已经是用"群兽"类比"人类"。因此,一种新的"譬喻"关系(metaphor)就在"群兽"与"人类"之间形成了。与此相呼应的是,郑振铎在译文中还删去了原文中的地域之限(in towns, in great lords' courts),[6]进一步强调群兽压迫人民是普遍存在的社会现实。随着前文的指称由动物直接改为人类,译文中所指与能指的关系发生显而易见

---

① 文基译述:《列那狐的历史》,第 102 页。

② 文基译述:《列那狐的历史》,第 108 页。

③ 文基译述:《列那狐的历史》,第 109 页。

④ 文基译述:《列那狐的历史》,第 110 页。

⑤ 文基译述:《列那狐的历史》,第 110 页。

⑥ Morley, "The History of Reynard the Fox," p. 160.

的滑动和措置，致使这篇寓言故事的批判不再是对禽兽横行现象的回指，而是指向人类社会的恶行与丑相。

第四节　从虚构到现实的列那狐出版记

在分析郑振铎的文本策略后，我们还须从该作的翻译流变史对这只欧洲狐狸的中国历险作一番考察。这不仅是因为，这些译本无论在底本选择、翻译策略和语言技巧等各个方面都与郑译本有所不同，可以更清楚地评价郑振铎的地位。也正是出于对商务印书馆日渐保守的市场策略之不满，郑振铎才致力于塑造一个全新的反英雄列那狐，并交由他所信赖的开明书店出版。《列那狐的历史》的出版过程进一步揭示了郑振铎在社会现实中的处境及其对社会改造事业的不懈坚持。

郑振铎的译序虽未言明，实则暗含了对《列那狐的历史》第一个中译本的不满，后者正是出自前文提到的孙毓修之手。孙毓修本是光绪二十二年（1896）的科试廪生。1907 年春，他为谦本图《地理读本》(Carpenpten's Geographical Reader) 译本所写的序言博得张元济的赏识，遂于当年 3 月进入商务印书馆编译所工作。[1] 从 1909 年 3 月起，孙毓修开始编写白话"童话丛书"，共计两集约一百零几册。《列那狐的历史》以《审狐狸》为题，位列"童话丛书"第二编第六集。[2] 可以说，列那狐故事的第一个中译本就是作为"童话"的一部分而被翻译的。在孙毓修的使用中，所谓"童话"并不是现代文学建制中某

---

[1]　张元济致沈缦云（1907 年 3 月 20 日）："昨由敝馆总理夏瑞翁交来孙君毓修地理读本叙言十页，云系阁下介绍，愿来馆襄办编译事宜。当与同人展读一过，至为钦佩。孙君现居何处？年岁几何？曾在何处学堂肄业英国文字？抑曾留学外洋？敝处极愿延聘。"见《张元济书札》（中册），增订本，第 683 页。3 月 24 日，孙毓修得见夏瑞芳；3 月 29 日，见张元济："沈缦云约午后同至商务编译所，与张菊生接洽。又见高啸桐。张出《章程》见示，并约何日到所办事。予约以本月十八日（笔者注：即 3 月 31 日）即星期一日也。"见柳和城：《孙毓修评传》，上海：上海人民出版社，2011 年，第 19-20 页。

[2]　《广告》，《申报》，1917 年 6 月 14 日，第 1 版。

种泾渭分明的确切文类，而是几乎等同于"儿童文学"本身。①

1928 年，赵景深详细考察了孙毓修童话丛书中每一部作品的底本，其中《审狐狸》出自英国"儿童丛书"（Books for the Bairns）的第五册《列那狐》。②这套丛书的编者威廉·斯泰德（William T. Stead）是 19 世纪英国著名的出版家、社会改革家和人道主义者。在若干成功先例的基础上，斯泰德于 1896 年 3 月推出"儿童丛书"，选取经典文学名著改编为儿童文学。在斯泰德本人于 1912 年因泰坦尼克号沉船遇难之后，"儿童丛书"由他的女儿续编至 1920 年停刊，共计 288 种。诚然，"儿童丛书"及其他相关图书的出版为英国穷苦儿童带去知识的曙光，但大多数故事的教益其实与维多利亚时代价值观的保守一面极为接近，即"推崇基督教信仰、对君主制的忠诚，以及与人亲善的品格"。③《列那狐》就是这种保守价值观的缩影。

尽管目前暂未找到孙毓修的《审狐狸》译本，但我们仍然可以从其英文底本中一窥原貌。该书全名为《列那狐的历险》（The Adventures of Reynard the Fox），主要以浅显的语言和 200 幅生动的插图吸引儿童读者。全书共分 7 个章节，分别讲述森林动物的抱怨、狮王的征召、列那狐的辩论与决斗，以及列那狐最后的逃脱。但编者并没有

---

① 谢毓洁：《孙毓修与〈童话〉出版》，《中国出版》2010 年第 3 期，第 47 页。孙毓修的传记作者认为，孙毓修心目中的"童话"范围甚广，"把寓言、传说、民间故事，甚至儿童小说都包括在内，成为儿童文学的代名词"。见柳和城：《孙毓修评传》，第 67 页。

② 赵景深：《孙毓修童话的来源》，《大江月刊》1928 年第 2 号，第 3 页。据赵景深的统计，《童话》丛书共出 3 集 102 种：第 1、2 集包括孙毓修编 77 种、沈德鸿编 17 种、其他人编 4 种，共 98 种；第 3 集即郑振铎所编 4 种。其中，孙毓修的故事读本主要有三个来源：Chamber's Narrative Readers、The "A. L." Bright Story Readers、"Books for the Barins" Series。这三套丛书都是英国 19 世纪广为流行的通俗读物，由此可见中国现代儿童文学与英国儿童文学之间的总体关联。

③ Sally Wood, *W. T. Stead and His "Books for the Bairns"*, Edinburgh: Salvia Books, 1987, pp. 11-16. 关于斯泰德 1896 年前后的事迹，参见 Frederic Whyte, *The Life of W. T. Stead, Vol. 2*, London: Butler & Tanner Ltd., 1925, "19. Stead in His Forties—Some Impressions and Memories," pp. 54-77; Grace Eckley, *Maiden Tribute: A Life of W. T. Stead*, Philadelphia: Xlibris Corporation, 2007, "10 Penny Poets: London, 1894−1897," pp. 215-238.

让列那狐反叛到底，而是在结尾处安排其受封为大法官（Lord Chancellor），位居枢密院（Privy Council）一席。也就是说，斯泰德笔下的列那狐接受了狮王的招安，使其由狮王的反叛者转变为他的臣服者。有鉴于此，孙毓修的《审狐狸》或如其标题所示，最重要的信息正在于"恶有恶报"的道德劝诫。

不过，郑振铎译本的书评却从旁观者的角度指出其与中国传统儿童故事的显著不同。1929年《开明》月刊的一篇书评从读者的视角指出，《列那狐的历史》与一般儿童读物的显著差别就在于："其最长处不入我国恶有恶报之结果，实含文学上之价值。惟作童话读，能阅者恐无多，因其中真义颇不易觉也。以之作文学读则可能。"①在这位读者看来，列那狐逢凶化吉的运气实在有悖于传统故事中恶有恶报的道德法则，其狡黠的性格理应视为严肃文学加以阅读。在《小说月报》关于现代儿童文学的一片倡议声中，这则疑问无疑揭开列那狐故事与寓言文学的缝隙。这也无疑表明，郑振铎翻译此书不再以儿童读者为拟想受众，而是视培养民众的反思能力和批判精神为首要目标。

1927年初，又有读者购得列那狐故事的新译本《狐之神通》，为商务印书馆新近所出。查其译者，名"君朔"，其实就是大仲马（Alexander Dumas）名著《侠隐记》（即《三个火枪手》，1907）的译者伍光健。这位读者称赞"这本书译笔非常流丽"，况且"伍先生译书素来用文言文，这本书却完全用语体，我便借这本书回来细看一次"。②伍光健的作品在大众市场中一贯畅销，这位读者对其并不陌生。伍光健于1881年考入天津水师学堂，旅英回国的严复即任教于此。1886年，伍光健受清廷举荐，与其师一样赴英国格林威治皇家海军学院深造，至1891年回国。1905年，他又随五大臣出洋考察，任一等参赞兼口笔译员。1909年，伍光健与严复同时受赐"文科进士出身"。在民国初年短暂涉足政界和教育界之后，伍光健从20世纪20

---

① 王绍恭：《列那狐的历史》，《开明》1929年第8期，第488页。

② 直民：《书报介绍：〈狐之神通〉》，《申报》本埠增刊，1927年3月8日，第5版。

年代起逐渐专事翻译。从《侠隐记》起，伍光健就已经采用白话口语翻译，并广泛借鉴《水浒》的艺术风格，"译笔力求生动精练，对话有神，见出人物个性"。[①]他在《狐之神通》序言中表示："日耳曼大哲学家、大诗人歌德本诸旧籍，以有韵之文，演成是书，诙谐四出，逸趣横生，大抵多饱阅世故致言，盖有深意存焉。英国有译本，行世已久，今以白话散文译之。"[②]也就是说，这个版本是以歌德12章史诗的英译本为基础，以白话散文译成；至于该中译本的定位，则是出于"少年初涉世者所宜知，不仅为茶余酒后之谈助己也"。[③]

虽然标榜以教育孩童为己任，但伍光健的翻译方式深深地打上中国传统文学的烙印。在体例方面，伍光健译本颇留有说书体的影子，每章以"回目"代"章节"，每回以"话说""且说"开场。在行文方面，原著被描写为狮王"临朝听政"、群兽"入朝庆贺"的场景。最重要的是全书结尾的教诲。伍光健写道："看官要知道，现在狐是安富尊荣了。看官读了，就晓得人生世上，遇事都要赶快运用智慧，尊德远恶，这就是这本书的目的。"[④]鉴于这本《狐之神通》收入商务印书馆"小学生文库"第一集（童话类）之中，该作反映了商务印书馆对于混迹社会、圆滑处世的谆谆教诲，而不是对社会压迫的揭露或对民众思想的启迪，价值取向明显趋于保守。

相比之下，郑振铎笔下那只特立独行的狐狸就与安身立命的世俗观念相当格格不入，他所采用的"以兽喻人"讽刺手法反映出他对西方寓言传统的深入理解和认识。根据索尔斯伯里（Joyce E. Salisbury）对中世纪动物观的研究，动物寓言在12世纪左右的发展标志着人对动物的观念发生转变，即不再将人与动物视为截然不同的两个物种，而是认为动物也可以被想象为像人类一样行动，拥有人类那样的人格

---

① 伍蠡甫：《伍光健与商务印书馆》，载商务印书馆编：《1897—1987商务印书馆九十年——我和商务印书馆》，北京：商务印书馆，1987年，第80页。

② 《序》，载君朔译：《狐之神通》，上海：商务印书馆，1926年，第1页。

③ 《序》，载君朔译：《狐之神通》，第1页。

④ 君朔译：《狐之神通》，第167页。

特性，并能为人类的行为提供范本。^①有一位 13 世纪的学者写道："人们都认为动物能展现人的特征，具有自觉意识的动机，甚至是某些道德标准。"^②这种认识一直延续到文艺复兴甚至更近的时代。郑振铎正是在《列那狐的历史》中发现了中世纪寓言显著的社会批评功能，从而绕开了这部作品在英国维多利亚时代童话式的流行改写，赋予其社会教育和社会批评的公共功能。但更重要的动力则来自郑振铎对中国社会现实的关切。

在列那狐故事的众多中国译者中，郑振铎最终转变了寓言仅仅从属于儿童文学的粗浅看法，而转变的契机在于五卅惨案的发生和五卅运动的爆发。1925 年 5 月 30 日下午，郑振铎本欲逛书店。"车子走在南京路，看见两旁站着许多气概凛然，态度凶横的英捕与不穿制服而带着枪械的英人，有的横立在路中，好像有什么严重的警备。"当别人告诉他巡捕开排枪，打杀了几十个学生时，他觉得"这如一个震天动地的大霹雳，使我惊吓得好一会不能开口。我如在梦中。这也许是在做梦罢！南京路，开排枪，杀死学生，这几件事怎么会联结在一处的?！我绝不相信，绝不相信！"^③这就是震惊中外的五卅惨案。为了抗议此前工人顾正红在与日籍资方交涉中遭到无理枪杀，并要求释放因声援工人罢工而被捕的百余名学生，2000 余名学生在当天下午齐聚上海南京路，与公共租界警方发生冲突。当人群涌到老闸捕房门前时交涉，双方再次陷入激烈对抗。英籍捕头开枪打死打伤十余人，另有多人被捕入狱。上海工部局随即宣布戒严。可是，当郑振铎与友人于当天晚上再次前往南京路时，却看到一番灯红酒绿的平静画面，仿佛什么事情都没有发生过。"灯火闪耀的明亮着，语声，笑声，笙歌声，依然的。店门大张着，顾客陆续进出的，依然的。要不是老闸捕

① Joyce E. Salisbury, "Human Animals of Medieval Fables," in *Animals in the Middle Ages: A Book of Essays*, Ed., Nona C. Flores, New York and London: Garland, 1996, p. 49.

② Beryl Rowland, *Blind Beasts: Chaucer's Animal World*, Kent: Kent State University Press, 1971, pp. 10-11.

③ 西谛：《街血洗去后》，《文学周报》第 179 期，1925 年 6 月 28 日，第 59-60 页。

房门口戒备森严，要不是巡捕骑在马上，手执着鞭，跑上行人道，在驱打人，我绝不相信下午是有空前大残杀事件发生。"①

五卅惨案的发生使郑振铎意识到知识人内部的不同反应。好友俞平伯一度提出"雪耻必先克己"的保守主张，声称："勇者自克，目今正是我们自克的机会。"②新文化阵营的盲视与软弱可见一斑。郑振铎迅速予以回击。他在《文学周报》上不点名地批评俞平伯的容忍态度，痛陈："这种态度，确是我们中国人的传统态度。不彻底革除，想在重重的压迫下翻身是万万不能够的。"③郑振铎的不满并非出于个人意气之争，而是发自对全民麻木不仁的痛心："我不明白，我们民族的举动为什么如何的迂缓迟钝！""唉！迂缓，麻木，冷酷？！为什么？我任怎样也揣想不出。"④他在5月17日的《文学周报》上批评国人性情"懒惰"，在文学上留恋于对"闲情的享乐生活"的歌咏。他焦虑而紧迫不安地指出："此习不改，我们准备着做人家奴隶便了。"⑤不等俞平伯回应，郑振铎又在7月10日的《小说月报》卷头语上号召新文学的读者："沉睡者，起来，起来！无辜者的血，如红霞似的挂在大雷雨后的天空。"⑥他在别处继续写道："'五卅'事件以后，这种'顺民'的态度似又要变动。然而将向那一方面变呢？……是的，卑鄙的'顺民'态度，是可以暂时的除去了。然而，如不给他们以正当的指导与相当的常识，则此次运动的结果，也不会得好的。"⑦9月13日再次发表批评："我们的民众是一泓止水，能被风雨所掀动的只是浮面的一层，底下的呢，永远是死的，寂静的，任怎样也鼓荡不动

---

① 西谛：《街血洗去后》，第59-60页。

② 平伯：《雪耻与御侮》（6月15日作），《语丝》1925年第32期，第2-4页。

③ 西谛：《杂谭》，《文学周报》第180期，1925年7月5日，第72页。

④ 西谛：《迂缓与麻木》（1925年6月2日追记），《文学周报》第180期，1925年7月5日，第68页。

⑤ 西谛：《短话》，《文学周报》第173期，1925年5月17日，第16页。

⑥ 郑振铎：《卷头语》，《小说月报》1925年第7号，扉页。

⑦ 西谛：《叙拳乱的两部传奇》，《文学周报》第185期，1925年8月9日，第106-108页。

他们。他们一丝一毫的反抗思想和前进意志都没有。""他们又是最自私的，最现实的，眼光只能射到最近的一道圜线。""根柢不稳固，便什么华丽的屋都将建筑得不好。我希望在止水的上层的讲到什么主义，什么政治理想之前，先要注意到这止水的下层。"① 郑振铎对《列那狐的历史》的翻译凝聚了他对于启迪大众的良苦用心。在低沉的社会氛围和沉默的民众面前，他认识到启蒙和抗争依然是一项迫切而艰巨的任务。

　　但郑振铎本人选择了一条奋起反抗的道路。五卅惨案的爆发促使上海总工会成立，继而在全国范围内掀起声势浩大的工人运动和反帝运动。上海租界当局随即施压，致使新闻界万马齐暗，对五卅惨案的真相鲜有报道。② 这场风暴让郑振铎直观地认识到帝国主义势力的真实存在。③ 而在压迫的氛围下，觉醒和斗争便成为郑振铎这一时期文学写作的主题。他当即决定以勇敢而犀利的笔墨公开抗议。6月3日，他与王伯祥、叶圣陶、胡愈之等商务编译所同人共同发行《公理日报》，以此为平台发出勇敢的宣言和揭露黑暗的战斗檄文。《公理日报》的编辑部和发行部设在位于商务宝山路总厂附近的郑振铎家中。"每天从早到晚，领报的、送稿的、采访的人来来去去络绎不绝，真可说'门庭若市'。"④ 然而，《公理日报》仅仅发行到6月24日就遭停

① 西谛：《止水的下层》，《文学周报》第189期，1925年9月6日，第142-143页。本文又于9月13日由《京报副刊·救国特刊》转载，并有主编顾颉刚的按语。
② 茅盾在小说《虹》中借梅女士嘲讽当时的舆论管制："昨天的大事件竟没有评论。在第三张上找到纪事了，也只有短短的一段，轻描淡写的几笔。她使劲把报纸摔在地下，匆匆跑出去将上海大大小小各报一股脑儿买来，翻了半天，纪事是相同的，评论间或有，也是不痛不痒地只说什么法律解决，要求公道，那一类话。"茅盾：《虹》，上海：开明书店，1930年，第375页。《虹》是茅盾的第二部长篇小说，前三章初刊于1929年6、7月的《小说月报》第20卷第6、7期。1930年3月，《虹》全书的初版单行本由开明书店发行。小说的结尾就是以五卅事件及其后的游行抗议活动收场。
③ 王伯祥在1925年5月30日的日记中写道："我闻之，愤不能遏，痛心于外来帝国主义之暴横，亦惟有努力铲除之而已。晚饭后赴尚公受日文课，然无心听讲，默念痛愤而已。"见《王伯祥日记》（第1册），第254页。
④ 高君箴：《"五卅"期间的一张报纸》，《文汇报》，1980年5月25日，第4版。

刊。表面上看，停刊的原因在于经济和人力的不足。① 但郑振铎却看到背后更复杂的社会角力和仍待启蒙的冷漠人心。由他起草的《停刊宣言》总结道，他们除了认识到奸商、报阀、军阀及其他势力的卑劣嘴脸，以及"'公理'是要实力来帮助的"真理之外，"益明了我们大部分中国人民及一般所谓'绅士'者的态度与性格"，即"他们一点感情之火也没有。像如此的震动全人类的大残杀案，他们对之却反漠然淡然"。②

为了在这种社会压迫中继续从事社会启蒙的事业，郑振铎不得不采取一种"意在言外"（writing between the lines）的隐喻式写作方法。美国政治哲学家列奥·施特劳斯（Leo Strauss）曾提出"迫害与写作艺术"的著名说法。施特劳斯认为："迫害产生出一种独特的写作技巧，从而产生出一种独特的著述类型：只要涉及至关重要的问题，真理就毫无例外地透过字里行间呈现出来。"③ 所谓"迫害"的概念外延很广，从最残忍的宗教判决到温和的社会排斥都包括在内。而在五卅之后的社会压力之下，隐喻式的文学写作就成为知识分子重新教育社会的常见做法。例如，在《公理日报》短暂的发行期里，郑振铎设立"裁判所"专栏，特别提到："被裁判的罪人有自己申辩的权利。在这里被提及的，如其不服裁判，尽可来函剖白。只要他有坚强的证据，正当的理由，我们很愿意给他平反。"④ 当年六月初，上海总商会会长虞洽卿于由京来沪调解，《公理日报》主编之一叶圣陶即以笔名"秉垂"在6月6日的"社会裁判所"栏目发文嘲讽。在后来创作的小说《英文教授》中，叶圣陶又借主人公董无垢向"全上海民众公共的

---

① 王伯祥在1925年6月23日日记中写道："《公理》经济人力都已不继，因公议明日出版后即停。"见《王伯祥日记》（第1册），第262页。

② 郑振铎：《〈公理日报〉停刊宣言》，载《郑振铎全集》（第3卷），第42-44页。本文初载《公理日报》1925年6月24日。W

③ 列奥·斯特劳斯著，刘锋译：《迫害与写作艺术》，北京：华夏出版社，2012年，第19、26页。

④ 叶至善：《父亲长长的一生》，南京：江苏教育出版社，2004年，第83页。

喉舌"日报投稿的情节，含蓄地表达出"第一回使用了'打倒帝国主义'的语句"的抗争立场，同时也嘲讽了知识界对于帝国主义的分歧认识。[①]9月20日，《文学周报》刊登一篇讨论古罗马黑暗时代法庭的来稿，郑振铎以主编的身份写下一段意味深长的按语："读了希圣先生的一篇文章后，我记起，仿佛也曾有一次参观过这样的一个法庭的审判。总之，黑暗的幕，罩于罗马人民的，现在似还罩在我们这里的人民头上。"[②]在郑振铎笔下，西方历史上的"至暗时刻"成为中国社会陷入启蒙低潮的现实隐喻。

正如叶圣陶之子叶至善所言，"假借的事实何止这一件"。[③]此时的郑振铎也频频将目光投向虚构写作，猫、兔、狐、鸦、蝉等动物形象一再成为他的写作对象。对于一位历来强调"为人生的艺术""文学改造社会"的现实主义作家来说，写作风格发生如此明显的变化尤值得注意。事实上，正是为了寻找一种继续发声和继续启蒙的办法，兼具人性教育与社会批判功能的寓言文体才获得郑振铎的特别关注。为了实现"隐微书写"的目的，郑振铎在列那狐故事中还将原书正文前后的教训一并删去，仅仅把对现实的指涉和批判严格限定在原著故事之内。这至少是出于三方面的考虑。

第一，郑振铎在总体上删除寓言体故事的文末启示（epimythium），就使《列那狐的历史》这部作品成为一个更加隐蔽的社会批评文体。众所周知，寓言故事往往在结尾处另有一段启示，以概括全文

---

① 小说《英文教授》颇具叶圣陶本人的自传色彩。它讲述了英文教授董无垢留学回国任教的经历，其中五卅事件后的情节与商务编译所同人的现实活动极为相似。见叶圣陶：《英文教授》，载氏著：《四三集》，上海：良友图书印刷公司，1936年，第309-348页。1964年秋，叶圣陶与其子叶至善访问福建，在福州遇到一位先生。事后，叶圣陶说："这位先生是商务的朋友，从前是国家主义派，一同编过《公理日报》。我在一篇文章里用了一句'打倒帝国主义'。这位先生说这句共产党的口号，《公理日报》不该用，两个人还吵过几句。"见叶至善：《父亲长长的一生》，第80页。

② 西谛：《〈黑暗时代法庭之一幕〉编者按》（1925年9月12日作），《文学周报》第191期，1925年9月20日，第160页。

③ 叶至善：《父亲长长的一生》，第81页。

的寓意，使之成为一种更具普遍性的教义。这个结构一方面与中国传统史传中的平行结构相似（"太史公曰"），另一方面本身也具有极强的弹性，因此在以林纾为代表的晚清寓言翻译中风行一时，往往成为针砭时弊、微言大义的关键段落。① 但在政治高压的环境下，郑振铎的删减使得译文故事具备了一种更为隐蔽的话语策略，而其译文之中又往往隐含着对现实的指涉，可见他的批判性并没有因此而削弱。

第二，《列那狐的历史》原作诞生于中世纪教会统治的时期，其中的道德教条很大程度上是在讽刺当时黑暗的教士阶级。在郑振铎所删除的原作结尾，当列那狐告别狮王、走在回家路上时，英文编者还插入了一段直指现实的评论，哀叹列那狐的花言巧语和多端诡计早已成为当今社会通行的技艺。原文写道："教士们现在去罗马，去巴黎，去其他许多地方，就为了学习列那的技艺：无论他是教会中人还是世俗之人，人人都在按他的方式行事生存。"② 莫雷出于学术目的保留原文，本无可厚非，而郑振铎出于社会批判的现实需要，则视之为非必要的段落。

第三，郑振铎的删减表达了与原作殊为不同的思想定位。在英文原书中，列那狐在开启他的历险之前还有一段编者所加的话外音，开宗明义地点出寓言的意义所在："在历史上，人们创作出寓言故事、良善教训和许多值得铭记的要点，就可以凭此掌握日常事务的精妙知识。这些知识往往深藏于领主和教士的精神与世俗的忠告之中，也在

---

① Leo Chan Tak-hung, "Liberal Versions: Late Qing Approaches to Translating Aesop's Fables," in *Translation and Creation: Readings of Western Literature in Early Modern China, 1840–1918*, Ed., David Pollard, Amsterdam/Philadelphia: John Benjamins Publishing Company, 1998, pp. 57-78. 林纾在翻译伊索寓言时常常将狼与羊的故事处理为弱肉强食的国族隐喻。见 Michael Gibbs Hill, *Lin Shu Inc.: Translation and the Making of Modern Chinese Culture*, Oxford: Oxford University Press, 2012, "Chap. 6: The National Classicist," pp. 156-191. 中文版参考韩嵩文（Michael Gibbs Hill）:《归化翻译的界限》，载王中忱，刘晓峰主编:《东亚人文》（第一辑），北京:生活·读书·新知三联书店，2008年，第283-302页。

② Morley, "The History of Reynard the Fox," p. 164.

商人与其他俗众的智慧之中。这本书就是为所有善人的需求和利益而做，只要他们阅读或听讲，就能理解并领会前述这些日常世界中的微妙谎言。这不是要人们加以运用，而是希望每个人让自己远离这些善于欺诈的坏人，不再受骗……"[1]这段文字表明，即便是在学术本中，维多利亚时代的英文编者依然倡导一种劝人避祸、明哲保身的处世哲学。郑振铎删去此条教诲，再次反映他对原书的思想定位在于严肃的社会批判和思想启蒙，而不是明哲保身的混世教育。

1926 年 1 月，即《列那狐的历史》连载完的次月，郑振铎紧接着发表了一篇看似并无直接关系的动物散文《失去的兔》，却发出同样犀利而辛辣的讽刺。他毫不留情地指出："世上有许多人，贪官、军阀、奸商、少爷等，他们却都不费一点力，不担一点惊，安坐在家里，明明的剥夺、偷盗一般人民的东西，反得了荣誉、恭敬，挺胸凸腹的出入于大聚会场，谁敢动他们一根小毫毛。古语说，'窃钩者诛，窃国诸侯'真是不错！"[2]"以兽喻人"的隐微写作方式也从《列那狐的历史》之翻译延续到他的文学创作之中，成为他在社会高压下坚持社会批判和社会教育的特殊方法。甚至到 1933 年，在一篇有关中国文学遗产的文章里，郑振铎还不忘以列那狐的故事为例，告诫时人："我们的人群里，自古来，便有许多不是渴欲饮血，'欲苦苍生数十年'的英雄的模式的人物。他们具有伟大、和平的心胸，救世拯溺的热情，精敏锐利的眼光，与乎丰富繁赜的想象，以不忍人之心发为不忍人之呼号。他们的工作的结果是伟大而永久的。"[3]刻画列那狐的反英雄形象、发挥其反抗压迫的示范作用，无疑具有迫切而重大的现实意义。

1926 年 6 月，《小说月报》第 17 卷第 6 期登出一则介绍《列那狐的历史》的广告，其中写道："文基君把它译成中文，曾刊于本报

---

[1] Morley, "The History of Reynard the Fox," p. 43.

[2] 西谛：《失去的兔》，《小说月报》1926 年第 1 号，第 1-7 页。

[3] 郑振铎：《中国文学的遗产问题》，《文学》1934 年第 6 期，第 956 页。

第十六卷，颇受读者欢迎。现经译者加以修正，出版单行本，为文学周报社丛书之一，并附有 Kaulbach 所绘极著名的插画三十余幅。全书用上等瑞典纸精印，实价大洋五角，由上海宝山路宝山里六十号，开明书店发行，特此介绍。"[1]8月1日，开明书店开张，包括《文学周报》和"文学周报社丛书"在内的诸多新文学著作均与其订立合约，委托其发行。为迎接开店盛况，以上书籍"特售廉价一月，书籍杂志，既照原定价八折，并另赠长期优待券等"。《列那狐的历史》就在"文学周报社丛书"之列。[2]问题在于，列那狐故事最初是在《小说月报》上刊载的，为什么单行本不由商务印书馆发行，而是交给新近成立的开明书店呢？

应该指出，虽然文学研究会的许多成员都在商务印书馆任职，但他们的身份认同与其说在于商务这块出版招牌，不如说是出于文学研究会自身的共同体意识。一贯以来，他们都依托文学研究会刊物《文学旬刊》发表独立的言论和意见，并不受商务印书馆的制约。1923年7月30日，《文学旬刊》第81期头版登出"本刊改革宣言"，宣布更名为《文学》，并改旬刊为周报。推出这项举措除了出于即时性的出版考虑之外，也是为贯彻文学改革的立场而起意。改版后的《文学》宣布仍以游戏文学和过时文学为"敌"，以改革社会的进步文学为"友"。[3]从1925年起，文学研究会在郑振铎的领导下正式将《文学》收回自办。[4]5月4日，第171期刊登"《文学周报》独立出版预

---

[1] 《介绍〈列那狐的历史〉》，《小说月报》1926年第6号，第4页。

[2] 《本埠新闻：开明书店明日开幕》，《申报》，1926年7月30日，第15版。周佳荣说："开明书店出版过一套'文学周报社丛书'，从1926年至1930年，共出版了二十种，包括小说、诗集、文学概论等，都是文学研究会会员的作品，其中部分是译著。"但周佳荣所列"文学周报社丛书总目"并没有包括《列那狐的历史》，应有误。见周佳荣：《开明书店与五四新文化》，香港：中华书局，2009年，第72-73页。

[3] 《本刊改革宣言》，《文学》第81期，1923年7月30日，第1版。

[4] 《文学》独立一事始于1924年上半年，王伯祥日记对此过程记录颇详。1924年3月17日，文学研究会讨论认为，"《时事新报》允改良，而我们终不满意。或者必至收回耳"，但当年并无实质进展。1925年1月8日，郑振铎召集众人在家中开会，"盖《文学》独立出版事已有头绪，今夕特开委员会商量进行方法也"。3月12日写道："下午

告"，宣布："本报创刊于 1921 年 5 月，向附于《时事新报》发行，至今已有四年。现在本报同人决定由第 172 期起（5 月 10 日出版）将它从《时事新报》收回，自行出版。自五月十日起完全脱离《时事新报》而独立发行。"① 如其所述，5 月 10 日《文学》改为《文学周报》，并刊文展望今后建设的方向：第一，"文坛的现状，固未可乐观"；第二，更重要的是，"一般民众却更无进步；到处都可见出混乱的，无常识的，无秩序的病象。……老实说，现代的中国民众，离开现代的世界的生活不知有多少里远呢"。②

郑振铎等人对于文学改造社会的进取精神，与商务印书馆在 20 年代中期以后逐渐回归商业的调和策略形成鲜明的对照。在王伯祥的日记中，知识分子群体与商务印书馆方的市场考量屡屡发生碰撞，双方的合作开始出现缝隙。③ 在 1925 年 4 月的上海闸北市选举中，商务擅自代替员工投票的做法已经引起郑振铎等人的联名抗议。诚如王伯祥所言："此函本为预警将来之再敢抹煞同人个人之意志也。呜呼！商人之行径真不堪设想若是耶！"④ 而五卅运动的爆发，不仅让改革者们认识到帝国主义势力与北洋政府相互勾结的丑态，也最终让商务内

四时，君畴来访，至散馆时去。我则与圣陶同至振铎所集会，商《文学》独立后办法。"4 月 21 日写道："依时入馆工作。散馆后在振铎所集议《文学》独立出版事。"见《王伯祥日记》（第 1 册），第 34、206、227-228、241 页。

① 《〈文学周报〉独立出版预告》，《时事新报·文学》第 171 期，1925 年 5 月 4 日，第 1 版。同日，王伯祥被推选为发行干事。王伯祥 1925 年 5 月 4 日日记中写道："《文学周报》社推我为发行干事，从此将牵著冗碎，不能摆脱矣。我性畏琐碎，偏有此麻烦来相纠缠，深以为苦。然为友所迫，竟不得不勉强将顺也。"见《王伯祥日记》（第 1 册），第 246 页。

② 《今后的本刊》，《文学周报》第 172 期，1925 年 5 月 10 日，第 2 版。同日出版的《小说月报》第 16 卷第 5 期予以介绍。

③ 例如，当读到孙毓修编修的名著《中国雕版源流考》，王伯祥一边赞叹作者才华出众，一边感慨其晚年潦倒是因为商务方面的失职。"资本家狠心如此，真令人不甘为之宣劳也。"针对商务日常管理状况，王伯祥也多有批判："馆中用人真不对，一切听差，上海气息总太重，从前人说，入其国，问其禁，知其俗也，今人本馆，便了然于资本制度未改以前的劣况了。一切资本场合，当均作如是观。"见王伯祥 1924 年 3 月 17 日、5 月 21 日日记，《王伯祥日记》（第 1 册），第 34、64 页。

④ 王伯祥 1925 年 4 月 18 日日记，《王伯祥日记》（第 1 册），第 240 页。

部的劳资矛盾暴露无遗。因此，我们不应该忽略，《列那狐的历史》最初在《小说月报》上连载时，就是与郑振铎投入五卅后的社会抗争活动同时进行的。

1925年下半年，商务至少发生三次罢工事件。在六月的第一次罢工中，郑振铎即在6月21日当选为商务印书馆工会的23名执行委员之一。[1] 在八月的第二次罢工潮中，发行所、印刷所、总务处职工联合发表《罢工宣言》并提出复工条件。8月24日，商务印书馆编译所参加罢工，郑振铎选为谈判代表之一。[2] 8月25日，商务印书馆三所一处工会代表开会，郑振铎作为编译所代表之一，入选由13人组成的罢工中央执行委员会。[3] 至8月27日，终于达成协议。8月29日，编译所成立同人会，郑振铎当选为起草委员。[4] 这些活动甚至对郑振铎的家庭生活也造成影响，因为高梦旦也被选为商务资方代表，翁婿二人常常在谈判中对峙。郑振铎不得不与高梦旦私下"约法"，"就是谈判桌下决不谈有关罢工的一个字"。[5]

当商务印书馆于1925年12月第三次出现人员动荡后，资深编辑章锡琛也在裁员之列。此事与商务工人罢工并无直接关系，主要原因或许是他在12月中旬提前两周刊出原定于1926年1月出版的《新女性》创刊号，[6] 与商务出品的《妇女杂志》相冲突。这成为他最终被裁

---

① 陈福康编：《郑振铎年谱》（上册），第120页。

② 1925年8月24日："圣陶来言，今日编译所同人亦宣示加入罢工，补正要求条件。执行委员已选出十一人，晓先、雁冰、致觉、振铎、予同等俱入选，圣陶则为候补第一人。公司当局未必肯承此，大约风潮不能即解也。"见《王伯祥日记》（第1册），第283页。

③ 1925年8月25日："商务同人罢工，已由印刷所工会、发行所职工会、编译所同人会及总务处职工会联合一致共组中央执行委员会，发布宣言，为对外最高机关。编译所所派选之执行委员为沈雁冰、丁晓先、郑振铎三人。"见《王伯祥日记》（第1册），第284页。

④ 王伯祥日记1925年8月29日，《王伯祥日记》（第1册），第285页。

⑤ 郑尔康：《石榴又红了》，第132-134页。

⑥ 章锡琛早在1912年1月便进入商务印书馆的《东方杂志》工作。当茅盾于1921年1月成为《小说月报》改革号的主编时，章锡琛也出任《妇女杂志》主编。1925年1月，由章锡琛、周建人主编的《妇女杂志》"新性道德号"掀起性解放、婚姻改革的风暴，

的导火索，从而却也引起郑振铎对商务印书馆方的强烈质疑。早在章锡琛于 1925 年 8 月被调至国文部选注章学诚的《文史通义》时，郑振铎就已经对商务高层的处理方式大为不满。[①]12 月 22 日当日，由于商务工人罢工，编译所员工入馆上班受阻，遂转至郑振铎家中商谈。众人临时动议为编译所同人章锡琛践行，便往餐馆用餐，至三时许散出各归。王伯祥在当日写下"雪村（笔者注：章锡琛别名）勤于事而见裁，当局者亦太聩之矣"的感慨。[②]但这恐怕未必是王伯祥个人的牢骚，也是文学研究会同人的普遍情绪。1926 年初，章锡琛酝酿创立开明书店。郑振铎是出钱出力最多的朋友之一。[③]在 1926 年上半年，郑振铎还和章锡琛共同获邀，赴"白马湖系"创办的立达学园任教，并加入立达学会，试图推行独立的教育理念和文化事业。[④]7 月 20 日，郑振铎在家中与王伯祥、章锡琛等商讨《文学周报》的转让办

引起社会各界的轰动甚至反击，包括来自当局的严重警告。这很可能已经引起编译所所长王云五的不满。五卅惨案后，章锡琛又以"妇女问题研究会"的名义参加"上海学术团体对外联合会"，并在商务的劳资对峙中支持劳方，加剧了馆方对其不满的态度。见章士敫：《章锡琛先生传略》，载中国出版工作者协会编：《我与开明》，北京：中国青年出版社，1985 年，第 173 页。章锡琛曾主动提出辞职，商务虽然接受但并不准其离馆，至 1925 年底，章锡琛已酝酿主编《新女性》。有关章锡琛被商务印书馆辞退的原因分析，较全面而理性的分析可参见章雪峰：《中国出版家·章锡琛》，北京：人民出版社，2016 年，第 80-88 页。

① 吴觉农：《我和开明书店的关系》，载中国出版工作者协会编：《我与开明》，北京：中国青年出版社，1985 年，第 81 页。

② 王伯祥 1925 年 12 月 22 日日记，《王伯祥日记》（第 1 册），第 322 页。

③ 章锡琛：《章雪村先生关于店史的报告》，载记者：《开明书店二十周年讲演录》，《明社消息》1946 年第 17 期，1946 年 12 月 31 日，第 4 页。

④ 1926 年 3 月 6 日，立达学园开学，郑振铎被聘为教师。3 月 23 日，郑振铎当选立达学会常务委员会委员。6 月 12 日，立达学园夏丏尊等人借商务印书馆召开立达同人集会，商议成立"立达学园文艺院中国文学系"。见陈福康：《郑振铎年谱》（上册），第 134、135、140 页。王伯祥于 3 月 25 日写道："夜六时，立达学会在悦宾楼聚餐，欢迎我与圣陶、振铎、石岑、雪村、乔峰等人加入。"见《王伯祥日记》（第 2 册），第 98 页。详见陈星、陈净野、盛秧：《从"湖畔"到"江湾"——立达学园、开明书店与白马湖作家群的关系》，《浙江海洋学院学报》2007 年第 2 期，第 8-14 页。关于郑振铎与白马湖作家群的思想关系，详见本书第四章分析。

法，并与开明书店订立印行合同共计 14 条章程。① 同年 11 月，《文学周报》至 250 号结束独立编辑的阶段，从第 251 号起交由开明书店承印发行。② 正是在这样的背景下，郑振铎翻译的《列那狐的历史》最终列入"文学周报社丛书"，交由开明书店出版。

通过《列那狐的历史》的翻译，郑振铎将这部寓言文学从儿童故事的桎梏中解放出来，重新赋予其社会教育的现实意义。在该作译文中，郑振铎塑造了一个不同于传统道德故事的反英雄形象。列那狐虽然巧舌如簧、四处树敌、劣迹斑斑，但也承担起讽刺狮王贪婪昏庸、批评群臣助纣为虐、揭露森林王国黑白颠倒的责任。在郑振铎笔下，列那狐甚至还时时跳出原有故事的线索，不断将其批判的锋芒指向现实中的人类社会。而从这部作品的出版过程来看，郑振铎也公开挑战了前后多个版本所塑造的列那狐形象。无论是在西方底本还是中国译本的"双重脉络"上，他都发现了《列那狐的历史》的社会批评功能之所在，从而绕开了浅显而流于表面的童话式改写，重新赋予其社会教育的内在意涵和现实意义。郑振铎俨然成为那只决不妥协的狡狐在现实中的化身。他试图带领沉睡中的中国民众重新启蒙，以认清社会的真相和国家的危亡，并勇敢地改造黑暗的社会秩序和既有的道德价值。这也从侧面说明，在社会危机面前，郑振铎不再相信既有秩序或任何旧有势力的效力，而是主张联合民众，作为根本改革的基础。

总之，随着中国现代文学体系的发展，郑振铎在商务印书馆工作期间也开始涉足文学理论的建构工作，无论是在整理中国文学史还是引进世界文学方面都取得了巨大的突破。但这并不意味着，郑振铎

① 王伯祥 1926 年 7 月 20 日日记，《王伯祥日记》（第 2 册），第 437 页。

② 王伯祥 1926 年 11 月 12 日日记："自此之后，已与开明书店说妥，（《文学周报》）归该店承办发行矣。一五一起，改小本，装钉成册，或亦革新之机乎！" 11 月 15 日日记："《文学》发报户名片及代售店户册已交由调孚转开明矣，账籍则尚待整此一下，然后交圣陶。" 11 月 16 日日记："午后在振铎所发《文学》249、250 期，此为'自己动手'之最后一回，下次即须由开明书店任发行事务矣。" 11 月 19 日日记："所有《文学》存根及联益存根等件，今日悉数交开明，由雪村派学徒来车去。" 见《王伯祥日记》（第 2 册），第 474、474、475、476 页。

的文学活动便因此由开放性的社会空间退回到封闭的专业领域，他对儿童文学的创作和译介就是一例。郑振铎相信，要实现社会的整体进步，关键的方法在教育，而培养儿童的思想观念就能为社会的发展埋下希望的种子。在这样的理念下，无论是泰戈尔关于童心与母爱的印度神学散文诗，还是关于冒险、猎奇与戏谑的欧洲狐狸寓言，都成为郑振铎著译视野中有待于创造性叛逆和情境化改写的域外文本。

郑振铎的理念可以再次追溯到吉登斯的社会学说。除了在总体上相信社会发展的精神面向之外，吉登斯尤为推崇"有意识的规划"（conscious planning）的作用。他在《社会学原理》中写道："社会最终发展成一种人们有意识地珍惜的事物，并且越来越成为一种有意识规划的产物。从我们的思想和感情中生发出各种交往（association）形态，他们都是深思熟虑或精心设计所得。因此，社会活动和社会关系也越来越成为人们内心状态的外在产物。"[1]由于人在社会活动中处于核心位置，社会发展的最终目的是要以教育的手段培养人格。吉登斯在谈到人格的形成时指出："虽然这个问题是社会有机体在个人生命的有限历程中的调整，但可以确定的是，社会状况仍然可以决定个体的人格会受到哪些影响，是强化还是弱化；决定哪些建议能出于有意或无意为其思想注入指引，为其情感注入品德，最终为其意志注入决心。或许这最后一点，就是教育哲学的真谛所在。"[2]换言之，为了推动社会的变革与进步，教育同样是一支可资利用的社会力量。[3]个体人格的塑造受到社会条件的深刻影响，故推动社会变革的关键就是以教育的方式完成社会代际的精神变革。

1925年五卅事件的爆发让郑振铎重新直面社会的黑暗。起初，他也通过创刊办报、劳资谈判等方式奋力抗争，但这些公开抗争的手段无一成功。这些挫败反而使郑振铎意识到，社会黑暗的真正根源在于

---

① Giddings, *The Principles of Sociology*, p. 25.

② Giddings, *The Principles of Sociology*, p. 380.

③ Giddings, *The Principles of Sociology*, p. 149.

官方舆论的高压管制和普通民众的漠然态度。可是，郑振铎还是没有贸然投入"主义政治"的漩涡，面对风起云涌的局势和十字路口的选择，他谨慎地重返文学本身。在社会危机之下，郑振铎将看似温和的寓言文体从儿童文学中解放出来，并试图建构一个具有相同社会批判功能的文学共同体。他当然清楚地知道，对文学构成威胁的不再是新旧文学的对抗，也不是新文学同人的策略选择，而是来自政治本身向文学提出的要求和挑战。

第四章 革命潜流：
郑振铎翻译中的俄国影响

　　1922 年 1 月 31 日，《时事新报》副刊《学灯》登出"西谛启事"，宣布郑振铎因事务过忙，辞去《学灯》编辑一职，恳请读者今后将个人通信寄往"上海宝山路商务印书馆编译所"。[①]这意味着，郑振铎的工作重心开始从"研究系"转向商务印书馆。尽管早在 1921 年 5 月 11 日，郑振铎已入商务印书馆编译所工作，[②]但一直身兼两职，左右奔走。在辞去《学灯》主编后的同年底，他又于 1922 年 11 月 21 日连同《时事新报》副刊《文学旬刊》主编的职位也一并辞去，[③]将主要工作完全转到商务印书馆编译所来。不过，郑振铎很快就发现自己面临着提振新文化运动的紧迫任务。

　　出于对出版市场的商业考量，商务印书馆重新向新文化同人历来排斥的通俗文学进军。与此同时，新文化阵营自身也面临着同人离散、停滞不前的内部危机。现实环境的压力促使郑振铎推出全新且有力的文学作品，以振奋文化改革的势头。正是在这样的背景下，郑振铎着手翻译俄国作家路卜洄（又译路卜岑等，V. Ropshin）的长篇小说《灰色马》（*The Pale Horse*）。6 月，郑振铎为这部小说撰写译者引言，表明他已经开始着手翻译。从 7 月至 12 月，《灰色马》在《小说月报》13 卷 7～8 号、第 10～12 号上连载，并于 1924 年 6 月推出单

---

① 《西谛启事》，《时事新报·学灯》，1922 年 1 月 31 日，第 4 版。
② 茅盾：《我走过的道路》（上册），第 181 页；陈福康编：《郑振铎年谱》（上册），第 48 页。
③ 《本刊特别启事》，《时事新报·文学旬刊》，1922 年 11 月 21 日，第 1 版。

行本。这成为他加盟商务印书馆后翻译的第一部长篇小说。在《灰色马》中译本中，郑振铎借主人公俄国社会革命党人的革命态度，宣告了自己对商务印书馆两面讨好的文化策略绝无妥协之意，亦表达了对社会变革坚定不移的决心和信念。除了《灰色马》译作，郑振铎还对俄国无政府主义作品保持着十分浓厚而广泛的兴趣。这种关注可以回溯到《新社会》时期对各类社会变革思潮的广泛关注和批判性接受，而在 20 年代中后期"主义政治"兴起之后的思想图景中，郑振铎的选择具有与众不同的意义，也使其与影响日隆的左翼革命文学话语发生一系列复杂的纠葛。虽然郑振铎一向重视以思想启蒙和文化教育的方式推动社会变革，但我们不应忘记，这种所谓"文化运动"的路径依然是在社会政治运动的压力中进行的。文化变革的主张时刻受到政治的威胁和挑战，作为文化个体的郑振铎一方面需要面对其文化运动的敌手，另一方面也需要不断回应同一阵营就社会运动策略的辩论。

有鉴于此，本章将首先分析郑振铎对于俄国文学的阅读经验及其背后的思想脉络。郑振铎不仅从俄国文学中读出人道主义的文学启示，也从中找到了来自吉登斯"同类意识"理念的思想回声。无论是郑振铎对路卜洵小说《灰色马》的细致翻译，还是对阿志跋绥夫作品的长期介绍，无不是这条思想脉络上的典型代表。在这个基础上，本章亦将分析郑振铎的翻译策略，讨论其如何完成中俄文学思想和革命主张之间的定位转换，从而使俄国革命小说最终汇入中国社会变革的总体进程。

第一节　危险的革命与文学的可能

郑振铎从一开始就选择文化运动的路线，但这个选择并非书斋中的思想试验，而是在真实的社会空间中进行的。现实的紧张从郑振铎的文学生涯开端就清晰地呈现出来。1920 年 5 月 1 日，《新社会》旬刊第 19 期出版，标为"劳动号（三）"，但随即被北洋政府京师警察厅查禁。5 月 20 日，郑振铎致信上海《时事新报》主编张东荪，告知这一结果，理由是北洋当局认为"《新社会》主张反对政府"。郑振铎并不认可这个说法，辩称："其实我们的报上连政府两个字也很少看见，不要说反对之词了，我们是主张从下改造起的。我们正从根本上做工夫，那里有许多工夫去同什么政府反对。他们也不看一看《新社会》，就张口瞎下批评，真是无知识得可怜！"[①]显然，《新社会》主编的自我判断与北洋当局的查禁理由之间存在一定的差距，郑振铎认为该刊是有助于社会改革和进步的文化利器，而北洋官方则视其为潜在的危险。二者的错落之间，暴露出青年郑振铎对于政治环境的认识远未成熟。

个人遭遇如此，整体环境也窘迫不堪。在同一封信中，郑振铎随即谈到新文化出版业所面临的普遍压力："近来他们压制言论的手段用得一天一天的高妙了！权力能及的，就勒令停版，权力不能及的，就暗中在邮局里把你扣留着。你们的《解放与改造》第 8 期至今未到，《星期评论》自 42 号后更一期也没有看见。我想我们对于这些强迫的或卑劣的言论自由的阻碍者，应该有一种方法对付他们才好。"[②]

郑振铎的担心并非空穴来风，只是他有所不知，早在 1919 年 11 月 25 日，浙江督军卢永祥已和浙江省省长齐耀珊联名致电国务院，禀告在浙江境内查禁《浙江新潮》等新式刊物，同时点名提请注意

---

① 郑振铎致张东荪：《通信》，《时事新报·学灯》，1920 年 5 月 25 日，第 2 版。

② 郑振铎致张东荪：《通信》，《时事新报·学灯》，1920 年 5 月 25 日，第 2 版。

《新社会》等同类刊物的思想动向：

> 近来杭州发现一种周刊报纸，初名《双十》，改名《浙江新潮》，通讯处为第一师范黄宗正，大致主张改造社会，家庭革命，以劳动为神圣，以忠孝为罪恶，其贻害秩序，败坏风俗，明目张胆，毫无忌惮。稍有知识者，莫不发指眦裂，已令饬警务处禁止印刷邮寄，并饬教育厅查明通讯处之人与该学校有无关系，呈复核办。以后如续有类此书报，凡违背出版者均当随时严重取缔。惟查谬论流传，本非始于浙江省，以全国推仰之北京大学，尚有《新潮》杂志专肆鼓簧。此外如《新社会》、《解放与改造》、《少年中国》等书，以及《上海时事》新报，无不以改造新社会、推翻旧道德为标志，掇拾外人过激言论，迎合少年浮动心理，将使一旦信从，终身迷罔。好事者又借其鬼蜮行为，觊彼鸡虫得失，于是风发泉涌，惟恐后时，蚁骤蜂屯，如失本性。岂知一发难收，万劫不复，直至荡检逾闲之后，同罗洪水猛兽之灾，天下从此沦胥，无人可以幸免。兴言及此，可为寒心。[①]

　　这则电文源自浙江境内发现的新式刊物，无论是改造社会、家庭革命或劳工神圣等五四新文化倡议，都被北洋当局视为有伤道德、败坏风俗。更严重的是，这些刊物均非浙江本省出版品，而是来自北京大学等新文化运动的中心，以至于包括《新潮》等一众刊物、郑振铎密切参与的《新社会》和《时事新报》，以及郑振铎在致张东荪函中提到的"研究系"刊物《解放与改造》同样赫然在列。至此，北洋当局的态度表露无遗，即查禁一切"以改造新社会、推翻旧道德为标志"的言论，以防其对人心风气潜移默化的影响。

---

① 《卢永祥查禁〈浙江新潮〉等书刊有关文电》，载中国第二历史档案馆编：《中华民国史档案资料汇编》（第5辑第1编：文化），南京，江苏古籍出版社，1994年，第525-526页。

随后，国务院方面在 12 月 2 日和 12 月 4 日两次致电各省督军和省长，通报浙江省的发现。原先浙江上报的诸多地方案例，此时已变成具有全国效力的行政命令："浙江既有发端，各省保无流衍，应即随时严密查察。如果与出版法相违，立予禁止印刷邮寄，毋使滋蔓，以遏乱萌。是为至要。"①

北洋政府与地方势力的通电揭开了新文化运动背后的政治管制压力，也提醒我们不应忘记新文化崛起和流布过程中的文化政治氛围。为了有效控制舆论环境，北洋政府成立初期曾连续颁布《报纸条例》和《出版法》，严格限制各类公开出版物的文字内容和思想倾向，除例行注册登记备案以外，尤其严禁"淆乱政体者""妨害治安者""败坏风俗者"等内容见诸媒体。②特别是对事关政治、军事、外交、党派等内容的限制，北洋政府的态度更为苛刻，京师警察厅可以根据相关法规，随时作出妨害治安或混淆政体的解释。1916 年 7 月，因新闻界和民众反对，《报纸条例》被废止，但京师警察厅多次上报内务部，要求限制通讯社并出台相关法规，并没有放松对新闻业的监管和限制。③

实际上，北洋政府限制的出版活动远不止于败坏道德、有伤风化的内容，预防潜在革命的萌芽才是监管重点之所在。1916 年，京师警察厅和交通部等部门先后查禁《人道》《无政府浅说》《平民之钟》等小册子，罪由在于前者"剿袭西洋均富党之极端社会，谈借人道之名，鼓吹无政府主义"，④后二者属于"上海无政府共产主义同志社宣

---

① 《北京国务院致各省督军省长等电文》，1919 年 12 月 2 日，阎锡山史料，典藏号：116-010108-0011-063，台北"国史馆"藏。

② 《报纸条例》（教令第 43 号，民国三年四月二日）和《出版法》（民国三年十二月五日），载戴鸿映编：《旧中国治安法规选编》，北京：群众出版社，1985 年，第 120-128 页。

③ 丁芮：《管理北京：北洋政府时期京师警察厅研究》，太原：山西人民出版社，2013 年，第 85-88 页。

④ 《京师警察厅请内务部通行各省查禁〈人道〉详》（1916 年 2 月 9 日），载中国第二历史档案馆编：《中华民国史档案资料汇编》（第 5 辑第 3 编：政治），南京：江苏古籍出版社，1999 年，第 676-677 页。

言书暨同志社致无政府党万国大会书"。① 进入 1919 年以后，北洋政府各部门之间有关查禁违法出版品的电文往来更加频繁。5 月 5 日，内务部密电各省区长官转饬警察机关，又有交通部训令邮政总局及各地方邮局，按照违法出版法处理《进化》《民声丛刻》《工人宝鉴》《太平》等刊物，理由是"以鼓吹社会革命及无政府共产同盟罢工等事为宗旨"。② 五月以来，浙江、陕西多地发现《兵士须知》在北洋军队中流传，提倡共产主义和无政府主义，并详细阐述法国式革命和俄国式革命的区别，更是引起当局的重视。内务部在 6 月 23 日和 24 日连续发文，责令各地一体查办。③9 月 15 日，国务院密电全国多地当局，通知审核书目增加到七本，"大都传播无政府主义，意图煽惑，较之前次发现之《兵士须知》尤为悖谬"，要求各地邮局尽快交给地方官检查处理。④ 这种情况一直持续到 1920 年，政治高压的势头丝毫未减。

最值得一提的是俄国共产主义政治学说的各类译本，北洋当局代称其为"过激派"的危险主张。1919 年 9 月 20 日，内务部电告各省长官，"过激党列宁一派"密切关注中国政局，"曾以中文印刷物酌布中国及中央亚细亚，大意谓俄劳农政府破弃与中国之约，且废弃赔偿及特权，欲与中国代表商榷"。在当局看来，"该党意图煽惑，亟应加

---

① 《交通部关于查禁〈无政府浅说〉、〈平民之钟〉等印刷品饬》（1916 年 5 月 1 日），载《中华民国史档案资料汇编》（第 5 辑第 3 编：政治），第 678 页。

② 《交通部关于查禁〈进化〉、〈工人宝鉴〉等印刷品训令》（1919 年 5 月 5 日），《中华民国史档案资料汇编》（第 5 辑第 3 编：政治），第 677-678 页。

③ 《内务部关于查禁〈兵士须知〉函令》（1919 年 6 月 23—24 日），《中华民国史档案资料汇编》（第 5 辑第 3 编：政治），第 687-688 页。另见《国务院电各省督军陈树藩称近日忽见一印刷品词意提倡共产等须查禁》，1919 年 6 月 19 日，阎锡山史料，典藏号：116-010108-0408-020，台北"国史馆"馆藏。

④ 《国务院等关于从严查禁〈近世科学与无政府主义〉等七种印刷品电》（1919 年 8—9 月），《中华民国史档案资料汇编》（第 5 辑第 3 编：政治），第 690-691 页。另见《国务院参陆部电各省督军省长希饬各地方官派员与邮局接洽查禁印刷品》，1919 年 9 月 5 日，阎锡山史料，典藏号：116-010108-0409-015，台北"国史馆"馆藏。

意侦防，严密查禁"。①1920 年 2 月 2 日，国务院致函内务部，提示俄国列宁政府对于中国内部革命党颇为注意，不仅传播"过激主义"出版品，总数已多达 83 种，甚至派员来华从事秘密活动，已有多人身份被查清。内务府随即转发各省督军、省长严加查办。②可以说，革命从来就不是一件遥不可及的事情，而是郑振铎切身所处的周遭环境，也是其长期接触但未必自知的重要思想资源。《新社会》最后三期均表以"劳动号"特刊，鼓吹劳农阶级的权益，宣传俄国革命的消息，显然成为北洋当局重点关照的出版品。

面对随时被查禁的危险，《新社会》旬刊刊登的严格意义上的政治学说译文仅有一篇，这颇能说明主办方基督教青年会对政治事务的冷淡态度。从源头上说，尽管基督教界对国家与宗教的关系并无完全统一的立场，但大部分教会人士仍持传统观点，认为"基督教对国家和社会权威绝无革命的态度，基督教徒必定是模范公民"。③有论者指出，社会福音派哪怕读过马克思的著作，也不会认为社会主义国家是必要的。④更何况，基督教青年会在注册之初便承诺"不干涉政治，与治化相辅而行"；内务部据此才批复："至称不干涉政治，及不开政党会教派会各节，尤与信仰宗教之旨相合，应即准予立案。"⑤

《新社会》旬刊上这篇唯一的政治论文由瞿世英翻译，选自美国教育家保罗·孟禄（Paul Monroe）主编《教育百科全书》（*A Cyclopedia of Education*）中的"社会主义与教育"（"Socialism and Education"）一节，其中就涉及新兴的社会主义学说。

---

① 《内务部电各省长官严密查禁过激党刊物事宜》，1919 年 9 月 20 日，阎锡山史料，典藏号：116-010101-0014-102，台北"国史馆"馆藏。

② 《国务院函送查禁宣传过激主义书目的有关文件》，《中华民国史档案资料汇编》（第 5 辑第 1 编：文化），第 527-532 页。

③ Shailer Mathews, *The Social Gospel*, Boston: The Griffith and Rowland Press, 1910, pp. 57-59.

④ Greek, *The Religious Roots of American Sociology*, p. 100.

⑤ 余日章：《中华基督教青年会史略》，第 44-45 页。

> Socialism is <u>primarily</u> a theory of possible social organization, and in its strictly scientific aspect a proposed explanation of social development.[①]

> 社会主义只是<u>一种</u>可能的社会组织的学说，而从他精确的科学的方面说，是社会发展的一种新解释。[②]

原文宣称社会主义政治学说"首先是一种可能的社会组织理论"，即强调它是运用于社会政治实践的理论武器。但译文却轻描淡写成"只是一种学说"，可见译者刻意将其限定于理论讨论的范围。事实上，原文兼及美国社会主义的政党政治和伦理要求两方面的讨论。就政治实践而言，既然是对未来社会形态的探索，社会主义者的目标就不限于理论思考。原文强调，社会主义者热衷教育是出于把教育当作"推广他们目标的一个途径"，但译文却仅仅解释为用教育来"提倡他们的学说"。同时，译文也常常省略对社会主义"政党"（party）的介绍。这些翻译方法其实掩盖了社会主义学说对于现实政治斗争的强调。就伦理层面而言，在原文中社会主义理论所要求的是"自由而世俗的教育"（free, secular education），但瞿世英的译文却解释为"世界的教育"。可见，社会主义教育的世俗／神学教育性质尚未完全厘清。

在这种外部高压、内部冷淡的氛围下，郑振铎另辟蹊径，接触到共产主义学说和无产阶级政党理论。在《新社会》第11号上，郑振铎曾撰写《现代的社会改造运动》一文，介绍"俄国的广义派"（即布尔什维克）的马克思主义国家理念。他指出，"俄国的广义派是信奉马克思的国家主义的"，"这种主义，实在是社会改造的第一步。有许多人称他们为过激派，确是不对"。[③]这种完全支持俄国革命的立场明显与北洋政府的政策格格不入，而到最后三期"劳动号"时则更

---

① Ira W. Howerth, "Socialism and Education," in *A Cyclopedia of Education*, Vol. 5, Ed., Paul Monroe, New York: The Macmillan Company, 1913, p. 353.
② 孟禄著，瞿世英译：《社会主义与教育》，《新社会》第14号，1920年3月11日，第10页。
③ 郑振铎：《现代的社会改造运动》，《新社会》第11号，第2页。

加显而易见。在《新社会》第 17 号［劳动号（一）］上，他主要通过对美国经济学家托马斯·亚当斯（Thomas Sewall Adams）与苏乃尔（Helen L. Sumner）合著的《劳动问题》（*Labor Problems*）一书的发挥，撰成《什么是劳动问题》一文。在《新社会》第 18 号［劳动号（二）］的《理想社会里的人类工作》一文中，他不仅摘译了德国社会学家桑巴特（Werner Sombart）《社会主义与社会主义运动》（*Socialism and the Social Movement in the 19th Century*）中关于"工作福音"（Gospel of Work）理想的一首小诗，还详细翻译英国政治思想家托马斯·莫尔（Thomas Moore）在《乌托邦》（*Utopia*）中对于人类工作场景的描述，以期在世界上建立一个人类所向往的天堂。在主持《新社会》旬刊期间，郑振铎也直接翻译苏联的一系列政治理论学说，包括列宁（Nicholas Lenine）的政论文《俄罗斯之政党》（"Political Parties in Russia"），介绍俄国无产阶级政党的基本情况，发表于 1919 年 12 月 15 日《新中国》第 1 卷第 8 期，是为列宁最早被译成中文的两篇重要文章。① 《新社会》被查禁之后，郑振铎又于 1920 年 8 月 22 日至 23 日在《曙光》上先后发表讲述苏俄红军的无产阶级性质的《红色军队》、托洛茨基（Leon Trotsky）论述苏俄人民如何克服生产困难的《我们从什么着手呢？》（"What Should We Begin With?"）以及《彼得·克罗泡特金与苏维埃》（"Peter Kropotkin and Soviet"）。不仅如此，他还在 1921 年 5 月 27 日《民国日报》上刊登与耿济之合译的《国际歌》歌词，② 又在 1921 年 11 月 5 日《时事新报》发表列宁告全

---

① 李宁著，郑振铎译：《俄国之政党》，《新中国》1919 年第 8 期，第 89-97 页。根据郑振铎的译者题记，本文的英文原作发表在社会党机关报《阶级斗争》（*Class Struggle*）1917 年 11-12 月号上，见 N. Lenin, "Political Parties in Russia," *Class Struggle (Devoted to International Socialism)*, 1917, Vol. 1, No. 4, pp. 49-63. 此文后收入 Clara E. Fanning ed., *Selected Articles on Russia: History, Description and Politics*, New York: The H. W. Wilson Company, 1918, pp. 333-342, 此即郑振铎翻译所据底本来源。

② C. Z.、C. T. 译：《第三国际党颂歌》，《民国日报·觉悟》，1921 年 5 月 27 日，第 2 版；后收《小说月报》1921 年 9 月第 12 卷增刊《俄国文学研究》。另见宋逸炜：《"英特纳雄耐尔"的文本传布与象征意义——基于三十九份〈国际歌〉文本的考察》，《学术月刊》2021 年第 6 期，第 205-216 页。

世界工农书的《列宁的宣言》，并呼吁中国劳农注意列宁的宣言。可以说，"翻译"成为政治高压下的一种"抵抗式写作"。

在这种情况下，文学如何成为可能呢？我们再次发现，郑振铎在俄国文学中找到了"人道主义"的力量。以往的学者往往以周作人的《人的文学》为人道主义在中国现代文学的发端。诚然，周作人在这篇文章中表明了著名的人道主义主张，但他所关注的其实只是"个人"和"人类"两极，而恰恰略过了作为个体集合的群体的社会。周作人写道："我所说的人道主义，并非世间所谓'悲天悯人'或'博施济众'的慈善主义，乃是一种个人主义的人间本位主义。这理由是，第一，人在人类中，正如森林中的一株树木。……第二，个人爱人类，就只为人类中有了我，与我相关的缘故。"① 诚如张先飞所论，在周作人看来，"人类社会存在最基本的结构单位只有'个人'与'人类'"。② 但对郑振铎来说，所谓"人道主义"的主要功能应有效沟通文学作品的作者和读者，这样才能发挥其改造社会的巨大潜力。

在郑振铎看来，作为思想资源的人道主义主要来自俄国文学的阅读体验。在为普希金名著《甲必丹之女》中译本所写的序言中，郑振铎明确提出："人道的情感，——实是俄国文学中最大的特色呀！"③ 与此同时，郑振铎的"人道主义"思想也受到吉登斯的社会学说。在《新社会》旬刊遭禁后续出的《人道》月刊发刊词中，郑振铎提出"人道主义"的西学本意其实包括了"人类聚合"（mankind collectively）和"同类的感情同情心"（kind feelings and sympathies）两个方面。这种对于"人道主义"的二分观点其实出自吉登斯在"社会的性质及目的"中的看法，后者认为"人道"（humanity）既指"人类的聚合"（the mass of humanity），也指人道的精神本身。郑振铎明显更看重后

---

① 周作人：《人的文学》，《新青年》1918 年第 6 号，第 578 页。

② 张先飞：《"五四"前期周作人人道主义"人间"观念的理论辨析》，《中国现代文学研究丛刊》2009 第 5 期，第 13 页。

③ 郑振铎：《叙二》，载《甲必丹之女》，第 11 页。

者，他这样写道："吉丁斯在他的《社会学原理》里找出社会生活的基础，在于'同类意识'（The Consciousness of Kind），而他在这书第三版的序言上，直以'同情心'为'同类意识'之一方面。"[①]但实际上，将"同情心"等同于"同类意识"是郑振铎的有意误读。我们须进一步厘清两人在思想上的异同。

吉登斯在《社会学原理》第三版中提出："同类意识是最基础、一般的社会事实。从字面上说，它是指同情（sympathy）、同类感情（fellow-feeling），有别于我们对这个词语的流行看法。"[②]在这段话中，吉登斯第一次公开承认他的"同类意识"说出自亚当·斯密（Adam Smith）的《道德情操论》（*The Theory of Moral Sentiments*）。可是，吉登斯并不完全同意斯密将"同情"（sympathy）或类似的"同类之情"（fellow-feeling）作为社会现象之因的观点，因为在他看来，"同类意识"一词中还包含着更多内容，其中最重要的是还包括"知觉"（perception）的一面。在吉登斯的使用中，"同类意识"完整的意思应同时涵盖"知觉"和"情感"两个方面。[③]而郑振铎的阐释只取其"情感"而忽略"知觉"的面向。

郑振铎接着写道，吉登斯在《社会学要义》中认为"同类意识"包含诸多子项，"而犹给同情心以更重要的位置。或者简直可以说他所谓'同类意识'就是'同情心'的表现的第二名词"。郑振铎历来看重吉登斯思想中的情感面向，认为吉登斯的主要思想在于："凡社会的组织，协作，及一切'社会的固定'的各方面，都是依赖于'同

---

① 郑振铎：《人道主义》，《民国日报·觉悟》，1920 年 8 月 22 日，第 1-2 版。本文原刊《人道》月刊创刊号，但未收入《郑振铎全集》。

② Franklin H. Giddings, "Preface to the Third Edition," in *The Principles of Sociology*, 3rd ed., New York and London: The Macmillan Co., 1896, p. x. 吉登斯第一次使用这一表达，见 Franklin H. Giddings, "Sociology and the Abstract Science. The Origin of the Social Feeling," *The Annals of the American Academy of Political and Social Science*, 1895, Vol. 5, p. 98.

③ 原文参考："The consciousness of kind, as I conceive it, is at once perception and feeling." 见 "Preface to the Third Edition," in Giddings, *The Principles of Sociology*, p. xiii.

情心'或'同类意识'的发达的。"① 在 1913 年问世的《社会学要义》中，吉登斯对"同类意识"做了一个内涵极为丰富的心理学定义，即"一种积极的心理状态，包括'有机的同情'（organic sympathy）、'相似感'（the perception of resemblance）、'有意识的或反射的同情'（conscious or reflective sympathy）、'爱'（affection）以及'对认可的渴望'（the desire for recognition）"。② 可是，吉登斯也从未特别看重"同情心"的作用，反而提示以上几个要素"绝不能被认为是各自独立的；它们结合得非常紧密，只有在科学分析中才能逐一考虑"。在这些要素中，吉登斯甚至更看重"相似性"（resemblance）的作用，指出"若相似性越一般、越模糊，则同情和爱就会减弱"。③ 吉登斯重视社会心理的作用，但并没有否认社会成员的联结会受到家族、国家、教会、政党和阶级等社会因素的制约。因此，郑振铎对人道主义的情感化阐释在一定程度上修正了吉登斯的理论，主张借助情感的力量打破外在的阻隔。而发挥情感的作用正是俄国文学的传统所在，正因其激发同情心、凝聚社会成员的潜力，也就具备了增进社会成员的理解和认同，以至于改造社会的可能。

　　如前所述，在主持《新社会》时期与西方文学的接触中，郑振铎对名目众多的俄国文学著作英译本最为关注，而长篇小说《灰色马》带给他的情感认同最为强烈。至少在 1921 年 4 月 17 日致信瞿世英之前，郑振铎已经读过《灰色马》并产生强烈的共鸣。这封信本是讨论泰戈尔诗歌的翻译问题，但在谈到文学中的情绪时，郑振铎自信地表示："如叫我译路卜岑的《灰色马》，我觉得一定可以比别的东西译得好些，因为我的情绪与他颇相近呀。"④ 表现出郑振铎对翻译该书的热切愿望，及对书中的情感特征颇为认同。在同年 7 月 30 日的另一篇

---

① 郑振铎：《人道主义》，《民国日报·觉悟》，1920 年 8 月 22 日，第 2 版。

② Franklin H. Giddings, *The Elements of Sociology: A Text-book for College and Schools*, New York and London: The Macmillan Company, 1913, p. 66.

③ Giddings, *The Elements of Sociology*, p. 67.

④ 郑振铎致瞿世英：《太戈尔研究（三）》，《时事新报·学灯》，1921 年 4 月 20 日，第 1 版。

文章中，他坦言已经深深地被《灰色马》的故事所打动，"有时便不知不觉的哭了起来"。[①]直到《灰色马》的译者引言，郑振铎再次表明自己"极受他大胆直率的思想与美丽真切的艺术所感动"。[②]这也成为促使他翻译此书的一个重要原因。

郑振铎并非情感至上的浪漫主义者。他不断发掘情感的意义，是因为看到了一条从情感解放通向社会变革的可能路径。在文学与社会急速变革的进程中，郑振铎认为翻译俄国文学能为中国当下的需求带来诸多方面的革新。他在1920年《俄罗斯名家短篇小说集》的序言里列举了俄国文学对中国文学的五点启迪，包括"以'真'字为骨"、表现人生和人类个性、表现平民生活、长于描写痛苦等方面。因此，他呼吁中国文学向俄国文学借鉴这些有益的方法，"以药我们的病体"。[③]其中，"以真为骨"的精神在同年另一篇文章《俄国文学发达的原因与影响》再次得到强调。郑振铎相信，翻译俄国文学的最大影响是"能够把我们中国文学的'虚伪'的积习去掉"，因为"俄国的文学，最注意的是'真'。中国的文学，最缺乏的也是'真'。他们是人类感情的真觉的表现，是国民性格、社会情况的写真；对于一切事情都是赤裸裸的毫不虚饰的写来。所以他们是极能感动人的，他们的精神，是能够直接的与读者的精神相感通的"。[④]因此，他提出"中国想创造新的文章，非从俄国文学方面下研究的工夫不可"。[⑤]

在为耿济之所译《艺术论》写的序言中，郑振铎宣告"人生的艺术"（Art for life's sake）是俄国近代文学的普遍精神，并呼吁中国现代文坛也"欢迎革命的诗人、人道的艺术家的出现"。[⑥]可见，他已经

① 西谛：《文学与革命》，《时事新报·文学旬刊》，1921年7月30日，第1版。
② 郑振铎：《〈灰色马〉译者引言》（1922年6月19日作），《小说月报》1922年第7号，第5页。该文后收入《灰色马》单行本之"译者引言"，载路卜洵著，郑振铎译：《灰色马》，上海：商务印书馆，1924年，第1-10页。
③ 郑振铎：《序》，载《俄罗斯名家短篇小说集》（第一集），第5页。
④ 郑振铎：《俄国文学发达的原因与影响》，第92页。
⑤ 郑振铎致张东荪：《通讯》，《时事新报·学灯》，1920年4月22日，第2版。
⑥ 郑振铎：《序》，载《艺术论》，第5页。

将人道主义思想运用于倡导他自己的文学理念。在郑振铎看来，俄国文学的人道关怀是陷入低潮的新文化运动所亟需的思想源泉。1921年7月，《时事新报》刊登北大政治学系学生费觉天的来信，批评当前青年的改革意志已经消沉。费文认为，改革事业"不能全靠理性的批评，必得注意感情的激励"，并将当前的社会改革与几年前的文学革命相比较，认为现今的进步"实在是五四的鼓动"。在题为《文学与革命》的回信中，郑振铎在费文的基础上进一步指出，在为数众多心怀热望的革命者中，只有少数人是基于革命理论的信仰而投入革命，而大部分人不过是出于除旧迎新的愿望而采取行动。郑振铎以《灰色马》具有感人肺腑、催人泪下的艺术感染力为例，肯定了费觉天来信中关于"文学本是感情的产品"的观点，强调"这种引起一般青年的憎厌旧秽的感情的任务，只有文学，才能胜任"。[①] 此后，瞿世英也加入讨论并再次指出，文学之所以能促进革命是因为"文学使人发生极强烈的同情心与爱心"。这个观点是从前述"文学是表现人生"的理解发展而来，且进一步提出文学应对下层人民的痛苦生活达到理解、同情和激愤，从而促进社会变革的发生。[②] 郑振铎正是由此开始了《灰色马》的翻译。

第二节　萨文柯夫与《灰色马》的世俗暴力

1922年下半年，商务印书馆发行的《小说月报》分五次连载了郑振铎的小说《灰色马》，这是郑振铎在革新后的《小说月报》上翻译的第一部长篇作品，随后又在1924年6月推出单行本。这部日记体小说讲述了以佐治（George）为首的俄国社会革命党人暗杀地方总督的故事，反映了暴力革命在旧俄社会愈演愈烈的历史时刻。在此之

① 西谛：《文学与革命》，《时事新报·文学旬刊》，1921年7月30日，第1版。
② 菊农：《与西谛、觉天二兄论"文学与革命"书》，《时事新报·学灯》，1921年8月15日，第1版。

前，文学研究会成立大会已经成立。作为文学研究会的骨干，郑振铎先后提出"为人生的文学"和"血和泪的文学"等口号，[1]甚至在发表《〈灰色马〉引言》的同期刊物上还展望"血与泪的文学，恐将成中国文坛的将来的趋向"。[2]因此，《灰色马》的翻译反映出郑振铎从"文学革命"走到"革命文学"的部分轨迹。

《灰色马》是俄国社会革命党成员萨文柯夫（Boris V. Savinkov）创作于1907年的长篇自传小说。萨文柯夫出身于波兰华沙的一个贵族家庭，从大学时代起参加激进的革命活动。1903年，他在流亡海外期间加入俄国社会革命党，成为其暗杀组织"战斗组"的一位主要负责人，并且很快就因组织一系列暗杀活动而声名鹊起，包括1904年7月参与刺杀内政大臣和1905年2月参与暗杀莫斯科总督这两次著名的暗杀活动。[3]在1908—1909年逗留巴黎期间，他一边撰写暗杀回忆录，一边在回忆录的基础上写作长篇小说《灰色马》。从1909年7月起，《灰色马》在莫斯科著名文学刊物《俄国思想》（*Russian Thought*）上连载，同年即以"路卜洵"的笔名发行单行本。凭借对暗杀活动大胆而生动的描述，这部小说很快风靡俄国内外。[4]1917年，《灰色马》由被誉为"东西方文学使者"[5]的翻译家文格洛娃女士（Zin-

---

① 郑振铎：《导言》，载《中国新文学大系·第二集：文学论争集》，第8页。

② 西谛：《杂谭》，《时事新报·文学旬刊》，1922年7月21日，第4版。

③ 关于萨文柯夫的生平，本书主要参考两部英文传记：Karol Wedziagolski, *Boris Savinkov: Portrait of a Terrorist*, Trans., Margaret Patoski, Clifton, N. J.: The Kingston Press, 1988 和 Richard B. Spence, *Boris Savinkov: Renegade on the Left*, Boulder: East European Monographs, 1991。关于这两次暗杀，参见 Spence, *Boris Savinkov*, pps. 31-38, 43-46.

④ 其中部分章节发表在英国著名文学期刊《海滨杂志》（*The Strand Magazine*）上。One of the Assassins, "The Assassination of Plehve," *The Strand Magazine*, 1910, Vol. 39, No. 234, pp. 679-690.《海滨杂志》由纽恩斯爵士（George Newnes）创办，从1891年至1950年持续发行，总计711期，是具有相当影响力的通俗文学杂志。柯南·道尔（Conan Doyle）的福尔摩斯侦探小说就首发于此。在这个刊物上发表作品的还包括吉卜林（Rudyard Kipling）、H. G. 威尔斯（H. G. Wells）和阿加莎·克里斯蒂（Agatha Christie）等著名作家。

⑤ Rosina Neginsky, *Zinaida Vengerova: In Search of Beauty. A Literary Ambassador between East and West*, Frankfurt and Main: Peter Lang, 2004.

aida Vengerova）译为英文。郑振铎就是在这个英文版的基础上完成他的中译本。

1922 年 3 月，即《灰色马》译文发表的四个月之前，在为耿济之译的屠格涅夫小说《父与子》撰写的序言中，郑振铎就表达了对佐治革命精神的感动与认同。他并不讳言《灰色马》与俄国虚无主义文学传统的内在联系，但也指出萨文柯夫笔下的小说主人公仍胜于屠格涅夫笔下的人物。他们之所以被称为"恐怖主义者"，与其说是因为暴力革命的行为，不如说是因为其决绝的革命态度："他们杀人正如杀死兽类，在打猎的时候一样，一点也不起悲悯，一点也不动情感"；相比之下，中国社会虽然同处新旧更替的变革时期，"中国的巴札洛夫的思想却是从玄学发端的"，"决没有决斗的勇气，并且连辩论的思想也不存在头脑中"，"他的无抵抗与缄默把与反对的人冲突的事，轻轻的避免了"。① 同年 7 月，郑振铎在《文学旬刊》第 44 期上发表"杂谭七则"，其中在第四则中特别指出："同样是厌世的思想，在英国便成了颓废派的王尔德，在俄国便成了顽强的沙宁和佐治（佐治是《灰色马》中的英雄）。"② 因此，尽管佐治的思想不乏矛盾之处，但郑振铎十分看重佐治的革命意志。到了《灰色马》的译者引言中，郑振铎再次强调翻译此书的缘由除了艺术上的感染力，更在于"佐治式的青年，在现在过渡时代的中国渐渐的多了起来"，而尤有必要和裨益。郑振铎断定，佐治"不惟是一个实行的革命者，而且是思想上的革命者"。③

值得一提的是，《灰色马》中的革命党成员一再从《圣经》中寻找革命信念的凭靠，又因经文的解读而发生激烈的论辩，可以说，正是《圣经》经文及其解读构成了这部革命小说的思想基础。实际上，这部小说在许多方面借用了《圣经·启示录》中的革命主题，从而成

① 西谛：《〈父与子〉序言》，《时事新报·学灯》，1922 年 3 月 18 日，第 4 版。
② 西谛：《杂谭》，《时事新报·文学旬刊》，1922 年 7 月 21 日，第 4 版。
③ 郑振铎：《〈灰色马〉译者引言》，第 2 页。

为一部"宗教加革命"的典型小说。问题在于，在推动新文学的过程中，郑振铎为什么要选择翻译这部带有鲜明《圣经》寓意的小说呢？他在翻译时对《圣经》文本做了哪些思想性的处理？

回顾过去的研究，中国现代文学史对基督教文学的讨论主要集中于基督教信徒或几位经典作家的作品，对郑振铎的认知还十分有限；[①]即便在郑振铎研究领域，以往的学者也几无涉及他与基督教团体的交往活动。[②]就《灰色马》一书的专门研究而言，香港学者吴茂生曾从比较文学角度概述译作与原作在主题思想、人物形象和文学影响等方面的异同之处，但没有深入分析《圣经》文本的作用。[③]以色列学者加慕萨（Mark Gamsa）的专著虽然列举了《灰色马》引用《圣经》的诸多例子，却往往将文本上的不一致归结为郑氏技艺不精或知识不足所致，并没有剖析译者在文本变动之后的深层考虑。[④]

无论如何，过去的研究都没有回答郑振铎在《灰色马》中如何再现其从《启示录》到革命书的思想发展历程，而事实上，小说《灰色马》是一部以《圣经》文本尤其是《启示录》为中心的思想论辩。郑振铎在译作中通过引用、改写或引申《圣经》原意等多种手段，对

[①] 现代学者对基督教与中国现代文学之关系的研究汗牛充栋，但往往聚焦于周作人、郁达夫、沈从文等经典作家，或是以许地山、冰心等基督教作家为对象，郑振铎几乎不在讨论之列。这里仅列举若干经典研究：朱维之：《基督教与文学》，上海：青年协会书局，1941年；杨剑龙：《旷野的呼声：中国现代作家与基督教文化》，上海：上海教育出版社，1998年；王列耀：《基督教与中国现代义学》，广州：暨南大学出版社，1998年；杨剑龙编：《文学的绿洲：中国现代文学与基督教文化》，香港：学生福音团契出版社，2006年；杨剑龙：《"五四"新文化运动与基督教文化思潮》，上海：上海人民出版社，2012年。

[②] 例如，陈福康在《郑振铎年谱》中对郑振铎早期与北京基督教青年会的交往记录得颇为清楚，但在《郑振铎论》中却并未以专门篇幅讨论郑振铎与基督教青年会的关系。

[③] 吴茂生描述了包括郑振铎在内的中国现代文人对原作中反抗斗争和启蒙理想的认同、巴金小说《新生》（1931）主人公李冷与《灰色马》主人公佐治相似的怀疑主义气质，以及这部作品在中国文学界所引起的反响。见 Mau-sang Ng, *The Russian Hero in Modern Chinese Fiction*, Hong Kong: The Chinese University Press/New York: State University of New York Press, 1988, pps. 71-74, 201-206, 167-169.

[④] Mark Gamsa, *The Chinese Translation of Russian Literature: Three Studies*, Leiden and Boston: Brill, 2008, pp. 69-83.

《启示录》的寓意做了世俗革命式的解读，以此适应中国社会变革并鼓舞青年的追求。本节以"互文性"（intertextuality）方法探讨《圣经》与郑振铎译文之间的衍生性关联。在西方《圣经》研究传统中，"互文性"本是一种"以经解经"的阅读策略，即"把每一段圣经文字放在其他各段圣经文字的观照中加以阅读和理解"，从而得到"出人意料而不可预知的意义效果"。① 但此处采取的策略是将圣经经文与郑振铎的译文及其历史语境相勾连。这更接近于科瓦克斯（Judith Kovacs）和克里斯托弗·罗兰（Christopher Rowland）在总结《启示录》阐释传统时所谓的"显化"（actualizing）方法，即在新的处境中解读《启示录》，②在此基础上进一步理解俄国文学作品在新旧交替的中国文坛的文化接受情况。

我们知道，《启示录》是《圣经·新约》的最后一部作品，描述了使徒约翰（John the Apostle）在拔摩岛（Patmos）预见的世界灾难和耶稣复活的全新景象。《灰色马》的标题就出自《启示录》第六章，是约翰看到的最后景象之一。在《启示录》中，约翰看到四位身骑白、红、黑、灰不同马匹者的意象——它们共同预示着最后审判的到来。③ 在新教《圣经》的传播史上，对《启示录》的阐释和解读从一开始就占据了十分特殊而重要的地位。当马丁·路德（Martin Luther）于 1522 年印出用低地德语翻译的第一部《新约》时，《启示录》是这个版本中唯一配有插图的部分。④ 而放眼整个文艺复兴时期，《启示录》

---

① Stefan Alkier, "Intertextuality and the Semiotics of Biblical Texts," in *Reading the Bible Intertextually*, Eds., Richard B. Hays, Stefan Alkier, and Leroy Huizenga, Waco: Baylor University Press, 2009, p. 12.

② Judith Kovacs and Christopher Rowland, *Revelation: The Apocalypse of Jesus Christ*, Malden: Blackwell, 2004, p. 8.

③ Columba G. Flegg, *An Introduction to Reading the Apocalypse*, New York: St Vladimir's Seminary Press, 1990, p. 90.

④ Andrew Cunningham and Ole Peter Grell, *The Four Horsemen of the Apocalypse: Religion, War, Famine and Death in Reformation Europe*, Cambridge: Cambridge University Press, 2000, p. 6.

作为《圣经》中最具视觉想象性的部分，也得到最频繁的插图刊印。[1]
在《启示录》的阅读史和研究史中，这部作品历来就以丰富的革命意
涵而著称。诺曼·科恩（Norman Cohn）在《千禧年的追求》（*The
Pursuit of the Millennium*）中指出，在社会动荡而上帝预言未至之际，
天启的理想往往能调动并汇聚改造社会的力量。[2]科瓦克斯则称："《启
示录》为反抗压迫的政治宗教制度提供了一项许可，为现世生活提供
了一道指引，也为上帝崇拜提供了一份资源。"[3]虽然郑振铎未必具有
这么系统的神学知识，但他显然敏锐地捕捉到《启示录》中蕴含的革
命启示，毕竟，《启示录》也被认为"无疑是基督教国家历史上最危
险的书"。[4]

　　对于主人公佐治的刻画，郑振铎主要是通过对《圣经》原文的
准确翻译体现出来。首先，郑振铎在小说开篇的第一条题记中翻译
了《圣经·启示录》的"灰色马"隐喻："……见有一匹灰色马；骑
在马上的，名字叫做死……"（启6：8）[5]根据郑振铎好友赵景深对这
段话的解读，"大约死神本不可惧变形，方始可惧罢"。[6]在这个基础
上，小说正文以佐治的第一人称口吻自道心声。如此一来，灰色马的

---

[1] 据研究，在文艺复兴时期，欧洲至少出版了750部《启示录》及其评注本，是《圣经》各书中印数最多的一卷。Joseph Wittreich, "The Apocalypse: A Bibliography," in *The Apocalypse in English Renaissance Thought and Literature*, Eds., C. A. Patrides and Joseph Wittreich, Manchester: Manchester University Press, 1984, pp. 369-440.

[2] Norman Cohn, *The Pursuit of the Millennium: Revolutionary Millenarians and Mystical Anarchists of the Middle Ages*, London: Paladin Books, 1969.

[3] Judith L. Kovacs, "The Revelation to John: Lessons from the History of the Book's Reception," *Word and World*, 2005, Vol. 25, No. 3, p. 255.

[4] Loren L. Johns, *The Lamb Christology of the Apocalypse of John: An Investigation Into Its Origins and Rhetorical Force*, Tübingen: Mohr Siebeck, 2003, p. 187.

[5] 郑振铎译：《灰色马》，第1页。V. Ropshin, *The Pale Horse*, Trans. Z. Vengerova, Dublin and London: Mausel and Co. Ltd., 1917, p. 1.

[6] 赵景深：《焦菊隐散文诗集》（1926年8月14日作），《申报》本埠增刊，1926年8月21日，第2版。

主题便进入主人公的意识世界，奠定了全书的思想基调。[①] 作为暗杀小组的领导者，佐治正是以灰色马自况，投入社会革命党人的暴力革命事业。

在佐治的精神世界里，俄国的重生是与《圣经》中的复活主题紧密相连的，而郑振铎的译笔总能敏锐地捕捉到《圣经》与革命之间的关联。佐治说道："相信耶稣的复活，相信拉曹鲁斯（Lazarus）的复活的人，他是快活的。相信社会主义，相信将来的地上的乐园的人，他是快活的。这些旧故事在我看来只是可笑的：十五亩的均分的田地决不能引诱我。"[②] 包括耶稣自己的复活在内，《圣经》一共记载了九件复活事迹。拉撒路（Lazarus）的复活出现在《约翰福音》第11章第1—44节中。拉撒路是耶稣的门徒和好友，病逝后在一个山洞里埋葬了四天，但耶稣的大声呼叫却让拉撒路死而复生，走出洞穴。佐治看到了俄国革命带来的新旧之变与《圣经》复活母题之间的内在关联，但他却是在否定性的意义上将二者联系起来。他虽然并不怀疑革命将带来翻天覆地的社会变革，但他自己并不是为了重生后的回报才投身革命。与其说佐治的革命动机在于憧憬新的社会秩序，不如说他更关心的是那革命的过程本身。

随着小说故事的推进，佐治在采取革命行动前后，往往会诉诸《启示录》以寻求行动的合法性，或是援引其中的文句为自己的世界观作证。郑振铎的译文第二次准确地引用《圣经·启示录》中的"灰色马"段落，突显佐治投身世俗革命的决绝志愿："我自己对自己说道：'我抬头一看，见有一匹灰色马。骑在马上的名字叫做死。'这匹马的四蹄无论踏在什么地方，这个地方的绿草便要枯槁了；而绿草枯槁了的地方，一切生命便都没有了，因之，一切法律便都没有了。因

---

① 有关这方面的讨论，见 Patricia Zody, "A Creative Passion: Revolutionary Terrorism in Dostoevsky's *Demons* and Beyond, 1871–1916," Evanston: unpublished Ph.D dissertation of Northwestern University, 2002, p. 68.

② 郑振铎译：《灰色马》，第9页。

为死是不认识什么法律的。"①在这段反映佐治思想的关键段落，郑振铎再次引用中文《圣经》的原句，以此突出佐治对革命事业坚定不移、义无反顾的信念。革命虽然会引起死亡的代价，但革命者不应因此而疑虑困顿、止步不前。

郑振铎对《圣经》原文的精确使用，反映了他对于《灰色马》小说与圣经革命主题之关系的深入理解。我们不禁要问，郑振铎翻译这部小说所需的《圣经》知识究竟来自哪里？通过文本细读可以发现，在《圣经》引文之处，郑振铎往往能独立于英文底本而以"译者注"的形式另外标出具体对应的章节出处。这一做法为不熟悉《圣经》的中国新文学读者提供了阅读之便，更重要的是展现了郑振铎本人对《圣经》的掌握程度。令人惊奇的是，郑振铎在译文中对于《圣经》内容的指涉并非泛泛而述，而是完全出自对官话和合本《圣经》的直接引用。换言之，官话和合本《圣经》正是他在翻译《灰色马》时实际使用的版本。

我们知道，1890 年 5 月 7 日，在华新教传教士齐聚上海，召开第二届传教大会。大会决议按"圣经唯一，译本则三"（One Bible in Three Versions）的原则，分深文理、浅文理及官话三个版本译出中文和合本《圣经》。②经过近三十年的探索，官话和合本全书终于在 1919 年 4 月 22 日印出，并且，"很快就超越所有以往的版本，成为中国各地信徒的通用圣经"。③当代学者的研究表明，官话和合本《圣经》的翻译事业将"官话"（Mandarin）提升到"国语"的地位，这

---

① 郑振铎译：《灰色马》，第 8 页。原文参考："I may say about myself: 'I looked up and I saw the pale horse and the rider whose name is death.' [Revelation 6:8] Wherever that horse stamps its feet there the grass withers: and where the grass withers there is no life and consequently no law. For Death recognizes no law." 见 Ropshin, *The Pale Horse*, p. 70.

② "Report of the Committee on the Wen-li Version of the Old and New Testaments," *Records of the General Conference of the Protestant Missionaries of China, Held at Shanghai, May 7–20, 1890*, Shanghai: American Presbyterian Mission Press, 1890, p. xl.

③ I-Jin Loh, "Chinese Translations of the Bible," in *An Encyclopedia of Translation*, Eds., Chan Sin-Wai and David E. Pollard, Hong Kong: The Chinese University Press, 1995, p. 63.

既优于清末学制改革中形同虚设的国语方案，也先于胡适、陈独秀在《新青年》上发起的白话文运动，因而"在 1919 年五四运动过程中推动了文化革命，使'国语'成为典律，并在一定程度上创造出中国现代白话文学"。[①] 就《灰色马》的翻译而言，正是官话和合本《圣经》的问世，才使翻译这部以《圣经》原文及其思想内容为基础的小说成为可能。郑振铎对传教士的国语贡献多有瞩目，表明他对在华传教士的文字事业早有了解，尤其是他对《圣经》的了解和运用应不逊色于其他同辈作家。

不仅如此，我们也不能忽略北京基督教青年会自身的宗教氛围对郑振铎的切身影响。步济时在 1913 年的干事报告中提到，北京基督教青年会在成立社会实进会的同时也创办了《圣经》研习学校。来自北京八所机构的学生报名研读《圣经》，入学总人数多达 1592 人，仅1912—1913 年度的入学人数就有 508 人之多，而步济时本人投入最多精力的工作，就是筹备基督教青年会《圣经》研习班第五届年会（the fifth annual Bible Institute of the Association）。[②] 步济时还提到，在世界基督教青年会领袖莫迪（John R. Mott）莅临北京宣传期间，又有多

[①] Marián Gálik, "A Comment on Three Western Books on the Bible in Modern and Contemporary China," in *Influence, Translation, and Parallels: Selected Studies on the Bible in China*, Sankt Augustin: Institut Monumenta Serica, 2004, p. 143. 关于"官话""白话""国语"等近代语言概念的语义变迁及其社会影响，参见 Elisabeth Kaske, "Mandarin, Vernacular and National Language—China's Emerging Concept of a National Language in the Early Twentieth Century," in *Mapping Meanings: The Field of New Learning in Late Qing China*, Eds., Michael Lackner and Natascha Vittinghoff, Leiden and Boston: Brill, 2004, pp. 265-304. 中文版参见白莎（Elisabeth Kaske）:《官话、白话和国语——20 世纪初中国"国语概念"的出现》，载朗宓榭、费南山主编，李永胜、李增田译:《呈现意义：晚清中国新学领域》（上册），天津：天津人民出版社，2014 年，第 271-308 页。对《圣经》翻译与中国白话文之关系的最新研究，可参见 George Kam Wah Mak, *Protestant Bible Translation and Mandarin as the National Language of China*, Leiden and London: Brill, 2017。关于清末民初语言变革的总体状况，详见 Elisabeth Kaske, *The Politics of Language in Chinese Education, 1895–1919*, Leiden and Boston: Brill, 2008。

[②] Burgess, "Annual Report for the Year Ending September 30, 1913," Kautz Family YMCA Archives, YMCA-FORSEC-00275, University of Minnesota Libraries.

达 800 名学生签写卡片希望参加《圣经》研习，青年军官冯玉祥亦位列其中。[①] 在 1914 年的年报中，步济时的职位已变成"圣经研习和学生工作干事"（Bible Study and Student Secretary），足见《圣经》事务的重要性在不断上升。其他干事的报告对此也有相关记载。例如，有一份报告提到，北京基督教青年会的工作重心是"在青年会会员家中举办圣经学习课"，其中还包括一位曾为袁世凯当过医生的人热情参与。[②] 在 1919 年西山卧佛寺的学生夏令会前夕，步济时本来还担心大量学生因五四游行被捕而不能参会，人数恐怕不满 100 人，但最后到场的人数仍有 217 人，足见当时信众之热情。步济时也将大会主题从一个无关社会现状的题目改成"基督教救中国"。教育家张伯苓全程参与活动，明确表示"基督精神必须成为这场全国运动的基础"。[③]

　　郑振铎虽未成为一名基督徒，但作为频繁前往基督教青年会看书、办报的年轻人，对于这些活动应该不会陌生。[④] 就知识基础而论，无论是早年主编《新社会》旬刊时阅读俄国文学的经历，还是通过阅读官话和合本《圣经》了解近代传教士的国语贡献，都为郑振铎着手翻译《灰色马》并完成其思想意涵的转换提供了比一般新文化人更完备的"知识仓库"，[⑤] 从而能从更广阔的文学视野中汲取可咨利用的思

---

① Burgess, "Annual Letter, 1918, to Dr. John R. Mott."

② D. W. Edwards, "Annual Report Letter of Princeton's Work in Peking, China for the Year Ending September 30, 1919," Kautz Family YMCA Archives, YMCA-FORSEC-01085, University of Minnesota Libraries.

③ John S. Burgess, "Annual Report Letter for the Year Ending September 30, 1919."

④ 郑振铎在 1957 年与索罗金的访谈中透露，当年虽然没有成为基督教徒，但借助于青年会图书馆了解许多文学名著，并结识诸多友人。Sorokin, "Zheng Zhenduo: Man and Scholar," p.106.

⑤ 在对晚清士人的阅读史研究中，潘光哲借用奥地利学者舒茨（Alfred Schutz）的"stock of knowledge"一词提出"知识仓库"概念，意指晚清士人的读书世界以及由此形成的知识基础。见潘光哲：《晚清士人的西学阅读史（1833—1898）》，台北："中央研究院"近代史研究所，2014 年，第 1-47 页。王汎森亦曾提出"思想资源"和"概念工具"这两个类似的概念，其作用在于"人们靠着这些资源来思考、整理、构筑他们的生活世界，同时也用它们来诠释过去、设计现在、想象未来。人们受益于思想资源，同时也受限于它们。"见王汎森：《中国近代思想与学术的系谱》，石家庄：河北教育出版社，2001 年，第 150 页。

想资源。不过，在刻画佐治的形象方面，郑振铎对于官话和合本《圣经》的"忠实"引用是有明确取舍的。在小说故事的尾声，当佐治试图引述耶稣的仁爱教导反思自己的政治革命行为时，郑振铎便不再亦步亦趋地寻求原文的效力，而是用自己的话加以转述：

> 耶稣说道："不要杀人。"而他的徒弟彼得拔了刀去杀人。耶稣说道："人应互相亲爱。"而犹太卖了他。耶稣说道："我只来，不是来裁判世间，而是来拯救世间的。"而世间的裁判却加到他身上来。二千年以前，他浴着血，在祷告着，而他的众徒却在熟睡。二千年以前，人民给了紫衣他穿："把他拿去钉在十字架上。"Pirate 说道："我能把你们的王钉在十字架上么？"但是领袖牧师们却答道："我们除了凯萨以外，没有别的王。"①

在故事结尾，作为群体领袖的佐治逐渐陷入对革命事业的反思和怀疑之中。他一度引经据典，试图从《圣经》中寻找到新的信念之源。这段自言自语的日记，其实都出自《圣经》原著。如耶稣说："诫命你是晓得的，不可杀人。"（可 10：19）"我赐给你们一条新命令，乃是叫你们彼此相爱。我怎样爱你们，你们也要怎样相爱。"（约 13：34-35）耶稣说："若有人听见我的话不遵守，我不审判他。我来本不是要审判世界，乃是要拯救世界。"（约 12：47）耶稣的这些教导都是在劝告世人放弃杀人，选择爱世界。然而，郑振铎的译文却不再诉诸《圣经》原文，而是改用自己的语言转述耶稣其言。这不仅使这些信念之源失去了效力，同时也使佐治对耶稣教导的引述带上揶揄和嘲讽的味道。

从整体上说，郑振铎的译文能准确地捕捉到宗教与革命之间的内在关联。尽管郑振铎了解官话和合本《圣经》的原文，但他通过对忠实原则的选择性应用，突出了佐治的革命意志和斗争决心，弱化对于

---

① 郑振铎译：《灰色马》，第 195 页。

革命事业的犹豫不决和怀疑态度，一个更为坚决的革命者形象由此诞生。[1] 在郑振铎看来，在新文化运动陷入低潮之际，国人正需要决绝的革命榜样来提振斗志、坚持变革，而任何徘徊不定与痛苦挣扎则为去旧立新的中国社会所不取。

通过对革命者佐治的塑造，郑振铎确立了一个以佐治为中心的革命群体，即如原文所说，"我们是五个人的一个小团体"。[2] 这就指向《灰色马》的第二个主题，即个人与群体的关系，以及革命群体在社会改造中的作用。这在小说开篇的第二条题记中有所指涉："惟独恨兄弟的是在黑暗里，且在黑暗里行，也不知道往那里去，因为黑暗叫他眼睛瞎了。"（约一 2：11）行动小组的形成，就是要通过这五个人的集体行动，完成艰巨的革命任务。但值得注意的是，郑振铎的译本虽然深入处理社会变革中的群体问题，却在两个层面上有别于英文底本的阐释。首先，原著中的行动组成员出身背景各不相同，革命动机强弱有别，革命理念矛盾重重，作者萨文柯夫其实是借这部自传体故事反思其早年经历的意义。而郑振铎对于佐治革命精神的认同，却需要让佐治重新承担起凝聚行动小组的责任，所以他的《灰色马》译本就呈现出各个人物向佐治思想趋同化的特征。其次，由于原著在相当程度上借用《圣经》教义表达革命主题，故而关于社会改造之手段与目标的阐述往往带有浓厚的神学色彩。因此，郑振铎需要进一步排除这种神学寓意，并提出一套有关世俗革命的全新阐释。

从行动小组的构成来看，亨里契（Heinrich）和佛尼埃（Vania）本来分别代表世俗和信仰的面向。亨里契是一位 22 岁的大学生，他的思想比较简单。"他所见的世界，如字母似的简单。一边是奴隶，

---

[1] 茅盾在《灰色马》序言中同样承认佐治形象的必要性："方今国内的政象，日益反动，社会革命的呼声久已沉寂，忧时者或以为在这人心麻木的时候，需要几个'杀身成仁'的志士，仗手枪炸弹的威力，轰轰烈烈做几件事，然后可以发聋振聩挽既死之人心；所以《灰色马》在这时候单行于世，或者能够给人以深刻的印象……"见沈雁冰：《序》（1923 年 10 月作），载《灰色马》，第 7 页。

[2] 郑振铎译：《灰色马》，第 4 页。

一边是主人。奴隶起来反抗主人是对的。主人杀奴隶，是不对的。总有一天，奴隶能得到胜利，于是地球上便成乐园了。一切人都平等，都有衣食，一切人都得到自由。"① 佛尼埃曾以马莎（Martha）和马梨亚（Maria）两位圣徒为例，认为像亨里契那样的革命者不过如马莎一样，只知道通过努力工作来改善他人的生活；而佛尼埃自己则更加注重马梨亚的一面，即应该对革命的信仰本质再作深思。② 不过，当亨里契第一次出场时，郑振铎已经将其描述为"同佛尼埃一样了"："他很消瘦，头发也不常修剪。"③

　　佛尼埃自己又是如何呢？一番文本细读后可以发现，郑振铎所做的最明显也是最重要的改动，就出现在佛尼埃的形象上。本来，佛尼埃被描述为一位对耶稣抱有坚定信念的基督徒，相信可以用上帝之爱化解世界的纷扰。佛尼埃在出行时总会郑重其事地携带"一本黑皮面的，有一个金色的十字架印在上面的圣经"；④ 遇见佐治，便与后者就《圣经》中的神启展开论辩。在开展暗杀行动之前，佐治和佛尼埃曾坐在礼拜堂前，就《圣经》中的复活主题和人的生死展开严肃的交谈。佛尼埃向佐治大段朗诵前述《约翰福音》第 11 章第 39—44 节中拉撒路复活的故事，赞叹"这真是一件大奇迹"，但佐治对此却不置可否。⑤ 佛尼埃继而朗诵《约翰福音》第 20 章第 11—16 节中耶稣本人复活的事迹。读毕，佐治却反问佛尼埃："你相信这事么？"⑥ 佛尼埃没有应答，而是将《约翰福音》第 20 章第 24—29 节中耶稣叫门徒多马验明自己身份的内容一字不差地默背出来。佛尼埃试图启示佐治："那没有看见就信的，有福了。"⑦ 他试图借此用上帝之爱化解他

① 郑振铎译：《灰色马》，第 169 页。
② Ropshin, *The Pale Horse*, pp. 35-36.
③ 郑振铎译：《灰色马》，第 19 页。
④ 郑振铎译：《灰色马》，第 87 页。
⑤ 郑振铎译：《灰色马》，第 87-88 页。
⑥ 郑振铎译：《灰色马》，第 90 页。
⑦ 郑振铎译：《灰色马》，第 90 页。

的革命之恨，但佐治依然不为所动，反而表示革命的目的就在于"我们去杀人是要叫此后没有人再会被杀"。①然而，当佛尼埃在对话中指出存在两种意义上的社会革命，即革命事业要为俄国带来自由固然没错，但在自由理想之上还应有一个更高的神性原则，②郑振铎其实是将佛尼埃的宗教原则转变为佐治式的世俗信念。

首先，随着行文的深入，郑振铎不再沿用他所掌握的官话和合本《圣经》翻译佛尼埃对《圣经》的引述，而是改用自己的语言加以阐释。当佛尼埃劝告不要杀人时，郑振铎译道：

> No, not in any case. To kill is a great sin. Just remember: "Great lover hath no man than this, that a man lay down his life for his friends." [John 15:13] And he must lay down more than his life—his soul.③

> 不，无论如何都不能去。杀人是一件大罪恶。只要你记住："一个人为了他的朋友们而把他的生命牺牲了，没有人有比这更伟大的爱了。"而且他还必须牺牲他生命以上的东西——他的灵魂呢。④

佛尼埃引述的经文出自《约翰福音》第15章第13节，官话和合本《圣经》的原文实为："人为朋友舍命，人的爱心没有比这个大的。"尽管郑振铎的改译并不影响原意的表达，但《圣经》经文不可改动的权威性却大大减弱。在原作中，佛尼埃是带着矛盾心态参加暴力革命的。他虽也认同惩奸除恶的革命理念，但基督教关于爱的理念却使他陷入痛苦，因此便接着引用《启示录》的段落描述自己的痛苦：

> You must remember St. John in the Revelation: "And in those

---

① 郑振铎译：《灰色马》，第91页。

② Ropshin, *The Pale Horse*, pp. 74-79.

③ Ropshin, *The Pale Horse*, pp. 10-11.

④ 郑振铎译：《灰色马》，第12页。

days shall men seek death and shall not find it, and shall desire to die, and death shall flee from them." [Revelation 9:6] Can there be anything more ghastly than death feeing from you when you are calling for her?[1]

你要记住圣约翰在《启示录》里说的话。"在那些时候，人们寻求着死，而却找不到她；他们想去死，而死却离开了他们。"当你要求死时，而她却离开了你，有什么事比这更可怕的么？[2]

官话和合本《圣经》的原文实为："在那些日子，人要求死，决不得死。愿意死，死却远避他们。"（启9：6）而郑振铎的译文却与《圣经》原文有所出入。我们理应觉察到，这些源自《圣经》的引文正是佛尼埃信徒身份的显现，因为佛尼埃与佐治的最大不同就在于对基督教信仰的不懈坚持，而他正是借助于《圣经》来表达这种痛苦。但郑振铎的译文却使他的引用偏离了原文，成为随口说出的普通文句。这对于这场围绕《圣经》展开的思想论辩而言，已经是十分重大的改变，如此一来，这位基督教信徒的信仰强度便遭到削弱。

在这个基础之上，郑振铎进而常以降格或世俗化的文句替换佛尼埃关于信仰的一般用语，从而模糊信仰与普通情感之间的界限。佛尼埃曾表达过他挣扎于爱与暴力之间的痛苦感受："没有路给我走出去，一条路也没有。我出去杀人，然而我是相信爱。我是崇慕耶稣的。哎，这真是苦恼（agony）！"[3]在《路加福音》中，"agony"本用于形容耶稣极度痛苦的状态："耶稣极其伤痛（agony），祷告更加恳切，汗珠大如血点，滴在地上。"（路22：44）但郑振铎使用的"苦恼"不过是与"忧愁"相类似的词，后者则用来形容女队员依梨娜（Elena）对于爱情的踌躇："你为什么常常忧愁（sad）？我难道不爱你么？"[4]

---

① Ropshin, *The Pale Horse*, p. 13.

② 郑振铎译：《灰色马》，第13页。

③ 郑振铎译：《灰色马》，第37页。

④ 郑振铎译：《灰色马》，第183页。

精神世界的痛苦挣扎被改写成某种情绪上的烦恼，此举无疑削弱了佛尼埃思想中的宗教性因素。

不仅如此，郑振铎甚至修改佐治眼中的佛尼埃形象。当佐治自己陷入困惑之时，他曾向已经牺牲的佛尼埃寻求精神的帮助。可是，郑振铎的译文却不再区分佛尼埃的上帝之爱与佐治的男女之爱：

> …Why does affection create sorrow? Why does not <u>love</u> give joy, but pain? Love … Love … Vania used also to speak of <u>love</u>, but of what kind of <u>love</u>? Do I know <u>love</u> of any kind? I do not know, cannot know, and do not try to. Vania knows, but he is not more with me.[1]

> ……为什么亲密之感会创出忧愁来？为什么<u>爱情</u>不会给人以快乐，而只给人以痛苦？<u>爱情</u>……<u>爱</u>……佛尼埃也常常谈到<u>爱情</u>。但是他谈的是那种<u>爱情</u>呢？我到底知道那一种<u>爱</u>呢？我不知道，不能知道，而且也不想知道。佛尼埃知道。但他已不能再同我在一起了。[2]

上述文句是以佐治自言自语的口吻道出。在这里，佐治已经隐约感觉到自己经历的爱情与佛尼埃所说的爱不是一回事，但郑振铎却一律以世俗化的"爱情"而不是更具弹性的"爱"统而译之。我们知道，在郑振铎使用的官话和合本《圣经》中，"爱"（love）往往特指上帝之爱。如《诗篇》第 109 章第 4—5 节："他们与我为敌以报我爱（love）。但我专心祈祷。他们向我以恶报善，以恨报爱（love）。"《约翰福音》第 5 章第 42 节："但我知道你们心里，没有上帝的爱（love）。"《约翰福音》第 15 章第 9—10 节："我爱你们，正如父爱我一样。你们要常在我的爱（love）里。你们若遵守我的命令，就常在我的爱（love）里。正如我遵守了我父的命令，常在他的爱（love）

---

① Ropshin, *The Pale Horse*, p. 139.

② 郑振铎译：《灰色马》，第 161-162 页。

里。"这些高度抽象的"爱"都是有别于尘世的男女之爱。而经过郑振铎的降格处理之后，佛尼埃的"上帝之爱"也就变得与亨里契等其他人的男女之情几无二致："亨里契恋爱（loves）爱尔娜，终生只爱（love）她一个。但是他的爱情（love），并不使他快活。"[①]在世俗之爱与上帝之爱的区别变得模糊之后，郑振铎便隐秘地改变了佛尼埃的精神底色，而背后的思想方向仍然是佐治所代表的世俗革命精神。

类似的趋同化改写还发生在对佐治的情人依梨娜的刻画上。在原著中，依梨娜是一位军官夫人，在佐治参加暗杀行动前一年与其相识。在与佐治的对话中，依梨娜本想劝告其保全生命，放弃暗杀行动。但郑振铎笔下的依梨娜却说："你知道不知道，我似乎在过毫不牵挂的生活（without noticing life）……"[②]这其实已经不同于原文中依梨娜的形象。作为革命的旁观者和局外人，依梨娜并没有那么坚定的革命理想，她对革命的关心只不过是出于对佐治本人的担忧。她甚至劝他"为什么不只是为'生'而生着呢？"（Why not live simply for life's sake?）[③]又告诉他"生命是必需的"。[④]可是，郑振铎笔下的依梨娜却具有了与佐治相似的革命意志。

通过对行动小组各成员的趋同化塑造，郑振铎的译本将这些出身不同、动机有别的人物以佐治为中心完成聚拢，使之成为一个具有高度行动力的进步群体。当《灰色马》原著借佛尼埃之口指出，"他们的分别，不在他们的行为上，而在他们的说话上"之时，[⑤]郑振铎恰恰是通过对不同人物对话的精妙改动，使他们重新凝聚为一个相对统一的革命群体。从某种意义上说，这个革命群体的形成过程颇为符合吉登斯对于"政治活动"的描述："它的基础是社会化，是在大规模努力的发展上形成一个同情、互助的小组；其合作目标包括对敌人的防

---

① 郑振铎译：《灰色马》，第 46 页。
② 郑振铎译：《灰色马》，第 62 页。
③ 郑振铎译：《灰色马》，第 64 页。
④ 郑振铎译：《灰色马》，第 68 页。
⑤ 郑振铎译：《灰色马》，第 126 页。

范，并通过组织手段在人群中维护秩序，并施行行为规范的准则。"[1]
这样一来，郑振铎的译文就改变了原著对于革命事业的反省和质疑，
代之以肯定和憧憬的乐观态度。[2]

那么，这个革命群体的性质又是如何呢？相比于原著中浓厚的基
督教背景，郑振铎译本中的革命群体已经改头换面为一个以社会革命
本身为己任的世俗革命小组。佛尼埃曾借《圣经》向佐治说道：

Yes, what is truth? You remember: "To this end was I born, and
for this cause came I into the world, that I should bear witness unto the
truth. Every one that is of the truth heareth my voice." [John 18: 37][3]

是的，什么是真实？你记住："我们生出是为这个目的，我
们到世上去也是为了这个原因，就是我们要带了智慧绘真实。每
一个人，如果他，是真实的，都会听见我的话。"[4]

这段劝告出自《约翰福音》。在《约翰福音》中，耶稣的回答本
是要使信徒坚持信仰上的真理之可靠。佛尼埃在这里引用《约翰福
音》，本来也是向佐治表明自己的坚定信仰。但在原文中，这种信仰
的来源其实是在耶稣。官话和合本《圣经》写道："耶稣回答说：你
说我是王。我为此而生，也为此来到世间，特为给真理作见证。凡属
真理的人，就听我的话。"（约 18：37）但郑振铎却将引文中出生的主
体由耶稣改成"我们"，且不再标出引文的出处。显然，"我们"并不
是指"耶稣"，而是指向社会革命党这样的世俗革命者群体。这就使

---

[1] Giddings, *The Elements of Sociology*, p. 44.

[2] 加慕萨曾敏锐地指出，《灰色马》俄文原著甚至还借用不同人物所说的不同语言，即
巴赫金（Mikhail Bakhtin）所谓的"杂语"（heteroglossia, 常译为"众声喧哗"）策略，
来指出这个革命小组的"共同事业"是不可能实现。不过，1917 年的英译本在话语策
略上的差别已经有所淡化。Gamsa, *The Chinese Translation of Russian Literature*, p. 65.

[3] Ropshin, *The Pale Horse*, p. 32.

[4] 郑振铎译:《灰色马》，第 35 页。

得佛尼埃的思想进一步向佐治的思想靠近，后者宣称："因为我没有什么上帝，所以我便要做我自己的上帝。"[①]郑振铎的趋同化翻译策略展现了他对所谓"世俗千禧年主义"（Secular Millennialism）的认同倾向：所谓"世俗"天启其实是与"主动"一词同义，即"人类取代上帝之位，成为创造千禧年的积极行动者"。[②]因此，变革世界的伦理责任便从神转向社会人群的力量。

最终，这种对于变革主体性质的断定也关涉郑振铎对于新社会性质的表述。佛尼埃在暗杀总督后自杀未遂，被捕入狱。他向其他革命者寄出一封信，再次引述《圣经》重申自己的信仰：

In bidding you farewell, I should like to remind you of the words: "Hereby perceived we the love of God, because He laid down His life for us; and we ought to lay down our lives for the brethren." [1 John 3:16][③]

再会，朋友们，我希望你们记住这些话："我们因此看见上帝的爱，因为他为我们而牺牲生命；我们也应该为后人而牺牲我们的生命。"[④]

查官话和合本《圣经》，原文表述为："主为我们舍命，我们从此就知道何为爱。我们也当为弟兄舍命。"（约一 3：16）但除了弃用圣经原文、改用自己的语言译述之外，郑振铎更关键的改动在于用"后人"替换"弟兄"（brethren）。在圣经中，"子孙"（sons）和"弟兄"（brethren）这两类人物的区别是非常清楚的（拉 3：9）。《以西结书》第 11 章第 15 节借上帝之口向耶稣说道："人子啊，耶路撒冷的居民

---

① 郑振铎译：《灰色马》，第 43 页。

② Richard Landes, *Heaven on Earth: The Varieties of the Millennial Experience*, Oxford: Oxford University Press, 2011, p. 320.

③ Ropshin, *The Pale Horse*, p. 129.

④ 郑振铎译：《灰色马》，第 151 页。

对你的弟兄（brethren）、你的本族、你的亲属、以色列全家，就是对大众说：你们远离耶和华罢。这地是赐给我们为业的。"所谓"弟兄"是在信仰的基础上，以耶稣为中心而建立起来的兄弟之爱。对佛尼埃来说，信仰之下平等的兄弟之爱是构建新世界的基础；但郑振铎则代之以社会代际兴替的憧憬，故社会改造者的责任在于为后来者谋。换言之，社会变革的目的不是为基于相同信仰的弟兄开创上帝的尘世天国，而是要为革命后人创造一个基于普遍性"同类意识"的新社会。因此，郑振铎笔下的社会革命便消除了宗教意义上的创世寓言，转而指向社会意义上的除旧立新。

从上述分析可知，加慕萨认为郑振铎的译文由于英语知识的不足和对西方生活方式的不了解而错误百出，这一论断是失之武断的。[1]郑振铎自由灵活的译文是与他对人物形象的重新塑造和对原著思想的重新阐释密不可分的。就人物形象的重新塑造而言，他将一盘散沙式的暗杀小组重新凝聚为一个立场相近、意志坚决的革命群体，使之具备改造社会的潜力。这展现了郑振铎与萨文柯夫在思想上的显著差别。郑振铎一改原著对革命的犹豫、怀疑和否定态度，代之以革命理想的坚定信念和美好憧憬。与此同时，通过引用、引申或改写圣经原意等丰富的文本手段，郑振铎对《圣经·启示录》的神学寓意做出世俗革命式的解读，把原著中对于地上天国的神学憧憬替换为社会革命的蓝图。在这一点上，郑振铎清楚地看到《启示录》和世俗革命在"决绝精神"上的共同之处。诚如某论者所言，"一种预言论式的政治神学必然是一种对伦理反思不容妥协的态度"。[2]对使徒约翰来说，在涉猎罗马异教宇宙论和预见新世界的降临之间绝无重合之处。而在郑振铎的译笔之下，对千禧年的坚定信念则被替换为世俗革命的坚决理想，并成为中国社会变革足以效法的文学榜样。

---

[1] Gamsa, *The Chinese Translation of Russian Literature*, p. 75.

[2] Ryan L. Hansen, *Silence and Praise: Rhetorical Cosmology and Political Theology in the Book of Revelation*, Minneapolis: Fortress Press, 2014, p. 162.

第三节　阿志跋绥夫与另一种革命可能

　　郑振铎《灰色马》译本中的革命群体主要是以情感和意志为基础而联合在一起，至于在思想上——无论是政治革命的纲领还是基督教信仰的内涵——却缺少必要的共识。参照郑振铎本人援引的吉登斯学说，其"同类意识"说中的"情感"一面往往得到强调，而"知觉"的一面却被弱化。但郑振铎全然不以为意，依然认为这种群体社团的形式有助于推动社会变革的进程。这也与他早年广泛参与各种"小团体"的经历颇有关系。早在1919年夏，郑振铎就在家乡温州发起成立救国讲演周刊社，并创办《救国讲演周刊》。1919年7月，他又在母校浙江第十中学参与创立永嘉新学会，并创办《新学报》。在《新社会》旬刊创办前后，他与瞿秋白、耿济之、瞿世英和许地山等人"成了一个小单位"，经常见面、开会和活动，形成了紧密的共同体。[1]尽管《新社会》旬刊是郑振铎早期参与创办的最重要期刊，但其实他并没有因此而停止结社办报的尝试。1919年12月，他又加入旅京福建学生联合会，油印《闽潮》。1920年春，他还参加过福建学生在北京组织的一个非公开S. R.学会（Social Reformation），"大家原想共同学习些社会改革的新思潮和新东西，但因为很快即到暑假，大多数人都毕业四散了，无形中就瓦解了"。[2]在《新社会》旬刊被禁之后，郑振铎牵头成立人道社，并加入曙光社，在1920年8月尝试与其他五个团体成立"改造联合"的联络组织。9月前后，他又与北大学生罗敦伟、徐其湘等人组织"批评社"，筹备创办《批评》半月刊。直到1920年12月，他与新文学同人创办文学研究会。如此种种，无不反映了他对于群体进步的亲身投入和体悟。就其本质而言，这些"小团

---

[1]　郑振铎：《记瞿秋白同志早年的二三事》，第26页。
[2]　郑天挺：《自传》，载吴廷璆等编：《郑天挺纪念论文集》，北京：中华书局，1990年，第685页。

体"都算不上是真正的政治组织，而多半是以文化手段推动社会改造的同人社团。可以说，郑振铎在《灰色马》译本中所展现的对于群体进步的认识，带有他自己早年经历的影子。他所流露出来的思想倾向并不在于对某项政治纲领的具体关怀，而是对社会改造本身的满怀热情的憧憬与期许。

从晚清时代起，有关俄国虚无党的文学作品就已陆续进入中国文坛，其中既有引入暴力革命的实际目的，也有出自猎奇心态和文化启蒙的借鉴考虑，至 20 世纪 20 年代中期更是蔚为大观。①《灰色马》即是无政府主义的典型思想，而更重要的影响则体现在郑振铎对旧俄阿志跋绥夫（又译作阿尔志跋绥夫等，Mikhail P. Artsybashev）作品的长期翻译之中。

1922 年，郑振铎为《灰色马》译本作序时，第一次提及阿志跋绥夫。虽未道出阿氏之名，但郑振铎指出，作为反映 1905 年俄国革命后虚无主义思潮的代表作，阿志跋绥夫的《沙宁》与路卜洵的《灰色马》都具备普遍的价值和研究的必要。②这一态度与鲁迅的介绍颇为接近。鲁迅虽然批评阿志跋绥夫的《沙宁》代表了"无治的个人主义"或"个人的无治主义"，但仍然称赞作者"是俄国新兴文学典型的代表作家的一人，流派是写实主义，表现之深刻，在侪辈中称为达了极致"。③然而，即便不是受到鲁迅的影响，郑振铎对《沙宁》的理解也很可能出自他在《灰色马》译序中引用过的俄国作家马塞伊·奥尔金（Moissaye J. Olgin）的英文巨作《俄国文学指南》[A Guide to Russian Literature (1820–1917)]。该书高度评价阿志跋绥夫的文学成就，并不讳言阿氏对于疾病、衰亡、肉欲与性的大胆描写，但同时宣称："阿志跋绥夫完全属于二十世纪和现代都市。"奥尔金以"自然主义者"称呼阿志跋绥夫："他是一个敏锐的观察者，迫不及待地观察

---

① 张全之：《中国近现代文学的发展与无政府主义思潮》，北京：人民出版社，2013 年。

② 郑振铎：《〈灰色马〉译者引言》，第 3-4 页。

③ 鲁迅：《译了〈工人绥惠略夫〉之后》，《小说月报》1921 年第 7 号，第 2 页。

周遭社会的情感动向，并能以坦率和大胆震撼他的读者"。^①就这一点而言，郑振铎选取阿志跋绥夫的"自然主义"而非"现代都市"借题发挥，显然与其在商务印书馆编译所与茅盾共同倡导的"自然主义"文学风尚遥相呼应。^②阿氏作品俨然成为中国文学变革的域外资源。

值得一提的是，奥尔金的著作相当完整地介绍了阿志跋绥夫的代表作，不仅提到鲁迅翻译的《工人绥惠略夫》，也涉及短篇小说集《革命故事》的主要篇目，包括《革命党》《血痕》《朝影》——郑振铎日后作为主编组织了该书的翻译——以及长篇小说《沙宁》。可以说，从英语路径进入阿志跋绥夫的文学世界，使郑振铎从一开始就有别于其他翻译者，呈现出一种整体性的视阈。这种视阈延续到 1923 年《小说月报》连载的《俄国文学史略》，郑振铎在多个方面模仿了奥尔金的编撰体例。在 9 月号刊登的第五篇《俄国文学史略》中，他单列阿志跋绥夫一节加以介绍，并指出阿氏最有代表性的三部作品，即《朝影》《血痕》《沙宁》。^③与鲁迅相仿，郑振铎也认为阿志跋绥夫的思想来源"并非尼采而是史谛纳（Max Stirner）"，^④但把阿志跋绥夫和路卜洵并称为"在许多个人主义的作家中尤趋于极端"，显然延续

① Moissaye J. Olgin, *A Guide to Russian Literature (1820–1917)*, New York: Harcourt, Brace and Howe, 1920, pp. 265-270.

② 参见《小说月报》主编寄语："文学上自然主义经过的时间虽然很短，然而在文学技艺上的影响却非常之重大。现在固然大家都觉得自然主义文学多少有点缺点，而且文坛上自然主义的旗帜也已整不起来，但现代的大文学家——无论是新浪漫派、神秘派、象征派——那个能不受自然主义的洗礼过。中国国内创作到近来，比起前两年来，愈加'理想些'了，若不乘此把自然主义狠狠的提倡一番，怕'新文学'又要回原路呢！"见茅盾：《最后一页》，《小说月报》1921 年第 8 号，第 8 页。

③ 郑振铎：《俄国文学史略（五）》，《小说月报》1923 年第 10 号，第 19-20 页，后收入 1924 年 3 月商务版《俄国文学史略》单行本。需要指出的是，《俄国文学史略》连载至阿志跋绥夫的时代便告一段落，不再介绍苏俄作家和作品。单行本增加"劳农俄国的新作家"一章，实为瞿秋白代笔。

④ 中文说法出自鲁迅：《阿尔志跋绥夫》，《小说月报》1921 年第 7 号，第 3 页。本书不否认郑振铎与鲁迅的相似性，但这一表述可在英译本中找到阿志跋绥夫本人的自述，郑振铎也可能是从中得知这则信息。参见 "Michael Artzibashef," in Michael Artzibashef, *War: A Play in Four Acts*, Trans., Thomas Seltzer, New York: Alfred A Knopf, 1916, p. xii.

了翻译《灰色马》的体会。同样有别于鲁迅之处在于，鲁迅在《工人绥惠略夫》中指出，阿志跋绥夫笔下的小人物"虽然可以说是人性的趋势，但总不免便是颓唐"；[①]郑振铎则认为，阿氏作品代表了1905年后无政府个人主义的革命小说和一部分青年的极端个人主义趋向，其社会影响和思想价值仍有发掘的潜力。

我们应该看到，郑振铎从英译本进入阿志跋绥夫的文学世界，其实继承了20世纪初俄国文学在英语世界的广泛影响和积极评价。正因为如此，英语世界中的阿志跋绥夫就避免了苏联国内方兴未艾的政治批评。英美批评家将其纳入英语文学的延长线，认为其延续了萨缪尔·理查逊（Samuel Richardson）开创的近代现实主义传统，反映了"当代俄国千变万化的社会现实"特别是"俄国激进派的生动图景"，"描绘出俄国革命氛围并揭示革命背后的驱动力"。[②]正是这一点，让郑振铎看到译介阿志跋绥夫的积极意义。在他看来，阿氏作品"反抗弥漫俄国的人道主义与无抵抗主义，而主张个人权利的神圣，同时即有许多人与他作呼应；这种呼应之声，是时代的自然呼声，是那时青年对于革命失望后的一种反响，并不是一二人所造成的"。[③]

1924年6月，郑振铎在《小说月报》上发表他以英译本为底本翻译的《沙宁》前两章，这是他第一次尝试翻译阿氏作品，但随即戛然而止。不过，郑振铎在译序中大量摘译英语世界对阿志跋绥夫的评述，包括耶鲁大学英文教授菲尔普斯（William L. Phelps）的《俄国小说家论》、《沙宁》英译者平克顿（Percy Pinkerton）的译序，以及阿志跋绥夫写给友人的生平自叙（收录于英译本《战争》前言）。在译序注释中，郑振铎建议中国读者写信向英文出版商 Marten Secker 订购《沙宁》，或是前往上海商务印书馆（位于福州路）、中美图书公司（位于南京路）和伊文思公司（Edward Evans and Sons Ltd，位于九江

---

① 鲁迅:《阿尔志跋绥夫》, 第2页。

② Thomas Seltzer, "Preface: Michael Artzibashef", in *War*, pp. ix-x.

③ 郑振铎:《俄国文学史略（五）》, 第19页。

路）寻购英文本。可以说，郑振铎从北京来到上海后，已经深入探索上海英文书店及其背后庞大的英语文学传播脉络。借用李欧梵的话说，"正是在这样的一种'嗜书'环境里"，阿志跋绥夫经过英语世界的重译，被郑振铎"边吸收边加以再创造"。①

1926 年春，郑振铎在上海《教育杂志》第 3 ～ 4 期"教育文艺"栏目连载《巴莎杜麦诺夫》，成为他完整翻译的第一篇阿志跋绥夫作品。就在同年，鲁迅在校阅《工人绥惠略夫》重印稿时修正早年观点，认为"绥惠略夫临末的思想却太可怕"，不希望中国出现这样的人物。②郑振铎反其道而行之，从阿志跋绥夫进入教育问题的讨论，探索青年个体的困境与出路。

《巴莎杜麦诺夫》是阿志跋绥夫创作的第一篇小说，于 1901 年问世。小说讲述了一位中学生因拉丁文考试不及格而受挫，最后枪杀校长。郑振铎几乎未作评注，但在结尾处指出："阿志跋绥夫在这里所说的教育情形，中国的教育家见了，觉得有什么感触？"③其翻译的动因俨然出自对教育问题的关心，这一点显然呼应了原著的关心所在。英文版中的阿志跋绥夫自述承认，该作融合其亲身经历，隐含了对旧式学校的不满与愤恨，但因题材受到严厉的审查而推迟发表。④

此时此刻，郑振铎再次采用其一向主张的"直译"手法，其影响首先表现在郑振铎对于原作倒叙手法的复制。小说前三节首先叙述中学生杜麦诺夫在枪杀校长后，主动到警局自首，并和警员一起回到犯罪地点指认现场；从第四节起，才讲述主人公的犯罪过程及其心理变化。借用陈平原的话说，"如果说'新小说'家学会借倒装叙述来更有效地讲述故事的话"，想必郑振铎"学会借交错叙述来更真切地表现人物情绪和突出作品的整体氛围"。⑤

① 李欧梵：《上海摩登》，第 138 页。
② 培良：《记鲁迅先生的谈话》，《语丝》1926 年第 94 期，第 218 页。
③ 阿志跋绥夫著，郑振铎译：《巴莎杜麦诺夫》，《教育杂志》1926 年第 4 号，第 1-15 页。
④ Artzibashef, *War*, p. xii.
⑤ 陈平原：《中国小说叙事模式的转变》，北京：北京大学出版社，2010 年，第 52 页。

更重要的问题在于，郑振铎以英译本为底本，进一步偏离了俄文原作的感情态度。加穆萨指出，在俄文本的结尾，杜麦诺夫意识到"他自己做了一件多么糟糕、恶劣而无法挽回的事情"，但英译本删除了这一关键句。[①]经由忠实的直译，郑振铎反而过滤掉原作的道德反省，凸显谋杀行为的自然主义特征及其心理效应。

《巴莎杜麦诺夫》抨击陈旧的教育制度，刻画拉丁语与日常语言之间的冲突，这在1926年的中国教育界具有相当强烈的现实意味。众所周知，白话文运动兴起后不久便收到成效。1920年1月，教育部训令全国："凡国民学校一二年级先改国文为语体文，以期收言文一致之效。"[②]同年3月，教育部下令废除小学所有文言文教科书。[③]可是，从20年代中期开始，教育部力主读经，反对白话的声势日渐复辟。进入1926年，各地发起"全国国语运动大会"，以上海为中心，声浪传遍全国。仅一月内，上海筹备会举办国语图书展览会，在各个区域连续召开二十天，引起民众轰动。[④]

作为民国时期创办最久的教育刊物，《教育世界》鲜明地支持国语运动，并密切关注其进展。1926年2月号刊出各地运动态势，其他各期还用生动的广告呐喊鼓吹，3月号甚至提出"国语与国货须要同时提倡"的口号。同样是在3月号上，"小学教育论坛"栏目刊出《小学国语科书法教学法》一文，讲解汉字书写与音、形、义的关系。[⑤]正是从这一期开始，《教育世界》分两期连载郑振铎翻译的《巴莎杜麦诺夫》，展现新旧语言之争的跨国影响和现实指涉。

实际上，小说的主旨揭示了郑振铎在这一时期对教育问题的关注与实践。正是在1926年前后，郑振铎加入匡互生在上海创办的立达学园。立达学园以"修养健全人格，实行互助生活，以改造社会，促

① Gamsa, *The Chinese Translation of Russian Literature*, p. 212.

② 《时事纪要》，《教育杂志》1920年第2号。

③ 《时事纪要》，《教育杂志》1920年第4号。

④ 《全国国语运动之盛况》，《教育杂志》1926年第2号，第5-6页。

⑤ 黄希杰：《小学国语科书法教学法》，《教育杂志》1926年第3号，第13-16页。

进文化"为宗旨，抨击现有官办教育的僵化："在现在一般学校里，教师结合既不纯粹以教育兴趣为基础，学生就学，也只是以金钱换取资格。师生间无了解所以无敬爱，无敬爱所以无人格化。教室以外，别无观摩；课本以外，别无启发。在这种情形之下，教育自然无好果。"①阿志跋绥夫小说中的场景，恰恰代表了立达学人的改革对象。

　　立达学园的早期参与者广涉文学研究会的"外围组织"，包括白马湖作家群、立达学园同人、开明书店和商务印书馆编译所部分成员。②他们一方面秉承文学研究会"为人生的文学"宗旨，另一方面积极探索教育的社会作用。作为文学研究会的创会骨干，郑振铎自然也在邀请之列。1926年2月17日，立达学园的刘薰宇亲自从江湾赶来，拜访郑振铎。③3月6日，立达学园开学，增设中国文学系，聘请郑振铎为教师。同月23日，立达学会认定郑振铎为常务委员会委员。④两天后，立达学会在大新街悦宾楼举行全体大会，欢迎郑振铎等人正式入会，会议上提出出版杂志，郑振铎被推举为编辑筹备者之一。当年9月，立达刊物《一般》正式出版，郑振铎成为重要撰稿人。随后，郑振铎成为立达学园中国文学系筹备专员，参与文学专门部的课程设定。⑤

　　从思想上说，立达学园的改革动机与阿志跋绥夫的精神底色颇为相近，都根源于"无政府主义"的社会理想。匡互生的密友熊梦飞就提出："自民七以后，互生喜读蒲鲁东、克鲁泡特金、托尔斯泰诸导

① 匡互生、仲九：《立达—立达学会—立达季刊—立达中学—立达学园》，《立达》1925年第1期。
② 所谓"白马湖作家群"，广义上是指"20世纪20年代初在浙江省上虞白马湖春晖中学任教、生活过的"一群作家，包括夏丏尊、丰子恺、朱自清等人，以及短暂造访或偶然讲学于白马湖的叶圣陶、俞平伯、刘大白、胡愈之等人。这些投身于基础教育的知识分子多为文学研究会成员，又与商务印书馆、开明书店等上海出版机构过从甚密。见石曙萍：《知识分子的岗位与追求》，第226页。
③ 王伯祥1926年2月17日日记，《王伯祥日记》（第2册），第385页。
④ 《园讯》，《立达》1926年第13期，第1页。
⑤ 王伯祥1926年3月25日、5月27日、6月1日、6月12日日记，《王伯祥日记》（第2册），第397、419、421、425页。

师著述，心仪师复之为人，倾向安那其主义，故务逊之名为互生，立工学会，创新村，办立达学园，皆欲以行工读互助之思想。"① 不过，郑振铎选译的《巴莎杜麦诺夫》并没有真正采取制度化的无政府主义改革办法，而是寻求教育问题的激进解决，因而与社会进程中的学生运动联系更加紧密。实际上，《教育杂志》刊登的文章除了立达诸人的温和方案外，同样不乏全国各地愈演愈烈的学潮消息。特别是在1926 年"三一八"惨案发生以后，《教育杂志》4 月号头版即刊出李石岑的文章，呼吁整个教育界彻底反省，对于学生的种种解放运动，"亦应表相当之敬意"。② 换言之，郑振铎翻译《巴莎杜麦诺夫》的动机恐怕意在言外，所重者不只是教育制度本身，而是试图唤起青年学生的生命意识与社会能量，最终迎向风起云涌的社会运动。

走出校园的学生向何处去？ 1926 年 6 月至 7 月，郑振铎译出阿志跋绥夫的短篇小说《血痕》，显示其关切从教育问题转向更为宏大的社会革命。《血痕》以写实主义手法讲述了火车站长阿尼西莫夫在生命的最后时刻经历革命的全过程，从群众奔袭而来，到革命黯然失败，最后被捕身亡。小说以阿尼西莫夫的眼前景象和心理活动开场："这件事发生得如此的突然，如此的匆促，然而他无时无刻不觉得兴奋而快乐，好像他是被一阵清澄的冲向前去的潮流所带去，那潮流将永远的抹除去一切旧的、沉闷的、不快乐的生活的痕迹。"③ 阿西尼莫夫与汹涌的革命人潮融为一体，这个场景同样反映中国社会个体被卷入革命进程的相似过程。所谓"历史的可译性"再次成为郑振铎引介该作的潜在动因。

为了忠实还原壮阔的革命场景，郑振铎使用绵长而略显生硬的白话文逐字翻译。面对山呼海啸的人群，"阿尼西莫夫觉得异常的震悚，

---

① 熊梦飞：《忆亡友匡互生》，载中国人民政治协商会议邵阳市委员会学习文史委员会编：《匡互生先生诞辰 110 周年纪念集》，2001 年，第 65 页。

② 李石岑：《悼三月十八日北京被杀学生》，《教育杂志》1926 年第 4 号，插页。

③ 阿志跋绥夫：《血痕》，载氏著，郑振铎等译：《血痕》，上海：开明书店，1927 年 3 月初版。本书使用 1933 年 8 月第 7 版，第 3 页。

在他一生，从没有见过一大群的人如此的整齐划一的走着去打仗，这种仗要带了死与痛苦给那么多的人的，他对于打仗只有种很模糊的观念，然而他有些觉得，打仗的恐怖现在正要来了。"①郑振铎向来认为，"有许多很好的思想与情绪"，无论文言文还是普通语体文都无法传递出来，"为求文学艺术的精进起见"，故采用欧化的句式。②然而，在这种摄像机式的客观视角下，原作的焦点不在于新旧势力的对抗，而是陷入革命的个人生命及其真实体验。对于阿氏笔下的普通人而言，投身革命的动机未必出自阶级学说的鼓动，而是来自感同身受的生活体验和发自肺腑的内心困惑。郑振铎也正是从情感出发，断定阿志跋绥夫打动人心的魅力："凡是近代的作品，读了使我们惊心动魄的，最使我们感动得一种连呼吸都透不出来的激动的，除了阿志跋绥夫诸人的以外，却也不易再找出别的好多著作来。"③

值得注意的是，在《血痕》翻译中，郑振铎的直译手法不再局限于记叙个体故事，更多是用于革命群体的正面描述。这恰恰是《血痕》与前作《巴莎杜麦诺夫》的显著区别。"机关车上挂着红旗，在风中飘扬着，从每个车窗中，有不认识的许多脸向外观望；忠实的友情的脸，这些青年们，大多数都是摇着他们的帽，挥着他们的手，直至他们完全向同一方向不见了为止。"④可以说，阿志跋绥夫的书写为郑振铎提供了一张革命群体的素描画。

不过，译者与作者的差别恰恰也体现在他们对于群众的描写及其身份的界定。阿志跋绥夫通过阿尼西莫夫的眼睛，看到的是无意识状态下"群氓的叫好声"（the mob with loud hurrahs），⑤而郑振铎看到的

---

① 郑振铎等译：《血痕》，第 17 页。
② 振铎：《语体文欧化之我观》，《时事新报·文学旬刊》，1921 年 7 月 10 日，第 1 版。
③ 郑振铎：《序》，载《血痕》，第 1 页。
④ 郑振铎等译：《血痕》，第 4-5 页。
⑤ Michael Artzibashef, *Tales of the Revolution*, Trans., Percy Pinkerton, London: Martin Secker, 1917, p. 111.

却是"每一列火车经过车站时，群众便高声呐喊的祝贺"。① 如此一来，个体与群众的关系就存在两种不同的阐释可能性。在原文中，阿尼西莫夫认为自己"实有必要控制暴徒身上的这股危险力量"（control all this haphazard energy on the part of the mob），② 但在郑振铎笔下，阿尼西莫夫"觉得这是他的责任去指挥这班群众的一切偶然的努力"。③ 阿志跋绥夫与郑振铎的分歧在于，前者把革命视为一种无法控制的危险，后者则视其为一股有待引导的潜在力量。

郑振铎的"误读"揭示了阿志跋绥夫的本来面貌与其在中国接受语境的反差。无论是阿志跋绥夫的个人遭遇，还是他的一系列文学故事，无不围绕着 1905 年俄国革命的挫败而展开虚无主义论述。但阿志跋绥夫自进入中国起，就成为鼓舞青年的积极力量，并见证了 20 年代中期国民革命的突进。《工人绥惠略夫》在中国引起巨大反响时，胡仲持就指出，该书适时回应了中国读者的情绪与关怀，因为"爱与恨的纠纷，是现代青年的最大的烦闷"。④ 更有读者写信向《小说月报》直呼："青年！青年！提起你们的热情来！把这本《工人绥惠略夫》当作教科书吧！"⑤

对于《革命故事》的虚构情节与现实背景，郑振铎有着清醒的区分。他在序言中明确指出，围绕失败的 1905 年俄国民众起义，《血痕》"便是那个失败的革命者留下的血迹了"，而阿志跋绥夫本人则在俄国被视为革命的歧路人。⑥ 但鉴于中国革命自身的需要，郑振铎又有意识地将其运用于现实书写。1925 年五卅运动爆发，共产党为救济受迫害者，由恽代英、杨贤江等联络进步人士成立中国济难会。1926

---

① 郑振铎等译：《血痕》，第 4 页。

② Artzibashef, *Tales of the Revolution*, p. 118.

③ 郑振铎等译：《血痕》，第 12 页。

④ 仲持：《读〈工人绥惠略夫〉》，《时事新报·文学旬报》增刊，1922 年 10 月 10 日，第 6-7 版。

⑤ 陈哲君：《通信》，《小说月报》1922 年第 12 号，第 3 页。

⑥ 郑振铎：《序》，载《血痕》，第 1 页。

年1月1日，郑振铎作为58位发起人之一创办《济难月刊》。同年6月5日，济难会另一刊物《光明》半月刊创刊，郑振铎随即发表《血痕》译作，在第1、2、4号上连载。1927年3月，郑振铎将《血痕》收进由其主编的同名小说集《血痕》，列为"文学周报社丛书"之一，由上海开明书店出版。这与其说是《血痕》的再版，不如说是阿志跋绥夫作品在中文世界的首次集体亮相。

表四　1927年郑振铎主编《血痕》译文集目录

序号	篇目	译者	初刊
1	《血痕》	郑振铎	1926年《光明》第1、2、4号
2	《朝影》	沈泽民	1924年《小说月报》第1~3号
3	《革命党》	胡愈之	1920年《东方杂志》第17卷第21号
4	《医生》	鲁迅	1921年《小说月报》第12卷号外《俄国文学研究》
5	《巴莎杜麦诺夫》	郑振铎	1926年《教育杂志》第3、4号
6	《宁娜》	沈泽民	首次翻译

　　实际上，小说集《血痕》不仅网罗了阿志跋绥夫最为杰出的代表作，更促成中国翻译者和革命者群体的聚合。在上述名单中，胡愈之不仅是阿志跋绥夫在中文世界的第一位译者，也是郑振铎在商务印书馆编译所的同事和文学研究会的密友。1925年，两人共同参与立达学园事务。五卅事件后，郑振铎在家中创办《公理日报》，胡愈之协助编辑发行工作，并参与济难会的活动。①同样作为文学研究会成员，沈泽民受到《公理日报》的鼓舞，协助瞿秋白创办《热血日报》。再加上转向左翼的鲁迅，可以说，阿志跋绥夫逐渐成为左翼文学阵营正式成立前的一块集体坐标。

　　在译者群体之外，《血痕》一书的出版在普通读者中激起更大的反响。《新女性》杂志在1927年7月、8月、11月号连续刊登广告，大加宣传："在这集子上所写的，都可说是当时失败的革命者留下的

---

① 陈福康：《亲爱的朋友和同志——胡愈之与郑振铎》，载胡序威主编：《胡愈之：文化现象研究》，北京：生活·读书·新知三联书店，2016年，第130-155页。

血迹，因了作者的超越的艺术手腕，使我们读了时时可以感到心房的跳荡和眼前血花的飞溅。对于现代革命时代的青年，可说是一种兴奋的强心剂。"①随之而来的是该书畅销不断，1927年11月第2版，1928年10月第3版，1930年10月第5版，至1933年8月已发行第7版。有读者指出："当上海的革命高潮涨到如许时，却很欢迎开明的这一举——将这异国诗人阿志跋绥夫用铁和血写就的先进国的历史，汇成集子，以供给我们嗜好文艺的少年。"②可以说，正是通过郑振铎及其他革命者的共同书写，阿志跋绥夫成为中国革命实践中一股潜在的力量。

尽管郑振铎尽力连结阿志跋绥夫与中国革命之间的缝隙，但不可否认，对于阿志跋绥夫的解读仍然受到中国革命自身的限定。左翼批评家钱杏邨在1928年写道，郑振铎的选篇《血痕》在整部小说集中"是最复杂，而又最难写的，然而在技巧上，这一篇是最成功的"，但是在思想上，阿志跋绥夫"专欢喜向幻灭的一方面取材"，《血痕》典型地代表"他是一个虚无主义者"，主人公阿尼西莫夫是"一个没有洞察到革命的内里的不稳定的小有产者的革命党人，一个不十分健全的虚无主义者"。③换言之，在左翼内部的政治诠释下，阿志跋绥夫被拆解为艺术上的成功者与政治上的落后者两张迥然不同的面孔。

因此，当阿志跋绥夫最负盛名的长篇小说《沙宁》在1929年问世时，来自左翼阵营的文学批评家对该作的解读方法几乎达成了一致共识。1929年，郑振铎操刀《沙宁》的翻译，在其主编的《小说月报》上分12期连载，次年5月由商务印书馆刊印单行本，编入"文学研究会世界文学名著丛书"。但在《沙宁》译著出版前后，大量评论见诸报端，早已预设了该作的接受基调。1927年，郑振铎的青年密友瞿秋白的《十月革命前的俄罗斯文学》收入蒋光慈主编的《俄罗斯文学》一

---

① 《〈血痕〉广告》，《新女性》1927年第2卷下册，夹页。

② 王岐周：《关于〈血痕〉的杂感》，《开明》1929年第7期，第369页。

③ 钱杏邨：《力的文艺》，上海：泰东图书局，1929年，第90-96页。

书，该文指出阿志跋绥夫思想上的局限性："他的革命文学——是无政府主义的个性主义融化在群众之中——他的'沙宁'的言论趋向于极端的非道德主义，固然是剧烈的革命群众运动的反动，然而，他写'朗德之死'，那朗德却是朵斯托也夫斯基'白痴'之后唯一的利他主义者。"① 而在《沙宁》连载期间，鲁迅在致韦素园的信中讽刺道，上海嚷了一阵革命文学，"今年大约要改嚷恋爱文学了……恐怕要发生若干小 Sanin（沙宁）罢"。② 诚如钱杏邨在评论《血痕》时指出："我们不能不应用 Marxism 的社会学的分析的方法把他们分析一下，为着青年的读者，为着我们对于时代的任务，也是为着无产阶级文艺的前途……"③

在这样的情形下，郑振铎继续以自然主义笔法直译《沙宁》中的无政府个人主义主题，就不得不面临左翼批评家的严厉挑战。在这部小说中，莫斯科的大学生犹里涉嫌革命，被捕释放后回到家乡，他在辩论中说道："个人是一个零数，只有那些从群众中出来的人，但与有群众时相接触，且又不反对群众，好像资产阶级的英雄们所常做的——只有他们才有真正的力量。"④ 这个观点显然陷入瞿秋白的批评之中。1928 年 10 月，《小说月报》又刊出左翼作家冯雪峰翻译的正统马克思主义批评家、布尔什维克党创始人之一伏洛夫司基（Vatslav Vorovsky）的文章《巴札洛夫与沙宁——关于二种虚无主义》。伏洛夫司基的文章写于 1909 年，得到高尔基的首肯，早已为日后苏联文艺界批判阿志跋绥夫奠定了基调。冯雪峰在"译者附记"里强调，沙宁型的人们"对于劳动大众的离反，就不可避免地导起对于支配阶

---

① 蒋光慈：《俄罗斯文学》，第 234-244 页。
② 鲁迅：《致韦素园》，载南京大学中文系现代文学教研组编：《鲁迅选集》（第四卷：书简及附录），南京：南京大学，1974 年，第 53 页。
③ 钱杏邨：《力的文艺》，第 4 页。
④ 阿志跋绥夫著，西谛译：《沙宁：第三十八章》，《小说月报》1929 年第 11 号，第 1818 页。

级、资产阶级的拥抱"，①再一次把矛头指向《沙宁》所表现的个人无政府主义思想及其在政治上的落后与盲视。

因此，当郑振铎忠实地译出"享乐主义者"沙宁本人的信念时，阿志跋绥夫与中国左翼文学的分歧就愈发暴露无遗。沙宁说道："人是不能站在生活之上的，因为他自己不过是其中的一分子。他可以不满意，但这种不满意的原因却仍在他的自身。他或者不能或者不敢从生活宝藏中满满的取用以供他的实际需要。……人的肉体与灵魂，形成了一个完全和谐的全体，仅被死亡的可怕的来临而惊扰着。"②我们看到，沙宁的革命理念中非但没有排除肉体的干扰，还将革命者的肉体与灵魂并举，自然有悖于正统革命文学在阶级革命与文学创作两方面的教义。加穆萨指出，《沙宁》译本面临的批判反映出两种文学真实观的对峙：阿志跋绥夫追求的并不是"绝对真实"，即"对于某些普遍有效理念的宣传"；相反，他认为作家的职责在于讲述他眼中的"个人真实"，真挚的情感与打动人心的语言为其基础，这也成为阿氏本人标榜的独特价值。③

更值得注意的是，面对阿志跋绥夫备受争议的文学理念，郑振铎几乎照搬沙宁的原话。他甚至在 1930 年的单行本中保留了 1924 年所写的译序，认为《沙宁》在艺术上胜过其他作品，"更带着深刻的写实精神"，对于中国文艺界泛滥的矫揉之作而言，"实为这个病象的最好的药治品"，在思想上，"反映了革命失败后的青年的热烈的个人思想与行动"。④从这个意义上说，郑振铎对阿志跋绥夫作品的坚持在无形中走向一种有别于左翼文学的立场。与其说《沙宁》刻画了肉欲

---

① 伏洛夫司基著，雪峰译：《巴札洛夫与沙宁——关于二种虚无主义》，《小说月报》1928 年第 10 号，第 1176 页。关于冯雪峰对无产阶级理论的跨国接受，可参见王中忱：《无产阶级文学运动的组织化与理论批评的跨国再生产——以冯雪峰翻译列宁文论为线索》，《文学评论》2021 年第 3 期，第 26-37 页。

② 西谛译：《沙宁：第三十八章》，第 1823 页。

③ Gamsa, *The Chinese Translation of Russian Literature*, p. 115.

④ 西谛：《阿志跋绥夫与〈沙宁〉——〈沙宁〉的译序》，《小说月报》1929 年第 1 号，第 233-241 页。

的享乐主义生活，毋宁说阿志跋绥夫在不断试探或考验现实主义的限度，因为他的现实主义中从未脱离个人主义的成分，而是展现个体本能在社会政治中的紧张与冲突。①

第四节　社会变革的多重进路

无论是《新社会》时期对俄国革命学说的翻译，还是对日后《灰色马》这样的暗杀小说或阿志跋绥夫作品的翻译，郑振铎都没有刻意区分"共产主义"与"无政府主义"的内在区别。甚至在北洋政府的禁令中，"过激主义"也成为一个空洞的标签，反映出当局于对一切暴力革命的普遍防范。如果说，郑振铎在青年时期对于各种政治学说的接触尚显不成熟或无意识，那么随着个人的成长，他对社会运动路线的思索则逐渐流露出某种隐藏的取舍，而其深层的纠葛则指向新文化阵营的内部分化以及对于社会变革进路的不同选择。

一方面，进入 20 世纪 20 年代，新文化运动已经出现分流和退潮的势头。1922 年初，一度关注日本新村运动并曾受郑振铎之邀在青年会演讲的周作人，开始在《晨报副刊》的"文艺谈"栏目连载《自己的园地》一文。他决定像伏尔泰（François-Marie Arouet）笔下的"老实人"一样，从烦乱的外部世界退而耕耘自己的天地。② 当然，郑振铎也早已觉察到新文化同人的困顿趋势。在 1920 年 4 月 22 日写给张

---

① Otto Boele, *Erotic Nihilism in Late Imperial Russia: The Case of Mikhail Artsybashev's "Sanin"*, Madison: The University of Wisconsin Press, 2009, p. 16.

② 周作人写道："在一百五十年前，法国的福禄特尔做了一本小说《亢迭特》（笔者注：*Candide, ou l'Optimisme*，又译为《老实人》），叙述人世的苦难，嘲笑'全舌博士'的乐天哲学，亢迭特与他的老师全舌博士经了许多忧患，终于在土耳其的一角里住下，种园过活，才能得到安住。亢迭特对于全舌博士的始终不渝的乐天说，下结论道：'这些都是很好，但我们还不如去耕种自己的园地。'"仲密：《自己的园地》，《晨报副刊》，1922 年 1 月 22 日，第 2 版。另参见张先飞：《从普遍的人道理想到个人的求胜意志——论 20 年代前期周作人"人学"观念的一个重要转变》，《鲁迅研究月刊》1999 年第 2 期，第 43-49 页。

东荪的信中，郑振铎就指出了新文化运动者自身的两大问题：一是不够纯洁高尚、内心矛盾，"自私自利，为满足一己的占有冲动计的人很多"；二是"运动者渐现失望，悲观，消极，烦闷的样子来，不可不谋救正的办法"。[1] 在当年7月发表于《新学报》的文章里，他向新文化运动者发起呼吁："应当有彻底坚决的态度，以改造社会、创造文化为终生的目的，不可分念于别事。"[2]

另一方面，商务印书馆内部也出现了对于新文化运动的调和声音。在当初郑振铎拒绝商务印书馆的邀约之后，商务编译所所长高梦旦转请已在馆内任职的茅盾接手《小说月报》的革新工作。茅盾立即提出"现存稿子（包括林译）都不能用"的头条方针。这一举措虽然彻底扭转了《小说月报》的文学旨趣，但也着实影响了鸳鸯蝴蝶派作品的销路，因为商务早已买下礼拜六派的稿子"足够一年之用"，"林译小说也有数十万字之多"。[3] 为了抢夺失去的通俗文学市场，商务方面于1923年1月另创《小说世界》，由王云五的私人编辑叶劲风担任主编。《小说世界》把一大批鸳鸯蝴蝶派作家的拒稿收回刊登，[4] "以笼络这批文人"。[5] 商务方面甚至在茅盾和王统照不知情的情况下刊登他们的作品，以此掺和新旧，掩人耳目，混淆视听。

这些障眼法立即引起新文化作家的普遍不满。先是《晨报副刊》登出钱玄同用笔名"疑古"发表的专文，讽刺商务兼办新旧杂志"两面讨好"，稳赚不赔，痛骂"天下竟有不敢一心向善，非同时兼做一些恶事不可的人们"，并劝告沈（雁冰）、王（统照）二君"爱惜羽毛"。[6] 其后《学灯》转发此文，另附沈、王二人的澄清声明。钱玄同

---

[1] 郑振铎致张东荪：《通讯》，《时事新报·学灯》，1920年4月22日，第2版。

[2] 郑振铎：《新文化运动者的精神与态度》，第7-8页。

[3] 茅盾：《我走过的道路》（上册），第161页。

[4] 陶春军：《〈小说月报〉的改版与〈小说世界〉的创刊》，《出版史料》2012年第3期，第95-99页。1921年，王云五经胡适推荐，出任商务印书馆编译所所长，后任经理。

[5] 章锡琛：《漫谈商务印书馆》，载商务印书馆编：《1897—1987商务印书馆九十年——我和商务印书馆》，北京：商务印书馆，1987年，第115-116页。

[6] 疑古：《杂感："出人意表之外"的事》，《晨报副刊》，1923年1月10日，第3版。

在文章中引用鲁迅《他们的花园》中的诗句"苍蝇绕花飞鸣，乱在一屋子里"。鲁迅随即参与批评，并鼓励"新的年青的文学家的第一件事是创作或介绍，蝇飞鸟乱，可以什么都不理"。^①据茅盾和王统照两人的通信显示，商务印书馆方面有意推出通俗文学刊物的时间应在1922年夏，而第一个听说商务将有此行动的人正是郑振铎。得知此事之后，郑振铎特意向商务印书馆编译所询问，并请他们注意。^②可见，商务的策略调整已经引起郑振铎的警觉和重视，而他选择以长篇小说《灰色马》入手发起改革，其实揭示了俄国文学对他的深刻影响。

《灰色马》的翻译是郑振铎面对新文学旧敌复起、新文化阵营内部分歧的有力回应，反映了郑振铎面对20年代初期新文化运动消沉局面的反思与探索。对郑振铎来说，他更看重的是这部作品决断性的伦理意味，而不是对社会秩序造成的破坏性结果。在他看来，新旧交替的时间感固然源自《启示录》中耶稣复活的信仰主题，但除旧立新的新文化运动也同样面临着类似的更替时刻，即"一个真正的结束，也是一个真正的开端"。^③这种时间感内在于新文化运动之肇始，就如《启示录》的时间感内在于政治变革的时刻。^④

不过，郑振铎基于《灰色马》翻译文本及其社会经验的群体意识很快就受到巨大的挑战。1924年6月，商务印书馆推出《灰色马》单

---

① 唐俟：《关于〈小说月报〉》，《晨报副刊》，1923年1月15日，第3版。

② 沈雁冰：《我的说明》，《时事新报·学灯》，1923年1月15日，第4版。茅盾在回忆录中又提到，郑振铎当即询问的人正是王云五，不过后者却矢口否认有此计划。见茅盾：《我走过的道路》（上册），第192页。

③ Frank Kermode, *The Sense of an Ending: Studies in the Theory of Fiction*, Oxford: Oxford University Press, 2000, p. 96.

④ 类似的变革时间感同样可见于1921年6月4日的一次观剧体验。是日，郑振铎与茅盾及其弟沈泽民同赴上海英国戏院，观看中西女塾上演比利时戏剧家梅特林克的话剧作品《青鸟》（*The Blue Bird*）。茅盾后来记道：这部剧预示了"须先自己牺牲然后可得幸福；到光明之路是曲折的，必须自己奋斗。这种象征意义和教会学校最注重的宗教教义是格格不入的。"见茅盾：《我走过的道路》（上册），第184页。另见郑振铎：《评中西女塾的〈青鸟〉》，《时事新报·学灯》，1921年6月9日，第1版；6月13日，第1版。

行本。为完成这项工作，郑振铎在此前的一年里陆续邀请瞿秋白、茅盾和俞平伯等好友分别撰写序言或跋语。但这些互不相同的评价，却进一步暴露出新文化阵营对于社会变革的不同立场。

瞿秋白的序文原题为"《灰色马》与俄国社会运动"，最初发表在1923年11月10日《小说月报》第14卷第11号上。如其题名所示，瞿秋白从政治实践的角度对《灰色马》的人物和故事大加批判，其理论的根基恰恰是郑振铎并不看重的吉登斯"同类意识"说中的"知觉"（perception）一面。在瞿秋白看来，佐治从事的暗杀活动不过是"个人的冒险的阴谋的残忍的行为"，佐治式的英雄是包括原作者萨文柯夫在内的社会革命党所具有的"颓废派任性派的智识阶级倾向"的典型代表，他们的局限在于"只见个人的英雄式的奋斗，而不见群众；虽以为农民应当革命，而实不能与农民群众接近"。接着，他又从历史发展的视角指出，"佐治的生活早已流尽，佐治早已是'活死人'"，[①]因为"1922年以后社会革命党差不多已成为历史上的陈迹"。[②]瞿秋白的观点呼应了俄国国内对萨文柯夫的评价，反映了马克思主义革命家对社会革命党的普遍批评。[③]但更重要的是，郑、瞿二人围绕《灰色马》译本的各自表述，反映了新文化运动中关于社会改造理念的不同走向。

我们知道，郑振铎与瞿秋白早在基督教青年会赞助的《新社会》旬刊编译时期就已同时担任主编。尽管基督教青年会对政治学说的态度相当冷淡，但郑振铎和瞿秋白却热切地接触社会主义的政治学说。

① 瞿秋白：《序》（1923年8月2日作），载《灰色马》，第4页。

② 郑振铎译：《灰色马》，第14、20页。

③ 正统马克思主义者卢那卡尔斯基（Anatoly Lunacharsky）——1917年十月革命后出任新俄第一届人民教育委员（People's Commissariat for Education）——曾与《灰色马》的作者萨文柯夫有过短暂接触。他认为萨文柯夫是"颓废资产阶级的典型后代"，"尤其有一种悲剧性的、狂暴姿态的倾向"。即使在萨文柯夫参加的战斗组内部，他也因其"锋芒毕露的个人主义气质"而与其他革命党人产生隔阂。转引自 Spence, *Boris Savinkov*, pps. 24, 30。《灰色马》出版之后，俄国舆论界再次掀起对作家及其作品的质疑和批判。见 Spence, *Boris Savinkov*, pp. 93-96.

瞿秋白则更进一步，在 1920 年 3 月加入北京大学马克思学说研究会。同年 10 月，他以北京《晨报》和上海《时事新报》特派记者的身份，动身前往俄国考察发展实况，实则是向俄国社会主义靠拢了。《新社会》旬刊的最后三期已作为"劳动号"出版，这表明主编团队已经接触并认同了社会主义政治学说及其关于劳动阶级的主张。这就进一步偏离了北京基督教青年会不问政治的立场，也更加引起北洋政府的反感及其对《新社会》的查禁。

郑振铎与瞿秋白不仅在政治思想方面立场接近，在生活中的关系也相当密切。郑振铎虽然年长于瞿秋白，但却多次称赞瞿秋白是他们青年朋友中的"老大哥"或"谋主"，[①]"他的见解是很正确的。我们不能不细细的倾听他的意见"。[②]郑振铎尤其珍视瞿秋白对自己早年文学品位的影响。"我们在那个时候开始有一个共同的趣味就是搞文学。我们特别对俄罗斯文学有了很深的喜爱。秋白、济之是在俄文专修馆译的。……我受了他们两人的影响，也要找些俄国作家们的小说、戏剧来读。我看不懂俄文，只好找些英译本的俄国作品来读。"[③]

不过，瞿秋白的思想在赴俄考察之后有了明显的转变。在归国后完成的《新俄国游记》中，瞿秋白开始反思早年非社会主义、泛社会性的改革立场："于时我们组织一月刊《人道》。《人道》（Humanities）和《新社会》的倾向已经大不相同。——要求社会问题唯心的解决。振铎的倾向最明了，我的辩论也就不足为重；唯物史观的意义反正当时大家都不懂得。《人道》的产生不久，我就离中国，入饿乡，秉着刻苦的人生观，满足我'内的要求'去了。"[④]

---

① "秋白在我们几个人当中，够得上是'老大哥'。他说的话，出的主意，都成熟、深入、有打算、有远见。""秋白在我们之中成为主要的'谋主'，在学生会方面也以他的出众的辩才，起了很大的作用，使我们的活动，正确而富有灵活性，显出他的领导的天才。"见郑振铎：《记瞿秋白同志早年的二三事》，第 26 页。

② 郑振铎：《回忆早年的瞿秋白》，《光明日报》，1949 年 6 月 18 日，第 2 版。

③ 郑振铎：《记瞿秋白同志早年的二三事》，第 27 页。

④ 瞿秋白：《新俄国游记》，第 31 页。

　　1923 年是文学与革命分途渐远的关键年份。1 月，茅盾辞去《小说月报》主编的职务，开始投身革命事业。郑振铎正是在这一年接手其位，执掌《小说月报》。当年 9 月，中共上海地方兼区执行委员会改组，茅盾和瞿秋白分别当选为秘书兼会计和候补委员。十月，实际掌权的直系军阀曹锟贿选总统，国人对所谓议会政体的前景失去信心。同月，共青团机关刊物《中国青年》在上海创刊，对腐败的北洋政府痛加抨击。同年 11 月，《中国青年》刊登一篇署名"秋士"的辩难文《告研究文学的青年》。作者犀利地表示，对于那些"有意于解决社会问题"的文学家，"我很抱歉地说，实在他们只是'有意'罢了！"在文章最后，作者以革命者的口吻发出召唤："你真热心于社会问题解决的事业么？朋友，快快抛去你锦绣之笔，离开你诗人之宫，诚心去寻实际运动的路径，脚踏实地一步一步走下去。"①尽管未曾言明，但早有研究者认为，这位"秋士"很可能就是瞿秋白的笔名。②1924 年第 1 月，《中国青年》刊登由主编恽代英执笔的《前途的乐观》一文，更坦率地提出："现在只有昧着良心的人才会说中国除了革命还有别的法子。现在大家心目中已经知道革命是必然即会发生的事。"③文学运动与现实运动的分野在此显现，以政治革命为标志的社会整体革命似乎正成为国人唯一的选择，而这种政治话语的兴起恰恰来自对文学运动的介入和支配。

　　与瞿秋白的序言相仿，茅盾的序言也提醒读者警惕佐治思想中的危险潜质。他一方面赞许《灰色马》激进革命立场的必要性，另一方面则希望现代青年注意："社会革命必须有方案，有策略，以有组织的民众为武器；暗杀主义不是社会革命的正当方法。"④不过，瞿秋白

---

① 秋士：《告研究文学的青年》，《中国青年》1923 年第 5 期，第 5-7 页。

② 张毕来：《1923 年〈中国青年〉几个作者的文学主张》，载李何林等：《中国新文学史研究》，北京：新建设杂志社，1951 年，第 38 页。

③ 代英：《前途的乐观：革命主张的一致、民族精神的复活》，《中国青年》1924 年第 12 期，第 3 页。

④ 沈雁冰：《序》，载《灰色马》，第 7 页。

与茅盾的观点虽不乏政治的洞见,但尤不足以反映《灰色马》的全部关怀。因为在小说的结尾,佐治其实已经拒绝再次执行暗杀任务,开始独自反思生命的意义、爱与恨的辩证法,以及信仰与革命的关系。[①]他甚至反复回忆佛尼埃生前诵读过的《圣经》文段,怀想他当时的感情和态度。[②]对此,只有俞平伯的跋语从生命哲学的角度有所补充。他批评那些认为这部作品"赞美残暴"或"憎胜于爱"的观点都是"皮相之论",并指出:"他(指佐治)底憎只是爱底变形;他名说是为憎恶世界一切而死,骨子里是为爱世界一切而死的。"[③]

从根本上说,郑振铎与瞿秋白的根本分歧在于思想革命与政治革命的策略选择。如前所述,在郑振铎向陈独秀请教办刊方针时,后者建议将《新社会》改造为"纯粹给劳动界和商界看"的通俗报纸,同时记载附近地方新闻,随事发挥议论,希望郑振铎能从文化启蒙的宣传立场转向解决实际的社会问题。然而,郑振铎并没有立即照办,而是继续坚持文化变革的策略。陈独秀很快在 1920 年发表《新文化运动是什么》一文,主张"新文化运动要影响到别的运动上面",可见文化运动与社会运动日益分离为两种不同的运动形态。[④]时至瞿秋白赴俄前夕,郑振铎作诗表达了对其找到思想指引的歆羡和对自身处境的彷徨:瞿秋白仿佛"走向红光里去了","我们呢?仍旧是陈旧、黑暗"。[⑤]随后,郑振铎发起成立文学研究会,投身文学变革事业。

面对左翼政治的兴起,郑振铎始终相信用文学之力推动社会变革的可能。在《社会服务(Social Service)》一文中,他曾大胆地写道:"俄罗斯革命的成功,人家说是李宁(笔者注:即列宁)们的功

① Ropshin, *The Pale Horse*, pp. 206-208.

② Ropshin, *The Pale Horse*, pp. 195-196.

③ 俞平伯:《跋〈灰色马〉译本》(1923 年 7 月 1 日作),载《灰色马》,第 5 页。

④ 陈独秀:《新文化运动是什么》,《新青年》1920 年第 5 号,第 5 页。

⑤ 济之、振铎:《追寄秋白颂华仲武》(1920 年 10 月 17 日作),《晨报》,1920 年 10 月 25 日,第 2 版。

绩，我却说是虚无党十年来改变方针，鼓吹农民的效果。没有他们的
传播运动，我恐怕俄国到百年后还没有革命呢？即起革命，恐怕也早
已消灭了！怎么会有现在的基础呢？"[1]文学的感染力和感召力正是因
此进入他的视野。他在1922年12月发表的《文学之力》中指出："稍
治俄国文学的人，莫不惊异于他们和社会关系之密接。由俄国文学，
我们得了一个印象：就是文学的本质，实际上虽然不以改造社会为极
致，不替社会建设一种具体的方案，可是激动改造的根本精神之物，
当以文学之力为优。"在这个意义上，文学家的力量"和列宁的力量，
不相上下"。[2]因此，《灰色马》这部作品无疑意味着整个俄国文学对
于社会变革的缩影。1923年9月，当郑振铎在《俄国文学史略》中
再次介绍路卜洵时，他似乎已部分接受瞿秋白的批评，承认路卜洵在
政治上是"与阿志跋绥夫同为极端的个人主义者"。但即便如此，他
也依然肯定"他（笔者注：指路卜洵）的文学天才很好，他的著作除
了内容以外，在艺术上也是极有价值的"。[3]可见，围绕《灰色马》这
部作品，郑振铎依然认为文学的作用是以思想启蒙的方式推动社会改
造。这成为郑振铎在社会改造进程中一以贯之的策略。

至于另一位无政府主义者阿志跋绥夫及其作品，郑振铎对阿氏作
品的引介与解读主要发生在大革命兴起之后。作为阿志跋绥夫在中国
的重要引介者，郑振铎并非没有觉察到中国社会自身文化变革与政治
变革的分野，他身边的一众好友则纷纷走上各不相同的革命道路。

20年代中期，王伯祥对上海出版编辑群体的动向记录十分详
细。根据他的日记记载，王伯祥自己就在1924年末开始对孙中山的
政治学说产生兴趣。他于11月20日写道："过民智书局，见孙中山
所作《建国方略》、《孙文学说》及《民族主义》三书，因标价仅半元
余，即斥资买之。归后尽三小时之力将《民族主义》读完，觉中山之

---

① 郑振铎：《社会服务（Social Service）》，第3页。

② 西谛：《文学之力》，《时事新报·文学旬刊》，1922年12月1日，第1版。

③ 郑振铎：《俄国文学史略（五）》，第20页。

言，真有不可忽视者在。世人以浅妄轻之，正自见浅妄耳，于中山何损！"①大革命过后，茅盾辞去商务印书馆编辑工作，投身革命宣传事业。1926年3月，茅盾在参加国民党第二次全国代表大会后，从广东回到上海。王伯祥于3月29日写道："雁冰已自粤返，今夜集知友会谈振铎所。"②3月30日写道："夜，振铎、希圣、致觉、晓先、调孚、愈之、仲云及予公宴雁冰于铎所。谈至九时，乃归。"③4月12日，茅盾正式辞去商务印书馆职位，担任国民党上海交通局主任，从事革命宣传工作。1926年12月16日，王伯祥在日记中披露自己已经加入国民党，"加入革新运动，此心早经默契，今特补具形式耳"。④面对此情此景，郑振铎怎会无动于衷？他在1926年底满怀触动地感慨："有一部分的诗人，却竟投下了他们的笔，去做实际的光明工作去了；有一部分政论家却不仅口说而且去实行了；青年界里满现着活泼有为的生气。""请愿时代是过去了，空论时代是过去了。现在的时代是实行的时代。"⑤1927年2月7日，郑振铎在家中设宴，亲自公钱陶希圣、郭绍虞、梅思平等密友，"盖彼等日内即须离此专赴武昌就事也"。⑥5月，郑振铎本人为躲避通缉，也前往欧洲避难，直到1928年6月回到上海，9月复任《小说月报》主编。

然而，我们能说，郑振铎是由于对苏俄文学的盲视而转向旧俄文学吗？当然不是。权且不说郑振铎在青年时期与无产阶级学说的偶尔接触，或是目睹身边的友人转向俄国十月革命的方向，就是在1921年8月主持《时事新报·学灯》时期，郑振铎也曾连续五期开列"研究劳农俄国的参考书"清单，书目总数多达70种。而在经历

---

① 王伯祥1924年11月20日日记，《王伯祥日记》（第1册），第132页。

② 王伯祥1926年3月29日日记，《王伯祥日记》（第1册），第399页。

③ 王伯祥1926年3月30日日记，《王伯祥日记》（第1册），第399-400页。

④ 王伯祥1926年12月16日日记，《王伯祥日记》（第2册），第484页。

⑤ 西谛：《附胡适〈给志摩书〉》，《文学周报》第254期，1926年12月12日，第122-123页。

⑥ 王伯祥1927年2月7日日记，《王伯祥日记》（第2册），第532页。

大革命失败的阵痛以后，流亡归来的郑振铎同时看到了旧俄与新俄两种不同的文学形态。在 1929 年《小说月报》1 月号上，他就指出："近来文坛上讨论文学的'普罗'化，很显得活气。但在苏俄的本身是怎样的呢？"[①] 遂请陈望道翻译日本学者冈泽秀虎的新作《苏俄十年间的文学论研究》，同时邀约耿济之从其苏联之行中提供直接而新颖的文艺通讯。可是，不仅《沙宁》的连载与苏俄文学的介绍并行不悖，就在同一年度的上半年，《小说月报》连载了巴金的长篇小说《灭亡》，同样以无政府主义手法描绘了中国青年投身大革命而最终牺牲的伤感故事。这些举措意味着，郑振铎的个人选择并非出于对苏俄文学的视而不见，而是有意识地表达了有别于左翼文学的另一种革命文学主张。

不过，郑振铎的《沙宁》很快受到来自左翼的正面挑战。1930年 2 月，上海光华书局推出北方左联成员潘漠华（原名潘训）的《沙宁》新译本。译者特别指出，沙宁代表了旧式革命中的典型人物，即"经过一个政治烦闷的时期，向自身底资产阶级性投降，觅到个人主义的反动的出路"，并号召读者运用阶级观点阅读本书，不再当作文学遗产而接受。[②] 这一断言无疑宣告了阿志跋绥夫的社会革命化阐释最终被阶级文学论所取代。更加严重的问题是，当"中国左翼作家联盟"于 1930 年 3 月 2 日成立时，一向以社会改造立场著称的郑振铎却被排除在这个左翼进步团体之外。根据茅盾的回忆，冯雪峰曾告诉他，左联在成立之初流行"关门主义"的政策，郑振铎和叶圣陶都因"多数人不赞成"而没有参加。个中原因虽有"关门主义"政策作祟，但在莫斯科，"中国留学生只知国内有不革命就是反革命之说，因而认为郑振铎等都靠不住了"，以至于沈泽民在 1930

---

① 记者：《最后一页》，《小说月报》1929 年第 1 号，第 331 页。陈望道的译文从当年三月号开始连载，耿济之的通讯始于六月号。

② 潘训：《序》，载阿尔志跋绥夫著，潘训译：《沙宁》，上海：光华出版社，1930 年，第6 页。

年秋从苏联回国以后，就不再与原本作为接头人的郑振铎联络。^①在此前后，《萌芽月刊》《巴尔底山》等左联刊物先后发起对郑振铎本人的攻击。对于在"四一二"政变后勇敢批评国民党当局，甚至因此而逃亡海外的郑振铎而言，这不得不说是一个巨大的讽刺和考验。有研究者甚至认为："郑振铎的政治态度及斗争方法已不能满足某些青年的要求，显得有点'跟不上'了。"^②郑振铎也像其笔下的沙宁一样，最终汇入左翼革命的历史进程。

---

① 茅盾：《我走过的道路》（中册），北京：人民文学出版社，1984年，第55、63页。

② 陈福康：《郑振铎论》，修订版，第60页。1927年3月27日，郑振铎将王任叔讨论胡适致志摩函的来信刊登在《文学周报》第267期上，其中提到："中国现在有二大急需，一种是政治革命，现在已经有相当的成绩，一种是思想革命。《文学周报》对于后者应该负起相当的责任。"足见郑振铎依然认可并推崇文学的思想革命作用。见王任叔致西谛：《通讯》，《文学周报》第267期，1927年3月27日，第1页。关于左联的权威研究，参见 Wang-chi Wong, *Politics and Literature in Shanghai: The Chinese League of Left-Wing Writers, 1930–1936*, Manchester and New York: Manchester University Press, 1991.

第五章　重构城邦：
郑振铎翻译中的古典回音

　　郑振铎不愿陷人革命文学内部的主义之争，试图以无党派或超党派者自居，这既使他身陷左翼文学话语的误解、责难甚至是"围剿"，当然也让他幸免于左联时期狭隘的路线政治，而得以继续探索西方文学的深层文化问题，那就是重返西方文学的起源，探问古希腊神话的神秘世界与现实的关联。

　　我们当然不该忘记，作为五四新文化运动的一个接受者、学习者和继承者，郑振铎同样将中国古典文化的遗产视为其文学活动的重要组成部分。无论是参与"整理国故"活动、编写鸿篇巨著的中国文学史教材，还是在抗战时期乃至新中国成立后投身于文物保护、古籍整理和考古挖掘，中国古典文化无疑成为郑振铎不为人所熟知的另一个研究领域。至于翻译方面，郑振铎的绝大部分翻译作品都为西方近世文学，反映其开拓和建构中国现代文学经典的努力，而其中以 19 世纪以降现实主义著作为主的选材倾向，又流露其参与中国本土社会变革的拳拳热忱。然而，当他把目光投向远隔千年的古希腊，这种面向当下、面向本土的关怀又是以怎样的形态表达出来呢？

　　英国作家哈特利（L. P. Hartley）在其代表作《送信人》（*The Go-Between*）的开篇写道："往昔是一处异域外邦。"（The past is a foreign country.）[①]就此而论，郑振铎是一位在时间和空间双重意义上的希腊外乡人，但似乎也正因为如此，才有可能如彼得·伯克所说，

---

① 哈特利著，姜焕文、严钰译：《送信人》，桂林：漓江出版社，2018 年，第 1 页。

一位翻译家竟以一位历史学家的身份，成为"过去与现在的传译者（translators）"，[1]穿越时空隧道而联结古今。更何况，他对希腊文学的翻译并不亚于他在印度文学和俄国文学方面的成就，向来被认为"具有开风气和补空白的意义"。[2]只不过，相比于另外两个领域，郑振铎对希腊文学的翻译仍未得到系统的梳理和深入的研究，而以往的学者主要关注总体翻译状况，晚清时期尤以林纾为代表，五四之后则以周作人研究居多。[3]实际上，郑振铎对于希腊神话的译介既重视"整体性和系统性"，又能关注其"作为西方文学原典的起源性价值"，[4]成就并不逊色于其他翻译家。有证据表明，郑振铎接触希腊文学的时间可上溯到1919年前后，并且在新中国成立后仍继续修订早年译作。可以说，希腊神话的翻译实为贯穿郑振铎文字生涯的长期工程，而每一次翻译又折射出思想更迭的轨迹，反映了译者面对中国文学创新和社会变革的反思。

1923年7月，即第一次动笔翻译希腊神话的前一年，郑振铎在和创造社的论争中提出著名的"翻译者不只是媒婆而是奶娘"的论断。[5]这个理念的关键再次回到文学的"可译性"，既包括文学的艺术效果可以借鉴，也包括思想的迁移和转化是完全可行的。郑振铎对希腊神话的翻译与诠释反映了他对作为城邦的古希腊社会的文学想象与重构，由此，文学翻译也始终面对着社会变革中的思潮更迭，而非退缩为纯粹的审美趣味或知识建构。在白话新文学兴起之初，他把希腊神话视为一种域外资源，通过翻译树立新文学的典范；在英国逃难之

---

① Peter Burke, "Lost (and Found) in Translation: A Cultural History of Translators and Translating in Early Modern Europe," *European Review*, 2007, Vol. 15, No. 1, p. 83.

② 陈福康：《郑振铎论》，修订版，第445页。

③ 王为之：《盗火神悲剧的渊源及其在中国的嬗变》，《中国现代文学研究丛刊》1994年第3期，第68-89页；张治：《民国时期古希腊神话的汉译》，《读书》2012年第3期，第21-30页；卢铭君：《民国时期美狄亚形象的译介及其人文意涵的揭示》，《中山大学学报》2017年第2期，第35-41页。

④ 张岩：《郑振铎的神话研究思想》，《关东学刊》2016年第7期，第136页。

⑤ 西谛：《翻译与创作》，《时事新报·文学旬刊》，1923年7月2日，第1版。

时，他对希腊神话展开深入而系统的学术研究，在国家法则的问题上注入逃亡者的不平之鸣；随着社会矛盾的加剧，他又通过翻译发表广泛的社会批评。郑振铎不断调整翻译策略，希腊神话的功能发生多番变化，反映了社会进程的内在走向，也传递出郑振铎作为作家、学者和社会活动家的多重关切。如果古典文本具有现代诠释的可能性，那么对郑振铎来说，这不仅意味着现代译者与古希腊文本在时间上的距离，也包含了中国社会变革对这种跨语际实践的内在要求和阐释潜力。郑振铎的希腊神话翻译反映出古典文本与中国现实的复杂勾连，表明时代之变裹挟着译作和译者同时发生改变。

第一节　作为现代文学的域外资源

学界一般认为，郑振铎第一次翻译的希腊神话，是文学研究会定期刊物《文学》在 1924 年 3 月 17 日第 113 期刊登的散文《阿波罗与达芬》("Apollo and Daphne")。[1]但这并不是郑振铎心血来潮的尝试，他对希腊文学的兴趣可以追溯到五四运动前后。早在创办《新社会》旬刊期间，郑振铎已经接触到外国文学作品，同时又为方兴未艾的新文化运动所吸引，时常去北京大学听课。当时住在北大附近的郭绍虞后来写道，郑振铎常来春台公寓彻夜长谈，"言必称希腊的时候比较多"。[2]可以说，学生时代对外国文学的涉猎成为郑振铎接触希腊作品的肇始。只不过，他坚持西方文学的译介应以"能引导中国人到现代的人生问题，与现代的思想相接触"为优先，因而认为希腊神话作为"古典主义的作品"可以缓译。[3]

有学者推测，郑振铎借由阿波罗与达芬的爱情故事正式进入古希

---

① 陈福康：《郑振铎论》，修订版，第 438 页。

② 郭绍虞：《"文学研究会"成立时的点滴回忆——悼念振铎先生》，《文艺月报》1958 年第 12 期，第 49 页。

③ 西谛：《杂谭》，《时事新报·文学旬刊》，1922 年 8 月 11 日，第 4 页。

腊的神话世界，或是个人情感触发使然，[①] 此诚不假。在 1921 年初发起文学研究会后不久，郑振铎入职上海商务印书馆，并于 1923 年接替茅盾担任《小说月报》主编。随后，郑振铎成为商务印书馆元老高梦旦的乘龙快婿，一时传为沪上美谈，距离他动笔翻译《阿波罗与达芬》也仅有数月之遥。前文已经交代，这段因缘促成郑振铎伉俪合译出版一系列儿童文学作品，[②] 但选译《阿波罗与达芬》一文，郑振铎似乎另有考虑。从版面上说，《阿波罗与达芬》位列《文学》头版第一篇，足见译者之重视。郑振铎开宗明义地提出，他真正看重的是原著的"文学性"："我近来对于神话，很感到兴趣，他们不惟是研究初民的思想及其他所必须注意的，而在文学上也有极高的价值，尤其是希腊的神话。"[③] 在他看来，那些热衷于翻译西欧古书的中国学人应该还希腊神话以文学的原貌，因为它们早已成为欧洲文学的血液和其他艺术的最好原料；倘若不了解古希腊神话，就无法理解各类艺术的内涵。

尽管郑振铎的译文十分简短，但他发问的潜在对象正是五四学人在译介希腊神话时普遍存在的人类学倾向，尤以周作人的著述为代表。从周作人接触希腊神话的经历及其相关写作来看，他对希腊文学的认识在很大程度上受到安德路·朗（Andrew Lang）、弗雷泽（James George Frazer）和哈利孙（Jane Allen Harrison）等英国近代人类学派神话理论的影响。[④] 即便在《阿波罗与达芬》发表后，周作人还批评郑振铎用自然现象（"太阳对于露点的现象"）解释诗中文意，认为郑振铎的解读更接近穆勒（Friedrich Max Müller）的语言学派和曼哈耳德（Wilhelm Mannhardt）的比较神话学、宗教学等前一代的解释，而

---

① 张治：《民国时期古希腊神话的汉译》，第 24 页。

② 详见本书第三章第三节。

③ 西谛：《阿波罗与达芬（希腊神话之一）》，《时事新报·文学》，1924 年 3 月 17 日，第 1 版。

④ Zhang Wei, "Zhou Zuoren and the Uses of Ancient Greek Mythology in Modern China," *International Journal of Classical Tradition*, 2015, Vol. 22, No. 1, pp. 100-115.

这种范式已被人类学派所取代。[①] 相比之下，郑振铎在译诗后开列的参考书目中，十一种中有九种属于文学研究而非人类学著作，足见他并不是在希腊神话的人类学主题下网罗前作，而是从文学的视角加以观照。

表五　郑振铎的参考书目 [②]

1	蒲尔芬契：《寓言时代》，一名《神话的美丽》，邓特公司出版的"万人丛书"之一。 Thomas Bulfinch, *The Age of Fable, or Stories of Gods and Heroes*, Boston: Sanborn, Carter, and Bazin, 1855, first edition; London: Dent, 1910, "Everyman's Library Series".
2	格莱：《英国文学里的希腊神话》，波士顿的格林公司出版。此书根据于蒲尔芬契的《寓言时代》而搜集了许多有价值的附注，如学者对于各种神话的解释，以及诗人、画家，及雕刻家对于那些的应用之类。 Charles Mills Gayley, *The Classic Myths in English Literature and in Art: Based on Bulfinch's "Age of Fable" (1855), Accompanied by an Interpretative and Illustrative Commentary*, Boston: Ginn and Company, 1893, first edition; New Edition, Revised and Enlarged, 1911.
3	白林士：《古希腊罗马的神话传说》，白拉吉公司出版。 E. M. Berens, *The Myths and Legends of Ancient Greece and Rome: Being a Popular Account of Greek and Roman Anthology*, London: Blackie & Son, 1880.
4	科甫弗：《希腊与罗马的传说》，哈拉甫公司出版。这是一部给儿童读的很有趣味的书。 Grace Harriet Kupfer, *Legends of Greece and Rome: Stories of Long Ago*, Toronto: McClelland & Goodchild Limited Publishers, London: Isbister and Co, 1898; London: George G. Harrap & Co. Ltd., 1907.
5	希特：《著名的希腊神话》，哈拉甫公司出版。此书亦为儿童的读书。 Lilian Stoughton Hyde, *Favourite Greek Myths*, Boston: D. C. Heath & Co., 1904, first edition; London: George G. Harrap & Co. Ltd., 1905.

---

① 陶然：《续神话的辩护》，《晨报副刊》，1924 年 4 月 10 日，第 4 版。
② 西谛：《阿波罗与达芬（希腊神话之一）》，第 1-2 页。

续表

6	哥尔堡：《希腊罗马的神话：他们的故事意义与启源》，哈拉甫公司出版。 Hélène Adeline Guerber, *The Myths of Greece & Rome: Their Stories Signification and Origin*, New York: American Book Company, 1893, first edition; London: George G. Harrap & Co. Ltd., 1909.
7	史透定：《希腊与罗马的神话》，邓特公司出版的 The Temple Cyclopedia Primers 之一。 Hermann Steuding, *Greek and Roman Mythology and Heroic Legend*, Translated from the German and edited by Lionel D. Barnett, London: J. M. Dent & Sons, Ltd., 1901, "The Temple Primers".
8	何兴孙：《古希腊的神话与传说》，共三册，邓特公司出版的"万人丛书"之一。第一册为关于诸神的神话，第二册为关于英雄的神话，第三册为底比斯的神话。 W. M. L. Hutchinson, *The Muses' Pageant: Myths & Legends of Ancient Greece Retold (3 Volumes)*, London: J. M. Dent and Sons, Ltd., 1912, "Everyman's Library".
9	吐甲：《英国文学的外来影响》，佐治贝尔公司出版。 T. G. Tucker, *The Foreign Debt of English Literature*, London: George Bell and Sons, 1907.
10	莱卜里尔：《名著辞典》，佐治路特莱格公司出版。 J. Lemprière, *A Classical Dictionary: Containing a Copious Account of All the Proper Names Mentioned in Ancient Authors; with the Value of Coins, Weights, and Measures. Used Among the Greeks and Romans; and a Chronological Table*, Reading: printed for T. Cadell, London, 1788, first edition; London: George Routledge and Sons, 1898.
11	《希腊神话》，译述者不署名，商务印书馆出版的"说部丛书"初集之一。此书为中国的唯一的关于希腊神话的丛书，但它的叙述很不好。[①]

郑振铎对于古希腊神话的阅读主要是基于 19 世纪至 20 世纪初的英译本而展开，其范围之广，几乎涵盖当时最主要的撰述潮流。以上

[①] 经查证，《希腊神话》为商务印书馆"说部丛书"初集第 69 编"神怪小说"。此外，从 1907 年至 1924 年翻译《阿波罗与达芬》之间，中国至少还出版过林纾、陈家麟合译的《秋灯谭屑》（商务印书馆 1916 年版）和马相伯译的《西方搜神记》（广学会 1921 年版）等作品。见张治：《民国时期古希腊神话的汉译》，第 21-22 页。

述书单中的第一部著作《寓言时代》(*The Age of Fable; or Stories of Gods and Heroes*)为例，作者蒲尔芬契(Thomas Bulfinch)是美国波士顿人士，1814年毕业于哈佛大学，但直到去世都任职于波士顿当地的商人银行(Merchants' Bank)，文学写作只是他的副业。不过，这部出版于1855年的《寓言时代》却一经问世就畅销不断，据统计至20世纪末至少有过104个不同版本。① 诚如有美国学者指出的那样，蒲尔芬契的写作打破了学院研究者对古典语言文化的垄断，"使普通读者接触到古典神话知识，在某种意义上已经预见了20世纪大众教育和经典课程的一项重要目标"。② 作者在前言中开宗明义地表明自己关心的问题："我们应如何向那些没有学过希腊罗马语言的人教授神话？"他本人给出的答案是："本书不是为学者、神学家或哲学家而写，而是为英语文学的读者而作，不分性别。他们想要理解那些由公开演说家、老师、散文家或诗人频繁提到的典故，以及那些在上流社会交谈中出现的字句。"③

对于郑振铎来说，他也正是在蒲尔芬契的写作中找到了翻译之于中国现代文学的合法性。蒲尔芬契提出的问题还包括："通过阅读古代诗人的翻译作品能否掌握这个领域（指神话）的必备知识呢？"答案虽然是肯定的，但对初学者来说，一方面西方古典神话这一领域过于广博，另一方面则仍然需要一些预备知识。蒲尔芬契给出的答案是借助翻译的力量。他写道："本书中的绝大多数古典传奇都来自奥维德和维吉尔的诗歌。但我既没有逐字翻译……也没有翻成韵诗……我所做的是用散文讲故事，把诗歌中的许多内容保留在思想之中，而与语言本身脱离出来，同时也省略那些已经不适应改变了的形式的详述

---

① Marie Cleary, "A Book of 'Decided Usefulness': Thomas Bulfinch's *The Age of Fable*," *The Classical Journal*, 1980, Vol. 75, No. 3, p. 248.

② Seth L. Schein, "Greek Mythology in the Works of Thomas Bulfinch and Gustav Schwab," *The Classical Bulletin*, 2009, Vol. 84, No. 1, p. 79.

③ Thomas Bulfinch, "Preface," in *The Age of Fable*, London: J. M. Dent & Sons, Co., 1910, pp. 5-6.

段落。"① 这恐怕也是郑振铎选择用散文重述希腊神话的动因之一。

回到 1924 年郑振铎发表译作的文学时刻，我们也不应将这篇短小的译文见诸报端看成当年的一起孤立事件，而应视其为郑振铎在这一时期一系列希腊主题写作的一个环节。就在《文学》刊登《阿波罗与达芬》译文的同年初，《小说月报》已率先连载郑振铎长篇巨著《文学大纲》中的远古各章。一月号才介绍荷马史诗（《文学大纲》第 2 章），三月号便出现《希腊的神话》相关内容（全书第 4 章）。对比发现，郑振铎在《阿波罗与达芬》文末列出的书目全部出自《文学大纲》第 4 章的参考文献，数量、顺序和篇名完全一致。在《文学大纲》篇首，郑振铎同样宣布"他们现在已不属于神学的范围，而属于文学与艺术的范围了"的文学意义，说明两个文本在强调希腊神话的文艺价值方面具有一致性和连贯性。② 同年 7 月，郑振铎又在《小说月报》上发表《希腊与罗马》，继续介绍古希腊戏剧、诗歌、散文、牧歌和古罗马时期的相关作品。可以说，《阿波罗与达芬》延续了郑振铎自《文学大纲》以来的世界文学关怀，即把希腊神话作为中国新文学的域外资源发掘其价值。

无论是不满一页的《阿波罗与达芬》译文，还是洋洋洒洒的《文学大纲》长卷，在这些看似零散的早期译介中，郑振铎接受希腊文学的谱系和路径值得深入讨论。罗念生对郑振铎的译文似乎大为不满，批评后者笔下的希腊神祇名字多采自拉丁文而非古希腊文发音，如称"爱神"（Cupid，Venus）而非"厄若斯"（Eros）或"阿芙洛狄忒"（Aphrodite），称"狄爱娜"（Diana）而非"阿尔忒弥斯"（Artemis），称"周比特"（Jupiter）而非"宙斯"（Zeus）。③ 但与其责备郑振铎不通原文，不如说他所接续的其实是从拉丁化的希腊故事至于近世英语

---

① Bulfinch, "Preface," in *The Age of Fable*, pp. 4-5.

② 西谛：《希腊的神话》，《小说月报》1924 年第 3 号，第 1-34 页。

③ 罗念生：《古希腊罗马文学》，上海：上海人民出版社，2016 年，第 293-294 页。

文学的影响一脉。[①] 但不同于维多利亚时代晚期的英国本土源流，郑振铎编著的《文学大纲》本身是以英国诗人德林瓦特（John Drinkwater）的《文学大纲》（*The Outline of Literature*）为底本，而后者并没有提及阿波罗和达芙妮的爱情故事。经对比考证，郑振铎《阿波罗与达芬》的实际出处不在别地，正是前文所提的 19 世纪美国作家蒲尔芬契的《寓言时代》，实际使用的底本为 1910 年英国邓特公司（Dent）"万人丛书"版（Everyman's Library）。蒲尔芬契的《寓言时代》畅销甚久，反映了 19 世纪西方大众读者对古希腊时代的乐观想象和优雅描绘。[②] 在郑振铎开列的十一本参考书目中，该书位居榜首。

一年后的 1925 年 5 月，郑振铎在《文学周报》发表新的译作《古希腊菲洛狄摩士 Phyilodemus 的恋歌》。此次翻译的篇幅大有增加，共收录五首译诗，均出自《希腊诗选》（*Greek Anthology*）第五卷菲洛狄摩士（Philodcmus）的选篇。菲洛狄摩士在哲学上可归为伊壁鸠鲁派，追求自我满足和内心愉悦，在诗作中往往刻画爱的纯粹和情感的释放。郑振铎的翻译针对"不道德之爱"的主题和内容作了明显的净化处理，表现出建构文学经典的倾向。

以第一首译诗（原著第 4 首）为例。该诗描写两位爱人夜间的亲密场景，仆人点灯的画面其实是夫妻欢好的序幕。郑振铎的译文在两处做了"净化"，既把带有性暗示的"我们不提及的那些事情"（things we may not speak of）改为浪漫化的"恋爱"，又把带有强烈指向性的"你，我的床，爱人的朋友"（but thou, my bed, the lovers' friend）改成"你与我"。[③] 不仅如此，郑振铎径直以女主人公的名字"散苏"（Xantho）作为译诗标题，从而以纯真热烈的恋爱替换原诗的

---

① 张治：《民国时期古希腊神话的汉译》，第 24-25 页。

② Margot K. Louis, "Gods and Mysteries: The Revival of Paganism and the Remaking of Mythology through the Nineteenth Century," *Victorian Studies*, 2005, Vol. 47, No. 3, pp. 329-361.

③ W. R. Paton, trans, *The Greek Anthology, Vol. 1*, London: William Heinemann and New York: G. P. Putnam's Press, 1916, p. 131.

欲望表达。

第二首译诗（原著第 46 首）更加大胆地记录妓女与顾客的对话。但在该诗的最后一句，当妓女接受条件、双方就要走进内室时（"她：于是走在前面"）（She: Then go in front.），[①]郑振铎却改写为颇具恋爱气氛的礼貌结局（"我将告诉你我的住处，你把我送回家。"），[②]使暧昧的剧情戛然而止。

在第五首译诗（原著第 121 首）中，郑振铎继续用女主人公菲拉尼斯（Phlaenion）的名字为诗歌命名，同时把原诗对女子的第三人称描写（"菲拉尼斯身子矮"）（Phlanenion is short）改为以第一人称开场的呼告（"我不能说她高"），突出女主人公的情感地位和抒情诗的情绪力量。值得一提的是，郑振铎还删去原诗对爱神阿芙洛狄忒的典故称呼（原文称 golden Cyprius）——"Cyprius"指"塞浦路斯女神"（Lady of Cyprus），即阿芙洛狄忒的别名，暗指她出生于塞浦路斯。[③]鉴于《文学周报》面向新文学大众读者的定位，郑振铎的译法并不强调原作背后的知识源流，而是刻画古希腊爱情故事在中文世界的新形象，颇有建构新文学典范的意味。

时至 20 年代，郑振铎已是当时最大的新文学社团文学研究会的领导者，身兼商务印书馆《小说月报》主编。在白话新文学兴起后，他试图为年轻的新文学传统寻找来自古希腊世界的灵感。从底本到译文，从选文到编目，他考辨脉络，恢复古希腊作品的文学价值，甚至不惜净化内容，确立起良善的文学品位。只不过，这种文学上的探索很快就被社会政治的变动所打断。

---

① Paton, *The Greek Anthology, Vol. 1*, p. 151.
② 西谛：《古希腊菲洛狄摩士 Philodemus 的恋歌（五首）》,《文学周刊》第 172 期, 1925 年 5 月 10 日, 第 172 号, 第 4-5 页。
③ 西谛：《古希腊菲洛狄摩士 Philodemus 的恋歌（五首）》, 第 5 页。

第二节 作为国家法则的学术文本

1927 年蒋介石策划"四一二"事变，郑振铎的社会改造事业因此意外中断。事件发生一个月之后，1927 年 5 月 14 日，郑振铎与冯次行、章锡琛、胡愈之、周予同、吴觉农、李石岑联名向蔡元培、吴稚晖、李石曾这三名国民党中央元老致亲笔信，提出"党国大计，纷纭万端，非弟等所愿过问，惟目睹此率兽食人之惨剧，则万难苟安缄默"的严正关切。[①]尽管郑振铎等人的举动被誉为"中国正直知识分子的大无畏壮举"，[②]但他们的倡言并没有带来期待的转机。在蒋介石策划清党的过程中，郑振铎早年的文化偶像蔡元培正是其中的主要幕僚。[③]而被郑振铎寄予厚望的吴稚晖则在闻信后大为震怒，甚至直接通知浙江军阀按名搜捕。[④]由于郑振铎位列签名者第一位，故首当其冲成为国民党的通缉对象。

5 月 14 日，郑振铎在亲友的催促下开始筹备出国避难，岳父高梦旦替他买好当月 21 日赴欧的船票。[⑤]16 日，郑振铎与王伯祥、李石岑、叶圣陶等挚友聚餐，宣布即将出国的决定。"挚友远离，颇难舍。"[⑥]19 日，一众友人为他举行公饯，"到者甚众，凡与铎有旧者毕

[①] 郑振铎等：《就"四·二"惨案对国民党的抗议书》，载《文史资料选辑》（第七十辑），北京：中华书局，1980 年，第 2 页。该信作于 1925 年 4 月 14 日，原无标题，标题为后来的编者所加。根据胡愈之在 1979 年的《关于"抗议书"的说明》一文中的解释，该信最初于 4 月 15 日发表在胡愈之二弟胡仲持任编辑的《商报》。但笔者未见该信原件。新中国成立后，有关方面从李石曾在上海的家中搜到该信原件，经胡愈之核实后曾在革命博物馆展览过，后收藏在中国共产党第一次全国代表大会会址纪念馆。见胡愈之：《关于"抗议书"的说明》（1979 年 8 月作），同上书，第 5 页。

[②] 夏衍：《怀念章锡琛先生》，《出版史料》1998 年第 1 期，第 30 页。

[③] 唐振常：《蔡元培传》，上海：上海人民出版社，1985 年，第十二章，第 193-211 页。邓沛：《小议蔡元培在 1927 年"清党"运动中的表现——兼与崔志海先生商榷》，《广东党史》2003 年第 3 期，第 37、46 页。

[④] 章锡琛：《漫谈商务印书馆》，第 121 页。

[⑤] 郑振铎 1927 年 5 月 21 日日记，《欧行日记》，第 1 页。

[⑥] 王伯祥 1927 年 5 月 16 日日记，《王伯祥日记》（第 2 册），第 567 页。

至焉"。①5月21日下午二时半，郑振铎在亲友的目送下，在上海杨树浦黄浦码头登上法国 Athos 号轮船离开中国。②

就在乘船去国的这一天，郑振铎在《欧行日记》的第一篇记述中为自己规定了此次逃难之旅的要务，包括文学研究、小说创作、寻访藏书、游历名胜四项内容，文学翻译似乎不在其列。③不过，在伦敦的大英博物馆里，郑振铎对欧洲远古故事生发强烈的兴趣。1927年底至1928年初的海外日记残篇详细记载了他每天阅读的英文书目，希腊神话是其中最主要的阅读主题。④我们不妨将他在大英博物馆阅读古希腊故事的琐记抄录一二：

表六　《残存的海外日记》所见郑振铎在大英博物馆阅读古希腊神话记录⑤

日期	事项
十二月十一日（星期六）阴冷	读毕了 *Golden Ass* 的节本，又神仙故事各一册。看毕了 A. Lang 的 *Cupid and Psyche*（在 *Custom and Myth* 中）。
十二月十二日（星期一）阴冷	上午，写《Cupid & Psyche》；上课。下午，到 B. M.；上课。
正月十日（星期二）晴	上下午俱在写《Psyche & Cupid》。约写十张。
正月十一日（星期三）晴	上午下午俱在写《Psyche & Cupid》，总算把它写毕了，共 13 300 字。五时，写毕后，甚无聊，到 Gorgest. 吃饭。
正月十二日（星期四）阴雨	上午下午，俱到 B. M.，借出了《变形记》等书。在内译了小部分的《Procris & Cephalos》。归时，又译了一部分。十一时半睡。

① 王伯祥 1927 年 5 月 19 日日记,《王伯祥日记》(第 2 册), 第 568 页。

② 王伯祥 1927 年 5 月 21 日日记,《王伯祥日记》(第 2 册), 第 568 页。郑振铎:《欧行日记》, 第 1 页。

③ 郑振铎:《欧行日记》, 第 1-2 页。

④ 陈福康整理:《郑振铎日记》, 北京: 商务印书馆, 2018 年, 第 100-108 页。

⑤ 郑振铎的《欧行日记》于 1934 年 10 月 31 日由上海良友图书印刷公司出版, 系"良友文学丛书"第 14 种, 记录 1927 年 5 月 21 日至 8 月 31 日的海外生活。但本段日记起讫时间为 1927 年 11 月 28 日至 1928 年 2 月 29 日, 生前未发表, 共 12 张小纸片, 正反面写, 用线简单装订。每日日记前有数字编号, 当为郑振铎离国的天数。所记日记及编号有缺失。钢笔横写。后由陈福康整理, 收入《残存的海外日记》, 载《郑振铎日记》(上), 第 97-110 页。

续表

日期	事项
正月十三日（星期五）晴	上下午俱在 B. M.，写了《Myrrha 与其父》。四时，觉得很疲倦，便不再写什么。夜，续写《Procris》三张。已毕，十时睡。
正月十六日（星期一）阴雨	今天仍未接到家信，至念！大约须要礼拜五才可以有了。有 B. M. 写完了一篇《Byblis 泉》。下午四时回，甚闷！
正月十七日（星期二）晴	上午，到 B. M. 至十一时即去。下午，在家写《Orpheus & Euridice》。五时，洗澡。
正月十八日（星期三）雾雨	上下午俱在 B. M.，写了《Endymion》、《Pomola》二文。夜，又写了《Oenone》的一半。十时睡。
正月十九（星期四）晴	上下午在 B. M.，写了《Ceyx & Alcyone》。
正月廿号（星期五）阴雨	上下午在 B. M.，写《Hercules》及《Galatea & Acis》。甚疲倦。
正月二十七日（星期五）阴雨	夜，写信给岳父、岳母、箴。要岳父向商务交涉买今日所见之《Journal of Hellenic Studies》，计价 £ 30，我自己买不起也。
正月三十一日（星期二）阴雨	上下午俱在 B. M.，看《Daphnis and Chloe》，前面很好，后边则不大好了。
二月四日（星期六）阴	今天购得 J. G. Frazer 的《Golden Bough》。

每完成一篇译作，郑振铎便寄回上海，供《小说月报》发表。这就成为他对希腊神话的第二次集中翻译。[①] 这批译作的第一个特点在于跨时较长，数量庞大。《小说月报》从 1928 年 1 月起连载郑振铎的译文，到他回国之后连载还一直持续到 1931 年 6 月。郑振铎翻译的篇目包括 12 篇"恋爱故事"和 18 篇"英雄传说"，最终汇集成"希腊罗马的神话与传说"丛书三册，计划由商务印书馆出版。最先开始翻译连载的也是最先结集出版的，是标为"希腊罗马的神话与传说之三"的《恋爱的故事》，于 1929 年 3 月问世。虽然郑振铎在题记

---

① 郑振铎译：《恋爱的故事》，上海：商务印书馆，1929 年，第 1-4 页。

中将该书献给妻子，颇具托古思乡的个人情怀，但无论是翻译的体例、规模和跨度，都应视其为一项以情感为线索的系统研究。郑振铎本人将《恋爱的故事》视为希腊研究的"开端"，与此同时，商务印书馆也印出另外两部译作《神谱》（之一）和《英雄传说》（之二）的出版广告，可见，对于古希腊神话的翻译与研究，郑振铎很可能本有一个更加庞大而系统的计划。遗憾的是，同期完成的《依里亚特和亚特赛》译稿日后却毁于日军对商务印书馆的轰炸，而另一部《希腊神话》（上、下两册）则要到 1935 年 2 月才由上海生活书店发行。

第二个特点在于编目系统，体系完整。早在 20 年代初，郑振铎就已编写多部世界文学史巨著，意在向中国读者有计划地介绍外国文学发展史，但多是对前人研究的介绍或概述。此行来到欧洲，他发愿开展"比较系统的研究"，[1] 而取材广泛、援引精密的学术翻译恰恰能实现系统研究之效。在他看来，"希腊神话和新旧约圣经乃是欧洲文化史上的两个最宏伟的成就，也便是欧洲文艺作品所最常取材的渊薮"；"只要接触着西洋文学和艺术，你便会知道不熟悉希腊神话和圣经的故事，将是如何苦恼与不便利"。[2] 在《恋爱的故事》译序和译文之后，郑振铎都详细列出翻译所据的英文底本，展现出"六经注我"的编译策略，其中不少就来自旅英时期的阅读书目。他在译序中承认，该书大量参考的书籍包括英国人类学家弗雷泽对古希腊学者阿波罗多洛斯（Apollodorus）《书库》（*The Library*）的现代注释本（1921）和对保萨尼阿斯（Pausanias）著作《希腊志》（*The Description of Greece*）的六卷注释本（1898）。[3] 在《英雄传说》中，郑振铎最重要

---

① 郑振铎：《叙言》，载《恋爱的故事》，第 1 页。

② 郑振铎：《序》，载郑振铎：《希腊神话》（上册），上海：生活书店，1935 年，第 1 页。

③ 郑振铎：《叙言》，载《恋爱的故事》，第 2 页。他在 1937 年 6 月 21 日完成的《索引的利用与编纂》一文另外交代："我自己有一个时间，曾对于希腊神话发生了很浓厚的兴趣。我用了 Loeb Library 本的 Appollodorus 的 *The Library*，用了 Pausanias 的 *The Description of Greece*，用了 Homer、Virgil 和 Ovid 的著作，每本书的后面，都有很详细的'索引'，一个人名，一个故事的线索，便可以很不费力气的便得到互相参证的作用。"见郑振铎：《困学集》，上海：商务印书馆，1941 年，第 155-167 页。

的参考书除了《书库》以外，还包括古罗马诗人奥维德（Ovid）的名作《变形记》英译本（*Metamorphoses*）（收于 1928 年版"勒布古典丛书"）。

耐人寻味的是，郑振铎虽然意在研究，但并不只是转述参考文献中的希腊故事，而是频频发出自己的见解，表露出逃难之际的潜藏心志。就主题而言，郑振铎尤为关心展现个人与城邦冲突的安蒂歌妮故事（今译安提戈涅，Antigone）。对于这个故事的翻译，郑振铎并未参考以上学术资源，而是以索福克勒斯（Sophocles）的文学文本《安提戈涅》为基础，把整部戏剧改为以国家法则为主题的散文作品。细微的文本差异流露出郑振铎作为学者和抗争者的两种声音。

郑振铎的第一种翻译策略是改写核心概念，突出法律对国王意志的制约以及对个人权利的捍卫。在开场第一幕中，面对底比斯国王严禁埋葬死去的兄弟波里尼克士（今译波吕涅刻斯，Polynices）的禁令，安蒂歌妮和依丝曼妮（今译伊斯墨涅，Ismene）姐妹表现出截然不同的态度。依丝曼妮对国王的规定表示理解和服从，但安蒂歌妮针锋相对地说道：

> Loving and loved, I will lie by his side.
> Far longer is there need I satisfy
> Those neither Powers, than powers on earth; for there
> For ever must I die. You, if you will,
> Hold up to scorn what is approved of Heaven![1]

> 我要和他一同的永憩着，亲近于我所亲近的人，神圣于我所犯的罪过；因为我取悦于生者的时候是很短促的，——但对于那些已死的人，我却与永久同在的。但你且随你的意去违背在神目中所视为宝贵的法律吧。[2]

---

[1] Sophocles, *Sophocles' Dramas*, Trans., Sir George Young, London: J. M. Dent & Sons Ltd., 1906 [1957 Reprint], p. 3.

[2] 西谛译:《安蒂歌妮》,《小说月报》1930 年第 10 号，第 1520 页。

问题的关键并不在于安蒂歌妮的反对态度，而是她之所以反对的依据。毫无疑问，安蒂歌妮与国王的分歧在于波里尼克士能否入土为安。按照神意和习俗，安蒂歌妮理应安葬自家兄弟，但国王的法令则禁止埋葬城邦的敌人。实际上，原诗并没有指明天神所赞成的人间秩序究竟是什么，而郑振铎却把悬置的语义增补为"法律"。按照这种解读，全剧的核心在于人应听命于神的天意还是国王的律令。郑振铎的译文显示，他认为人间的法律应当来自更高层面的秩序和公正。

随后，气急败坏的国王当面质问安蒂歌妮的"违法之举"。当国王问道："你竟敢违抗着那个命令么？"（And you made free to overlap my law?），安蒂歌妮回答：

> Because it was not Zeus who ordered it,
> Nor Justice, dweller with the Nether Gods,
> Gave such a law to men; nor did I deem
> Your ordinance of so much binding force,
> As that a mortal man could overbear
> The unchangeable unwritten code of Heaven.[1]

> 不差的，为的是，这命令并不是修士（今译宙斯）加之于我身上的，也不是与尼脱神道们（the Nether Gods）同在着的"正义"在人类中定下了的这种法律。我也没有想到，你的命令乃有那末严重的性质；一个凡人乃能不顾及天神们的没有写下、不能违抗的命令。[2]

郑振铎根据安蒂歌妮的辩词，进一步区分了天神宙斯的命令和国王的命令，并表示法律的源流来自上天，而不是国王的律令。在这一点上，郑振铎的译笔颇为忠实。结合前文的分析来看，这也符合他对

---

[1]　Sophocles, *Sophocles' Dramas*, p. 14.

[2]　西谛译：《安蒂歌妮》，第 1535 页。

于更高法则的认可。但值得注意的是，在论及"正义"（Justice）时，郑振铎并没有像罗念生一样将其译为人格化的神坛一员（罗译为"正义之神"①），而是归为与"法律"同一范畴的秩序本身。换言之，郑振铎在译出"正义"后，没有用简单的修辞手法归为文学中的意象，而是保留现实之义，使之作为外在于人的秩序而具有普遍约束力。

第二种策略是删减段落，主要发生在不同场次之间的歌队合唱（chorus），由此批判国王的权威。《安蒂歌妮》共有一首进场歌和五次合唱歌，郑振铎仅保留进场歌，删去所有合唱歌，使该剧在叙事上形成一个前后连贯、没有场景调度的散文故事。但这种调整不仅涉及体裁或文类的转换，更出自两方面的内容考虑。其一，扭转原文对不可控的命运的描述。在第一合唱歌中，歌队这样唱道："什么事他都有办法，对未来的事业也样样有办法，甚至难以医治的疾病他都能设法避免，只是无法免于死亡。"②郑振铎虽然保留了第一合唱歌的大部分内容，却删去这段对无常命运的称颂，从而突出人类意志的作用，或许说明他并不认同安提戈涅之死是命运的安排。其二体现在塑造国王权威的段落。在第一合唱歌中，郑振铎也删去以下内容："只要他尊重地方的法令和他凭天神发誓要主持的正义，他的城邦便能耸立起来；如果他胆大妄为，犯了罪行，他就没有城邦了。"③同样删除的还有第二合唱歌中对宙斯权力的歌颂："啊，宙斯，哪一个凡人能侵犯你，能阻扰你的权力？这权力即使是追捕众生的睡眠或众神所安排的不倦的岁月也不能压制。"④在古希腊神话中，歌队往往被表现为权威的附庸而成为安提戈涅的对立面，⑤郑振铎的删减流露出他对这位不幸者的诚挚同情和对权威的极度不满。

第三种策略是嫁接情节，达到修正故事走向的效果。《安蒂歌妮》

① 罗念生译：《索福克勒斯悲剧五种》，上海：上海人民出版社，2016，第33页。

② 罗念生译：《索福克勒斯悲剧五种》，第31页。

③ 罗念生译：《索福克勒斯悲剧五种》，第38页。

④ 罗念生译：《索福克勒斯悲剧五种》，第38页。

⑤ Cecil M. Bowra, *Sophoclean Tragedy*, Oxford: Clarendon Press, 1944, p. 104.

在歌队长对秩序的歌颂中收场。原文唱道："隶属于神道们的事也必须是神圣不可侵犯的，骄傲的人的大言不惭总要招致极大的苦痛，且是如此的教导后来的那些人以智慧。"①表面上看，郑振铎的译文颇为忠实。但在这个结尾之后，他又从保萨尼阿斯的《希腊志》嫁接来第二代英雄依辟哥尼（今译厄庇戈诺伊，Epigoni）率军攻陷底比斯城的后续故事。可以说，正是出于对原作中国王胜利的不满，郑振铎才安排安蒂歌妮与王权的争执在王权的覆灭中重新收场。新的结局如此写道：

> 十年以后，攻打底比斯的英雄们的儿子们都已长大成人，人家称之为依辟哥尼。他们蓄意要第二次兴师攻打底比斯以报父仇；当他们请教着神示时，神示宣说，须要以阿尔克迈翁为领袖始可得胜。阿尔克迈翁乃是武士兼先知安菲阿刺俄斯的儿子。于是阿尔克迈翁加入了这次的大战。
> ……
> 当他们回到家中，将这些事报告了他们的母亲后，他们便将那项链与宝袍带到得而福，献给了神。然后他们旅行到厄珀洛斯，招致了许多居民，定居于亚卡那尼亚。
> ……②

毫无疑问，欧洲避难的契机让郑振铎有机会对庞杂的古希腊神话做一番系统的研究，而英国丰富的藏书为其提供完备的学术资源，古今学者在他百科全书式的译文中发生跨时空对话而交相辉映。罗念生认为这种编译手法出自《世界文学史大纲》的写作传统，即"从原有的材料里，从古代的文学与记载里去'编著'一大部'神话'"。③可

① 郑振铎译：《安蒂歌妮》，第1540页。
② 郑振铎译：《安蒂歌妮》，第1540-1542页。
③ 罗念生译：《索福克勒斯悲剧五种》，第306页。

是，郑振铎的个人态度并没有被众声喧哗所淹没。相反，这部逃难之作多次流露出批评者之声对学者之声的冲击和回响。通过改写、删节和嫁接等文本策略，郑振铎重新刻画出形形色色的古希腊神话人物群像，隐含着一位逃难者身处千里之外的困顿、反省和蓄力。

第三节　作为社会批评的古典神话

1928 年 6 月 8 日下午二时顷，经过近一年的逃难，郑振铎乘船回到上海。王伯祥在当天日记中写道："阔别经年，骤见大喜，但欲言正多，反成无语默对也。"[①]一场久别重逢的好友聚会，化作言不尽意的感慨，郑振铎的回归并不平静。不久，郑振铎重返商务印书馆工作，9 月 3 日复任《小说月报》编辑。[②]但很快，国民党中央宣传部在 1929 年 6 月召开"全国宣传会议"第三次会议，通过"确立本党之文艺政策案"，提出创造三民主义之文学，并取缔一切违反该原则的作品。《小说月报》的文化空间受到严重限制。1931 年 9 月，郑振铎因与王云五有隙而最终离职。与此同时，他受郭绍虞之邀，出任燕京大学文学系教授兼清华大学教授。[③]10 月 28 日，商务印书馆编译所工会开第 16 次干事会常会，"将郑振铎君辞职问题提出复议，决议准予辞职"。[④]

从 1933 年 9 月到 1934 年 4 月，郑振铎用"郭源新"的笔名接连发表《取火者的逮捕》《亚凯诺的诱惑》《埃娥》（均刊于《文学》）和《神的灭亡》（刊于《文学季刊》）四篇散文，并很快集结为《取火者的逮捕》一书，作为傅东华主编的"创作文库"第八册，于 1934 年 9 月由上海生活书店出版。这是郑振铎第三次集中翻译古希腊神话故

① 王伯祥 1928 年 6 月 8 日日记，《王伯祥日记》（第 2 册），第 748 页。
② 王伯祥 1928 年 9 月 3 日日记，《王伯祥日记》（第 2 册），第 776 页。
③ 《干事会会务记要》，《编辑者》1931 年第 4 期，第 19 页。
④ 《干事会会务记要》，《编辑者》1932 年第 5 期，第 10 页。

事。这些译作从连载之初就备受关注，书讯文评频见报端。1934 年春夏之交，以翻译古希腊作品而声名鹊起的罗念生致信茅盾，谈及近来多篇文章涉及新近问世的希腊文学译作，特别指出它们多出自学者之手，认为"我国这几年来古典空气很浓厚，这是值得庆幸的"，但郑振铎的新作并没有进入罗念生的视野。① 到了 1936 年，罗念生毫不掩饰地批评郑振铎的散文译法："结果变成了一个'文学故事'，如'Tales from Shakespeare'一类的东西。我们绝不能把'哈姆雷特'当作丹麦的史事读；也不能把这样的'文学故事'当作'神话'看，因为文学作品里所描写的神话故事和原有的神话不尽相同。"② 然而，正是这种视域的差异揭示了郑振铎与学院作家的根本分歧。这位身在学林的译者正主动走出象牙塔，把古典神话的锋芒转向更广阔的社会批评空间。

从主题上说，郑振铎选择的神话作品与他身处的北平大学研究氛围格格不入。季剑青曾指出，郑振铎最终离京的原因相当复杂，先是由《插图本中国文学史》的出版引发论战，后在文学史学科的设置问题上与燕大同事产生分歧，接着陷入师生及同僚的人际纠纷之中。③ 就文学理念本身而言，在燕京大学校史上，20 世纪 30 年代被誉为"国文系的鼎盛时期"，最有代表性的课程正是古典文学的相关课程。④

---

① 罗睺:《茅盾先生论〈伊利亚特〉和〈奥德赛〉》（9 月 2 日作），天津《大公报·文艺副刊》，1934 年 9 月 12 日，第 12 版。罗念生列举的名作包括吴宓、梁实秋对于古希腊古典主义学理的倡导，史诗方面有高歌的散文译本的《伊里亚特》（上海商务印书馆 1929/1933 年版）和傅东华的韵文译本，戏剧方面有周作人的《希腊拟曲》（上海商务印书馆 1934 年版），柏拉图对话有郭斌和、景昌极合译的《柏拉图五大对话集》（国立编译馆 1934 年版）。

② 罗念生:《书评:〈希腊神话〉郑振铎编著, 生活书店出版》,《宇宙风》1936 年第 20 期, 第 420 页。

③ 季剑青:《1935 年郑振铎离开燕京大学史实考述》,《文艺争鸣》2015 年第 1 期, 第 30-37 页。

④ 这些古典课程包括以刘盼遂的音韵学、容庚的文字学、郭绍虞的文学批评史及中国文学史、刘节的经学、陆侃如的小说史、顾随的词曲为代表的古典文学研究。见张玮瑛、王百强、钱辛波主编:《燕京大学史稿》, 北京: 人民中国出版社, 2000 年, 第 72 页。

邀请郑振铎来京的郭绍虞既是郑振铎的挚友，并且也是燕京大学国文系在任时间最长的系主任，他本人即"要求学生在读有关赋、诗、词、曲和散文的课程时都要随班创作，到孤岛时期仍然如此"。[①]郑振铎虽然身处学院之中，但并不认同北平文学界的复古气息。作为白话新文学的坚定支持者，他对上述局面深感不满。1934 年初，他向朱自清私下表示，"'五四'起家之人不应反动"，暗中批评的正是背诵、拟作、诗词习作等事。[②]同年 10 月，他又借《刀剑集》序言，公开批评"还有不少大学里的文学教师们在课堂上迫着学生们写绝律诗，写草窗、玉田词；（乃至以这种古体诗文作为月课，强迫全校学生交卷的也有）然我不相信，这种现象会再延长多少年"，[③]表露出试图重新发起文学革命和社会批评的决心。

1934 年 12 月 30 日，郑振铎在北京大学发表演讲，面向将近八百名听众畅谈"中国文坛之现状及今后之倾向"。对于这场场面宏大的学术演讲，《华北日报》略记如下：

> 中国文坛近颇有旧势力抬头之势，旧诗词章回小说研究者颇多，尤其各大学中如南京中央大学、广州中山大学等，皆有此倾向，但对之亦不必悲观，新旧势力并存，乃自然之势。[④]

天津《益事报》则详细记录了郑振铎本次发言，在 1934 年 12 月

---

① 张玮瑛、王百强、钱辛波主编：《燕京大学史稿》，第 74 页。

② 朱自清：《朱自清日记》，载《朱自清全集》（第 9 卷），南京：江苏教育出版社，1998 年，第 298 页。但这种潮流并非郭绍虞一人所独有，朱自清本人就同样提倡通过背诵学习古诗的方法。吴组缃日后回忆，当年选朱自清的"诗选"课，"用古诗源作教本，实在没有什么可讲解的，但很花我们的时间，我们得一首首背诵，上了班不时要默写"。吴组缃：《敬悼佩弦先生》，《文讯》1948 年第 3 期，第 133 页。另见凤媛：《燕京大学时期的郭绍虞和 1930 年代新文学的学院化》，《学术月刊》2020 年第 9 期，第 140-149 页。

③ 郑振铎：《刀剑集·序》，《水星》1934 年第 11 期，第 107 页。

④ 《北大国文学会昨请郑振铎演讲题为〈中国文坛之现状及今后之倾向〉》，《华北日报》，1934 年 12 月 31 日，第 9 版。

31 日和 1935 年 1 月 1 日分两期连载，生动还原了郑振铎演讲现场的热烈氛围，具有鲜明的"辞旧迎新"之意。其中记道：

> 但是在一年来生气蓬勃的文坛上，旧势力却有些抬头，如小说非主张用章回的方法不可，诗和戏剧也有很重的复古的风气，此为普遍的全中国的现象，尤以大学校里为然，如南京中央大学、广州中山大学、北平几个大学，复古的空气都很浓厚，比方一个教授讲什么文学科目，就要做出什么样的作品，如讲唐诗，就要做唐诗，这岂非讲莎士比亚的戏剧，就要做得出莎士比亚那样的作品的人配讲么。复古的风气传到小学里去，小学要讲孝经，都要读经和尊孔。①

相较而言，《华北日报》在许多细节之处语焉不详，尤其是明显掩饰了对本地学校的负面评价。这不得不说与其作为国民党在北平的中央直属党报这一特殊定位关系密切。而《益事报》创办者是罗马天主教天津副主教雷鸣远（Frederic Lebbe）。雷鸣远是比利时人，但于 1927 年加入中国国籍，并在 30 年代推动《益事报》成为反对国民政府专权和反击日本侵略的舆论阵地。两家报纸的新闻立场揭示了北平学风之变正日渐成为社会剧变的症候。

30 年代文坛初复古风尚的兴起，反映了国民党不断巩固政治地位，在文化上趋于保守的风向。1930 年 12 月，南京行政院颁布《整顿学风令》，"辞极严厉，为近来政府文告所仅见"。② 由于北平一向是学生运动的中心，蒋介石甚至在 1931 年亲自到北平整顿教育，③ 并委

---

① 《"中国文坛之现状及今后之倾向"——郑振铎在北大之演讲（续）》，天津《益事报》，1935 年 1 月 1 日，第 8 版。

② 《社评：整顿学风》，天津《大公报》，1930 年 12 月 8 日，第 2 版。

③ 《社评：蒋主席将北来整顿教育》，天津《大公报》，1931 年 1 月 8 日，第 2 版。

派罗家伦出任清华大学校长，后者标举"学术化"为一项治校方针。[①]
当时就有观察者指出，学生的思想"渐渐地由麻痹而消沉，由消沉而
死灭，真是一落千丈，每况愈下"，连《清华周刊》罗家伦也有停办
的打算。[②]

　　至于来自左翼势力的影响，在上海十分活跃的左翼文学思潮到
了北平则十分沉寂。就北平的文化格局而言，"左翼文学社团的活
动基本上都在城内，远在城外的清华大学和燕京大学则相对显得沉
寂"。[③]"北平的各学校都有左翼团体在活动，发展的顺序首先是北大、
平大（特别是平大法学院更活跃）；然后是师大、一些私立大如中国
大学、民国大学、朝阳大学；以后又向城外发展，到了清华、燕京、
农大等大学，最后连汇文中学、贝满女中这样的教会学校也参加进
来了。"[④]郑振铎兼职所在的清华大学，虽也有左翼学生团体，但并不
活跃。1933 年，左翼学生在学生会选举中获胜并掌握了《清华周刊》
的编辑权，但参与主编的张宗植在后来的回忆中却说："当时以上海
为中心的左翼刊物，大致偏左的色彩太浓，号召革命的口气很重。只
《清华周刊》是平心静气和同学商讨研磨的态度，而立场稳固，坚持
爱国抗敌，且很重视学术上的基本原理。"[⑤]

　　身处这样的文化氛围之中，郑振铎以为文学应重新承担起五四文
学革命未完成的任务。1932 年，他频繁在燕大、北大和清华等在京
高校发表演说，指明"我们所需要的文学"即在于"力的文学，斗争

① 《专载：整理校务之经过及计划：罗校长上董事会之报告》，《国立清华大学校刊》
　　1928 年第 12 期，第 1-4 版。
② 北风：《我们在一味夸耀之前须平心静气的想一想自己的短处》，《清华周刊》1930 年
　　第 1 期，第 4 页。
③ 季剑青：《北平的大学教育与文学生产：1928—1937》，北京：北京大学出版社，2011
　　年，第 180-195 页。
④ 张磐石：《我所了解的北平左翼文化运动》，载中共北京市委党史研究室、中共天津市
　　委党史资料征集委员会编：《北方左翼文化运动资料汇编》，北京：北京出版社，1991
　　年，第 273 页。
⑤ 张宗植：《〈清华周刊〉旧作夕拾》，载氏著：《比邻天涯：中国与日本——张宗植怀旧
　　文集》，北京：清华大学出版社，1996 年，第 378 页。

的文学，为群众而写的文学，刺激的，呼号的，热烈的文学。"①

当日本侵华的危机日益加重，中国文学的道路选择不仅关系到文学自身的发展，更决定了中国文化命脉的命运和前途。在日本侵占东三省事件发生后，上海出版界刊物《编辑者》刊文通告："郑君来信，非常愤闷，颇有回沪重办五卅时代《公理报》之意向。在墟墓似之北平，郑君恐不能久居也。"②1935年初，国民党C.C.系拉拢"十教授"撰文，企图将文化界的目标从抗日救亡转为所谓"中国本位的文化建设宣言"。郑振铎毫不客气地指出：

> 我以为文化问题固然重要，但中国民族本身如何能生存，却是更大的问题。日本的爪牙永远抓住中国，中国便永远没有复兴的可能。现在的问题是如何使中国能脱出日本的爪牙。所以迫切的问题，不是文化的问题，而是生存的问题。我们固然知道，在恶劣的环境下，也能生存。但须用如何的方法谋生存，终是大问题。[……]在中国旧文化里，是永远找不到出路。中国民族的生存必须寄托在新的文化、新的组织上。如何组织民众，如何使民众都有自觉的为生存的斗争，是今日的急务，而恢复旧文化却是死路一条。③

1931年，胡适在北大演讲，谈到"中国文学的过去与来路"，指

---

① 西谛：《我们所需要的文学》，《清华周刊》1932年第6期，第593-598页。另有同年在北大发表的演讲《新文坛的昨日、今日与明日》。该文有两版，其一见《"中国在十年以后，不做主人就做奴隶"——郑振铎在北大演说》，《文艺周刊》1932年第53号，第3版；其二见许采章记录稿，《新文坛的昨日、今日与明日》，《百科杂志》1932年第1期，第102-109页。10月4日，他在燕京大学国文学会迎新大会上发表演讲，见《郑振铎报告文学年报计划》，《燕京报》，1932年10月5日，第5版。10月7日，又为燕大女生演讲，见《民众应发挥本领、妇女与革命之主旨：郑振铎为燕大女生讲》，《燕京报》，1932年10月8日，第4版。

② 《干事会会务记要》，《编辑者》1931年第4期，第19页。

③ 郑振铎：《郑振铎之意见》，《文化建设》1935年第5期，第164页。

出新文学的来路有两条，即"民间文学"和"欧洲文学"。[①]甚至到了
1934 年，胡适连续向梁实秋、朱光潜等人写信，计划将外文系的教
授引入国文系，力图凭借外国文学之力改造中国文学。他在写给时在
山东大学任教的梁实秋的信中说道：

> 　　北大请你来英文学系，那是不会有困难的事。我当初的原意
> 是要拖一多也来北大。而一多应当在中国文学系，于该系及一多
> 都有益。但中国文学系是不容易打进去的，我又在忧谗畏忌之
> 中，不愿连累北大及梦麟先生，故我当初即想请金甫来办文科，
> 由他把你和一多拉来。现在金甫的问题，梦麟尚未敢正式决定。
> 故一多来中国文学系的事，我不能进行。
> 　　此事我始终在意，但须相机行事。
> 　　……
> 　　我始终主张中国文学教授应精通外国文学；外国文学教授宜
> 精通中国文学。故我切希望一多能来北大国系。但此事须有金
> 甫来，始有此魄力整顿中国文学系。梦麟与孟真皆主张把中国文
> 学系让给一班老人，使我急煞！
>
> 适之 廿，三，廿一

> 　　现在山大已入安定状态了，你能不能离开山大，来北大做一
> 个外国文学系的研究教授？……待遇方面总算过得去，但我所希
> 望者是希望你和朱光潜君一班兼通中西文学的人能在北大养成一
> 个健全的文学中心。最好是你们都要在国文系担任一点功课。
> 　　北大旧人中，如周启明先生和我，这几年都有点放弃文学运
> 动的事业了，若能有你来做一个生力军的中心，逐渐为中国计划
> 文学的改进，逐渐吸收一些人才，我想我们几个老朽也许还有可

---

① 胡适：《中国文学的过去与来路》，载胡适著，欧阳哲生编：《胡适文集》（第 12 册），
北京：北京大学出版社，第 31 页。

以返老还童的希望，也许还可以跟着你们做一点摇旗呐喊的"新生活"。

适之 廿三，四，十六 ①

这个观点与郑振铎的想法不谋而合。1932 年 7 月 20 日，《北斗》第 2 卷第 3、4 期合刊刊出郑振铎的《文学大众化问题征文》一文。他指出，为了保持文学与社会现实的联系及其社会运动化的潜能，古典文学在这方面不能成为有效的资源。② 面对寂寥的文化气氛，无论是文学取材、形象刻画还是社会启示，希腊神话中的盗火者故事都有助于使新文学重新承担起五四文学革命未完成的现实任务。郑振铎翻译的四篇希腊神话分别选取柏洛米修士（今译普罗米修斯，Prometheus）盗火被捕、亚凯诺招降盗火者、宙士（今译宙斯，Zeus）对埃娥（今译伊娥，Io）的淫威以及人神决战的结局，其实是以柏洛米修士和宙士的对抗为主线，描绘了一条反抗"权威"和"势力"的革命之路。③ 诚如郑振铎指出："所谓神话的'美'，并不是像绿玉白璧乃至莹圆的珠，深红的珊瑚般的只供观赏赞叹之资的，而有更深入的社会的意义在着。"④ 至于这"更深入的社会的意义"，则在于"颂扬'人'的胜利，'正义'的胜利"。⑤

郑振铎的革命态度首先表现在他对底本的不满。虽然《取火者的逮捕》入选"创作文库"，郑振铎也自称是"离开了那古老的传说

---

① 胡适致梁实秋信，参见梁实秋：《怀念胡适先生》，载梁实秋著，陈子善编：《梁实秋文学回忆录》，长沙：岳麓书社，1989 年，第 152-159 页。这件事后来得到朱光潜的证实："廿三年返国任教北大，那时胡适之先生长文学院，他对于中国文学教育抱有一个颇不为时人所赞同的见解，以为中国文学系应请外国文学系教授去任一部分课。他看过我的《诗论》的初稿，就邀我在中文系讲了一年。"朱光潜：《序》，载氏著：《诗论》，重庆：国民图书出版社，1943 年，第 3 页。

② 西谛：《文学大众化问题征文》，《北斗》1932 年第 3、4 期，第 460-461 页。

③ 郭源新：《取火者的逮捕》，上海：生活书店，1934 年，第 3 页。

④ 郭源新：《取火者的逮捕》，第 2 页。

⑤ 郭源新：《取火者的逮捕》，第 15 页。

而骋自己的想像"，但仍然承认这是一次基于底本的文本改写。不过，郑振铎对诸多底本均不满意。在他看来，赫西俄德（Hesiod）的《工作与时序》（*Works and Days*）只是"很简单的说到了柏洛米修士偷火的事"；《神谱》（*Theogony*）虽然提到他的盗火和受罚，然而，"Hesiod 是怎样的为宙士辩护，而将'无理'的一方尽推给了柏洛米修士。神权的信仰，是紧紧的捉住了这位作者的心灵"；埃斯库罗斯（Aeschylus）的悲剧三部曲"把柏洛米修士的反抗的精神抬举出来而加以有力的烘染了"，但即便如此，"就这三部曲的全剧来看，其情节还不是反叛的；人和神是终于得到一条和解之路"。[1] 可见，郑振铎并不认同全剧结尾的内容取向和价值立场。

　　为了突出人与神的斗争主题，郑振铎采取相当灵活的翻译策略。最典型的例子就是收尾的《神的灭亡》一篇。本来，前三篇文章已多次预言暴君宙士的灭亡将是"必然的结局"，但郑振铎认为《神的灭亡》在内容上"最架空无据，最荒唐无稽"，[2] 故仍须对天神的下场做出正式而公开的宣判。郑振铎一方面沿用希腊神话"判断三女神"的典故，这个故事出自弗雷泽所注《书库》的"梗概"一章（Epitome）。宙士派希拉（今译赫拉，Hera）、雅西娜（今译雅典娜，Athena）和阿孚罗蒂特（今译阿芙洛狄忒，Aphrodite）三女神考验帕里斯（Paris, Alexander on Ida）的战斗决心。希拉许给他统治众人的王国（the kingdom over all men），雅西娜承诺赋予其战争的胜利（victory in war），阿孚罗蒂特则要赠他海伦之手（the hand of Helen）。帕里斯最

① 郭源新：《取火者的逮捕》，第 8-9 页。郑振铎的准确判断可以从罗念生后来对埃斯库罗斯的评价中得到佐证。罗念生在 1984 年出版的《论古希腊戏剧》中说："诗人的宗教观也是矛盾的。……他在《普罗米修斯》中竭力攻击宙斯，对众神抱敌视态度，但是他在《俄瑞斯忒亚》三部曲（包括《阿伽门农》、《祭酒人》和《报仇神》）中却赞美众神，把宙斯当作一位公正的神。"见罗念生：《论古希腊戏剧》，北京：中国戏剧出版社，1984 年，第 19 页。
② 郭源新：《取火者的逮捕》，第 17 页。

后选择阿孚罗蒂特许诺的海伦之手，随后乘船前往斯巴达。[①] 但郑振铎把这个故事改成三位天神向全人类发起考验，以说服他们放弃攻打天国的计划。首先，希拉向一位"勇敢的粗鲁人"许诺"财富"和"权力"；接着，雅西娜向年轻的建筑师许诺"能解决远古不曾有人能解决的一切难题"；最后，阿孚罗蒂特试图用自己的肉体引诱一位年轻的战士。但这三人拒绝了所有诱惑。在此，郑振铎将原文中的神话元素转译为普遍人性中的真实考验，其本质是权势一方对挑战者的诱惑和威吓。在郑振铎的译笔之下，人类最终将"势力"和"权威"炸得粉碎，"神之族整个的沉落在这无底的黑暗的深渊里去，连柏洛米修士也在内"。"响入云霄的胜利之歌。——人战胜了神的胜利之歌。""太阳正升在中天；血红的光，正像证见了这场人与神的浴血之战。"[②]

我们可以进一步从这四篇故事的连载刊物探讨译者的立场。在30年代初《小说月报》停刊后，郑振铎于1933年7月1日创办《文学》新刊，由上海生活书店发行，成为左翼作家和进步文人的发表阵地。《文学》创刊号上赫然印着普罗米修斯盗火的油画，希腊神话无疑是该刊斗争精神的重要体现。在同期发表的译作《严加管束》文末，郑振铎以普罗米修斯为喻，向年轻读者发出号召："青年的勇士们是扫荡不尽的；明知道那是火，那是阱，为了光明，为了群众，却偏要向前走；人类是有那末傻，是有那末勇敢！悲剧，不过早就无数像 Prometheus 般的伟大的人们而已。"[③]1934年1月1日，郑振铎又创办《文学季刊》，初由北平立达书店出版发行，后改为上海生活书店负责。就在当年初，生活书店即因宣传普罗文化和阶级斗争文学而面临被查禁的危险。但此后，郑振铎通过这份新刊大力培养青年作

---

① Apollodorus, *The Library, Vol. 2*, Trans. and Ed., James George Frazer, London: William Heinemann/New York: G. P. Putnam's Sons, 1921, pp. 172-173.

② 郭源新：《取火者的逮捕》，第 141-230 页。

③ 契里加夫著，郑振铎译：《严加管束》，《文学》1933 年第 1 号，第 136 页。

家，如吴晗（清华大学历史系）、辛笛（清华大学外国语文系）、季羡林（清华大学西洋文学系）和远在外地的端木蕻良，还邀请刚在大学任教的靳以共同主编，实则是在学院之外寻找文学的现实土壤和年轻的文坛声音。①"盗火者故事"最终在这两本文学新刊上连载，表达了郑振铎对于北平学院保守之风的叛离和向文学现实性的回归。

1935 年 2 月，郑振铎终于离开燕京大学。②同年 7 月 18 日《申报》报道，郑振铎作为国立暨南大学代表，随同新任校长何炳松参与接收，③这表明他已经离京返沪。随后，郑振铎出任暨南大学文学院院长兼中文系主任。可以说，在 30 年代社会陷入困局，白话新文学趋于保守之际，郑振铎试图以普罗米修斯的盗火神话为喻，发表社会批评的个人心声，使新文学重新成为推动社会进步的力量。他到 1935 年以后编订"世界文库"时进一步指出："我们对于希腊、罗马的古典著作，尤将特别地加以重视。"④希腊神话翻译反映了古典文本与中国现实的复杂勾连，也的确影响了包括聂绀弩在内的后起作家，更多以盗火和抗争为主题的作品相继问世。⑤借用郑振铎在 1956 年写的再版序言：

---

① 季羡林回忆："当时的教授一般都有一点所谓'教授架子'。""但是同他一接触，我就感到他同别的教授不同，简直不像是一个教授。在他身上，看不到半点教授架子。他也没有一点论资排辈的恶习。他自己好像并不觉得比我们长一辈，他完全是以平等的态度对待我们。"见季羡林：《西谛先生》，载《郑振铎纪念集》，第 265、267 页。其实，燕京大学的学生也分裂为不同的阵营。据冰心回忆，"振铎在燕京大学教学，极受进步学生的欢迎，到我家探病的同学，都十分兴奋地讲述郑先生的引人入胜的讲学和诲人不倦的进步的谈话。"见冰心：《追念振铎》，《文艺报》1978 年 1 第 6 期，第 46-48 页。

② 《郑振铎辞燕大教席》，《北平晨报》，1935 年 2 月 12 日，第 9 版。

③ 《暨南大学校长何炳松正式到校视事》，《申报》，1935 年 7 月 18 日，第 14 版。

④ 郑振铎：《世界文学名著的介绍——发刊〈世界文库〉缘起》，《艺风》1935 年第 3 期，第 17 页。

⑤ 例如，聂绀弩在 1941 年《文化杂志》第 3 期上发表短篇小说《第一把火》，就是以郑振铎的《取火者的逮捕》为蓝本。参见聂绀弩：《〈天亮了〉再版序》（1950 年 5 月 15 日香港），载《聂绀弩全集》编辑委员会编：《聂绀弩全集》（第 9 卷：序跋、书信），武汉：武汉出版社，2004 年，第 51 页。

《取火者的逮捕》虽然是由四个短篇小说所集成，而其实却可以说是一个长篇；题材只是一个，那就是：描写"神"的统治的横暴与歌颂"人"的最后的胜利。虽然写的是古代的希腊神话，说的却是当时当地的事。"借古人的酒杯，浇自己的块垒"，是有大不得已的苦衷的。……当时有些读者们以为，这不过是"神话"，是"寓言"，有的人还特别反对最后的一篇《神的灭亡》，以为是荒唐无稽之至。但我自己知道，那实在是一部"预言"。那"预言"是会最后实现的。果不其然，"人"是终于光辉地得到最后的胜利了。①

普罗米修斯故事打破学院文学的局限，将抗争的文学精神投入现实场域，使文学命题再次与青年人生和社会变革联结起来。这正是郑振铎试图恢复和延续的五四文学理想。

从 20 世纪 20 年代到 30 年代中期，郑振铎在十余年间完成对希腊神话的三次集中翻译。作为新文学的开拓者，他从希腊神话的宝库发掘新文学的典范意义。在学术逃难的过程中，他深入希腊神话的内部思考社会的普遍法则以及国家与个人的关系。面对激化的社会矛盾，他又把希腊神话作为社会批评的载体和进路。可以说，郑振铎对希腊神话的每一次诠释都呼应了社会变革的核心关切，而那个看似遥不可及的西方古典文学世界，则成为这片东方大地上社会剧变的镜中之影。

---

① 郑振铎：《取火者的逮捕》，上海：新文艺出版社，1956 年，第 1 页。

结语

1935 至 1936 年，《中国新文学大系》由赵家璧主编，分为十册，在上海良友图书印刷公司出版。这套大型丛书全面总结 1917 年新文化运动兴起近二十年的文学成就。作为《文学论争集》分册的主编，郑振铎在"编选感想"中写道："将十年前的旧账打开来一看，觉得有无限的感慨。以前许多生龙活虎般的文学战士们，现在多半是沉默无声，想不到我们的文士们会变老得这么快，然而更可怪的是，旧问题却依旧存在（例如'文''白'之争之类），不过旧派的人却由防御战而突然改取攻势了。这本书的出版可以省得许多'旧事重提'，或不为无益的事罢了。"[①]赵家璧邀请郑振铎编选《文学论争集》，恐怕再合适不过。如前所述，他本人的文学历程就是在持续不断的传承、交流和论战中进行，从而构成一个身临其境的文学场域，而这个变动的文学场域背后则是中国社会自身的结构巨变。

正如本书一开始所申明的那样，郑振铎个人的文学翻译活动肇始并维系于民初以后社会变革的趋向与社会思潮的演进。面对民初政坛腐败和政治制度改革停滞不前的问题，梁启超等知识分子开始在国家之外寻求社会力量推动改革。1919 年五四运动之后，有关社会改造的论述渐成风气。傅斯年甚至展望："以后是社会改造运动的时代。我们在这个时候，处于这个地方，自然造成一种新生命。"[②]一种社会改造的话语就此出现。根据刘集林的研究，有关"社会改造"的论说

---

① 郑振铎：《〈文学论争集〉编选感想》，天津《大公报》，1935 年 3 月 14 日，第 1 版。

② 傅斯年：《附录：新潮之回顾与前瞻》，《新潮》1919 年第 1 号，第 203 页。

在狭义上大致活跃于五四前后至 20 年代末，主要表现出四个方面的特征，包括：提倡国家与个人之外的社会性变革、以现代社会的组织建设为核心诉求、以自下而上的渐进改良为主要方法（包括以劳工及平民为主要对象、以教育和实业为主要领域），以及对人道主义和平等互助精神的推崇。随着主义政治的兴起，"社会改造"一词逐渐成为马克思主义者关于无产阶级社会革命的专称，而社会变革本身也逐渐为自上而下的"改造社会"所替代。① 从 20 年代后期开始，国共分歧日益成为社会变革的主要焦点，所谓"社会"不再仅具有"社会改造"论说的一般意义，而是与政党政治和革命思潮形成更加复杂的纠葛，并在 30 年代初的中国社会性质问题论战中达到高潮，直至抗日战争的爆发，中国社会陷入全面危机。

本书正是以此为背景，在"个人—文学—社会"的重叠面中探讨郑振铎的文学翻译、思想内涵及其历史意义。就郑振铎研究而言，以往的学者或流于对其个人生平的传记式书写，或对其从事的各领域活动进行分门别类的讨论，或仅仅对他的立场作印象式的点评，总之都疏于发掘郑振铎文学翻译背后的社会思想。本书在运用郑振铎著译原作和其他一手史料的基础上，大致以 1917 年新文化运动发生、郑振铎赴京求学，至 1937 年全面抗战爆发、郑振铎离京来沪为限，讨论他的文学翻译活动与社会思潮的多重关系，希望能补以往研究的不足。

具体说来，郑振铎文学活动中的社会思想直接源于他与民国初年社会变革思潮的亲身接触，更确切地说，他在初登文坛时与北京基督教青年会共同创办的《新社会》旬刊产生了积极而深远的影响。应该

---

① 刘集林：《"社会改造"与"改造社会"》，《广东社会科学》2012 年第 4 期，第 140-149 页。其他相关研究可参见王先俊：《论"五四"后的社会改造思潮》，《安徽师范大学学报》2009 年第 2 期，第 125-132 页；刘集林：《"造社会"与社会改造——以五四前后傅斯年的思想为中心》，《广东社会科学》2012 年第 6 期，第 123-131 页；李永春：《论五四时期社会改造思潮兴起的国际背景》，《湘潭大学学报》2013 年第 6 期，第 135-140 页。

承认,《新社会》的出现本身反映了在华基督教团体投身社会改造潮流的努力。作为《新社会》的创刊主编和主要译者,郑振铎在这段经历中接触到三种不同类型的社会改造方案,一是基督教青年会的"社会福音"方案,主张以基督教信仰为基础完成社会变革;二是以社会组织、制度和群体结合的形式为目标的改造活动,包括新村运动、工读团体,以及基于社会主义学说的政党政治;三是以吉登斯为代表的现代社会理论,强调将一般意义上的文化改革纳入社会改造的整体工程来考量。作为《新社会》旬刊的赞助者,北京基督教青年会自身在思想上秉持温和而折衷的态度,在经济上采取间接而有限的支持策略,在人事上以咨询建议为主、邀请中国学生直接办刊,导致他们自身施加的思想影响其实相当有限。因此,郑振铎接受了关于社会改造的一般设想,也排除了基于基督教信仰的福音方案。他曾一度对组织化的社团运动充满兴趣,但最终还是选择以文化变革的方式投入精神与思想的启蒙事业中。在此基础上,对郑振铎文学思想中的社会性面向及其来源的发掘使我们意识到,社会性思考本身也是新文化运动在兴起之初就根植其中的一条重要思想脉络。

在吉登斯学说的早期影响下,郑振铎把推动社会变革的核心环节和根本目的落实在人格的塑造、道德的养成、责任的承担和意志的锻炼等思想层面。在他看来,对中国社会变革的现实来说,只有个人、群体和社会全员完成自我革新,才能真正实现新文化运动的目标并享受其成果。因此,郑振铎的早期文学翻译活动便反复围绕人的问题展开讨论,进而在泰戈尔诗歌、俄国文学作品、欧洲寓言故事和古希腊神话传说等不尽相同的翻译中反复表达社会变革的思想主张。这个思想特质超越了不同文类、题材和形式的界限,构成郑振铎文学翻译的延续性特征和普遍性价值。当然,民国年间的社会改造思潮包罗万象,其内容涉及婚姻家庭、女子解放、劳工权益、农村改造、组织建设等多项议题。但不同于这些关于社会组织变革的讨论,郑振铎始终将人的解放和思想启蒙置于社会变革的核心位置。

以往的研究一般认为，泛文化意义上的社会改造思潮在 20 年代中期以后就遭到政党政治的打断。的确，郑振铎在其开展文学翻译的过程中，也不断目睹并经历着身边友人投身政治革命的切身冲击。如在郑振铎翻译俄国无政府主义作品的同一时期，他的青年伙伴先后走向左翼革命阵营；而在翻译《列那狐的历史》前后，他在商务印书馆的密友又逐渐投身国民党政务。但郑振铎的文学翻译实践一再表明，他从未停止以文学之力推动社会改变的努力。胡愈之在纪念郑振铎的文章里写道："你从没有打算把自己躲藏在'象牙之塔'里，或者高高地从云端来看尘世。不，你决不是那种假装作清高的卑鄙人物。"①如今看来，我们与其将这段话视为郑振铎性格特征的佐证，毋宁将其解读为郑振铎文学活动的内在本质和社会状况的反映。本书所讨论的翻译个案，或发生于新文化运动"创造新人"的历史情境，或酝酿于革新思潮回落的低谷时期，抑或创作于社会危机来临、亟待重新启蒙的关键时刻，郑振铎文学翻译总是位于时代变革的中心位置，深入参与思想的激荡与争鸣。这也说明，对其文学翻译的研究不能简化为文学史自身的推陈出新，而应置于开放的时代潮流中加以考察。借用杨念群的话说，西方社会话语在近代中国的输入、传播与争鸣绝非纸上空谈，而是经由文学家、翻译家、思想家、政治家之手，化作"一种实际行动的表现"。②

有趣的是，如果我们把郑振铎放在中西社会思潮发展的平行线上观察，他对西方社会理论的取舍就反映出中国现代知识人的某些共同趋向。几乎就在郑振铎在北京社会实进会中发起《新社会》的同时，美国现代社会学奠基者之一、芝加哥大学社会学家罗伯特·帕克（Robert E. Parker）在 1921 年出版《社会学概论》（*Introduction to the Science of Sociology*）一书，首次提出"集体行为"（collective behavior）这一关键概念，对涉及多个个体参与的政治行为展开系统的现

① 胡愈之：《哭振铎》，《光明日报》，1958 年 11 月 1 日，第 2 版。

② 杨念群：《"五四"九十周年祭》，第 17 页。

代学术研究。当代学者指出，由帕克开创的集体行为研究有一个显著的倾向，那就是将其"视为一种非理性行为和破坏性的社会现象，因此在理论上特别强调情感，尤其是各种怨愤在集体行为发生和发展过程中的决定性作用"。① 郑振铎当然不具备如此细致的当代社会学理论知识，也不可能从这种批判性立场审视社会运动中的情感和非理性因素。然而，他却敏锐地捕捉到与集体行为理论遥相呼应的诸多相似理论，其中尤以法国社会学家勒庞的社会心理学思想和美国社会学家吉登斯的学说为代表，并通过基督教青年会的宗教社会学曲折地过滤而获取其中的精神力量。事实上，社会运动理论主要表现为"西欧传统"与"美国传统"两大分支，但二者大异其趣，前者"倾向于从整个人类社会变迁的高度去思考社会问题，醉心于考察社会结构的变迁，特别是工业和后工业化过程对社会辟理（social cleverage）的影响，以及相应而来的社会冲突和社会运动形态的变化"，后者则"深受中程社会学（middle-range sociology）趣味的影响，一般只关注一个或一类社会运动是如何发生和发展的、其逻辑和机制是什么。"②

可是，无论从任何一个意义上说，在西方社会学理论和社会话语传入近代中国的漫长光谱中，郑振铎都算不上是现代意义上的社会学家或社会思想家，我们也不应该按照社会理论的学科体系评判他的书写。倘若参照西方社会学理论的历史谱系，郑振铎并没有在一个建构性的社会学框架下探讨社会组织或分层的知识路径，也从来没有试图打造一个严丝合缝的社会理论体系，而是把"社会"悬置为一个亟待推翻并重新确立的运动对象。他对西方社会理论的阅读、介绍、翻译和摄取，更像是基于好奇心和实用目的而作的知识迁移和嫁接，最终作用于他念兹在兹的文学翻译活动及其背后的中国思想启蒙事业。用台湾学者黄克武的话说，郑振铎对社会学说的选择与接受反映出中国近代知识人对社会理论的普遍态度，即一方面致力于寻找一种以

---

① 冯仕政：《西方社会运动理论研究》，北京：中国人民大学出版社，2013 年，第 5 页。

② 冯仕政：《西方社会运动理论研究》，第 9 页。

"'科学方法'对社会所作的描述、分析，用以'解释世界'"的全新工具；另一方面也是迫于改造社会的现实需求，视其为"'改变世界'的一种方法"。①

实际上，这场自西徂东的"知识旅行"从来都不是一个"依样画葫芦"的移植试验，而是在中国本土社会的土壤上，呈现出知识建构与实践变革的分途。就西方社会话语的中国语境而言，郑振铎也并不能像社会学家那样区分"集体行动""社会运动""革命"等社会理论的分支概念。他甚至没有像其他左翼革命者或左联作家一样提出系统的革命文艺纲领，这也使他一度遭到质疑和排挤。然而，郑振铎的文学作品始终面向社会变革的进程开放着文本诠释的可能，不仅回应着社会思潮的激荡，也对社会之变提出掷地有声的见解，并在其受众中激起立竿见影的反响。可以说，郑振铎的文学翻译无疑既是社会思潮的产物，也是社会思潮革新的一种动力源泉。

郑振铎为编选《中国新文学大系》留下的感想既回顾中国现代文学的过去二十年，同时也指向 1935 年的当下境况，后者继续指明郑振铎以翻译为方法、以外国文学启发中国现代文学的一贯努力。在号称"翻译年"的 1935 年的文学讨论中，由郑振铎主编的"世界文库"一经出版，就被誉为"翻译年的新希望"。② 从 1935 年 5 月至 1936 年 4 月，"世界文库"由上海生活书店出版，每月一册，共出 12 册。每册有 40 余万字，12 册就有近 500 万字。从 1936 年 9 月起，这一计划改为单行本出版，共计 15 种，另有《世界文库月报》共 5 期（1936 年 8 月至 1937 年 3 月）随书奉送。全用 23 开本新 5 号字排印。甲种

① 黄克武：《晚清社会学的翻译》，第 3 页。关于作为知识和学科的社会学在近现代中国的传播与建立，可参见以下几部重要作品：阎明：《一门学科与一个时代：社会学在中国》，北京：清华大学出版社，2004 年；姚纯安：《社会学在近代中国的进程》，北京：生活·读书·新知三联书店，2006 年；韩承桦：《当"社会"变为一门"知识"：近代中国社会学的形成及发展（1890—1949）》，台北：台湾大学文学院历史学系博士论文，2017 年；陆远：《传统与断裂：剧变中的中国社会学与社会学家》，北京；商务印书馆，2019 年。

② 柳无忌：《论"翻译年"的翻译》，《人生与文学》1935 年第 4 期，第 364 页。

本布面精装烫金，全书用上等乳黄玉书纸印刷。即使是乙种本封面也用硬纸精装，正文用厚报纸印刷。在当代学者的评价中，这套规模庞大的"世界文库"被称为"民国时期最有系统、最有计划性的大型世界文学选本丛书，在推动中国人的世界文学观念方面影响最大"。①

在《世界文库发刊缘起》中，郑振铎站在中西方文学交流的立场上肯定了世界文学的意义。他大胆提出，"世界文学名著的介绍和诵读，乃是我们这一时代的人的最大的任务（或权利）和愉快"；而"如果不以广大的心胸去接受先民的伟大的成就，便是自绝于阳光灿烂、花木缤纷的文学园地"。他似乎是不点名地告诫那些埋头于中国古籍的北京同仁："在那广大的文学园地里，也许不免有所偏嗜，却绝对的不宜专嗜。广博的诵读，将会给我们以更阔大的成就和见解。"②

毫无疑问，对郑振铎来说，翻译的力量尤为重要。即使是在抗战来临之际，郑振铎仍然在探索以翻译为媒介推动文学和社会继续演进的可能。在1936年7月的一篇文章中，郑振铎回顾了清末以来的翻译小说及其对中国文学的影响。他将中国文化与西洋文化的关系分为三个时期：第一个时期是1600年至甲午战争前夕，西洋文化的接触期，以声光化电等应用科学的文明为主要翻译内容。第二个时期从甲午战争到1917年新文化运动，翻译对象主要包括社会科学，特别是政治和法律一类。第三个时期是1918年直至现在，郑振铎写道：

> 在政治与教育的改革的时期以后，大家又觉得不仅只是政治的改革可以弄得好的，根本的问题是在于伦理观，于是到了五四时期，便发生了一切关于社会家庭的改革，一切人与人的关系，应该是重新变革了。这时期的翻译工作，便多半是从这方面的介绍，由此发展的路线中，我们便可以观察到中国近代的大倾向

---

① 张珂：《民国时期"世界文学选本"的编纂思路及歧异——以陈旭轮〈世界文学类选〉和郑振铎〈世界文库〉为例》，《中华文化论坛》2014年第8期，第84页。

② 郑振铎：《世界文库发刊缘起》，《世界知识》1935年第5期，第1-2页。

不是闭关的而是愿意跟别的几个国家一致过正当的"人的生活"的。[①]

从 1924 年林纾去世时对于晚清翻译家的个人平反，到抗日战争来临之际对中国近代史的全面回顾，郑振铎俨然以翻译为媒介，将晚近以来的中国命运放在中西文化交流的脉络下做出整体性的重构。而他本人也正是通过广泛而持久的翻译活动，扩大了中国现代文学的边界，促进世界文学的广泛交流，更与不同国家和背景的人物、团体和思潮产生实质性的交锋，从而形成一个思想传递的全球网络。

可是，文学论争并没有就此结束，"世界文库"的出版依然深陷不同阵营的批评之争，中国社会本身也依然处于未完成的变革进程。一方面，有人认为："何况在目前，介绍外国的东西比搬玩自家的古董急于万倍呢！郑先生是忽略了现阶段的需要。"[②]另一方面，也有人批评郑振铎的文学之路代表了政治上的落伍，而并非"在政治上是很纯正的文学者"，即便所谓"纯正"属实，"纯正"也不意味着"没有任何色彩、任何其他作用，而又不偏不倚、不左不右"。[③]当社会思潮的演进从泛文化意义的变革与进步急剧转向政治革命的激流，当中国社会自身进入新的历史阶段，郑振铎再次面临着新的选择。

1935 年 8 月 11 日，左联驻莫斯科代表萧三给左联写信，要求在联合统一战线政策下解散左联，同时另外发起组织一个更大的文学团体。萧三特别提到："便拿中国过去的例子说，狭隘的红色救济会扩大为'人权保障大同盟'时，于是杨、胡、蔡……都参加了。这些经验从来没有被左联利用过。其实文学界的郑、陈……亦何尝不可以作为政治社会组织的宋、蔡……！"[④]此后，"左联"负责人夏衍和茅

---

① 郑振铎:《清末翻译小说对新文学的影响》,《今代文艺》1936 年第 1 期, 第 114 页。

② 勃生:《从文学遗产到世界文库》,《杂文》1935 年第 2 期, 第 44 页。

③ 甘奴:《关于世界文库底翻印旧书》,《作家》1936 年第 1 期, 第 322 页。

④ 《肖三给左联同志的信》,载上海鲁迅纪念馆编:《纪念与研究》(第 2 辑), 上海:鲁迅纪念馆, 1980 年, 第 172 页。

盾拜访郑振铎，商谈左联解散之事，并计划组织一个新的文学界统一战线团体。[①]到 1936 年 3 月，左联终于解散。同年 6 月 7 日，由郑振铎等人发起的中国文艺家协会在上海正式成立，郑振铎当选为理事。1938 年 3 月 27 日，中华全国文艺界抗敌协会成立于汉口，郑振铎当选为理事，中国现代作家进入全面抗争的新阶段。至于郑振铎本人，随着国军在淞沪会战中战败，日军于 1937 年底攻入上海，郑振铎写道：

> 我带着异样的心，铅似的重，钢似的硬，急忙忙的赶回家，整理着必要的行装，焚毁了有关的友人们的地址簿，把铅笔纵横写在电话机旁墙上的电话号码，用水和抹布洗去。也许会有什么事要发生，准备着随时离开家。先把日记和有关的文稿托人寄存到一位朋友家里去。[②]

当"四行孤军"的枪声最后停止，当上海四郊和苏州河接连失守，当上海文艺界人士纷纷撤往内地，郑振铎则选择留在孤岛上海，开始他的"蛰居"时代。

---

① 夏衍：《懒寻旧梦录》，增补本，北京：生活·读书·新知三联书店，2000 年，第 202 页。茅盾：《"左联"的解散和两个口号的论争：回忆录》，《新文学史料》1983 年第 2 期，第 1-3 页。但夏衍认为与郑振铎的会面是在 1935 年底，茅盾则记为 1936 年初，具体时间待考。

② 郑振铎：《蛰居散记》，上海：上海出版公司，1951 年，第 6 页。

参考文献

档案和未出版资料

《北京国务院致各省督军省长等电文》，1919 年 12 月 2 日，阎锡山史料，典藏号：116-
　　010108-0011-063，台北"国史馆"馆藏。

《国务院参陆部电各省督军省长希饬各地方官派员与邮局接洽查禁印刷品》，1919 年
　　9 月 5 日，阎锡山史料，典藏号：116-010108-0409-015，台北"国史馆"馆藏。

《国务院电各省督军陈树藩称近日忽见一印刷品词意提倡共产等须查禁》，1919 年 6
　　月 19 日，阎锡山史料，典藏号：116-010108-0408-020，台北"国史馆"馆藏。

《内务部电各省长官严密查禁过激党刊物事宜》，1919 年 9 月 20 日，阎锡山史料，典藏
　　号：116-010101-0014-102，台北"国史馆"馆藏。

《派郑庆豫充西班牙分馆通译生由》，外务部档案，馆藏号：02-12-024-03-023，http://
　　catalog.digitalarchives.tw/item/00/0c/7f/42.html，访问日期：2017 年 5 月 4 日，"中
　　央研究院"近代史研究所。

Barnett, Eugene E., *As I Look Back: Recollections of Growing Up in America's Southland
　　and of Twenty-six years in Pre-Communist China, 1888–1836*, unpublished typescript,
　　the Bancroft Library, University of California, Berkeley.

Burgess, John S., "Annual Letter, 1918, to Dr. John R. Mott," Kautz Family YMCA
　　Archives, YMCA-FORSEC-00710, University of Minnesota Libraries.

Burgess, John S., "Annual Report for the Year Ending September 30, 1913," Kautz Family
　　YMCA Archives, YMCA-FORSEC-00275, University of Minnesota Libraries.

Burgess, John S., "Annual Report for the Year Ending September 30, 1914," Kautz Family
　　YMCA Archives, YMCA-FORSEC-00324, University of Minnesota Libraries.

Burgess, John S., "Annual Report for the Year Ending September 30, 1918," Kautz Family YMCA Archives, YMCA-FORSEC-00620, University of Minnesota Libraries.

Burgess, John S., "Annual Report Letter for the Year Ending September 30, 1919," Kautz Family YMCA Archives, YMCA-FORSEC-00690, University of Minnesota Libraries.

Burgess, John S., "North China Government College Summer Conference, Wo FoSsu, Western Hills, Peking, 1911," John Stewart Burgess Papers 73034, Folder 1, Hoover Institution, Stanford University, USA.

Edwards, D. W., "Annual Report Letter of Princeton's Work in Peking, China for the Year Ending September 30, 1919," Kautz Family YMCA Archives, YMCA-FORSEC-01085, University of Minnesota Libraries.

Mills, W. P., "Annual Report for the Year Ending September 30, 1916," Kautz Family YMCA Archives, YMCA-FORSEC-00474, University of Minnesota Libraries.

已出版论著

Aaltonen, S., *Time-Sharing on Stage: Drama Translation in Theatre and Society*, Clevedon: Multilingual Matters, 2000.

Alkier, Stefan, "Intertextuality and the Semiotics of Biblical Texts," in *Reading the Bible Intertextually*, Eds., Richard B. Hays, Stefan Alkier and Leroy Huizenga, Waco: Baylor University Press, 2009, pp. 3-22.

Apollodorus, *The Library*, Trans. and Ed., James George Frazer, London: William Heinemann/New York: G. P. Putnam's Sons, 1921.

Aronson, A., *Rabindranath through Western Eyes*, Allahabad: Law Journal Press, 1943.

Artzibashef, Michael, *War: A Play in Four Acts*, Trans., Thomas Seltzer, New York: Alfred A Knopf, 1916.

Artzibashef, Michael, *Tales of the Revolution*, Trans., Percy Pinkerton, London: Martin Secker, 1917.

Baldick, Chris, ed., *The Concise Oxford Dictionary of Literary Terms*, *4th ed.*, Oxford: Oxford University Press, 2015.

Bernard, Luther L., "The Teaching of Sociology in the United States," *American Journal of Sociology*, 1909, Vol. 15, No. 2, pp. 164-213.

Blake, N. F., "William Caxton's *Reynard the Fox* and His Dutch Original," *Bulletin of the John Rylands Library*, 1964, Vol. 46, No. 2, pp. 298-325.

Boele, Otto, *Erotic Nihilism in Late Imperial Russia: The Case of Mikhail Artsybashev's "Sanin"*, Madison: The University of Wisconsin Press, 2009.

Bowra, Cecil M., *Sophoclean Tragedy*, Oxford: Clarendon Press, 1944.

Burgess, John S., "Peking as a Field for Social Service," *The Chinese Recorder*, 1914, Vol. 45,No. 4, pp. 226-235.

Burgess, John S., *The Guilds of Peking*, New York: Columbia University Press, 1928.

Burke, Peter, "Lost (and Found) in Translation: A Cultural History of Translators and Translating in Early Modern Europe," *European Review*, 2007, Vol. 15, No. 1, pp. 83-94.

Bulfinch, Thomas, "Preface," in *The Age of Fable*, London: J. M. Dent & Sons, Co., 1910.

Burwick, Frederick, ed., *Romanticism: Keywords*, Edison: John Wiley & Sons, Ltd., 2014.

Butcher, Samuel H., and Andrew Lang, trans., *The Odyssey of Homer: Done into English Prose*, New York: The Macmillan Company, 1906.

Chan, Tak-hung Leo, "Liberal Versions: Late Qing Approaches to Translating Aesop's Fables," in *Translation and Creation: Readings of Western Literature in Early Modern China, 1840–1918*, Ed., David Pollard, Amsterdam and Philadelphia: John Benjamins Publishing Company, 1998, pp. 57-78.

Cleary, Marie, "A Book of 'Decided Usefulness': Thomas Bulfinch's *The Age of Fable*," *The Classical Journal*, 1980, Vol. 75, No. 3, p. 248.

Cohn, Norman, *The Pursuit of the Millennium: Revolutionary Millenarians and Mystical Anarchists of the Middle Ages*, London: Paladin Books, 1969.

Cuddon, John A., *A Dictionary of Literary Terms and Literary Theory, 5th ed.*, West Sussex: Wiley-Blackwell, 2013.

Cunningham, Andrew, and Ole Peter Grell, *The Four Horsemen of the Apocalypse: Religion, War, Famine and Death in Reformation Europe*, Cambridge: Cambridge University Press, 2000.

Das, Nila, "The Eternal Quest in Three Plays of Rabindranath Tagore," *Bulletin of the Ramakrishna Mission Institute of Culture*, May 2018, pp. 23-30.

Delisle, Jean, and Judith Woodsworth, eds., *Translators through History*, Revised ed., Amsterdam/Philadelphia: John Benjamins Publishing Company, 2012.

D'hulst, Lieven, "Translation History," in *Handbook of Translation Studies,Vol. 1*, Eds., Yves Gambier and Luc van Doorslaer, Amsterdam/Philadelphia: John Benjamins Publishing Company, 2010, pp. 397-405.

Eckley, Grace, *Maiden Tribute: A Life of W. T. Stead*, Philadelphia: Xlibris Corporation, 2007.

Edwards, Dwight W., *Yenching University*, New York: United Board for Christian Higher Education in Asia, 1959.

Even-Zohar, Itamar, "The Position of Translated Literature within the Literary Polysystem," in *Literature and Translation: New Perspective in Literary Studies*, Eds., James S. Holmes, J. Lambert and R. van den Broeck, Leuven: Acco., 1978, pp. 117-127.

Flegg, Columba G., *An Introduction to Reading the Apocalypse*, New York: St Vladimir's Seminary Press, 1990.

Gairdner, James, "Henry Morley," in *Dictionary of National Biography, Vol. 39*, Ed., Sidney Lee, New York: Macmillan and Co.; London: Smith, Elder, & Co., 1894, pp. 78-79.

Gálik, Marián, "A Comment on Three Western Books on the Bible in Modern and Contemporary China," in *Influence, Translation, and Parallels: Selected Studies on the Bible in China*, Ed., Marián Gálik, Sankt Augustin: Institut Monumenta Serica, 2004, pp. 135-144.

Gambier, Yves, and Luc van Doorslaer, eds., *Border Crossings: Translation and Other Disciplines*, Amsterday/Philadelphia: John Benjamins Publishing Company, 2016.

Gamble, Sidney D., and John S. Burgess, *Peking: A Social Survey, Conducted under the Auspices of the Princeton University Center in China and the Peking Young Men's Christian Association,* New York: George H. Doran Company, 1921.

Gamsa, Mark, *The Chinese Translation of Russian Literature: Three Studies*, Leiden and Boston: Brill, 2008.

Garnett, Shirley S., *Social Reformers in Urban China: The Chinese Y.M.C.A, 1895–1926*, Cambridge: Harvard University Press, 1970.

Giddings, Allie H., *A History of Sherman: Records and Recollections*, New Milford, Connecticut: Corvin Printing, 1977.

Giddings, Franklin H., "Sociology and the Abstract Science. The Origin of the Social Feeling," *The Annals of the American Academy of Political and Social Science*, 1895,Vol. 5, pp. 94-101.

Giddings, Franklin H., *The Principles of Sociology: An Analysis of the Phenomena of Association and of Social Organization*, New York and London: Macmillan and Co., 1896.

Giddings, Franklin H., *The Principles of Sociology, 3rd ed.*, New York and London: The Macmillan Co., 1896.

Giddings, Franklin H., *Inductive Sociology*, New York and London: The Macmillan Company, 1901.

Giddings, Franklin H., *The Elements of Sociology: A Text-book for College and Schools*, New York: The Macmillan Company; London: Macmillan & Co., Ltd., 1913.

Giddings, Franklin H., "A Double Entry Education," *Unpopular Review*, 1917, Vol. 7, No. 3, pp. 151-163.

Greek, Cecil E., *The Religious Roots of American Sociology*, New York & London: Garland Publishing Inc., 1992.

Green, Roger L., *Andrew Lang: A Critical Biography*, Leicester: De Montfort Press, 1946.

Hansen, Ryan L., *Silence and Praise: Rhetorical Cosmology and Political Theology in the Book of Revelation*, Minneapolis: Fortress Press, 2014.

Henderson, Arnold C., "Medieval Beasts and Modern Cages: The Making of Meaning in Fables and Bestiaries," *PMLA*, 1982, Vol. 97, No. 1, pp. 40-49.

Hermans, Theo, "Toury's Empiricism Version One," *The Translator*, 1995, Vol. 1, No. 2, pp. 215-223.

Hijiya-Kirschnerei, Irmela, *Rituals of Self-Revelation: Shishōsetsu as Literary Genre and Social-Cultural Phenomenon*, Cambridge, Mass.: Harvard University Press, 1996.

Hill, Michael Gibbs, *Lin Shu Inc.: Translation and the Making of Modern Chinese Culture*, Oxford: Oxford University Press, 2012.

Hockx, Michel, ed., *A Snowy Morning: Eight Chinese Poets on the Road to Modernity*, Leiden: Centre of Non-Western Studies, 1994.

Hockx, Michel, *Questions of Style: Literary Societies and Literary Journals in Modern*

China, 1911–1937, Leiden and Boston: Brill, 2003.

Hockx, Michel, "The Chinese Literary Association (*Wenxueyanjiu hui*)," in *Literary Societies of Republican China*, Eds., Kirk A. Denton and Michel Hockx, Plymouth: Lexington Books of The Rowman & Littlefield Publishing Group, Inc., 2008, pp. 79-102.

Hopkins, Charles H., *The Rise of the Social Gospel in American Protestantism, 1865–1915*, New Haven: Yale University Press, 1940.

Hopkins, Charles H., *John R. Mott, 1865–1955: A Biography*, Grand Rapids: William B. Eerdmans Publishing Company, 1979.

Howerth, Ira W., "Socialism and Education," in *A Cyclopedia of Education, Vol. 5*, Ed., Paul Monroe, New York: The Macmillan Company, 1913, p. 353.

Howatson, M. C., ed., *The Oxford Companion to Classical Literature*, 3rd ed., Oxford: Oxford University Press, 2011.

Hsia, C. T., "Obsession with China: The Moral Burden of Modern Chinese Literature," in *China in Perspective*, Eds., Alona E. Evans, Henry F. Schwartz and Own S. Stratton, Wellesley: Wellesley College, 1967, pp. 101-119. Reprinted in *A History of Modern Chinese Fiction*, 2nd enlarged ed., New Haven: Yale University Press, 1971, pp. 533-554.

Huang, Ruoze, "Remolding World Literature in Modern China: A Study of Zheng Zhenduo's Translation of *Reynard the Fox* as Allegorical Satire," *Asia Pacific Translation and Intercultural Studies*, 2018, Vol. 5, No. 1, pp. 57-71.

Inghilleri, Moira, "Habitus, Field and Discourse: Interpreting as a Socially Situated Acitivity," *Target*, 2003, Vol. 15, No. 2, pp. 243-268.

Jensen, Emeline M., *The Influence of French Literature on Europe: An Historical Research Reference of Literary Value to Students in Universities, Normal Schools, and Junior Colleges*, Boston: Richard G. Badger of the Gorham Press, 1919.

Johns, Loren L., *The Lamb Christology of the Apocalypse of John: An Investigation Into Its Origins and Rhetorical Force*, Tübingen: Mohr Siebeck, 2003.

Judge, Joan, *Print and Politics: "Shibao" and the Culture of Reform in Late Qing China*, Stanford: Stanford University Press, 1996.

Jusserand, Jean J., *A Literary History of the English People*, London: Fisher Unwin, 1895.

Kaske, Elisabeth, "Mandarin, Vernacular and National Language—China's Emerging Concept of a National Language in the Early Twentieth Century," in *Mapping Meanings: The Field of New Learning in Late Qing China*, Eds., Michael Lackner and Natascha Vittinghoff, Leiden and Boston: Brill, 2004, pp. 265-304.

Kaske, Elisabeth, *The Politics of Language in Chinese Education, 1895–1919*, Leiden and Boston: Brill, 2008.

Kermode, Frank, *The Sense of An Ending: Studies in the Theory of Fiction*, Oxford: Oxford University Press, 2000.

Kovacs, Judith L., "The Revelation to John: Lessons from the History of the Book's Reception," *Word and World*, 2005, Vol. 25, No. 3, pp. 255-263.

Kovacs, Judith, and Christopher Rowland, *Revelation: The Apocalypse of Jesus Christ*, Malden: Blackwell, 2004.

Ku, Hung-ming, "Against the Chinese Literary Revolution," *Millard's Review of the Far East*, 1919, Vol. 9, No. 6, pp. 221-223.

Landers, Clifford E., *Literary Translation: A Practical Guide*, Clevedon: Multilingual Matters Ltd., 2001.

Landes, Richard, *Heaven on Earth: The Varieties of the Millennial Experience*, Oxford: Oxford University Press, 2011.

Latourette, Kenneth S., *World Service: A History of the Foreign Work and World Service*, New York: Association Press, 1957.

Lefevere, André, *Translation, Rewriting and the Manipulation of Literary Fame*, London and New York: Routledge, 1992.

Lefevere, André, and Susan Bassnett, "Introduction: Proust's Grandmother and the Thousand and One Nights: The 'Cultural Turn' in Translation Studies," in *Translation, History and Culture*, Eds., Sussan Bassnett and André Lefevere, London and New York: Printer Publishers, 1990, pp. 1-13.

Lenine, Nicholas, "Political Parties in Russia," in *Selected Articles on Russia: History, Description and Politics*, Ed., Clara E. Fanning, NewYork: The H. W. Wilson Company, 1918, pp. 333-342.

Loh, I-Jin, "Chinese Translations of the Bible," in *An Encyclopedia of Translation*, Eds., Chan Sin-Wai and David E. Pollard, Hong Kong: The Chinese University Press, 1995, pp. 54-69.

Louis, Margot K., "Gods and Mysteries: The Revival of Paganism and the Remaking of Mythology through the Nineteenth Century," *Victorian Studies*, 2005, Vol. 47, No. 3, pp. 329-361.

McKnight, G. H., "The Middle English Vox and Wolf," *PMLA*, 1980, Vol. 23, No. 3, pp. 497-509.

Mak, Kam Wah George, *Protestant Bible Translation and Mandarin as the National Language of China*, Leiden and London: Brill, 2017.

Mathews, Shailer, *The Social Gospel*, Boston: The Griffith and Rowland Press, 1910.

May, Rachel, "Russian: Literary Translation into English," in *Encyclopedia of Literary Translation into English, Vol. 2*, Ed., Olive Classe, London and Chicago: Fitzroy Dearborn, 2000, pp. 1204-1209.

Mills, C. Wright, "The Professional Ideology of Social Pathologists," *American Journal of Sociology*, 1943, Vol. 49, No. 2, pp. 165-180.

Morgan, J. Graham, "The Development of Sociology and the Social Gospel in America," *Sociological Analysis*, 1969, Vol. 30, No. 1, pp. 42-53.

Morley, Henry, ed., "Reynard the Fox," in *Carisbrooke Library Series, Vol. 5: Early Prose Romances,* Ed., Henry Morley, London: G. Routledge & Son, 1889, pp. 41-166.

Mukherjee, Asha, "Rabindranath Tagore on a Comparative Study of Religions," *Argument*, 2014, Vol. 4, No. 1, pp. 69-79.

Munday, Jeremy, "Using Primary Sources to Produce a Microhistory of Translation and Translators: Theoretical and Methodological Concerns," *The Translator*, 2014, Vol. 20, No. 1, pp. 64-80.

Neginsky, Rosina, *ZinaidaVengerova: In Search of Beauty. A Literary Ambassador between East and West*, Frankfurt and Main: Peter Lang, 2004.

Ng, Mau-sang, *The Russian Hero in Modern Chinese Fiction*, Hong Kong: The Chinese University Press/New York: State University of New York Press, 1988.

Olgin, Moissaye J., *A Guide to Russian Literature (1820–1917)*, New York: Harcourt, Brace and Howe, 1920.

Paton, W. R., trans, *The Greek Anthology (5 Vols)*, London: William Heinemann and New York: G. P. Putnam's Press, 1916.

Pym, Anthony, *Method in Translation History*, Manchester: St. Jerome Publishing, 1998.

Radhakrishnan, S., *The Philosophy of Tagore*, London: MacMillan and Co., Limited, 1919.

Rauschenbusch, Walter, *A Theology for the Social Gospel*, Nashville: Abingdon Press, 1917.

Records of the General Conference of the Protestant Missionaries of China, Held at Shanghai, May 7–20, 1890, Shanghai: American Presbyterian Mission Press, 1890.

Records of China Centenary Missionary Conference, Held at Shanghai, April 25 to May 9, 1907, Shanghai: Centenary Conference Committee, 1907.

Ropshin, V., *The Pale Horse*, Trans., ZinaidaVengerova, Dublin and London: Mausel and Co. Ltd., 1917.

Ropshin, V. [One of the Assassins], "The Assassination of Plehve," *The Strand Magazine*, 1910, Vol. 39, No. 234, pp. 679-690。

Rowland, Beryl, *Blind Beasts: Chaucer's Animal World*, Kent: Kent State University Press, 1971.

Salisbury, Joyce E., "Human Animals of Medieval Fables," in *Animals in the Middle Ages: A Book of Essays*, Ed., Nona C. Flores, New York and London: Garland, 1996, pp. 49-65.

Saori, Tsuji, "Textual Transition and Reception of the English *Reynard the Fox*," unpublished Ph. D dissertation of Fukuoka Women's University, 2016.

Sela-Sheffy, Rakafet, "How to be a (Recognized) Translator: Rethinking Habitus, Norms, and the Field of Translation," *Target*, 2005, Vol. 17, No. 1, pp. 1-26.

Sewell, William H., Jr., *Logics of History: Social Theory and Social Transformation*, Chicago and London: University of Chicago Press, 2005.

Schein, Seth L., "Greek Mythology in the Works of Thomas Bulfinch and Gustav Schwab," *The Classical Bulletin*, 2009, Vol. 84, No. 1, pp. 74-80.

Schwartz, Benjamin, *In Search of Wealth and Power: Yen Fu and the West*, Cambridge, Mass. and London: The Belknap Press of Harvard University Press, 1983.

Shafer, Daniel M., and Arthur A. Raney, "Exploring How We Enjoy Antihero Narratives," *Journal of Communication*, 2012, Vol. 62, No. 6, pp. 1029-1046.

Showalter, Elaine, *A Literature of Their Own: British Women Novelists from Brontë to Lessing*, Princeton: Princeton University Press, 1977.

Simeoni, Daniel, "The Pivotal Status of the Translator's Habitus," *Target*, 1998, No. 1, pp. 1-39.

"Society," *Oxford English Dictionary: The Definitive Record for the English Language*, http://www.oed.com/view/Entry/183776?redirectedFrom=society#eid，访问日期：2021 年 7 月 14 日。

Solly, Henry S., *The Life of Henry Morley*, London: Edward Arnold, 1898.

Song, Mingwei, *Young China: National Rejuvenation and the Bildungsroman, 1900-1959*, Cambridge, Mass. and London: Harvard University Asia Center, 2015.

Sophocles, *Sophocles' Dramas*, Trans., Sir George Young, London: J. M. Dent & Sons Ltd., 1906. 1957 Reprint.

Sorokin, Vladislav F., "Zheng Zhenduo: Man and Scholar," *Far Eastern Affairs*, 1989, No. 1, pp. 105-111.

Spence, Richard B., *Boris Savinkov: Renegade on the Left*, Boulder: East European Monographs, 1991.

Skinner, Quentin, "Motives, Intentions and the Interpretation of Texts," *New Literary History*, 1972, Vol. 3, No. 2, pp. 406-407.

Tagore, Rabindranath, *Gitanjali: Song Offerings*, London: the Chiswick Press, 1912.

Tagore, Rabindranath, *Personality*, New York: The MacMillan Company, 1917.

Tagore, Rabindranath, *Stray Birds*, New York: The Macmillan Company, 1916.

Tagore, Rabindranath, *The Crescent Moon: Child-Poems*, New York: The MacMillan Company, 1913.

Tagore, Rabindranath, *The Cycle of Spring*, London: Macmillan and Co., Limited, 1917.

Tagore, Rabindranath, *The Religion of Man*, New York: Macmillan Company, 1931.

Tsin, Michael, "Imagining 'Society' in Early Twentieth-Century China," in *Imagining the People: Chinese Intellectuals and the Concept of Citizenship, 1890-1920*, Eds. Jousha A. Fogel and Peter G. Zarrow, New York: Routledge, 1997, pp. 212-231.

Tsu, Jing, "Getting Ideas about World Literature in China," *Comparative Literature Studies*, 2010, Vol. 47, No. 3, pp. 290-317.

Turner, Stephen P., "Defining a Discipline: Sociology and Its Philosophical Problems, from its Classics to 1945," in *Handbook of the Philosophy of Science Series: Philosophy of Anthropology and Sociology*, Eds., Stephen P. Turner and Mark W. Risjord,

Amsterdam: North Holland, 2006, pp. 3-69.

Varty, Kenneth, *Reynard, Renart, Reinaert and Other Foxes in Medieval England: the Iconographic Evidence*, Amsterdam: Amsterdam University Press, 1999.

Varty, Kenneth, "Reynard in England: From Caxton to the Present," in *Reynard the Fox: Social Engagement and Cultural Metamorphoses in the Beast Epic from the Middle Ages to the Present*, Ed., Kenneth Varty, New York and Oxford: Berghahn Books, 2000, pp. 163-174.

Wang, Der-Wei David, "Chinese Literature from 1841 to 1937," in *The Cambridge History of Chinese History*, *Volume II: from 1375*, Eds., Kang-I Sun Chang and Stephen Owen, New York: Cambridge University Press, 2010, pp. 413-564.

Wedziagolski, Karol, *Boris Savinkov: Portrait of a Terrorist*, Trans., Margaret Patoski, Clifton: The Kingston Press, 1988.

Whyte, Frederic, *The Life of W. T. Stead*, London: Butler& Tanner Ltd., 1925.

Wilson, Warren H., *The Evolution of the Country Community: A Study in Religious Sociology*, Boston: The Pilgrim Press, 1912.

Wittreich, Joseph, "The Apocalypse: A Bibliography," in *The Apocalypse in English Renaissance Thought and Literature*, Eds., C. A. Patrides and Joseph Wittreich, Manchester: Manchester University Press, 1984, pp. 369-440.

Wolf, Michaela, "Sociology of Translation," in *Handbook of Translation Studies, Vol. 1*, Eds., Gambler Yves and Luc van Doorslaer, Amsterdam/Philadelphia: John Benjamins Publishing Company, 2010, pp. 337-343.

Wolf, Michaela, "The Emergence of a Sociology of Translation," in *Constructing a Sociology of Sociology*, Eds., Michaela Woolf and Fukari Alexandra, Amsterdam/Philadephia: John Benjamins Publishing Company, 2007, pp. 1-36.

Wolf, Michaela, "The Sociology of Translation and Its 'Acitivist Turn'," *Translation and Interpreting Studies*, 2012, Vol. 7, No. 2, pp. 129-143.

Wong, Wang-chi, *Politics and Literature in Shanghai: The Chinese League of Left-Wing Writers, 1930–1936*, Manchester and New York: Manchester University Press, 1991.

Wood, Sally, *W. T. Stead and His "Books for the Bairns"*, Edinburgh: Salvia Books, 1987.

Xing, Jun, *Baptized in the Fire of Revolution: The American Social Gospel and the YMCA in China: 1919-1937*, Bethlehem: Lehigh University Press, 1999.

Xing, Wenjun, "Social Gospel, Social Economics, and the YMCA: Sidney D. Gamble and Princeton-in-Peking", Ph.D dissertation of University of Massachusetts, 1992.

Zody, Patricia, "A Creative Passion: Revolutionary Terrorism in Dostoevsky's *Demons and Beyond, 1871–1916*," Evanston: unpublished Ph.D dissertation of Northwestern University, 2002.

Zhang, Wei, "Zhou Zuoren and the Uses of Ancient Greek Mythology in Modern China," *International Journal of Classical Tradition*, 2015, Vol. 22, No. 1, pp. 100-115.

阿尔志跋绥夫著, 潘训译:《沙宁》, 上海: 光华出版社, 1930 年。

阿史特洛夫斯基著, 郑振铎译:《贫非罪》, 上海: 商务印书馆, 1922 年。

阿志跋绥夫著, 郑振铎译:《巴莎杜麦诺夫》,《教育杂志》1926 年第 4 号, 第 1-15 页。

阿志跋绥夫著, 郑振铎 [西谛] 译:《沙宁: 第三十八章》,《小说月报》1929 年第 11 号, 第 1817-1829 页。

阿志跋绥夫著, 郑振铎等译:《血痕》, 第 7 版, 上海: 开明书店, 1933 年。

巴金:《悼振铎》,《收获》1958 年第 6 期, 第 313-314 页。

白莎:《官话、白话和国语——20 世纪初中国 "国语概念" 的出现》, 载朗宓榭、费南山主编, 李永胜、李增田译:《呈现意义: 晚清中国新学领域》（上册）, 天津: 天津人民出版社, 2014 年, 第 271-308 页。

鲍乃德:《中国青年会之史的演进》, 载《中华基督教青年会五十周年纪念册（1885—1935）》, 上海: 中华基督教青年会, 1935 年, 第 111-116 页。

《北大国文学会昨请郑振铎演讲题为〈中国文坛之现状及今后之倾向〉》,《华北日报》, 1934 年 12 月 31 日, 第 9 版。

北风:《我们在一味夸耀之前须平心静气的想一想自己的短处》,《清华周刊》1930 年第 1 期, 第 3-10 页。

《北京社会实进会消息: 调查部最近的活动》,《新社会》第 10 号, 1920 年 2 月 1 日, 第 12 页。

《北京社会实进会消息: 欢迎新编辑员》,《新社会》第 10 号, 1920 年 2 月 1 日, 第 12 页。

《北京社会实进会消息: 扩充〈新社会〉旬刊案》,《新社会》第 7 号, 1920 年 1 月 1 日, 第 11 页。

《北京社会实进会消息: 1 月 1 日的编辑会议》,《新社会》第 8 号, 1920 年 1 月 11 日, 第 12 页。

《北京学界讨论反对嫖赌》,《申报》, 1915 年 3 月 2 日, 第 6 版。

《本报简章》，《新社会》第 1 号，1919 年 11 月 1 日，第 1 页。

《本报特别启事》，《时事新报》，1921 年 4 月 22 日，第 1 张第 1 版。

《本埠新闻：开明书店明日开幕》，《申报》，1926 年 7 月 30 日，第 15 版。

本杰明·史华兹著，叶凤美译：《寻求富强：严复与西方》，南京：江苏人民出版社，
    2005 年。

《本刊改革宣言》，《文学》第 81 期，1923 年 7 月 30 日，第 1 版。

《本刊特别启事》，《时事新报·文学旬刊》，1922 年 11 月 21 日，第 1 版。

彼得·伯克著，李康译：《历史学与社会理论》，第 2 版，上海：上海人民出版社，
    2019 年。

冰心：《追念振铎》，《文艺报》1978 年 1 第 6 期，第 46-48 页。

勃生：《从文学遗产到世界文库》，《杂文》1935 年第 2 期，第 43-44 页。

曹晓娟：《昙花一现："五四"时期知识分子的社会改造运动——以〈新社会〉旬刊为
    中心》，《社会科学家》2009 年第 8 期，第 30-34 页。

陈宝良：《中国的社与会》，增订本，北京：中国人民大学出版社，2011 年。

陈初辑：《京师译学馆校友录（1931）》，载沈云龙主编：《近代中国史料丛刊二辑第 493 册》
    （续编第五十辑），台北：文海出版社，1976 年。

陈大悲：《演剧人的责任是什么》，《戏剧》1921 年第 1 期，第 4-9 页。

陈独秀：《敬告青年》，《青年杂志》1915 年第 1 号，第 1-6 页。

陈独秀 [三爱]：《论戏曲》，《安徽俗话报》1904 年第 11 期，第 1-6 页。

陈独秀 [实庵]：《评太戈尔在杭州上海的演说》，《民国日报·觉悟》，1924 年 4 月 25
    日，第 1-3 版。

陈独秀 [实庵]：《太戈尔与东方文化》，《中国青年》1924 年第 27 期，第 1-2 页。

陈独秀 [实庵]：《太戈尔与金钱主义》，《向导周报》第 68 期，1924 年 6 月 4 日，第
    546 页。

陈独秀：《现代欧洲文艺史谭》，《青年杂志》1915 年第 3 号，第 1-2 页。

陈独秀：《新文化运动是什么》，《新青年》1920 年第 5 号，第 1-6 页。

陈福康：《亲爱的朋友和同志——胡愈之与郑振铎》，载胡序威主编：《胡愈之：文化现
    象研究》，北京：生活·读书·新知三联书店，2016 年，第 130-155 页。

陈福康：《张元济与郑振铎》，《新文学史料》2007 年第 4 期，第 82-91 页。

陈福康：《郑振铎论》，修订版，北京：商务印书馆，2010 年。

陈福康：《郑振铎年谱》（上、下册），太原：三晋出版社，2008 年。

陈福康：《郑振铎传》，北京：北京十月文艺出版社，1993 年。

陈福康：《郑振铎传略》，《晋阳学刊》1984 年第 2 期，第 101-108 页。

陈福康：《郑振铎与文学遗产的整理研究工作》，《文学遗产》2021 年第 3 期，第 14-22 页。

陈捷：《"丛书时代"语境下的研究系与共学社》，《江苏社会科学》2020 年第 2 期，第 189-200 页。

陈平原：《"新文化"的崛起与流播》，北京：北京大学出版社，2015 年。

陈平原：《中国现代小说的起点——晚清民初小说研究》，北京：北京大学出版社，2005 年。

陈平原：《中国小说叙事模式的转变》，北京：北京大学出版社，2010 年。

陈星、陈净野、盛秧：《从"湖畔"到"江湾"——立达学园、开明书店与白马湖作家群的关系》，《浙江海洋学院学报》2007 年第 2 期，第 8-14 页。

陈哲君：《通信》，《小说月报》1922 年第 12 号，第 2-3 页。

成仿吾：《诗之防御战》，《创造周报》1923 年第 1 号，第 2-12 页。

承红磊：《"社会"的发现——晚清"社会"话语考论》，香港：香港中文大学历史系博士论文，2014 年。

程俊英：《怀念郑振铎先生》，《新文学史料》1988 年第 3 期，第 82-86、60 页。

程韶荣、黄杰：《郑振铎传略》，《福建师范大学学报》1986 年第 4 期，第 53-64 页。

大白：《欢祝〈戏剧〉出世》，《戏剧》1921 年第 1 期，第 91-92 页。

戴鸿映编：《旧中国治安法规选编》，北京：群众出版社，1985 年。

德普、延年：《社会学入门》，上海：世界书局，1924 年。

邓沛：《小议蔡元培在 1927 年"清党"运动中的表现——兼与崔志海先生商榷》，《广东党史》2003 年第 3 期，第 37、46 页。

丁罗男：《从"真文学"到"真戏剧"——关于五四"戏剧改良"论争的再思考》，《戏剧艺术》2019 年第 6 期，第 1-11 页。

丁芮：《管理北京：北洋政府时期京师警察厅研究》，太原：山西人民出版社，2013 年。

丁文江、赵丰田编：《梁任公先生年谱长编（初稿）》，北京：中华书局，2010 年。

董丽敏：《商务印书馆与中国文化的"现代"转型（1902—1932）》，北京：商务印书馆，2017 年。

董乃武：《论郑振铎的文学史研究之路》，《文学遗产》2008 年第 4 期，第 138-148 页。

法兰克林著，张晋译：《笛》，《新社会》第 1 号，1919 年 11 月 1 日，第 4 页。

冯凯：《中国"社会"：一个扰人概念的历史》，载孙江、陈力卫编：《亚洲概念史研究》

（第 2 辑），北京：生活·读书·新知三联书店 2014 年，第 99-137 页。

冯仕政：《西方社会运动理论研究》，北京：中国人民大学出版社，2013 年。

凤媛：《燕京大学时期的郭绍虞和 1930 年代新文学的学院化》，《学术月刊》2020 年第 9 期，第 140-149 页。

伏洛夫司基著，冯雪峰 [雪峰] 译：《巴札洛夫与沙宁——关于二种虚无主义》，《小说月报》1928 年第 10 号，第 1157-1176 页。

福州市地方志编纂委员会编：《郑振铎志》，福州：海峡摄影艺术出版社，2006 年。

傅斯年：《白话文学与心理的改革》，《新潮》1919 年第 5 号，第 913-919 页。

傅斯年：《附录：新潮之回顾与前瞻》，《新潮》1919 年第 1 号，第 199-205 页。

傅斯年：《戏剧改良各面观》，《新青年》1918 年第 4 号，第 322-341 页。

《干事会会务记要》，《编辑者》1931 年第 4 期，第 17-19 页。

《干事会会务记要》，《编辑者》1932 年第 5 期，10-11 页。

高君箴：《"五卅"期间的一张报纸》，《文汇报》，1980 年 5 月 25 日，第 4 版。

耿济之：《"北京社会实进会"的沿革和组织（未完）》，《新社会》第 1 号，1919 年 11 月 1 日，第 4 页。

耿济之 [济之]、郑振铎 [振铎]：《追寄秋白颂华仲武》，《晨报》，1920 年 10 月 25 日，第 2 版。

耿济之：《序》，载屠格涅夫著，沈颖译：《前夜》，上海：商务印书馆，1921 年，第 1-11 页。

耿济之 [济之]：《译〈黑暗之势力〉以后》，《戏剧》1921 年第 6 期，第 1-3 页。

耿济之 [C. Z.]、郑振铎 [C. T.] 译：《第三国际党颂歌》，《民国日报·觉悟》，1921 年 5 月 27 日，第 2 版。

耿洁之：《耿济之的青年时代》，《新文学史料》1982 年第 3 期，第 137-140 页。

顾长声：《传教士与近代中国》，增补本，上海：上海人民出版社，1991 年。

顾力仁、阮静玲：《国家图书馆古籍汇购与郑振铎》，《国家图书馆馆刊》2010 年第 2 期，第 129-165 页。

《广告》，《申报》，1917 年 6 月 14 日，第 1 版。

《广告》，《时事新报》，1920 年 6 月 13 日，第 1 版。

《广告》，《时事新报》，1920 年 7 月 28 日，第 1 版。

郭沫若：《创造十年》，上海：现代书局，1932 年。

郭沫若：《〈少年维特之烦恼〉·序引》，《创造季刊》1922 年第 1 号，第 131-137 页。

郭沫若:《我的作诗的经过》,《质文》1936 年第 2 期,第 23-31 页。

郭沫若、蒲风:《郭沫若诗作谈》,《现世界》1936 年第 1 期,第 52-55 页。

郭绍虞:《悼念振铎先生十二韵》,《收获》1958 年第 6 期,第 319 页。

郭绍虞:《"文学研究会"成立时的点滴回忆——悼念郑振铎先生》,《文艺月报》1958
年第 12 期,第 48-59 页。

哈特利著,姜焕文、严钰译:《送信人》,桂林:漓江出版社,2018 年。

海曼歌·比斯瓦斯:《悼念郑振铎》,《光明日报》,1958 年 11 月 16 日,第 6 版,《文学
遗产》第 235 期。

韩承桦:《当"社会"变为一门"知识":近代中国社会学的形成及发展(1890—1949)》,
台北:台湾大学文学院历史学系博士论文,2017 年。

韩嵩文:《归化翻译的界限》,载王中忱,刘晓峰主编:《东亚人文》(第一辑),北京:
生活·读书·新知三联书店,2008 年,第 283-302 页。

贺麦晓著,陈太胜译:《文体问题——现代中国的文学社团和文学杂志(1911—
1937)》,北京:北京大学出版社,2016 年。

胡怀琛:《太戈尔的断句》,《申报·自由谈》,1924 年 1 月 11 日,第 1 版。

胡怀琛:《小诗研究》,上海:商务印书馆,1924 年。

胡适:《非个人主义的新生活》,《新潮》1920 年第 3 号,第 467-477 页。

胡适著,曹伯言整理:《胡适日记全编》(第 2 册:1915—1917),合肥:安徽教育出版
社,2001 年。

胡适著,欧阳哲生编:《胡适文集》(第 12 册),北京:北京大学出版社,第 31 页。

胡适著,唐德刚编:《胡适杂忆》,台北:传记文学出版社,1980 年。

胡适:《易卜生主义》,《新青年》1918 年第 6 号,第 489-507 页。

胡适编选:《中国新文学大系·第一集:建设理论集》,影印本,上海:上海文艺出版
社,2003 年。

胡愈之:《哭振铎》,《光明日报》,1958 年 11 月 1 日,第 2 版。

胡愈之:《关于"抗议书"的说明》,载《文史资料选辑》(第七十辑),北京:中华书局,
1980 年,第 5 页。

胡仲持[仲持]:《读〈工人绥惠略夫〉》,《时事新报·文学旬报》增刊,1922 年 10 月
10 日,第 6-7 版。

黄克武:《晚清社会学的翻译——以严复与章炳麟的译作为例》,载孙江编:《亚洲概
念史研究》(第 1 辑),南京:南京大学出版社,2013 年,第 3-46 页。

黄奭：《孝经纬》，上海：上海古籍出版社，1993 年。

黄希杰：《小学国语科书法教学法》，《教育杂志》1926 年第 3 号，第 13-16 页。

J. L. 斯泰恩著，郭健等译：《现代戏剧的理论与实践（二）》，北京：中国戏剧出版社，1989 年。

吉丁斯著，郑振铎译：《社会的性质及目的》，《新社会》第 7 号，1920 年 1 月 1 日，第 3-5 页。

季剑青：《北平的大学教育与文学生产：1928—1937》，北京：北京大学出版社，2011 年。

季剑青：《1935 年郑振铎离开燕京大学史实考述》，《文艺争鸣》2015 年第 1 期，第 30-37 页。

季剑青：《郑振铎早期的社会观与文学观》，《河北师范大学学报》2006 年第 5 期，第 82-87 页。

《暨南大学校长何炳松正式到校视事》，《申报》，1935 年 7 月 18 日，第 14 版。

季羡林：《西谛先生》，载上海鲁迅纪念馆编：《郑振铎纪念集》，上海：上海社会科学院出版社，第 265-272 页。

姜涛：《公寓里的塔：1920 年代中国的文学与青年》，北京：北京大学出版社，2015 年。

姜涛：《"社会改造"与"五四"新文学——作为一个整体的研究视域》，《文学评论》2016 年第 4 期，第 16-25 页。

姜涛：《"为胡适改诗"与新诗发生的内在张力——胡怀琛对〈尝试集〉的批评研究》，《北京大学学报》2003 年第 6 期，第 130-136 页。

姜涛：《五四新文化运动"修正"中的"志业"态度——对文学研究会"前史"的再考察》，《文学评论》2010 年第 5 期，第 171-176 页。

蒋百里著，谭徐峰编：《蒋百里全集》（第六卷：函札），北京：北京工业大学出版社，2015 年。

蒋光慈编：《俄罗斯文学》，上海：创造社出版部，1927 年。

交通铁路部交通史编委会编：《交通史总务编》，北京：交通部总务司，1936 年。

《介绍〈列那狐的历史〉》，《小说月报》1926 年第 6 号，第 4 页。

《今后的本刊》，《文学周报》第 172 期，1925 年 5 月 10 日，第 2 版。

金观涛、刘青峰：《从"群"到"社会"、"社会主义"——中国近代公共领域变迁的思想史研究》，《"中央研究院"近代史研究所集刊》2001 年第 35 期，第 1-66 页。

金梅、朱文华：《郑振铎评传》，天津：百花文艺出版社，1992 年。

《谨将京师译学馆甲级毕业生分别等第照章请给奖励恭呈》，《学部官报》第 84 期，宣统元年三月初一日（1909 年 4 月 20 日），第 4b-5a 页。

居之敬、许同莘等编：《外交部藏书目录》（初编：七卷；二编：七卷），北京：外交部，1916—1922 年。

孔慧怡：《重写翻译史》，香港：香港中文大学翻译研究中心，2005 年。

昆廷·斯金纳：《国家与自由：斯金纳访华讲演录》，北京：北京大学出版社，2018 年。

来会理：《中国青年会早期史实之回忆》，载中华基督教青年会全国协会编：《中华基督教青年会五十周年纪念册（1885—1935）》，上海：中华基督教青年会，1935 年，第 178-200 页。

来会理：《中华基督教青年会二十五年小史》，上海：青年协会书局，1920 年。

李恭忠：《Society 与"社会"的早期相遇：一项概念史的考察》，《近代史研究》2020 年第 3 期，第 4-18 页。

李健吾：《忆西谛》，《收获》1981 年第 4 期，第 143-146 页。

李今：《三四十年代苏俄汉译文学论》，北京：人民文学出版社，2005 年。

李俊：《吴世昌与郑振铎——关于文学史写作之争》，《山东文学》2010 年第 11 期，第 74-75 页。

李俊：《学者藏书与学术研究的转型：以郑振铎为例》，芜湖：安徽师范大学出版社，2015 年。

李宁著，郑振铎译：《俄国之政党》，《新中国》1919 年第 8 期，第 89-97 页。

李欧梵著，毛尖译：《上海摩登——一种新都市文化在中国（1930—1945）》，北京：北京大学出版社，2001 年。

李石岑：《悼三月十八日北京被杀学生》，《教育杂志》1926 年第 4 号，插页。

《李石岑启事》，《时事新报》，1921 年 7 月 16 日，第 4 张第 2 版。

李奭学：《中国晚明与欧洲文学：明末耶稣会古典型证道故事考诠》，修订本，北京：生活·读书·新知三联书店，2010 年。

李孝悌：《清末下层社会的启蒙运动：1901—1911》，台北："中央研究院"近史所，1992 年。

李耀宗：《汉译欧洲中古文学的回顾与展望》，《国外文学》2003 年第 1 期，第 23-33 页。

李永春：《论五四时期社会改造思潮兴起的国际背景》，《湘潭大学学报》2013 年第 6 期，第 135-140 页。

李泽厚：《中国现代思想史论》，北京：东方出版社，1987 年。

李泽彰：《三十五年来中国之出版业》，载庄俞、贺圣鼐编：《最近三十五年之中国教育》，上海：商务印书馆，1931年，第273-278页。

李章鹏：《社会调查与社会学中国化——以1922—1937年燕京大学社会学系为例的研究》，载黄兴涛、夏明方主编：《清末民国社会调查与现代社会科学兴起》，福州：福建教育出版社，2008年，第47-91页。

梁启超：《复张东荪论社会主义运动》，《改造》1921年第6期，第17-26页。

梁启超：《论小说与群治之关系》，《新小说》1902年第1号，第1-8页。

梁启超：《吾今后所以报国者》，《大中华》1915年第1期，第1-4页。

梁启超：《中国历史研究法补编》，上海：商务印书馆，1930年。

梁启超：《中国唯一之文学报〈新小说〉》，《新民丛报》第14号，光绪二十八年七月十五日（1902年8月18日），插页。

《梁任公在中国公学演说（续昨）》，《申报》，1920年3月15日，第10版。

梁实秋著，陈子善编：《梁实秋文学回忆录》，长沙：岳麓书社，1989年。

列奥·斯特劳斯著，刘锋译：《迫害与写作艺术》，北京：华夏出版社，2012年。

林纾、严培南等译：《伊索寓言》，上海：商务印书馆，1903年。

林峥：《表演"新女性"——石评梅的文学书写与文化实践》，《文学评论》2018年第1期，第171-180页。

柳和城：《孙毓修评传》，上海：上海人民出版社，2011年。

刘集林：《"社会改造"与"改造社会"》，《广东社会科学》2012年第4期，第140-149页。

刘集林：《"造社会"与社会改造——以五四前后傅斯年的思想为中心》，《广东社会科学》2012年第6期，第123-131页。

刘延陵：《婚制之过去、现在、未来》，《新青年》1917年第6号，第1-14页。

刘悦笛：《"启蒙与救亡"的变奏：孰是孰非》，《探索与争鸣》2009年第10期，第36-40页。

刘哲民编：《郑振铎书简》，上海：学林出版社，1984年。

刘哲民编：《郑振铎先生书信集》，上海：上海古籍出版社，1988年。

刘哲民、陈政文编：《抢救祖国文献的珍贵记录：郑振铎先生书信集》，上海：学林出版社，1992年。

柳无忌：《论"翻译年"的翻译》，《人生与文学》1935年第4期，第360-365页。

卢铭君：《民国时期美狄亚形象的译介及其人文意涵的揭示》，《中山大学学报》2017年第2期，第35-41页。

鲁滂著，钟建闳译：《原群》，《戊午杂志》1918年第1期，第1-33页。

鲁迅：《阿尔志跋绥夫》，《小说月报》1921 年第 7 号，第 1-3 页。

鲁迅 [唐俟]：《关于〈小说月报〉》，《晨报副刊》，1923 年 1 月 15 日，第 3 版。

鲁迅：《〈呐喊〉自序》，《晨报·文学旬刊》，1923 年 8 月 21 日，第 1-2 版。

鲁迅：《译了〈工人绥惠略夫〉之后》，《小说月报》1921 年第 7 号，第 1-4 页。

鲁迅：《致韦素园》，载南京大学中文系现代文学教研组编：《鲁迅选集》（第四卷：书简
    及附录），南京：南京大学，1974 年，第 53-54 页。

陆德明：《经典释文》（上、下册），上海：上海古籍出版社，1985 年。

陆荣椿：《郑振铎传》，福州：海峡文艺出版社，1998 年。

陆远：《传统与断裂：剧变中的中国社会学与社会学家》，北京：商务印书馆，2019 年。

路卜洵著，郑振铎译：《灰色马》，上海：商务印书馆，1924 年。

吕文浩：《重审民国社会学史上的社会调查派》，载黄兴涛、夏明方主编：《清末民国社
    会调查与现代社会科学兴起》，福州：福建教育出版社，2008 年，第 92-131 页。

罗伯特·达恩顿著，叶桐、顾杭译：《启蒙运动的生意》，北京：生活·读书·新知三
    联书店，2005 年。

罗念生：《古希腊罗马文学》，上海：上海人民出版社，2016 年。

罗念生：《论古希腊戏剧》，北京：中国戏剧出版社，1984 年。

罗念生 [罗睟]：《茅盾先生论〈伊利亚特〉和〈奥德赛〉》，《大公报·文艺副刊》，1934
    年 9 月 12 日，第 12 版。

罗念生：《书评：〈希腊神话〉郑振铎编著，生活书店出版》，《宇宙风》1936 年第 20 期，
    第 420-421 页。

罗念生译：《索福克勒斯悲剧五种》，上海：上海人民出版社，2016 年。

马贵钧：《前北京外交部俄文专修馆片断》，载马玉田、舒乙编：《文史资料存稿选编》（24
    卷：教育），北京：中国文史出版社，2002 年，第 813-814 页。

马娇娇：《走向"运动"的"新文化人"——1919 年前后的郑振铎》，《文艺争鸣》2017
    年第 7 期，第 82-88 页。

马立安·高利克著，尹捷译：《青年冰心的精神肖像与她的小诗》，《江汉学术》2017
    年第 1 期，第 42-50 页。

马祖毅等：《中国翻译通史》，武汉：湖北教育出版社，2006 年。

茅盾：《悼郑振铎副部长》，《诗刊》1958 年第 11 期，第 65 页。

茅盾：《悼郑振铎副部长》，《新文化报》，1958 年 11 月 1 日，第 1 版。

茅盾：《虹》，上海：开明书店，1930 年。

茅盾：《短评："五四"的精神》，《文艺阵地》1938 年第 2 期，第 52 页。

茅盾：《我走过的道路》（上册），北京：人民文学出版社，1981 年。

茅盾：《我走过的道路》（中册），北京：人民文学出版社，1984 年。

茅盾：《最后一页》，《小说月报》1921 年第 8 号，第 8 页。

茅盾：《"左联"的解散和两个口号的论争：回忆录》，《新文学史料》1983 年第 2 期，
　　第 1-3 页。

梅特林克著，马云娇译：《青鸟》，北京：北京理工大学出版社，2015 年。

孟禄著，瞿世英译：《社会主义与教育》，《新社会》第 14 号，1920 年 3 月 11 日，第
　　10-11 页。

《民国交通部训令第 1759 号（1916 年 12 月 12 日）》，《政府公报》第 342 期，1916 年
　　12 月 16 日，第 9 页。

《民众戏剧社宣言》，《戏剧》1921 年第 1 期，第 95 页。

《民众应发挥本领、妇女与革命之主旨：郑振铎为燕大女生讲》，《燕京报》，1932 年 10
　　月 8 日，第 4 版。

明悔：《演的剧本与看的剧本》，《戏剧》1921 年第 6 期，第 4 页。

南江涛：《论郑振铎对戏曲艺术文献整理出版的贡献》，《戏曲艺术》2019 年第 4 期，
　　第 94-102 页。

聂绀弩［甘奴］：《关于世界文库底翻印旧书》，《作家》1936 年第 1 期，第 319-329 页。

聂绀弩：《〈天亮了〉再版序》，载《聂绀弩全集》编辑委员会编：《聂绀弩全集》（第 9
　　卷：序跋、书信），武汉：武汉出版社，2004 年，第 50-52 页。

欧文·戈夫曼著，黄爱华、冯钢译：《日常生活中的自我呈现》，杭州：浙江人民出版
　　社，1989 年。

潘光哲：《晚清士人的西学阅读史（1833—1898）》，台北："中央研究院"近代史研究
　　所，2014 年。

潘正文：《"五四"社会思潮与文学研究会》，北京：新星出版社，2011 年。

培良：《记鲁迅先生的谈话》，《语丝》1926 年第 94 期，第 216-219 页。

彭鹏：《研究系与五四时期新文化运动——以 1920 年前后为中心》，广州：中山大学
　　出版社，2003 年。

朴列史赤叶夫著，耿匡译：《往前》，《新社会》第 8 号，1920 年 1 月 11 日，第 7-8 页。

契里加夫著，郑振铎译：《严加管束》，《文学》1933 年第 1 号，第 119-136 页。

钱杏邨：《力的文艺》，上海：泰东图书局，1929 年。

钱玄同 [疑古]：《杂感："出人意表之外"的事》，《晨报副刊》，1923 年 1 月 10 日，第 3 版。

秦弓：《二十世纪中国翻译文学史：五四时期卷》，天津：百花文艺出版社，2009 年。

邱雪松：《关键词与史料：论现代文学出版史研究》，《现代出版》2020 年第 2 期，第 75-79 页。

邱雪松：《制造"新青年"："五四"前后的郑振铎》，《中国现代文学研究丛刊》2019 年 第 2 期，第 143-173 页。

瞿秋白：《读〈美利坚之宗教新村运动〉》，《新社会》第 9 号，1920 年 1 月 21 日，第 5-8 页。

瞿秋白：《俄国文学史及其他》，载蒋光慈编著：《俄罗斯文学》，上海：创造社出版部，1927 年。

瞿秋白 [秋士]：《告研究文学的青年》，《中国青年》1923 年第 5 期，第 5-7 页。

瞿秋白：《新俄国游记》，上海：商务印书馆，1922 年。

瞿秋白：《序》，载路卜洵著，郑振铎译：《灰色马》，上海：商务印书馆，1924 年，第 1-22 页。

瞿世英致郑振铎：《太戈尔研究》，《时事新报·学灯》，1921 年 4 月 14 日，第 1 版。

瞿世英致郑振铎：《太戈尔研究（一）》，《时事新报·学灯》，1921 年 4 月 17 日，第 1 版。

瞿世英致郑振铎：《太戈尔研究（一）》《时事新报·学灯》，1921 年 4 月 18 日，第 1 版。

瞿世英：《演完太戈尔的〈齐德拉〉之后》，《戏剧》1921 年第 6 期，第 1-2 页。

瞿世英 [菊农]：《与西谛、觉天二兄论"文学与革命"书》，《时事新报·学灯》，1921 年 8 月 15 日，第 1 版。

《全国国语运动之盛况》，《教育杂志》1926 年第 2 号，第 5-6 页。

《〈人道月刊〉广告》，《新青年》1920 年第 1 号，插页。

上海鲁迅纪念馆编：《郑振铎纪念集》，上海：上海社会科学院出版社，2008 年。

上海图书馆编：《中国近代现代丛书目录》，上海：上海图书馆，1979 年。

商金林编：《叶圣陶年谱》，南京：江苏教育出版社，1986 年。

商金林编：《叶圣陶年谱长编》，北京：人民教育出版社，2004 年。

《社评：整顿学风》，天津《大公报》，1930 年 12 月 8 日，第 2 版。

《社评：蒋主席将北来整顿教育》，天津《大公报》，1931 年 1 月 8 日，第 2 版。

沈雁冰 [雁冰]：《近代戏剧家传》，《学生》1919 年第 7 号，第 53-60 页。

沈雁冰：《我的说明》，《时事新报·学灯》，1923 年 1 月 15 日，第 4 版。

沈雁冰：《序》，路卜洵著，郑振铎译：《灰色马》，上海：商务印书馆，1924 年，第 1-8 页。

沈雁冰[雁冰]：《中国旧戏改良我见》，《戏剧》1921年第4期，第1-3页。

石曙萍：《知识分子的岗位与追求——文学研究会研究》，上海：东方出版中心，2006年。

宋介忱：《社会的压迫与社会的摩擦》，《中国大学学报》1919年第1期。

宋逸炜：《"英特纳雄耐尔"的文本传布与象征意义——基于三十九份〈国际歌〉文本的考察》，《学术月刊》2021年第6期，第205-216页。

苏精：《藏书家的郑振铎》，《传记文学》1982年第5期，第59-65页。

苏精：《近代藏书三十家》，北京：中华书局，2009年。

孙本文：《研究社会问题的基础》，《国立北京大学社会科学季刊》，1923年第4期，第671-685页。

孙毓修：《欧美小说丛谈续编》，《小说月报》1913年第6号，第35-46页。

唐振常：《蔡元培传》，上海：上海人民出版社，1985年。

陶春军：《〈小说月报〉的改版与〈小说世界〉的创刊》，《出版史料》2012年第3期，第95-99页。

陶磊：《文化取向与"五四"新文学译者"直译"主张的形成》，《中国现代文学研究丛刊》2020年第7期，第22-40页。

陶履恭：《社会》，《新青年》1917年第2号，第1-5页。

太戈尔著，景梅九、张墨池译：《人格》，第4版，上海：光明书局，1929年。

太戈尔著，瞿世英译，郑振铎校：《春之循环》，上海：商务印书馆，1921年。

太戈尔著，王独清译：《新月集》，第4版，上海：泰东图书局，1929年。

太戈尔意，姚华演辞：《五言飞鸟集》，再版，上海：中华书局，1934年。

太戈尔著，郑振铎译：《飞鸟集》，第2版，上海：商务印书馆，1947年。

太戈尔著，郑振铎译：《新月集》，上海：商务印书馆，1923年。

泰戈尔著，郑振铎译：《飞鸟集》，上海：上海译文出版社，1981年。

泰戈尔著，郑振铎选译：《太戈尔诗》，上海：商务印书馆，1924年。

泰戈尔[达嘎尔]著，陈独秀译：《赞歌》，《青年杂志》1915年第2号，第1-2页。

泰戈尔著，蒋立珠译：《人格》，北京：时代华文书局，2018年。

铁路管理学校高等科乙班毕业纪念册委员会编：《交通部铁路管理学校高等科乙班毕业纪念册》，北京：交通部铁路管理学校，1920年。

屠格涅夫著，耿济之译：《航海》，《新社会》第6号，1919年12月21日，第3页。

托尔斯泰著，耿匡译：《社会调查问题（未完）》，《新社会》第1号，1919年11月1日，第 2-3 页。

托尔斯泰著,耿匡译:《我们要怎么办呢? (一)》,《新社会》第 3 号,1919 年 11 月 21 日,第 3-4 页。

托尔斯泰著,徐松石编译:《托尔斯泰之社会学说》,上海:广学书局,1921 年。

汪仲贤 [仲贤]:《本社筹备实行部的提议》,《戏剧》1921 年第 2 期,第 1-5 页。

王炳根:《郑振铎:狂胪文献铸书魂》,郑州:大象出版社,2004 年。

王波:《"近代的文学研究的精神"——莫尔顿〈文学的近代研究〉与郑振铎的中国文 学研究》,《文学评论》2018 年第 6 期,第 43-51 页。

王伯祥:《悼念铎兄》,载上海鲁迅纪念馆编:《郑振铎纪念集》,上海:上海社会科学 出版社,2008 年,第 77-80 页。

王伯祥:《庋榢偶识:十国春秋》,《中华文史论丛》1979 年第 4 期,第 71-151 页。

王伯祥著,张廷银、刘应梅整理:《王伯祥日记》(全 20 册),北京:国家图书馆出版 社,2020 年。

王德威:《茅盾,老舍,沈从文:写实主义与现代中国小说》,台北:麦田出版公司, 2009 年。

王德威:《想象中国的方法:历史・小说・叙事》,北京:生活・读书・新知三联书店, 1998 年。

王汎森:《思想是生活的一种方式:中国近代思想史的再思考》,北京:北京大学出版 社,2018 年。

王汎森:《中国近代思想与学术的系谱》,石家庄:河北教育出版社,2001 年。

王汎森:《"主义时代"的来临——中国近代思想史的一个关键发展》,《东亚观念史集 刊》2013 年第 4 期,第 3-88 页。

王宏志:《翻译与文学之间》,南京:南京大学出版社,2011 年。

王宏志:《作为文化现象的译者:译者研究的一个切入点》,《长江学术》2021 年第 1 期,第 87-96 页。

王列耀:《基督教与中国现代文学》,广州:暨南大学出版社,1998 年。

王岐周:《关于〈血痕〉的杂感》,《开明》1929 年第 7 期,第 369-371 页。

王庆华:《"寓言"考》,载谭帆等:《中国古代小说文体文法术语考释》,上海:上海古 籍出版社,2013 年,第 25-38 页。

王庆华、杜慧敏:《"寓言"考》,《求是学刊》2011 年第 4 期,第 124-130 页。

王任叔致西谛:《通讯》,《文学周报》第 267 期,1927 年 3 月 27 日,第 1-6 页。

王绍恭：《列那狐的历史》，《开明》1929年第8期，第487-488页。

王茹薪、宣朝庆：《北京社会实进会：青年学生社团与社会学知识的引进》，《社会学评论》2021年第2期，第70-91页。

王统照：《剧本创作的商榷》，《戏剧》1921年第6期，第1-5页。

王为之：《盗火神悲剧的渊源及其在中国的嬗变》，《中国现代文学研究丛刊》1994年第3期，第68-89页。

王无为：《各地文化运动的调查——批评（中）》，《新人》1920年第5号，第1-5页。

王先俊：《论"五四"后的社会改造思潮》，《安徽师范大学学报》2009年第2期，第125-132页。

王宪明：《语言、翻译与政治——严复译〈社会通诠〉研究》，北京：北京大学出版社，2005年。

王亚男：《20世纪中国曲学转型中的郑振铎》，《文艺评论》2020年第3期，第4-12页。

王中忱：《无产阶级文学运动的组织化与理论批评的跨国再生产——以冯雪峰翻译列宁文论为线索》，《文学评论》2021年第3期，第26-37页。

魏定熙著，张蒙译：《权力源自地位：北京大学、知识分子与中国政治文化，1898—1929》，南京：江苏人民出版社，2015年。

魏建：《泰戈尔究竟怎样影响了郭沫若》，《中国现代文学研究丛刊》2009年第3期，第21-29页。

《文学研究会丛书缘起》，《民国日报·觉悟》，1921年5月25日，第3-4版。

《文学研究会会务报告（第一次）》，《小说月报》1921年第6号，第1页。

《文学研究会宣言》，《晨报》，1920年12月13日，第5版。

《〈文学周报〉独立出版预告》，《时事新报·文学》第171期，1925年5月4日，第1版。

闻一多：《泰果尔批评·编者附言》，《时事新报·文学》，1923年12月3日，第2-3版。

吴觉农：《我和开明书店的关系》，载中国出版工作者协会编：《我与开明》，北京：中国青年出版社，1985年，第81-85页。

吴其南：《20世纪中国儿童文学的文化阐释》，北京：中国社会科学出版社，2012年。

吴翔宇：《五四儿童文学的中国想象研究》，北京：北京师范大学出版社，2014年。

吴组缃：《敬悼佩弦先生》，《文讯》1948年第3期，第131-135页。

伍蠡甫：《伍光健与商务印书馆》，载商务印书馆编：《1897—1987商务印书馆九十年——我和商务印书馆》，北京：商务印书馆，1987年，第80-82页。

伍光健[君朔]译：《狐之神通》，上海：商务印书馆，1926年。

《西谛启事》,《时事新报·学灯》, 1922 年 1 月 31 日, 第 4 版。

夏衍:《怀念章锡琛先生》,《出版史料》1988 年第 1 期, 第 29-31 页。

夏衍:《懒寻旧梦录》, 增补本, 北京: 生活·读书·新知三联书店, 2000 年。

夏衍:《郑振铎同志的一生》,《光明日报》, 1958 年 11 月 16 日, 第 6 版。

夏志清:《人的文学》, 台北: 纯文学出版社, 1977 年。

《肖三给左联同志的信》, 载上海鲁迅纪念馆编:《纪念与研究》第 2 辑, 上海: 鲁迅纪念馆, 1980 年, 第 168-174 页。

谢天振主编:《当代国外翻译理论导读》, 天津: 南开大学出版社, 2008 年。

谢毓洁:《孙毓修与〈童话〉出版》,《中国出版》2010 年第 3 期, 第 47-50 页。

新村出:《广辞苑》, 第 6 版, 东京: 岩波书店, 2008 年。

《新旧约全书: 官话和合本》, Shanghai: British and Foreign Bible Society, 1919。

邢军著, 赵晓阳译:《革命之火的洗礼: 美国社会福音与中国基督教青年会: 1919—1937》, 上海: 上海古籍出版社, 2006 年。

熊梦飞:《忆亡友匡互生》, 载中国人民政治协商会议邵阳市委员会学习文史委员会编:《匡互生先生诞辰 110 周年纪念集》, 2001 年, 第 62-92 页。

徐兰君、安德鲁·琼斯主编:《儿童的发现: 现代中国文学及文化中的儿童问题》, 北京: 北京大学出版社, 2011 年。

许采章记:《新文坛的昨日、今日与明日》,《百科杂志》1932 年第 1 期, 第 102-109 页。

许慎:《说文解字》, 北京: 中华书局, 1963 年。

《〈血痕〉广告》,《新女性》1927 年第 2 卷下册, 夹页。

《〈新社会〉出版宣言》,《时事新报·学灯》, 1919 年 10 月 29 日, 第 4 版。

阎明:《一门学科与一个时代: 社会学在中国》, 北京: 清华大学出版社, 2004 年。

杨剑龙:《旷野的呼声: 中国现代作家与基督教文化》, 上海: 上海教育出版社, 1998 年。

杨剑龙编:《文学的绿洲——中国现代文学与基督教文化》, 香港: 学生福音团契出版社, 2006 年。

杨剑龙:《"五四"新文化运动与基督教文化思潮》, 上海: 上海人民出版社, 2012 年。

杨念群:《五四的另一面:"社会"观念的形成与新型组织的诞生》, 上海: 上海人民出版社, 2019 年。

杨念群:《"五四"九十周年祭——一个"问题史"的回溯与反思》, 北京: 世界图书出版公司, 2009 年。

杨晓帆:《重识郑振铎早期文学观中的情感论——对文齐斯德〈文学批评原理〉的译

介与误读》,《河北学刊》2010年第5期,第106-111页。

杨玉珍：《郑振铎与"世界文学"》,《贵州社会科学》2005年第1期,第105-108、145页。

杨之华编：《文坛史料》,上海：中华日报社,1944年。

姚纯安：《社会学在近代中国的进程》,北京：生活·读书·新知三联书店,2006年。

姚华著,邓见宽点校：《书适》,贵阳：贵州人民出版社,1988年。

叶圣陶：《绿》,北京：文化艺术出版社,1983年。

叶圣陶：《四三集》,上海：良友图书印刷公司,1936年,第309-348页。

叶圣陶[圣陶]：《文艺谈·四》,《晨报副刊》,1921年3月11日,第7版。

叶圣陶：《叶圣陶日记》(3册),北京：商务印书馆,2017年。

叶至善：《父亲长长的一生》,南京：江苏教育出版社,2004年。

伊莱恩·肖瓦尔特著,韩敏中译：《她们自己的文学：从勃朗特到莱辛的英国女性小说家》,杭州：浙江大学出版社,2012年。

伊藤德也著,裴亮译：《周作人"人间"用语的使用及其多义性——与日语词汇的关联性考论》,《现代中文学刊》2017年第2期,第23-30页。

伊藤虎丸著,孙猛等译：《鲁迅、创造社与日本文学：中日近现代比较文学初探》,北京：北京大学出版社,1995年。

殷国明：《20世纪中西文艺理论交流史论》,上海：华东师范大学出版社,1999年。

叶康宁：《郑振铎与申记珂罗版印刷所》,《新文学史料》2019年第4期,第14-22页。

郁达夫：《艺术私见》,《创造季刊》1922年第1期,第139-140页。

郁达夫：《艺术与国家》,《创造周报》1923年第7号,第1-5页。

余蕙静：《郑振铎戏剧论著与活动述评》,台北：秀威资讯科技股份有限公司,2004年。

余日章：《中华基督教青年会史略》,上海：青年协会书局,1927年。

俞平伯：《跋〈灰色马〉译本》,载路卜洵著,郑振铎译：《灰色马》,上海：商务印书馆,1924页,第1-17页。

俞平伯[平伯]：《雪耻与御侮》,《语丝》1925年第32期,第2-4页。

俞平伯[平伯]：《忆振铎兄》,《光明日报》,1961年10月15日,第4版。

袁进：《中国小说的近代变革》,桂林：广西师范大学出版社,2009年。

《园讯》,《立达》1926年第13期,第1页。

恽代英[代英]：《前途的乐观：革命主张的一致、民族精神的复活》,《中国青年》1924年第12期,第1-5页。

恽代英：《恽代英日记》,北京：中共中央党校出版社,1981年。

曾琼:《世界文学中的泰戈尔〈吉檀迦利〉译介与研究》,《外语教学》2012 年第 4 期,
　　第 82-85 页。

张毕来:《1923 年〈中国青年〉几个作者的文学主张》,载李何林等著:《中国新文学史
　　研究》,北京:新建设杂志社,1951 年,第 36-49 页。

张东荪:《论说二:政治革命与社会革命》,《正谊》1914 年第 4 号,第 1-10 页。

张东荪 [东荪]:《学灯宣言》,《时事新报·学灯》,1918 年 3 月 4 日,第 1 版。

张光璘:《中国现代文学史上的一次"泰戈尔热"》,载张光璘编:《中国名家论泰戈
　　尔》,北京:中国华侨出版社,1994 年,第 187-203 页。

张静庐:《中国的新闻记者与新闻纸》(上下册),上海:现代书局,1932 年。本书使
　　用 1932 年 11 月第 4 版。

张珂:《民国时期"世界文学选本"的编纂思路及歧异——以陈旭轮〈世界文学类选〉
　　和郑振铎〈世界文库〉为例》,《中华文化论坛》2014 年第 8 期,第 82-86 页。

张丽华:《无声的"口语"——从〈古诗今译〉透视周作人的白话文理想》,载中国人
　　民大学文学院编:《翻译与二十世纪中国文学研讨会论文集》,北京:人民文学出
　　版社,2012 年,第 156-177 页。

张丽华:《现代中国"短篇小说"的兴起:以文类形构为视角》,北京:北京大学出版
　　社,2011 年。

张磐石:《我所了解的北平左翼文化运动》,载中共北京市委党史研究室、中共天津市
　　委党史资料征集委员会编:《北方左翼文化运动资料汇编》,北京:北京出版社,
　　1991 年,第 271-281 页。

张全之:《中国近现代文学的发展与无政府主义思潮》,北京:人民出版社,2013 年。

张善贵:《郑振铎先生的世系及近支亲族考》,载郑振铎百年诞辰学术研究会编:《郑
　　振铎研究论文集》,福州:海峡文艺出版社,1998 年,第 36-40 页。

张诗洋:《探索与纠偏:新月社排演〈齐德拉〉的戏剧史意义》,《戏剧艺术》2020 年第
　　4 期,第 62-73 页。

张树年编:《张元济年谱》,北京:商务印书馆,1991 年。

张树年、张人凤编:《张元济书札(增订本)》(三卷本),北京:商务印书馆,1997 年。

张玮瑛、王百强、钱辛波主编:《燕京大学史稿》,北京:人民中国出版社,2000 年。

张先飞:《从普遍的人道理想到个人的求胜意志——论 20 年代前期周作人"人学"观
　　念的一个重要转变》,《鲁迅研究月刊》1999 年第 2 期,第 43-49 页。

张先飞:《"五四"前期周作人人道主义"人间"观念的理论辨析》,《中国现代文学研

究丛刊》2009 第 5 期，第 13-25 页。

张小芳、黄文祥：《"中国文学史"中的戏曲批评术语研究——以郑振铎〈插图本中国文学史〉为例》，《戏曲艺术》2016 年第 1 期，第 55-60 页。

张岩：《郑振铎的神话研究思想》，《关东学刊》2016 年第 7 期，第 135-141 页。

张元济著，张人凤整理：《张元济日记》（上、下卷），石家庄：河北教育出版社，2001 年。

张治：《民国时期古希腊神话的汉译》，《读书》2012 年第 3 期，第 21-30 页。

张琢：《社会学和中国社会百年史》，香港：中华书局，1992 年。

张宗植：《比邻天涯：中国与日本——张宗植怀旧文集》，北京：清华大学出版社，1996 年。

章士钊：《章锡琛先生传略》，载中国出版工作者协会编：《我与开明》，北京：中国青年出版社，1985 年，第 172-177 页。

章锡琛：《漫谈商务印书馆》，载商务印书馆编：《1897—1987 商务印书馆九十年——我和商务印书馆》，北京：商务印书馆，1987 年，第 102-124 页。

章锡琛：《章雪村先生关于店史的报告》，载记者：《开明书店二十周年讲演录》，《明社消息》1946 年第 17 期，1946 年 12 月 31 日，第 4 页。

章雪峰：《中国出版家·章锡琛》，北京：人民出版社，2016 年。

赵景深：《焦菊隐散文诗集》，《申报》本埠增刊，1926 年 8 月 21 日，第 1-2 版。

赵景深：《孙毓修童话的来源》，《大江月刊》1928 年第 2 号，第 1-5 页。

赵稀方：《翻译现代性》，天津：南开大学出版社，2012 年。

赵瑞：《旧典新刊：郑振铎与古籍出版》，《中国出版》2020 年第 1 期，第 65-69 页。

赵晓阳：《基督教青年会在中国：本土和现代的探索》，北京：社会科学文学出版社，2008 年。

赵祖贻编译：《吉丁斯社会学要义》，《中国大学学报》1919 年第 2 期。

郑伯奇：《国民文学论（上）》，《创造周报》1923 年第 33 号，第 1-8 页。

郑伯奇：《忆创造社》，载饶鸿兢等编：《创造社资料》（下册），北京：知识产权出版社，2010 年，第 707-733 页。

郑伯奇 [东山]：《最初之课》，《创造季刊》1922 年第 1 期，第 63-70 页。

郑尔康：《石榴又红了：回忆我的父亲郑振铎》，北京：中国人民大学出版社，1998 年。

郑尔康：《星陨高秋：郑振铎传》，北京：京华出版社，2002 年。

郑尔康：《郑振铎》，北京：文物出版社，1990 年。

郑尔康：《郑振铎》，北京：民进中央会史工作委员会，2004 年。

郑尔康：《郑振铎》，北京：文物出版社，2007 年。

郑尔康：《郑振铎》，北京：北京交通大学出版社，2008 年。

郑尔康：《郑振铎影记》，石家庄：河北教育出版社，2001 年。

郑尔康：《我的父亲郑振铎》，北京：团结出版社，2006 年。

郑尔康、盛巽昌编：《郑振铎和儿童文学》，北京：少年儿童出版社，1982 年。

郑杭生、李应生：《中国社会学史新编》，北京：高等教育出版社，2000 年。

郑天挺：《自传》，载吴廷璆等编：《郑天挺纪念论文集》，北京：中华书局，1990 年，第
　　680-713 页。

郑源：《郑振铎画传》，福州：福建人民出版社，2018 年。

郑振铎 [西谛]：《阿波罗与达芬（希腊神话之一 ）》，《时事新报·文学》，1924 年 3 月
　　17 日，第 1 版。

郑振铎 [西谛] 译：《安蒂歌妮》，《小说月报》1930 年第 10 号，第 1519-1542 页。

郑振铎 [西谛]：《阿志跋绥夫与〈沙宁〉——〈沙宁〉的译序》，《小说月报》1929 年
　　第 1 号，第 233-241 页。

郑振铎：《从〈艺术论〉说起》，《文艺丛刊》1947 第 4 期，第 25 页。

郑振铎：《插图本中国文学史》，北平：朴社，1932 年。

郑振铎：《刀剑集·序》，《水星》1934 年第 11 期，第 106-107 页。

郑振铎：《〈稻草人〉序》，《文学》第 92 期，1923 年 10 月 15 日，第 1-2 页。

郑振铎 [西谛]：《短话》：《文学周报》173 期，1925 年 5 月 17 日，第 16 页。

郑振铎：《俄国文学发达的原因与影响》，《改造》1920 年第 4 号，第 83-94 页。

郑振铎：《俄国文学史略（五 ）》，《小说月报》1923 年第 9 号，第 1-25 页。

郑振铎：《俄罗斯文学底特质与其略史》，《新学报》1920 年第 2 期，第 33-46 页。

郑振铎：《灯光》，《新社会》第 2 号，1919 年 11 月 11 日，第 4 页。

郑振铎 [振铎]：《发刊词》，《新社会》第 1 号，1919 年 11 月 1 日，第 1 页。

郑振铎 [西谛]：《翻译与创作》，《时事新报·文学旬刊》，1923 年 7 月 2 日，第 1 版。

郑振铎 [西谛]：《〈父与子〉叙言》，《时事新报·学灯》，1922 年 3 月 18 日，第 4 版。

郑振铎 [西谛]：《附胡适〈给志摩书〉》，《文学周报》第 254 期，1926 年 12 月 12 日，
　　第 111-123 页。

郑振铎：《〈公理日报〉停刊宣言》，《公理日报》1925 年 6 月 24 日，第 1 版。

郑振铎 [西谛]：《古希腊菲洛狄摩士 Philodemus 的恋歌（五首 ）》，《文学周刊》第 172
　　期，1925 年 5 月 10 日，第 172 号，第 4-5 页。

郑振铎[振铎]：《故事节述》，《儿童世界》1922年第1期，第1-3页。

郑振铎：《光明运动的开始》，《戏剧》1921年第3期，第1-8页。

郑振铎[西谛]：《〈黑暗时代法庭之一幕〉编者按》，《文学周报》第191期，1925年9月20日，第158-160页。

郑振铎[西谛]：《狐与玫瑰》，《文学周报》第224期，1926年5月9日，第5-7页。

郑振铎：《〈灰色马〉译者引言》，《小说月报》1922年第7号，第1-5页。

郑振铎：《回忆早年的瞿秋白》，《光明日报》，1949年6月18日，第2-3版。

郑振铎：《记黄小泉先生》，《太白》1934年第1期，第47-48页。

郑振铎：《记瞿秋白同志早年的二三事》，《新观察》1955年第12期，第26-28页。

郑振铎[西谛]：《街血洗去后》，《文学周报》第179期，1925年6月28日，第59-60页。

郑振铎等：《就"四一二"惨案对国民党的抗议书》，载中国人民政治协商会议全国委员会文史资料委员会编：《文史资料选辑》（第七十辑），北京：中华书局，1980年，第1-2页。

郑振铎：《卷头语》，《小说月报》1925年第7号，扉页。

郑振铎：《困学集》，上海：商务印书馆，1941年。

郑振铎：《梁任公先生》，《小说月报》1929年第2号，第333-352页。

郑振铎译：《恋爱的故事》，上海：商务印书馆，1929年。

郑振铎[文基]译述：《列那狐的历史》，上海：开明书店，1926年。

郑振铎：《林琴南先生》，《小说月报》1924年第11号，第1-12页。

郑振铎[西谛]：《论散文诗》，《时事新报·文学旬刊》，1922年1月1日，第1-2版。

西谛：《论寓言——〈印度寓言〉序》，《文学周报》第181期，1925年7月19日，第74-75页。

郑振铎：《欧行日记》，上海：良友图书印刷公司，1934年。

郑振铎：《评燕大女校的新剧〈青鸟〉》，《晨报》，1920年11月29日，第5版。

郑振铎：《评燕大女校的新剧〈青鸟〉（续）》，《晨报》，1920年11月30日，第7版。

郑振铎：《评中西女塾的〈青鸟〉》，《时事新报·学灯》，1921年6月9日，第1版；6月13日，第1版。

郑振铎：《评中西女塾的〈青鸟〉（续）》，《时事新报·学灯》，1921年6月13日，第1版。

郑振铎：《前事不忘》，《中学生》第175期，1946年5月1日，第8-9页。

郑振铎：《清末翻译小说对新文学的影响》，《今代文艺》1936年第1期，第112-118页。

郑振铎[郭源新]：《取火者的逮捕》，上海：生活书店，1934年。

郑振铎:《取火者的逮捕》,上海:新文艺出版社,1956年。

郑振铎:《人道主义》,《民国日报·觉悟》,1920年8月22日,第1-4版。

郑振铎:《社会服务(Social Service)》,《新社会》第7号,1920年1月1日,第1-3页。

郑振铎:《社会学略史(未完)》,《新社会》第12号,1920年2月21日,第4-6页。

郑振铎:《社会学略史(续)》,《新社会》第13号,1920年3月1日,第4-7页。

郑振铎[西谛]:《失去的兔》,《小说月报》1926年第1号,第1-7页。

郑振铎:《世界文学名著的介绍——发刊〈世界文库〉缘起》,《艺风》1935年第3期,第15-18页。

郑振铎:《世界文库发刊缘起》,《世界知识》1935年第5期,第1-2页。

郑振铎:《书报介绍:爱尔和特的〈社会学与近代社会问题〉》,《新社会》第15号,1920年3月21日,第11-12页。

郑振铎:《书报介绍:白拉克麦Blackmar氏的〈社会学要义〉》,《新社会》第11号,1920年2月11日,第11页。

郑振铎:《书报介绍:吉丁斯氏的〈社会学原理〉》,《新社会》第13号,1920年3月1日,第11-12页。

郑振铎:《书报介绍:关于社会科学及社会问题的》,《新社会》第11号,1920年2月11日,第10-11页。

郑振铎:《书报介绍:海士氏的〈社会学〉》,《新社会》第12号,1920年2月21日,第10页。

郑振铎[西谛]:《书报评论》,《时事新报·文学旬刊》,1921年5月29日,第4版。

郑振铎:《太戈尔的艺术观》,《小说月报》1922年第2号,第8-11页。

郑振铎:《太戈尔诗:家(从〈新月集〉)》,《学生杂志》1921年第7号,第28-29页。

郑振铎:《太戈尔诗杂译》,《文学周报》第231期,1926年6月27日,第507-508页。

郑振铎:《太戈尔研究(三)》,《时事新报·学灯》,1921年4月20日,第1版。

郑振铎:《我们今后的社会改造运动》,《新社会》第3号,1919年11月21日,第1-3页。

郑振铎[西谛]:《我们所需要的文学》,《清华周刊》1932年第6期,第593-598页。

郑振铎:《我是少年》,《新社会》第1号,1919年11月1日,第1页。

郑振铎[西谛]:《文学大众化问题征文》,《北斗》1932年第3、4期,第460-461页。

郑振铎:《〈文学论争集〉编选感想》,天津《大公报》,1935年3月14日,第1版。

郑振铎:《文学研究会简章》,《小说月报》1921年第2号,第4-6页。

郑振铎[西谛]:《文学与革命》,《时事新报·文学旬刊》,1921年7月30日,第1-3版。

郑振铎 [西谛]：《文学之力》，《时事新报·文学旬刊》，1922 年 12 月 1 日，第 1 版。

郑振铎：《西行书简》，上海：商务印书馆，1937 年。

郑振铎 [西谛]：《希腊的神话》，《小说月报》1924 年第 3 号，第 1-34 页。

郑振铎：《希腊神话》（上、下册），上海：生活书店，1935 年。

郑振铎：《现代的社会改造运动》，《新社会》第 11 号，1920 年 2 月 11 日，第 1-3 页。

郑振铎：《现在的戏剧翻译界》，《戏剧》1921 年第 2 期，第 1-6 页。

郑振铎：《想起和济之同在一处的日子》，《文汇报》，1947 年 4 月 5 日，第 6 版。

郑振铎：《新文化运动者的精神与态度》，《新学报》第 2 号，1920 年 6 月 1 日，第 5-8 页。

郑振铎 [西谛]：《性的问题》，《时事新报》，1921 年 7 月 16 日，第 1 张第 2 版。

郑振铎：《学生的根本上的运动》，《新社会》第 12 号，1920 年 2 月 21 日，第 1-2 页。

郑振铎：《序二》，载《俄罗斯名家短篇小说集》（第一集），北京：新中国杂志出版社，
  1920 年，第 4-6 页。

郑振铎：《叙二》，载普希金著，安寿颐译：《甲必丹之女》，上海：商务印书馆，1921
  年，第 7-12 页。

郑振铎：《序言》，载托尔斯泰著，耿济之译：《艺术论》，上海：商务印书馆，1921 年，
  第 1-5 页。本书使用 1928 年 5 月第 4 版。

郑振铎：《叙》，载歌郭里著，贺启明译：《巡按》，上海：商务印书馆，1921 年，第 1-4 页。

郑振铎：《叙》，载托尔斯泰著，耿济之译：《黑暗之势力》，上海：共学社，1921 年，第
  1-6 页。

郑振铎 [西谛]：《叙拳乱的两部传奇》，《文学周报》第 185 期，1925 年 8 月 9 日，第
  106-108 页。

郑振铎：《叙言》，载屠格涅夫著，耿济之译：《父与子》上海：商务印书馆，1922 年，
  第 1-7 页。

郑振铎编：《雪朝（新诗集）》，上海：商务印书馆，1922 年。

郑振铎：《一九一九年的中国出版界》，《新社会》第 7 号，1920 年 1 月 1 日，第 9-10 页。

郑振铎 [西谛]：《译诗的一个意见——太戈尔诗选〉的叙言》，《时事新报·文学旬
  刊》，1922 年 9 月 1 日，第 1 版。

郑振铎：《译文学书的三个问题》，《小说月报》1921 年第 3 号，第 1-25 页。

郑振铎 [振铎]：《语体文欧化之我观》，《时事新报·文学旬刊》，1921 年 7 月 10 日，
  第 1 版。

郑振铎 [西谛]：《迁缓与麻木》，《文学周报》第 180 期，1925 年 7 月 5 日，第 67-68 页。

郑振铎 [西谛]:《寓言的复兴》,《文学周报》第 183 期,1925 年 7 月 26 日,第 92-93 页。

郑振铎 [西谛]:《杂谭》,《时事新报·文学旬刊》,1922 年 7 月 21 日,第 4 版。

郑振铎 [西谛]:《杂谭》,《时事新报·文学旬刊》,1922 年 8 月 11 日,第 4 版。

郑振铎 [西谛]:《杂谭》,《文学周报》第 180 期,1925 年 7 月 5 日,第 72 页。

郑振铎:《再论我们今后的社会改造运动》,《新社会》第 9 号,1920 年 1 月 21 日,第 1-3 页。

郑振铎:《怎样服务社会》,《新社会》第 10 号,1920 年 2 月 1 日,第 1-3 页。

郑振铎:《憎厌之歌》,《时事新报·文学旬刊》,1922 年 6 月 1 日,第 1 版。

郑振铎:《蛰居散记》,上海:上海出版公司,1951 年。

《郑振铎报告文学年报计划》,《燕京报》,1932 年 10 月 5 日,第 5 版。

郑振铎:《郑振铎儿童文学全集》,武汉:长江少年儿童出版社,2020 年。

郑振铎著,张蕾编:《郑振铎美术文集》,北京:人民美术出版社,1985 年。

郑振铎:《郑振铎全集》(20 卷),石家庄:花山文艺出版社,1998 年。

郑振铎著,陈福康整理:《郑振铎日记》(上、下),北京:商务印书馆,2018 年。

郑振铎:《郑振铎之意见》,《文化建设》1935 年第 5 期,第 164 页。

《郑振铎同志传略(1898—1958)》,《考古学报》1958 年第 4 期,第 1-6 页。

郑振铎:《中国文学论集》,上海:开明书店,1934 年。

郑振铎 [西谛]:《中国文人(?)对于文学的根本误解》,《时事新报·文学旬刊》,1921 年 8 月 10 日,第 1 版。

郑振铎:《中国文学的遗产问题》,《文学》1934 年第 6 期,第 955-958 页。

郑振铎编选:《中国新文学大系·第二集:文学论争集》,上海:良友图书印刷公司,1935 年。

郑振铎 [西谛]:《止水的下层》,《文学周报》第 189 期,1925 年 9 月 6 日,第 142-143 页。

郑振铎:《最后一次讲话(1958 年 10 月 8 日)》,《新文学史料》1983 年第 2 期,第 162-165 页。

郑振铎:《最后一页》,《小说月报》1925 年第 12 号,第 2 页。

郑振铎 [记者]:《最后一页》,《小说月报》1929 年第 1 号,第 331 页。

《郑振铎辞燕大教席》,《北平晨报》,1935 年 2 月 12 日,第 9 版。

《郑振铎与高女士婚礼志》,《申报》,1923 年 10 月 12 日,第 18 版。

郑振铎致张东荪:《通讯》,《时事新报·学灯》,1919 年 12 月 8 日,第 4 版。

郑振铎致张东荪:《通讯》,《时事新报·学灯》,1920 年 4 月 22 日,第 2 版。

郑振铎致张东荪：《通信》，《时事新报·学灯》，1920 年 5 月 25 日，第 2 版。

郑振铎致瞿世英：《太戈尔研究（三）》，《时事新报·学灯》，1921 年 4 月 19 日，第 1 版。

郑振铎致瞿世英：《太戈尔研究（三）》，《时事新报·学灯》，1921 年 4 月 20 日，第 1 版。

郑振伟：《郑振铎前期文学思想》，北京：人民文学出版社，2000 年。

《政潮澎湃中之党社》，《益世报》，1920 年 6 月 26 日，第 3 版。

直民：《书报介绍：〈狐之神通〉》，《申报》本埠增刊，1927 年 3 月 8 日，第 5 版。

中国第二历史档案馆编：《中华民国史档案资料汇编》（第 5 辑第 1 编：文化），南京，
    江苏古籍出版社，1994 年。

中国第二历史档案馆编：《中华民国史档案资料汇编》（第 5 辑第 3 编：政治），南京：
    江苏古籍出版社，1999 年。

《"中国文坛之现状及今后之倾向"——郑振铎在北大之演讲（续）》，天津《益事报》，
    1935 年 1 月 1 日，第 8 版。

《"中国在十年以后，不做主人就做奴隶"——郑振铎在北大演说》，《文艺周刊》1932
    年第 53 号，第 3 版。

周策纵：《五四运动史》，北京：世界图书出版公司，2016 年。

周慧玲：《表演中国：女明星、表演文化、视觉政治，1910—1945》，台北：城邦（麦田）
    出版，2004 年。

周佳荣：《开明书店与五四新文化》，香港：中华书局，2009 年。

周宁主编：《西方戏剧理论史》，厦门：厦门大学出版社，2008 年。

周瑞瑞：《〈新社会〉的"新社会"之梦——兼论五四时期青年知识分子如何探索救世
    之道》，上海复旦大学社会科学基础部硕士论文，2011 年。

周作人：《儿童的文学》，《新青年》1920 年第 4 号，第 1-7 页。

周作人：《人的文学》，《新青年》1918 年第 6 号，第 575-584 页。

周作人：《新村的理想与实际》，《时事新报·学灯》，1920 年 6 月 8 日，第 1 版。

周作人 [陶然]：《续神话的辩护》，《晨报副刊》，1924 年 4 月 10 日，第 4 版。

周作人：《周作人日记》，影印本，郑州：大象出版社，1996 年。

周作人：《知堂回想录》，北京：群众出版社，1999 年。

周作人 [仲密]：《自己的园地》，《晨报副刊》，1922 年 1 月 22 日，第 2 版。

朱光潜：《诗论》，重庆：国民图书出版社，1943 年。

朱光潜：《朱光潜全集》（第 3 卷），合肥：安徽教育出版社，1987 年。

朱维之：《基督教与文学》，上海：青年协会书局，1941 年。

朱自清:《朱自清全集》(第9卷),南京:江苏教育出版社,1998年。

《著作家孙毓修逝世》,《申报》,1923年1月27日,第13版。

《专载:整理校务之经过及计划:罗校长上董事会之报告》,《国立清华大学校刊》1928年第12期,第1-4版。

邹小站:《政治改造与社会改造:民初的思想争论》,《史林》2015年第1期,第72-86页。

邹振环:《张元济与共学社》,《档案与历史》1986年第4期,第63-69页。

左芙蓉:《社会福音、社会服务与社会改造:北京基督教青年会历史研究1906—1949》,北京:宗教文化出版社,2005年。

后记

　　本书的写作可以追溯到博士论文的选题，但最后的成书则经过不少增补和修订。2015 年暑假，我先在湖南参加了王宏志老师主持的第四届中国翻译史暑期班，不仅亲眼见到了学术著作或论文中的学者，也在一知半解中得知有关如何做研究的心得与忠告，由此开启翻译史研究"第一课"。

　　可是，抵达香港以后，博士生活的一切却让我一度"找不着北"。最令我畏惧的环节，恐怕是每一次和王老师面谈论文。我们见面的时间和频率并不固定，一切以我自己读过文献、有了想法、遇到困惑为需要。与其说是老师约我，不如说是我约老师。面谈的时长也从不固定，往往从我的读书汇报开始，王老师默默做着笔记，随后敏锐地指出材料的来源、特点或问题，接着质问我考虑问题的角度和论证的逻辑。如果我在几分钟之内招架不住，就说明我对这个问题的理解还非常粗浅，对这个话题的研读和积累还不够深厚。这真是对学生思考能力、探索能力和心理素质的极大考验。而出人意料的是，到了面谈的尾声，王老师又会以他渊博的知识和丰富的经验，提醒我关注某一篇重要的论文，或是查阅某一条闻所未闻的史料。上述体悟是我自己成为老师以后才逐渐懂得，而资深学者的经验之谈则让我备受感动，也铭记于心。

　　大约在博士资格考前后，我初步决定围绕郑振铎的翻译活动撰写毕业论文。郑振铎是一位耳熟能详的文学家，但他的翻译活动未必为人所了解。初步研究发现，郑振铎的译作数量丰富，种类繁多，且往往在刊物上连载许久，在新文化运动的同人和对手中都曾引起广泛的阅读与讨论，似乎可以拓展下去。这一思路自然是受王老师近年来关于译者研究的启发，可是，究竟要如何界定郑振铎的身份及其在新文化语境中的位置呢？

　　2016年秋，英国剑桥大学彼得·伯克教授（Peter Burke）受邀来访，举办翻译学与历史学的系列讲座，令我对翻译的文化面向生出浓厚的兴趣。2017年春，台湾"中央研究院"黄克武老师客座我系，从史学视角开设中国翻译史课程。我提交了一份课堂报告，讨论郑振铎在商务印书馆编译所的工作及其与胡适的交往，自以为线索丰富，角度新奇。但黄老师一阵见血地质问我的研究目的何在。正是这门课让我深刻反思，沉下心来，寻找那个尚无形状可言、轮廓无比模糊的"大哉问"。

　　2017年10月，我有幸前往美国加州大学伯克利分校参加学术会议，分享我在《列那狐的历史》中发现的郑振铎对于个人与社会议题的思考。此行还有一项更大的收获，就是我在会后前往斯坦福大学胡佛档案馆，并在那里发现美国基督教青年会的活动资料，包括干事日记、差会报告和若干印刷小册子，从而为考察《新社会》旬刊的翻译与出版问题找到有力的历史依据。回到香港，我在第二届中国翻译史国际研讨会上分享了这个案例。台下听讲的黄克武老师肯定这个案例"做得不错"，"进步很大"。寥寥数语，已是莫大的鼓励。同时，他也建议我系统梳理民国初年社会思潮的总体情况，才能更清楚地评价郑振铎的思想史意义。于是，这一部分成为全书最先确定的章节，也为其他章节的论述奠定比较扎实的基础。此后，本章修订稿又在香港中文大学中国文化研究所的青年学者论坛上得到其他学者的指点，尤其是叶嘉老师的批评促使我反思赞助人理论的适用限度，在此深表感谢。

与此同时，我在香港中文大学翻译系与中山大学外国语学院合办的翻译学研讨会上提交了关于《灰色马》的个案研究。我陆续发现，郑振铎在20世纪20年代中期以后的许多译作虽然涉及他对俄国文学的解读，但我们不能简单地视其为政治学说的引介，而仍应放在社会变革思潮的整体走向上深入剖析，才能揭示郑振铎对不同革命资源的区分与化用。本章日后在厦门大学外文学院的青年学者沙龙中得到进一步讨论，多位同仁都提出宝贵的修改意见，令我受益良多。

总体而言，全书在博士论文的基础上做了较大幅度的修订，试图超越对具体个案的细读，以一种整体性的视野把握郑振铎翻译活动与五四新文学的关系，包括出版媒介、不同文类或古典资源等要素的广泛影响。毫无疑问，文学始终位于郑振铎写作生涯的核心位置，但他开展文学书写的身份并不总是一位狭义的文学家，出版家、编辑者、大学教授、社会活动家或是在野抗争者等角色同样有所影响。最重要的是，郑振铎始终认为文学不是一件浑然天成的艺术品，至少文学作品的生产方式并没有这么简单，同时，文学也未必成为阶级斗争的宣传品，不能以教条的宣传口号或简单的政治公式所写成。郑振铎与他的译作一道穿梭在不同的国别、潮流、阵营和口号之间，而社会变革的演进则是这股潮流中不变的关切所在。

至此，我似乎为自己的论文找到了一个提问的入口。

就方法而言，本书尝试把"译者"确立为研究的关注点，在某种程度上的确有别于以往那种以文本为中心的论述习惯。这并不是说文本不再重要，而是让文本分析服务于更加迫切的文学史或思想史问题。相比于"平面"的传统研究方法，这种"立体"的方法有助于探讨历史人物的多重身份对其译者角色的介入与影响，也可以将通常被视为定案的文学作品还原为一个文本生产的事件，进而考察其生产过程与前因后果。这就大大拓展了翻译分析的角度和途径，也有助于从翻译中走向历史的纵深地带。

回想起来，2018 年夏天在香港中文大学翻译系的答辩场景依然历历在目。在我的写作和研究过程中，最应该感谢的莫过于王宏志老师对我的悉心栽培与严格要求，而他本人一丝不苟、从严治学的精神则成为我努力进步的榜样与动力。毕业以后，我开始有更多机会和王老师讨论举办讲座、编译论著、开展交流等学术活动，得以近距离地观察、理解并感受他对翻译史发展所倾注的心血。同时，我也要对沈安德（James St. André）、魏伶珈等老师表示衷心的感谢，他们组成了我对翻译系生活最美好的记忆。此外，罗选民、王东风和赵稀方教授的建议均为本书的翻译史讨论提供了更加明确的坐标，在此一并致谢。

我还要感谢中国人民大学的朱源、王维东和李慧明教授，正是他们最早让我领略到翻译的纯粹之美，也对我的学术追求给予莫大的鼓励。我还要感谢厦门大学外文学院对我学术工作的支持，尤其是陈菁、戴鸿斌、杨士焯、苏欲晓和吴光辉诸位教授，他们先后以不同方式关心本研究的进展和我的个人成长，让我感受到家的温暖。厦门大学比较文学与跨文化研究中心主任陆建德教授同样关心我的研究，总能以学贯中西的知识给予中肯的意见，令我深受启发。当然，还有厦门大学外文学院的各级学生，正是他们的好奇和追问不断为本书注入新的灵感，也为我的学术研究营造了浓厚的求知氛围。本书的出版得到教育部人文社会科学研究青年基金项目"社会话语重构视阈下郑振铎文学翻译研究"（21YJC740019）、厦门大学中央高校基本科研业务费项目"郑振铎文学翻译活动与思想研究"（20720201009）和繁荣计划专项（人文社会科学提升计划）的支持，在此表示衷心的谢意。

感谢我的同门师友和同辈伙伴，特别是崔峰、陶磊、胡梦颖、刘叙一、吴巳英、吴晓芳、陈琦、李俐、帅司阳、陈媛媛、庄驰原、刘瑞、徐冰，他们在不同阶段为本书的写作给予慷慨的帮助或重要的启发。特别感谢大学时期"黄色潜水艇"的所有舍友，让我有幸在人生的"黄金时代"遇见一路同行的挚友与伙伴。

最后，衷心感谢我的家人。我的父母总是坚定地支持我的每一个人生决定，并毫无保留地给予他们的理解和包容。我知道，他们是我最坚强的后盾。感谢我的太太，异地读书四五年间，换回了厚厚的机票、车票和长长的微信记录，这段旅程满是辛苦，如今也化作幸福的记忆。作为本书的结束和新故事的开始，我要感谢不久前出生的女儿。和本书一样，你也是我最好的礼物。

2021 年夏初稿
2022 年夏改定

发现『社会』
郑振铎文学翻译与
社会思潮的演进

责任编辑·高焕炊
封面设计·张雨秋

文學旬刊

建設理論集

胡適

文學論爭集
鄭振鐸

散文一集

散文二集

H0575-1-1
ISBN 978-7-5615-8645-7
9 787561 586457
扫码了解更多　　定价：78.00元